本书是国家社科基金重大项目"弥尔顿作品集整理、翻译与研究"（19ZDA298）阶段性成果。

浙江大学文科高水平学术著作出版基金　资助

❖ 文艺复兴论丛 ❖

乔治·赫伯特《圣殿》中的感官意象与新教神学

邢锋萍　著

ZHEJIANG UNIVERSITY PRESS
浙江大学出版社
·杭州·

序

　　17 世纪上半叶是英国文学史上一个相当重要的时期，因为在这一时期出现了不少才华横溢和颇有造诣的诗人。最有名的当然要数约翰·弥尔顿（John Milton）——《失乐园》《复乐园》和《力士参孙》的作者；同样著名的还有约翰·多恩（John Donne）——"玄学派诗歌"的领军人物，以及乔治·赫伯特（George Herbert）、理查德·克拉肖（Richard Crashaw）、亨利·沃恩（Henry Vaughan）、安德鲁·马韦尔（Andrew Marvell）、托马斯·特拉赫恩（Thomas Traherne）等一众玄学派诗人；还有所谓的"骑士派诗人"罗伯特·赫里克（Robert Herrick）和约翰·萨克林（John Suckling）；喜剧作家本·琼生（Ben Jonson）也创作了大量抒情诗，并且吸引了众多的追随者，后者自称为"琼生之子"。但可惜的是，在很长一段时间内，17 世纪英国诗人中，除了弥尔顿和多恩在中国的研究者中有相对较高的关注度之外，其他的很少有人问津。造成这一局面的原因比较复杂，但是国内缺乏这些诗人作品的译本和相关研究资料肯定是其中一个重要的因素。

　　令人可喜的是，近年来这一情况正在改观，17 世纪英国文学研究领域中的空白正在一个个地被填补。邢锋萍的《乔治·赫伯特〈圣殿〉中的感官意象与新教神学》一书便是填补这样的空白的一份努力。这部专著是在她博士论文的基础上修改而成的，而我曾经是她的博士论文指导教师，所以她请我为她的新书写序，我自然无法推辞。

　　邢锋萍在北京大学英语系读本科的时候，就曾经选过我上的几门课。毕业后她曾经工作过一段时间。我调到浙江大学外国语学院之后，她又考取了浙江大学的硕博连读研究生，准备跟我做博士论文。在选择博士论文的题目时，我建议她考虑选择一位在国内较少有人关注的 17 世纪英国诗人作为她研究对象，目的是鼓励她做原创性较大的学术研究，避免炒别人的冷饭。经过一段时间的阅读和思考，她终于决定选择 17 世纪著名的宗教诗人乔治·赫伯特作为她博士论文的研究对象。

选择赫伯特的诗歌作品为研究对象，对于邢锋萍来说确实是一个很大的挑战。这主要是因为赫伯特所处的时代，即 17 世纪上半叶，是一个思想、历史和宗教背景都极其复杂的过渡时期，例如文艺复兴时期的地理大发现和天文望远镜的发明彻底动摇了人们对于天文和地理的一些根深蒂固的传统观念，英国内战的爆发和查理一世被弑也戳破了"君权神授"的神话。亨利八世跟罗马教廷的决裂使得英国成了一个新教国家，然而英国国教在教堂礼拜仪式上仍然保留了许多天主教的传统色彩。而且由于伊丽莎白一世没有结婚和直系后代，不得不从苏格兰指定她的一位远亲詹姆斯一世作为继任的英国国王。这同时也给英国教会引入了苏格兰教会的长老宗教派。另外，信奉加尔文主义的清教徒力图清除英国国教中的天主教残余，因而成了英国教会中的另一个改革派。赫伯特作为一位新教改革派诗人，对于基督教教义有着精妙和富有个性的认识和阐释。

如何抽丝剥茧、条分缕析地弄清楚赫伯特所处时代的思想、历史和宗教背景及时代背景对赫伯特的影响，是摆在邢锋萍面前的第一个难题。虽然并未受过历史和哲学方面的专业训练，但她并没有被任务的艰巨性所吓倒，而是马上投入收集材料和研读相关文献的前期研究工作中。由于浙江大学图书馆有关这些领域的图书收藏数量相对有限，所以我帮助她向国家留学基金委申请到了去美国得克萨斯大学奥斯汀分校访学一年的机会，以便她借助那儿图书馆的丰富收藏来完成论文的文献综述，并同时得到那儿该领域专家约翰·拉姆里奇（John Rumrich）教授的当面指导。从她这本书最后的"引用文献"部分我们可以看出，她的文献阅读还是相当广泛和深入的。

弄清赫伯特所处时代的背景，仅仅是万里长征的第一步。因为邢锋萍这部专著所研究的直接对象是赫伯特的宗教诗歌作品，而我们知道，宗教的经验方式跟诗人的经验方式有很大区别，神学著作与宗教诗歌的表达方式也是截然不同的。而作为教区牧师的赫伯特所写的布道文跟他作为宗教诗人所创作的诗歌作品，二者的风格大相径庭。布道文往往是把《圣经》中的某段话作为引子，从中引申出某个观念，并以之为主旨来讲述日常生活中的道德伦理，以达到说教的目的。宗教诗歌虽然也会有说教的成分，但表达方式则不相同。布道文强调"因信称义"，主要诉诸基督徒对于上帝的虔敬和对于《圣经》的笃信；而诗歌则凭借想象力和创新，往往会以出其不意的比喻、鲜明的意象、机智的修辞手段，以及令人耳目一新的诗歌形式等，给读者带来惊喜和快感。

正是因为诗歌作品具有以上这些特点，也因为赫伯特的绝大部分诗作当时并无可靠的中文译本，所以我根据自身的经验，要求邢锋萍在阅读赫伯特宗教诗歌作品文本的同时，尽量争取将它们背诵下来，并译成中文。这样做其实有两个目的：首先是诗歌作品往往不像散文作品那么直白和便于理解，很多潜在的含义我们在初读时经常是似懂非懂，往往要靠反复诵读和揣摩才能够真正理解和欣赏。只有通过背诵和翻译，我们才能够比较确切地把握这些宗教诗歌作品的主旨和特点。其次，在博士论文的写作过程中，肯定会涉及大量具体作品文本的分析，鉴于邢锋萍已经决定要用中文来完成博士论文，所以把赫伯特诗歌作品译成中文也成了一个必不可少的中间环节。在这一点上，邢锋萍做得很不错。在相当长的一段时间内，她曾经定期地向我展示她最新译出的赫伯特诗歌作品。她当时花费大量时间和精力所背诵和翻译的诗作实际上为她日后顺利完成博士论文铺平了道路。

赫伯特诗歌的内容和形式都非常丰富，各种诗意的想象和修辞的手段也层出不穷，这就增加了对其进行研究的难度。于是乎，在千头万绪的纷杂现象中选择一个合适的切入点，进而有效地分析和阐释这些诗歌作品的特点和意蕴，便成了成功地展开讨论、令人信服地解释和说明问题的关键。在这个问题上，邢锋萍也曾经犹豫徘徊，踌躇良久。然而，在阅读了大量的研究文献，并对赫伯特诗歌作品的文本进行了反复体会和揣摩之后，她毅然决定另辟蹊径，准备通过选取赫伯特诗歌作品中关于视觉、听觉、嗅觉、味觉和触觉等五官感受的意象来具体分析和说明诗人对于基督教教义的切身感受，从而将时代背景和诗人的个性特征更好地结合起来。起初，对于她的这一决定我心里还是捏了一把汗的。因为中世纪的教会曾明确认为人的五官感受是不可靠的，或者甚至认为感官享受是引起人类堕落的源头。如在《农夫皮尔斯》这首宗教长诗的

第 11 诗节中,"眼目的情欲"(Coveitise of Eighes)和"肉体的情欲"(Concupiscencia Carnis)就曾化身美女来诱惑诗中的叙述者威尔。弥尔顿《失乐园》第 9 卷中的夏娃也是过于沉溺于五官的感受,因而受到了撒旦的诱惑。但是在看过邢锋萍论文的初稿之后,我改变了最初的想法。毕竟在文艺复兴时期,人们已经开始改变对于五官感受的看法,"及时行乐"(carpe diem)也已经成为当时抒情诗中最流行的主题;特别是经历了宗教改革时期对于天主教上层腐败的揭露和批判之后,人们已不再盲信教皇和主教们对于基督教教义的阐释,而是提倡要靠自己来阅读和理解《圣经》。在这一过程中,五官的感受和体验自然也变得越来越重要。像赫伯特这样的新教牧师和 17 世纪改革派诗人更是强调要独立思考,用自己的心和五官来感受和体验上帝的存在及教会的神圣。

　　当然,以上只是我个人的一点看法。邢锋萍用五官感受的意象作为研究赫伯特诗歌的切入点这一做法是否真正成功,仍有待读者自己的判断。在邢锋萍的博士论文写作过程中,我见证了她作为一位女博士生的艰辛和勤奋。她在考上浙江大学研究生时就已经结婚,不久便因为生孩子而不得不休学了一段时间。但她很快就回来补足了学分,并未因此而耽误学习和研究。她为了完成博士论文而申请去国外访学,也是克服了诸多困难的,因为当时她的孩子尚小,特别需要母亲的照顾。我曾申请教育部的博士生导师专项基金,专程到得克萨斯大学奥斯汀分校去看望过她,并跟她在那儿的美国导师拉姆里奇教授进行了交流。在奥斯汀,我看到了她废寝忘食、刻苦读书的场景。拉姆里奇教授对她的努力和勤奋也盛赞不已。从浙江大学毕业六年之后,邢锋萍如今已经是中国矿业大学外文学院的副教授和两个孩子的母亲。在此专著出版之际,我遥祝她百尺竿头,更进一步。

沈　弘

2021 年 12 月 26 日于杭州

目 录

绪　论

乔治·赫伯特（George Herbert, 1593—1633），英国 17 世纪著名的宗教诗人、牧师，被认为写出了"17 世纪最好的神学诗"[①]，其代表作《圣殿》（*The Temple*）以朴素的文字和真切的情感探讨了人神之间的关系。一方面，他延续了约翰·多恩（John Donne, 1572—1631）的神学诗传统，并且吸收借鉴了多恩的玄学技巧，因而被归为玄学派诗人；另一方面，他又以自己的方式对神学抒情诗加以改革创新，从而在宗教文学史上占有重要地位。美国超验主义代表人物拉尔夫·爱默生（Ralph Emerson, 1803—1882）认为赫伯特的诗"以诗人的眼光和圣徒的情感解读世界的谜团"[②]，并把赫伯特与莎士比亚（William Shakespeare, 1564—1616）、乔叟（Geoffrey Chaucer, 1343—1400）和斯宾塞（Edmund Spenser, 1552—1599）相提并论，称他们四人为英语文学的天才。[③]美国学者海伦·文德勒（Helen Vendler）认为赫伯特在文学史上的排名"应当在多恩之上"[④]。我国学者李赋宁在给赫伯特作注时曾评价他是**英国玄学派诗人中最优秀的代表。他的诗歌语言平易，感情深刻，思想锐敏，风格淡雅、优美，成功地做到了思想和感情的完美结合**[⑤]。赫伯特这位所谓的"次要诗人"（minor poet）其实具有很大的挖掘空间。

---

① George Williamson, *The Donne Tradition: A Study in English Poetry from Donne to the Death of Cowley*, Cambridge, MA: Harvard University Press, 1930, p. 110.

② C. A. Patrides (ed.), *George Herbert: The Critical Heritage*, London: Routledge & Kegan Paul, 1983, p. 176.

③ C. A. Patrides (ed.), *George Herbert: The Critical Heritage*, p. 21.

④ Helen Vendler, *The Poetry of George Herbert*, Cambridge, MA: Harvard University Press, 1975, p. 5.

⑤ 艾略特，《艾略特文学论文集》，李赋宁译注，南昌：百花洲文艺出版社，1994，第 13 页。

第一节　赫伯特其人

1593 年 4 月 3 日，乔治·赫伯特出生于威尔士的蒙哥马利城堡（Montgomery Castle），是家中第七个孩子。正如传记作者艾米·查尔斯（Amy Charles）指出的，赫伯特来自一个古老而高贵的家族，他的祖辈好几代人都担任着蒙哥马利的郡长或治安官一职，且多次入选为议员，在当地具有显赫地位。①T. S. 艾略特（T. S. Eliot）也着重强调赫伯特的显贵出身，称这个家族历史可以追溯至 11 世纪入侵英格兰的法国诺曼人，其祖辈在政治和军功上有着卓越表现。②乔治·赫伯特的父亲在他三岁半时就去世，因此他从小由母亲玛德琳·赫伯特夫人（Magdalen Newport Herbert）抚养长大。赫伯特的母亲热爱文学且交游广泛，是一位虔诚而慷慨的基督徒。她是多恩的庇护人之一，多恩将许多诗歌作品敬献给她。③同时，乔治·赫伯特的兄长爱德华·赫伯特（Edward Herbert）是多恩的好友。1613 年，爱德华·赫伯特邀请多恩到蒙哥马利城堡做客，多恩因此写下《基督受难日，1613 年，向西骑行》（"Good Friday, 1613. Riding Westward"）的诗篇。基于多恩与赫伯特家族的紧密联系，我们可以推测乔治·赫伯特很可能在年少时期就已经认识多恩。

乔治·赫伯特受到了优良的教育。1604 年赫伯特进入威斯敏斯特中学，随后在 1609 年被推选入剑桥大学三一学院。他于 1613 年获得学士学位，1616 年获得硕士学位，并在 1620 年任剑桥大学校方代表（Public Orator）。④赫伯特在剑桥大学期间有机会得以接触国王詹姆

---

① Amy Charles, *A Life of George Herbert*, Ithaca: Cornell University Press, 1977, pp. 21-24.

② T. S. Eliot, *George Herbert*, London: Longmans, Green & Co. Ltd., 1962, pp. 5-6.

③ 其中包括《致玛德琳·赫伯特太太：论圣玛利亚·玛德琳》（"To the Lady Magdalen Herbert, of St. Mary Magdalen"）。多恩在该诗中将玛德琳·赫伯特太太与圣徒玛利亚·玛德琳（通常译为"抹大拉的玛利亚"）相比较，从两人名字的相似性上指出赫伯特太太可以效仿圣徒玛利亚的后半生。也有论者认为，多恩的《花冠》组诗（"La Corona"）也是赠给赫伯特母亲的。

④ "Public Orator"是英国大学一个传统的官方职位，是大学的代言人，主要负责在重大场合发表演说，尤其是在颁发荣誉学位和接见皇室成员时做公开演讲。

斯一世（King James I, 1566—1625），并受到国王的赏识。据艾萨克·沃尔顿（Izaak Walton, 1594—1683）的记载，詹姆斯一世称赞赫伯特为"剑桥大学的明珠"（Jewel of that University）①。

　　鉴于赫伯特家族的显赫地位和长期从政的传统，乔治·赫伯特的弟兄都走上了仕途。他的兄长爱德华·赫伯特（Edward Herbert, 1583—1648）是诗人、哲学家，著有《论真理》（*De Veritate*, 1624），被誉为"自然神论之父"，同时也是军人和外交家，曾出使法国，并受封男爵。乔治·赫伯特的一个弟弟亨利·赫伯特（Henry Herbert, 1595—1673）被封为爵士，是宫廷娱乐主事（Master of the revels），而另外一个弟弟托马斯·赫伯特（Thomas Herbert, 1597—1642）则是海军官员。

　　出身于这样的家庭，乔治·赫伯特似乎也注定要走上仕途，然而他最终却接受了神职，在英国南部威尔特郡（Wiltshire）的贝默顿（Bemerton）成为一名乡村牧师，在那里度过了生命中的最后三年。究其原因，赫伯特一直不佳的身体状况是他投入神职的一个重要因素。赫伯特一生短暂，仅仅 40 岁便去世。他从出生起就身体羸弱，一直受到病痛的折磨。从赫伯特 17 岁时写给他母亲的信中，我们可以看到他当时刚刚感染疟疾，而且因此发了高烧。1622 年，也就是赫伯特 29 岁时，他又大病一场，他写信劝慰病中的母亲，感叹自己由于体弱多病而无法完成该承担的职务，"对我来说，亲爱的母亲，比起死亡，我通常更害怕疾病，因为疾病使我无法完成我生而该承担的职责，但是却不得不被困在里面"②。他的母亲鼓励他做牧师而不想让他走上仕途，就是考虑到他的健康状况。根据沃尔顿的记载，赫伯特经常计划着离开剑桥，推掉所

---

① Izaak Walton, *The Life of Mr. George Herbert*, London: Newcomb, 1670, p. 34. 沃尔顿的《乔治·赫伯特传》尽管有许多错讹和不可信之处，他的传记在此后 300 年间仍处于绝对权威的位置，因为他和赫伯特属于同一个时代，他最早为赫伯特作传，再加上他本人在文学史上的地位，他的传记对后面的研究者有着无可比拟的影响力，比如，艾略特在《乔治·赫伯特》（1962）中描写赫伯特家族就是以沃尔顿的传记为主要参考。1977 年艾米·查尔斯重新为赫伯特作传，对沃尔顿的传记做出了纠正和扩充。

② F. E. Hutchinson (ed.), *The Works of George Herbert*, Oxford: Clarendon Press, 1945, p. 373. 后文出自该作的引文将随文标出该作品名称首词和引文出处页码，不再另注。如非特别注明，文中引用的所有赫伯特诗歌均为笔者自译。

有学业，因为他很容易得肺结核、热病和其他疾病，而学业使他的病情越发严重。1626 年，他染上一种日发疟（quotidian ague），在他弟弟亨利·赫伯特的住所休养了一年，随后又因为肺结核搬到威尔特郡的一个朋友那里调养。1630 年，在他的健康状况趋于平稳时，他出任贝默顿的教区牧师，不过，仅仅三年后，他就因肺结核而病逝。

沃尔顿在《乔治·赫伯特传》（*The Life of Mr. George Herbert*, 1670）中认为，尽管赫伯特身体不佳，但是他仍然积极寻求入仕的途径，在剑桥期间怀揣着进入宫廷谋求官职的想法，想成为国务大臣，但是由于庇护他的朝臣以及国王詹姆斯一世相继去世，他不得不放弃这个梦想，转而从事圣职。沃尔顿在字里行间为我们刻画出一个在前期为仕途积极谋划、辗转于宫廷与朝臣之间的政治家形象和一个因仕途受挫转而投身神职、变得无比虔诚的圣者形象。这样的塑造显得生硬，与事实不符。查尔斯在《乔治·赫伯特生平》（*A Life of George Herbert*, 1977）中指出了沃尔顿的错误。她认为，赫伯特在 1623—1624 年代表蒙哥马利自治市在议会任职，主要是因为他住在伦敦的母亲健康状况很不稳定，而他的兄弟有的去世，有的在国外，他成为留在英国的唯一一个儿子，因此必须搬到他母亲身边。这个时期赫伯特并没有期望在仕途上崭露头角，他只是把这两年的议会生活当成一种过渡。作为剑桥的校方代表，赫伯特深谙皇室需要什么样的奉承和恭维话，但是他在议会演讲时在查理王子（即后来的国王查理一世）面前热切地主张和平，必定无法得到这位好战的未来君主的赏识，因此他进入宫廷的道路在一开始就已经被切断了。他在后来的《走向圣殿的牧师或乡村牧师》（*A Priest to the Temple, or, the Country Parson*）中写道，"没有学校能教导在议会的生存法则"（no School to a Parliament）（*Works*: 277）。这说明他在议会并不顺利，而且他认为这份工作并不适合他，因此在 1624 年后，他就很少参与议会的活动了。早在国王詹姆斯一世去世之前，赫伯特就已经决定从事早已计划好的牧师职业。詹姆斯一世死于 1625 年，赫伯特在 1624 年就已成为兰迪南（Llandinam）一个教区的执事（deacon），早于沃尔顿记载的 1626 年。

不良的健康状况是乔治·赫伯特放弃仕途的一个重要因素，但是同时他本身对神学充满兴趣，在其虔诚母亲的影响下，他很早就计划走上牧师这条道路。早在 1617 年，他写信给他的继父约翰·丹弗斯（John

Danvers）①，要求寄钱给他购买神学书籍。他在信中解释道：

> 先生，您知道我现在多么深地踏足神学，从而为未来生活奠定基础，那么我怎么能一直欣然地去借书，把未来建立在别人的地基之上呢？哪有手艺人不需要工具？请原谅我的冒失，先生，这是个非常严肃的事情，在此我无法冷静地对待，因为它关系到我先前所受教育是否有所回报，关系到遵循那引我至此的圣灵，而且关系到（我敢说）我的神圣目的的达成……尊敬的先生，原谅我的冒失，请考虑以下三点：首先，神学书籍的数量；其次，我需要它们的时间（也就是现在，因为这时候我要为一生打下基础）；最后，我所欲所求并非空虚的愉悦，也不会白忙一场。（*Works*: 364-365）

因此，赫伯特投身神职乃是多方面因素造成的，他自身的健康状况以及他对神学的兴趣都引领他从事牧师这个职业。尽管赫伯特在剑桥时期的确有很多机会接触朝臣和国王，但是沃尔顿夸大了世俗名利对赫伯特产生的影响。从诗集《圣殿》，我们可以得知，赫伯特在诗歌技艺和神学方面造诣颇高，他的牧师生涯和对宗教神学的长期关注使他写出了 17世纪最好的神学诗。

第二节　赫伯特的作品

乔治·赫伯特的作品主要包括英语诗集《圣殿》、英语散文《乡村牧师》以及一些拉丁语诗和希腊语诗，而且他还收集国外的格言警句，整理出《异国格言集》（*Outlandish Proverbs*）。这些格言经常出现在他的诗歌中，尤其是在《教堂门廊》（"The Church-porch"）和《护身符和绳结》（"Charms and Knots"）中。他在世时出版了悼念母亲的一组挽歌《对母亲的神圣纪念》（*Memoriae Matris Sacrum*），该组挽歌包括 14 首拉丁语诗和 5 首希腊语诗，于 1627 年和多恩悼念赫伯特母亲的布道文一起出版。除此之外，赫伯特的所有诗稿都在他去世那年，即 1633 年才得以出

---

① 在乔治·赫伯特 16 岁时，他的母亲改嫁约翰·丹弗斯，后者是一位年轻而富有的廷臣，比赫伯特仅年长 8 岁。

版，同年问世的还有多恩的诗集。

赫伯特在文学史上的持久影响力主要建立在英语诗集《圣殿》之上。《圣殿》手稿流传下来的有两份，分别是博德莱安手稿（Bodleian Manuscript, 简称 B 手稿）和威廉姆斯手稿（Williams Manuscript, 简称 W 手稿）。B 手稿是尼古拉斯·费拉（Nicholas Ferrar, 1592—1637）在赫伯特死后安排抄写员（很可能是费拉的两位侄女）根据赫伯特的原稿誊写而成的，包含 165 首英语诗歌。1633 年最终出版的《圣殿》就是按照 B 手稿中的诗歌顺序和结构来安排的。而 W 手稿是 19 世纪一位研究赫伯特的学者格罗萨特（Alexander Grosart, 1827—1899）偶然间在伦敦的威廉姆斯图书馆（Dr. Williams's Library）发现的。W 手稿中的英语诗只有 79 首，还包括一部分拉丁语诗歌，即《受难日事件》（"*Passio Discerpta*"）和《圣林》（"*Lucus*"）。很明显，W 手稿要早于 B 手稿，在赫伯特搬去贝默顿（1630 年）之前就已经完成。尽管如此，W 手稿显示赫伯特很早就将《圣殿》的结构分成三部分，即《教堂门廊》、《教堂》（"The Church"）和《教堂斗士》（"The Church Militant"）。两相对照可以看出，赫伯特在后期 B 手稿中对 W 手稿里的诗进行了大量修改和增添，而且改变了原来的顺序，可见赫伯特生前一直在不停地对诗作进行校对修改。

《圣殿》的出版并非一帆风顺。首先，费拉和赫伯特的遗嘱执行人亚瑟·沃德诺斯（Arthur Wodenoth, 1594—1645）就出版地点出现了分歧和争议，最后决定在剑桥出版；其次，该书在审查过程中由于《教堂斗士》第 235—236 行中出现的"宗教踮着脚尖站在我们国度，/ 时刻准备着漂向美利坚海岸"（Religion stands on tip-toe in our land, / Readie to passe to the *American* strand）（*Works*: 196）而遭遇延期出版，剑桥的审查官认为这两句诗在宗教上具有潜在的危害性。在费拉的多方周旋下，诗集《圣殿》才得以完整地出版。《圣殿》出版之后盛极一时，仅仅到 1641 年该书就已经有 6 个版本，而许多后期的宗教诗人争相模仿《圣殿》，以它为宗教诗的典范，在当时俨然形成了"赫伯特诗派"（School of Herbert）。克里斯多夫·哈维（Christopher Harvey, 1597—1663）模仿《圣殿》写出诗集《圣堂，或圣殿的影子》（*The Synagogue, or, the Shadow of the Temple*, 1640）；理查德·克拉肖（Richard Crashaw, 1613—1649）给诗集取名《走向圣殿的脚步》（*Steps to the Temple*, 1646），并于

1648 年对该诗集进行扩充；拉尔夫·内维特（Ralph Knevet, 1600—1671）紧随其后，出版《通向圣殿的长廊》（*A Gallery to the Temple*, 1650）；亨利·沃恩（Henry Vaughan, 1621—1695）熟读赫伯特的诗歌，其诗集《矽土的火花》（*Silex Scintillans*, 1650）中有 26 首诗的标题直接取自《圣殿》，借鉴引用更是不胜枚举，学者海伦·加德纳（Helen Gardner）甚至指出沃恩能把《圣殿》倒背如流。[①]这种状况足可说明赫伯特诗歌在当时的影响力和受欢迎程度。

《圣殿》之所以大受欢迎，一方面是它充满着温情和仁爱，赫伯特自始至终都书写着上帝之爱的主题，因而给人带来慰藉。英王查理一世在被推上断头台前，就在狱中阅读《圣殿》以求精神安慰。[②]另一方面，《圣殿》包含 160 多首诗歌，具有丰富多样的体裁、叙述模式和语言特色。在体裁方面，有十四行诗、赞美诗、图形诗、回环诗等；在叙述模式方面，有抒情对话、独白、寓言、讽刺诗、冥想、祈祷等；而在语言特色方面，赫伯特更是区别于一般的玄学派诗人，力求简单、朴素，字里行间透露出最纯粹的真情实感。作为一名宗教诗人，赫伯特的诗歌类似于《旧约》中的《诗篇》。这也是费拉把他的诗集取名为《圣殿》，而巴纳巴斯·奥雷（Barnabas Oley, 1602—1686）则认为赫伯特是"圣殿的甜美歌者"（sweet singer of the Temple）[③]的原因。

《乡村牧师》是赫伯特在成为牧师之后写成的英语散文集，可被视为牧师的行为准则。赫伯特在书中列举出模范的神职人员应该过怎样的生活，同时也显示出潜藏在他诗歌中的有关信仰、人际关系和诗学技巧的思考；他在书中探讨了牧师的职责是什么、牧师的书房应该是什么样的、牧师的周末应当如何度过、牧师应该有什么样的礼节等内容。全书共 37 章，每章都用简洁扼要的文字讨论牧师生活和工作的一个具体侧面，为我

---

① 加德纳，《宗教与文学》，沈弘、江先春译，成都：四川人民出版社，1989，第 194 页。

② Richard Todd and Helen Wilcox, "The Challenges of Editing Donne and Herbert," *Studies in English Literature, 1500—1900*, 52.1 (Winter 2012): 189.

③ Barnabas Oley (ed.), *The Remains of That Sweet Singer of the Temple, George Herbert*, London: Pickering, 1841, p. xcviii. 赫伯特的代表性作品《圣殿》在他去世那年，即 1633 年由尼古拉斯·费拉出版。巴纳巴斯·奥雷在 1652 年将赫伯特的《乡村牧师》和格言结集成书出版，并为之作序。

们展示了 17 世纪神职人员的生活细节,同时也有助于我们理解赫伯特在《圣殿》中表露的宗教体验和诗歌创作思想。比如,他在《乡村牧师》中说,"耕犁、短斧、蒲式耳、酵母、吹笛跳舞的男孩……也可以显示天国的真理"(*Works*: 257),因此在乡村环境中,简单明了的语言和明白质朴的意象是比较合适的。这也是赫伯特诗歌创作的一个突出特点。玛丽·艾伦·里奇(Mary Ellen Rickey)认为,赫伯特与其他玄学派诗人是不同的,因为他"通常把诗歌中的主题以清楚明白的语句表达出来"[1]。

第三节　研究概况

国外对乔治·赫伯特的研究始于 17 世纪,在 18 世纪经历衰落之后,于 19 世纪重新得到关注,直到 20 世纪艾略特先后在 1932 年、1957 年和 1962 年撰文肯定乔治·赫伯特的诗歌,其作为文学史上一名重要宗教诗人的地位才得以奠定。对赫伯特诗歌的研究在各个时期表现出不同特点,下文以时间为线索,总结从 17 世纪至今赫伯特研究领域出现的重要学者和评论作品。

在 17 世纪,已经有许多学者关注赫伯特的诗歌,这一阶段对他的兴趣主要集中于其诗歌表现出来的虔诚的宗教思想以及他本人作为牧师的榜样力量。在这个阶段有三个人物值得注意。首先是多恩,他是较早提及赫伯特的人,并且保存了赫伯特写给他的书信。多恩在 1615 年接受神职并更换个人印章,他专门就此事给赫伯特写了一首拉丁语诗,赫伯特也作诗回赠。第二个人物是弗朗西斯·培根(Francis Bacon, 1561—1626),他的《学术的进展》(*The Advancement of Learning*, 1605)在由英文翻译成拉丁文的过程中,其中一部分就是由赫伯特翻译完成的。培根为了表示感谢,在 1625 年将《几首圣诗的英译》("Translation of Certain Psalms into English Verse")献给赫伯特,他认为从神学和诗学两方面来讲,赫伯特是当之无愧的不二人选。[2]多恩和培根对赫伯特的赞赏说明早在诗集《圣殿》(1633)出版之前,他的诗歌才华就已经引起人们的注意。第三个对

---

① Mary Ellen Rickey, *Utmost Art: Complexity in the Verse of George Herbert*, Lexington: University of Kentucky Press, 1966, p. 159.

② 见:C. A. Patrides (ed.), *George Herbert: The Critical Heritage*, p. 57.

赫伯特表现出强烈兴趣的人物则是散文家沃尔顿，他是最早为赫伯特作传的人，而且他早在写作《乔治·赫伯特传》之前，就已经关注赫伯特很长时间，我们可以在他的《垂钓全书》（*The Complete Angler*, 1653）中看到他引用了赫伯特的两首诗，分别是《神意》（"Providence"）和《美德》（"Vertue"），并且称赫伯特为"圣徒"（Saint）[1]。从1633年赫伯特去世到17世纪末的60多年间，《圣殿》共出现了11个版本。

　　进入18世纪，赫伯特同其他玄学派诗人一样明显被冷落，甚至被贬低。约瑟夫·艾迪生（Joseph Addison, 1672—1719）是这个时期较早公开批评赫伯特的评论家。他于1711年在《旁观者》（*Spectator*）杂志发文评论赫伯特的诗歌，认为他所拥有的是一种虚假的巧智（false wit）。这种巧智可以追溯到古希腊的一些次要诗人，他们把诗歌写成鸡蛋、翅膀、斧头、牧笛或祭坛的形状，而忽略诗歌本身的意义。他认为，如果一个人既不是画家，也不是设计师，就很难运用这种巧智，因为他需要按照诗歌主题预先画一个轮廓，然后再按照这个轮廓来填词。为了使诗歌形成预期的形状，他必须根据这个轮廓对诗歌进行压缩或拓展，就好比古希腊神话中的强盗普洛克路斯忒斯（Procrustes）将人放到一张铁床上，如果此人太矮，就拉伸他的身体，如果此人太高，就截掉他的腿以适合床的尺寸。[2]艾迪生把赫伯特的一些诗歌归于这一类型。他的评论影响了整个18世纪批评者对赫伯特的态度，在之后将近90年间，没有出现《圣殿》新版本。

　　赫伯特的诗歌在经过18世纪的沉寂之后，在19世纪重新赢得了肯定和赞美。同样，在此期间研究赫伯特的评论家中，有三人值得注意，那就是柯尔律治（Samuel Coleridge, 1772—1834）、爱默生、拉斯金（John Ruskin, 1819—1900）。

　　柯尔律治一开始读赫伯特诗歌时和其他人的看法相似，他说，"我读赫伯特的诗，以他的离奇古怪来自娱，简言之，就是一笑而过"[3]，然而经过深思熟虑后，他发现当时的读者被赫伯特一些离奇古怪的想法所

[1] David Novarr, *The Making of Walton's Lives*, Ithaca, New York: Cornell University Press, 1958, pp. 301-302.

[2] 见：C. A. Patrides (ed.), *George Herbert: The Critical Heritage*, pp. 149-150.

[3] 见：C. A. Patrides (ed.), *George Herbert: The Critical Heritage*, p. 168.

蒙蔽，而看不到他诗歌中一些重要的、与同类诗歌相比更突出的优点。同时，柯尔律治在《文学传记》（*Biographia Literaria*）以及一些书信中都对赫伯特的才华做出肯定，他称赞赫伯特"用最准确自然的语言表达了最奇妙的想法"[①]。

爱默生对赫伯特的评价甚高，他在 1829 年的一封信中说，"我深爱乔治·赫伯特的诗"[②]，而且在列举非世俗诗作时，把赫伯特放在首要位置，其后依次是莎士比亚（William Shakespeare, 1564—1616）、马韦尔（Andrew Marvell, 1621—1678）、赫里克（Robert Herrick, 1591—1674）、弥尔顿（John Milton, 1608—1674）和琼生（Ben Jonson, 1572—1637）。他还把赫伯特与莎士比亚、乔叟、斯宾塞相提并论，称他们四人为英语文学的天才。他对赫伯特毫无保留的赞美体现在他的诗集《帕那索斯》（*Parnassus*）中，爱默生对赫伯特的评语是："从未有人兼有此等虔诚和此等才智。"[③]爱默生本人的诗也受到《圣殿》的影响，以至于有人误以为他写的一首题为《恩典》（"Grace"）的诗是赫伯特留下的。

著名评论家拉斯金也是 19 世纪研究赫伯特的重要人物。不过他不同于柯尔律治和爱默生那样从赫伯特的诗歌语言和写作风格出发，而是专注于他的基督教思想，着力挖掘他的诗歌在宗教层面的内涵。拉斯金于 1874 年在剑桥大学做了一次演讲，在演讲中他认为"完美的基督教是菲利普·锡德尼爵士（Sir Philip Sidney, 1554—1586）和乔治·赫伯特的基督教，而不是约翰·诺克斯（John Knox, 1514—1572）或约翰·加尔文（John Calvin, 1509—1564）的基督教"[④]。

直到 20 世纪早期，赫伯特在文学史上仍然以一个次要诗人的形象出现。1932 年，艾略特在《旁观者》杂志发表的题为《乔治·赫伯特》（"George Herbert"）的文章重塑了赫伯特的诗人形象。艾略特指出，赫伯特一直没有受到足够重视，人们只能在一些选集里看到他的一两首诗，而实际上他的诗集需要被视作整体来阅读，而且他作为英国国教典型的抒情诗人，值得被人们铭记。艾略特在文章结尾把多恩和赫伯特做

---

① Samuel Coleridge, *Biographia Literaria,* vol. 2, Oxford: Clarendon Press, 1907, p. 73.

② 见：C. A. Patrides (ed.), *George Herbert: The Critical Heritage*, p. 21.

③ 见：C. A. Patrides (ed.), *George Herbert: The Critical Heritage*, p. 21.

④ 见：C. A. Patrides (ed.), *George Herbert: The Critical Heritage*, p. 22.

了比较，认为多恩并没有克服天生的骄傲心性，尽管赫伯特英年早逝，在谦卑这条路上，他却比多恩走得更远。①1962 年，艾略特再次发表同名文章《乔治·赫伯特》，用很长的篇幅描写赫伯特显赫的家世背景、亲朋好友，随后他讲到人们之所以需要完整地阅读《圣殿》，而不能仅仅选读其中一两首诗，是因为赫伯特是有意把他的诗歌以《圣殿》中的先后顺序来呈现的。如果没有把《圣殿》当成一个整体来看，那就无法完全体会赫伯特的才华和技巧。②艾略特再一次将多恩与赫伯特做对比，与1932 年的文章不同，他指出两人之间的一个区别，那就是"在多恩的诗歌中思想似乎控制了感觉，而在赫伯特的诗歌中，感觉似乎控制了思想"（in Donne thought seems in control of feeling, and in Herbert feeling seems in control of thought）③。此外，虽然两人的诗歌有很大不同，但是艾略特认为，赫伯特是玄学派诗人当中在风格上最接近多恩的诗人。

艾略特的文章奠定了赫伯特作为一个重要诗人的地位。与此同时，20世纪上半叶涌现出一批研究赫伯特的学者，他们主要采用以文本分析为主的新批评或形式主义批评方法。威廉·燕卜荪（William Empson）在1930 年出版的《朦胧的七种类型》（*Seven Types of Ambiguity*）中讨论了赫伯特长诗《献祭》（"The Sacrifice"）中重点词句的多义现象，并且着重探讨诗人对基督的刻画。燕卜荪认为，诗中基督爬上十字架的形象表面上看似他在为人类赎罪，将亚当偷窃的禁果放回去，实际却暗示着他如普罗米修斯那样在偷窃禁果；而他必须爬上十字架，说明他在诗中变成了小男孩的形象，必定矮于夏娃，因为后者站着就能摘到禁树上的果实。④有趣的是，燕卜荪的这一评价在 20 世纪 50 年代受到评论家罗斯蒙德·图芙（Rosemond Tuve）针锋相对的反击。

继 1905 年帕尔默（George Herbert Palmer）打乱《圣殿》两种手稿中的诗歌排列顺序，而以时间地点分卷编辑赫伯特诗歌的尝试宣告失败之后，教士哈钦森（F. E. Hutchinson）把赫伯特所有作品汇编在一起，并对诗歌文本加以注释，于 1945 年出版了《乔治·赫伯特作品全集》

---

① 见：C. A. Patrides (ed.), *George Herbert: The Critical Heritage*, p. 336.

② T. S. Eliot, *George Herbert*, p. 15.

③ T. S. Eliot, *George Herbert*, p. 17.

④ William Empson, *Seven Types of Ambiguity*, London: Chatto and Windus, 1949, p. 232.

（*The Works of George Herbert*），这本全集目前仍然是研究赫伯特诗歌的权威版本。[①]

　　1952 年，图芙不满于燕卜荪那种不顾历史传统、只着眼于文本字眼的解读方式，出版了第一部评论赫伯特诗歌的专著《解读乔治·赫伯特》（*A Reading of George Herbert*）。她在书中对《献祭》这首诗做了细致分析，反驳燕卜荪关于基督形象所做的论断。她主要从《圣经》的预表象征和中世纪天主教文化传统这两方面说明赫伯特使用的大量意象在很大程度上继承了中世纪文学传统，因而主张把他的诗歌放在传统历史背景中去考察。图芙的这种历史主义批评方法将赫伯特研究引向了新的道路，自此以后，越来越多的评论者注意到赫伯特诗歌中的传统历史背景，而这种批评方法往往导致越来越多的学者援引中世纪神学传统来理解文艺复兴时期的英国文学，而忽视近在眼前的宗教改革对英国诗人的影响。

　　路易斯·马尔茨（Louis Martz）在 1954 年出版的《冥想的诗歌》（*The Poetry of Meditation*）中介绍了中世纪冥想活动的内容、步骤和早期著作，以及这种冥想方式在英国 17 世纪宗教诗中的体现，随后具体阐释中世纪冥想实践对多恩和赫伯特等人的诗歌结构、主题和语言等各方面产生的重要影响。马尔茨还强调人的肉体感官在冥想实践中起到的重要的媒介作用，说明赫伯特等人通过诗歌以及其中体现的感官感受来想象和模仿基督的一生，尤其是他的受难和死亡。

　　同年出版的还有约瑟夫·H. 萨默斯（Joseph H. Summers）的《乔治·赫伯特：其宗教与艺术》（*George Herbert: His Religion and Art*）和玛格丽特·鲍特尔（Margaret Bottrall）的《乔治·赫伯特》（*George Herbert*）。萨默斯在文本分析的基础上介绍了当时英国混乱的宗教派系斗争情况，认为赫伯特不属于任一特定教派，[②]而且重点比较赫伯特与锡德尼、培根、多恩的异同。而鲍特尔则在书中阐明赫伯特诗歌有两大重要主题：一是上帝对人的爱和人的不感恩；二是人渴望精神上的安慰，以及这种渴望得到满足。该书也重点分析了赫伯特诗歌与怀特（Thomas

---

① 本书所引乔治·赫伯特诗歌主要基于哈钦森编辑的这一版本。

② Joseph H. Summers, *George Herbert: His Religion and Art*, Cambridge, MA: Harvard University Press, 1968, p. 54.

Wyatt, 1503—1542）、锡德尼和多恩三人作品的联系。①

里奇的《终极艺术：乔治·赫伯特诗歌的复杂性》（*Utmost Art: Complexity in the Verse of George Herbert*, 1966）探讨了赫伯特诗歌看似简单实则复杂的特点。作者主要从语言和意象两方面讨论赫伯特诗歌的复杂性。值得注意的是，她在第一章中力图证明赫伯特诗歌不仅富含基督教典故，而且隐含着古希腊罗马神话和古典文本等异教元素。②

阿诺德·斯泰因（Arnold Stein）的《乔治·赫伯特的抒情诗》（*George Herbert's Lyrics*, 1968）概括出赫伯特诗歌中的三个主旨，即抱怨、赞扬和爱，而且对诗歌的内在结构也作了阐释，认为赫伯特的诗歌结构分为两种：一种是封闭型，结尾又回到开头的原点，达到首尾呼应；另一种是开放型，其特点是向外扩张，结尾是开放式的，指向更高更远的意境。此外，他还强调了赫伯特在诗歌中表现出来的对世事的超然态度。③

海伦·文德勒（Helen Vendler）在《乔治·赫伯特诗歌》（*The Poetry of George Herbert*, 1975）中把宗教和社会背景置于一边，主要分析赫伯特诗歌内在的人文传统，对赫伯特的诗歌做了全面评析，认为赫伯特描写个人宗教体验的诗最为成功，并且详细评述了后人对他的借鉴模仿。④

从 20 世纪初叶到 70 年代，研究赫伯特的学者都把重点放在赫伯特诗歌的文本分析或历史、宗教背景上，即使谈论他的宗教立场时，也主要从中世纪天主教思想和反宗教改革（counter-reformation）背景出发，其中最突出的例子就是上文提到的图芙和马尔茨的专著，两人开创了赫伯特研究领域的中世纪和天主教评论模式。但是，对于相对较近的新教改革对赫伯特诗歌的影响，却很少有人提及。直到 1977 年，伊罗娜·贝尔（Ilona Bell）在论文《踏足神学——乔治·赫伯特与英国宗教改革》（" 'Setting Foot into Divinity': George Herbert and the English Reformation"）中率先明确探讨乔治·赫伯特诗歌中表现出的新教思想（Protestantism）和宗教改革对他神学立场的影响。贝尔认为，赫伯特受到天主教传统的影响，主要体现在他前期的拉丁语诗中；而他的《圣

---

① Margaret Bottrall, *George Herbert*, London: John Murray Ltd., 1954, p. 119.

② Mary Ellen Rickey, *Utmost Art: Complexity in the Verse of George Herbert*, p. 1.

③ Arnold Stein, *George Herbert's Lyrics*, Baltimore: The Johns Hopkins Press, 1968.

④ Helen Vendler, *The Poetry of George Herbert*.

殿》，尤其是其中的核心部分《教堂》则更多地受到新教神学的影响，"《教堂》摒弃了《受难日事件》中的天主教传统，开始寻求一种与赫伯特日渐成熟的新教信仰相符的关于个体经验的诗歌"[①]。

紧接着，芭芭拉·勒瓦尔斯基（Barbara Lewalski）在 1979 年出版的《新教诗学和 17 世纪宗教抒情诗》（*Protestant Poetics and the Seventeenth-Century Religious Lyric*）挑战了当时评论界以中世纪传统来解读 17 世纪诗歌的主流思想，具体考察了新教改革对 17 世纪诗人，如多恩和赫伯特等人的影响。勒瓦尔斯基指出："赫伯特的诗艺在很大程度上奠基于我们一直讨论的新教诗学因素，即圣经体裁理论（biblical genre theory）、圣经比喻（biblical tropes）、新教语境下的象征（emblem）、隐喻（metaphor）和预表（typology），以及涉及宗教主题写作技巧的新教理论。"[②]

随之而来的是多部以新教改革为切入点的专著，如理查德·斯特莱尔（Richard Strier）1983 年在《已知的爱：乔治·赫伯特诗歌中的神学与经验》（*Love Known: Theology and Experience in George Herbert's Poetry*）一书中探讨了宗教改革先驱马丁·路德（Martin Luther, 1483—1546）的思想如何影响赫伯特的诗歌创作，着重指出赫伯特诗歌中表现出的反理性思想与路德非常相似。另一部专著《宗教改革精神：乔治·赫伯特的宗教》（*Reformation Spirituality: The Religion of George Herbert*）由吉恩·维斯（Gene Veith）在 1985 年完成，该书同样把赫伯特诗歌置于宗教改革神学框架之下，但是主要侧重于早期的宗教改革思想，尤其是加尔文主义（Calvinism），并且比较了加尔文主义和阿明尼乌主义（Arminianism）之间的区别。

除此之外，也有学者撇开天主教与新教的教派之分，从赫伯特诗歌作品出发分析他最基本的宗教信仰问题。如希瑟·阿瑟尔斯（Heather Asals）在《模棱两可的预言：乔治·赫伯特走向上帝的途径》（*Equivocal Prediction: George Herbert's Way to God*, 1981）一书中指出，赫伯特的诗歌具有英格兰本身的国教属性。戴安娜·贝内特（Diana Benet）在《专

① Ilona Bell, " 'Setting Foot into Divinity': George Herbert and the English Reformation," *Modern Language Quarterly* 38.3 (September 1977): 225.

② Barbara Lewalski, *Protestant Poetics and the Seventeenth-Century Religious Lyric*, Princeton: Princeton University Press, 1979, p. 283.

事颂扬的秘书：乔治·赫伯特的诗学使命》（*Secretary of Praise: The Poetic Vocation of George Herbert*, 1984）中认为，《圣殿》中的"我"并不仅仅指乔治·赫伯特，而是代表着他所在宗教群体中的每一个人，他代表这些人同上帝对话，因此他写的诗歌不能被当成个人的经验感受，而应理解成整个群体对上帝的态度；另外，他的诗歌不能被孤立地理解，因为许多诗之间存在着关联，后期的诗可能是对前期诗作的承继和发展。哈罗德·托利弗（Harold Toliver）在他的《乔治·赫伯特的基督教叙事》（*George Herbert's Christian Narrative*, 1993）中提出，赫伯特在《圣殿》中很少涉及世俗事务，在他眼里，世俗世界是一个迷宫。他并不像文艺复兴时期的其他诗人如锡德尼、琼生、多恩那样在世俗世界和神圣职务之间举棋不定，而是一旦接受神职便不再回头。①

　　20 世纪末有两本关于赫伯特的专著，均从当时英国社会和宗教制度背景来分析《圣殿》。克里斯托弗·霍奇金斯（Christopher Hodgkins）1993 年出版的《乔治·赫伯特诗中的权威、教会和社会：回归中间道路》（*Authority, Church, and Society in George Herbert: Return to the Middle Way*）尽管试图探索"精确的中间道路"（exact Middle Way），却告诉我们赫伯特虽然忠于他的国教教会，但在神学本质上却属于加尔文主义者，并且指出："他归根结底是一个宗教改革派诗人，也许是在任何语言中最伟大的一位，这不仅体现在他的教义，也体现在他心灵的习性上：他所触之处皆有改革。"②1999 年，伊丽莎白·克拉克（Elizabeth Clark）在《乔治·赫伯特诗歌中的理论与神学》（*Theory and Theology in George Herbert's Poetry*）中认为，赫伯特诗歌是 16、17 世纪新教神学理论和文艺复兴诗歌修辞理论两相交汇之地；通过结合当时的诗学和神学，克拉克试图探索赫伯特在宗教和诗歌中的立场，她也把赫伯特归类为一个改革者，一个国教加尔文主义者（conformist Calvinist）。③

　　进入 21 世纪的最近 20 年间，国外关于赫伯特的专著和文章逐年增

① Harold Toliver, *George Herbert's Christian Narrative*, University Park: Pennsylvania State University Press, 1993, pp. 16-17.

② Christopher Hodgkins, *Authority, Church, and Society in George Herbert: Return to the Middle Way*, Columbia: University of Missouri Press, 1993, p. 8.

③ Elizabeth Clark, *Theory and Theology in George Herbert's Poetry*, Oxford: Clarendon Press, 1997, p. 10.

加，并且继续呈现出多元化的特点。罗伯特·扬（Robert Young）的《17世纪诗歌中的教义与虔信：多恩、赫伯特、克拉肖和沃恩研究》（*Doctrine and Devotion in Seventeenth-Century Poetry: Studies in Donne, Herbert, Crashaw, and Vaughan*, 2000）依旧把赫伯特诗歌置于中世纪天主教仪式传统中去考察，展示了赫伯特诗歌与其他天主教诗人的相似性。

罗纳德·库里（Ronald Cooley）在《"充满所有知识"：乔治·赫伯特〈乡村牧师〉和早期现代话语》（*"Full of All Knowledge": George Herbert's* Country Parson *and Early Modern Social Discourse*, 2004）中用新历史主义批评方法和米歇尔·福柯（Michel Foucault）的话语分析理论对赫伯特的散文作品《乡村牧师》展开研究，讨论赫伯特这部散文集中展现出来的英国早期现代社会的方方面面，如宗教情况、土地使用情况、农业、其他各行各业生活状况、家庭婚姻关系等，并且把《乡村牧师》同《圣殿》联系起来，从而以全新的角度解读他的诗歌。

文德勒在《隐形的倾听者：赫伯特、惠特曼和阿什贝利抒情诗的亲密关系》（*Invisible Listeners: Lyric Intimacy in Herbert, Whitman, and Ashbery*, 2005）[1]一书中指出，抒情诗的精华乃是与他者对话，而这个他者可以是现实生活中的人，如爱人和庇护人，诗人与他们属于横向关系；也可以是看不见摸不到的，如上帝、夜莺和古希腊的瓮，那么诗人与他们则形成纵向关系。[2]在赫伯特的诗里，这个倾听者就是上帝。上帝和说话者之间建立了多种不同的关系模式，如主客关系、父子关系、朋友关系，而赫伯特一生所做的就是拉近他和上帝间的距离。

弗朗西斯·克鲁克尚克（Frances Cruickshank）的《乔治·赫伯特和约翰·多恩的诗歌和诗学》（*Verse and Poetics in George Herbert and John Donne*, 2010）结合新历史主义批评方法和形式主义批评方法，在具体的文本分析基础上参照文艺复兴时期的历史、文化和政治大背景，指出诗歌本身也对外部世界产生作用。这本书还探讨了赫伯特和莎士比亚之间的关联，并且认为赫伯特作为一个乡村牧师，其诗歌中有许多自然意象，如花朵、果实、绿树、花园等，与莎士比亚不同，赫伯特诗歌中的自然

---

[1] 该书已有中译本，由周星月、王敖翻译，广西师范大学出版社 2019 年出版。

[2] Helen Vendler, *Invisible Listeners: Lyric Intimacy in Herbert, Whitman, and Ashbery*, Princeton: Princeton University Press, 2005, pp. 1-2.

意象更多地象征着生长，而非"短暂"和"死亡"的代名词。

霍奇金斯编写的《乔治·赫伯特的乡村生活：关于这位贝默顿诗人兼牧师的新论文》（*George Herbert's Pastoral: New Essays on the Poet and Priest of Bemerton*, 2010）是一本论文集，收录了 14 篇关于赫伯特的文章，内容包括赫伯特创作田园诗歌的实践、历史上赫伯特生活过的教区和接触过的人、圣经和礼拜仪式在他诗歌中的体现等。其中有一篇文章还提到赫伯特在当牧师期间种植草药来治病救人，体现了 17 世纪宗教与医学之间的紧密联系。这本论文集为我们展现了赫伯特在贝默顿当乡村牧师时（1630—1633）生活和传教的一面。

最近出版的关于赫伯特的专著有盖里·库查（Gary Kuchar）的《乔治·赫伯特与〈圣经〉的奥秘》（*George Herbert and the Mystery of the Word*, 2017）。库查在该书中把赫伯特的诗歌置于《圣经》传统中进行分析，并结合斯图亚特王朝早期的教会特征，挖掘奥古斯丁（Augustine of Hippo, 354—430）、兰斯洛·安德鲁斯（Lancelot Andrewes, 1555—1626）、理查德·胡克（Richard Hooker, 1554—1600）等人对赫伯特的影响。尤其值得注意的是，该书第八章讨论了在赫伯特所处时代听觉和声音所具备的独特意义，并指出，尽管赫伯特以视觉诗而闻名，但他一直坚持听觉在精神上优先于视觉，强调"听觉是信仰的源头"[1]，听觉"与其他感觉经验通力合作，共同产生思想"[2]。

除却以上所述的各种专著和论文集，国外关于赫伯特的硕博论文和期刊文章也日益增多。另外，美国北卡罗来纳大学格林斯伯勒分校（University of North Carolina at Greensboro）英语系还创办了"乔治·赫伯特协会"（George Herbert Society）。该协会从 2007 年起，几乎每年都会组织一次关于赫伯特的国际会议，并且开办了《乔治·赫伯特学刊》（*George Herbert Journal*），专门发表与赫伯特生平和作品相关的评论文章，在学界有着很大影响力。

纵观近四百年国外赫伯特研究史，我们可以发现，赫伯特在国外已经引起越来越多学者的关注，而且赫伯特研究呈现出多元化的趋势。首

---

[1] Gary Kuchar, *George Herbert and the Mystery of the Word*, Cham, Switzerland: Palgrave Macmillan, 2017, p. 236.

[2] Gary Kuchar, *George Herbert and the Mystery of the Word,* p. 254.

先，研究方法和角度不断变得成熟和全面，从一开始的简单欣赏和文本
分析，到后来挖掘中世纪天主教传统和新教改革思想在他诗中的体现，
到最近的将其诗学与英国早期现代社会话语相结合。其次，除了他的代
表作《圣殿》外，他的其他作品，如拉丁语诗和散文集《乡村牧师》也
逐渐引起重视，相关的评论作品时有出现。总之，西方学者已经充分注
意到赫伯特作为 17 世纪著名诗人在文学史上的重要地位，许多评论家
将赫伯特与同时期的多恩相提并论，甚至认为在宗教诗领域，赫伯特比
多恩还要略胜一筹，如文德勒就相信赫伯特的排名应当在多恩之前，勒
瓦尔斯基也指出："正是赫伯特，而不是多恩，作为一场新运动的开创者
和宗教诗的新楷模被同时代人赞扬和模仿。"①

　　与国外多元化的赫伯特诗歌研究相比，我国学界在赫伯特研究领域
还处于起步阶段，赫伯特作为英国 17 世纪宗教抒情诗的集大成者和典
型代表还远远没有得到国内学者应有的重视，研究成果异常匮乏。

　　必须指出，在笔者撰写博士论文时，国内还没有关于乔治·赫伯特
诗歌的专著或译本。关于这位诗人，我们只能在一些全面评述英国诗歌
的书籍中找到几页篇幅的描述。比如，1988 年，王佐良在其主编的《英
国诗选》中收录了赫伯特的两首诗，分别是何功杰翻译的《美德》和《珍
珠》（"The Pearl"），并且称赞赫伯特的诗"构思巧妙，结构严谨，意象
清奇，语言自然平易。他的诗集《圣殿》对英国后来的宗教诗、对现代
和当代的诗人都有影响"②。2001 年，胡家峦在其著作《历史的星空——
文艺复兴时期英国诗歌与西方传统宇宙论》中列举了赫伯特的几首诗，
比如他引用赫伯特的《人》（"Man"）来说明"人体反映了宇宙的模式，
体现了宇宙的有条不紊的秩序"③。李正栓的《英国文艺复兴时期诗歌
研究》（2006）对赫伯特做了简单介绍，并且分析了他的两首诗《美德》
和《复活节的翅膀》（"Easter-Wings"）。2008 年，胡家峦在另一著作《文
艺复兴时期英国诗歌与园林传统》中翻译并分析了赫伯特的图形诗《乐
园》（"Paradise"），指出其排列结构和每节逐行缩减单词的做法正好反映

① Barbara Lewalski, *Protestant Poetics and the Seventeenth-Century Religious Lyric*, p. 283.
② 王佐良编，《英国诗选》，上海：上海译文出版社，1988，第 105 页。
③ 胡家峦，《历史的星空——文艺复兴时期英国诗歌与西方传统宇宙论》，北京：北
　京大学出版社，2001，第 250 页。

出园林中的树木枝丫被修剪的过程。2013 年，吴笛在《英国玄学派诗歌研究》中全面研究了 17 世纪玄学派诗人这个整体，内容包括玄学派诗人的主题思想、诗艺、意象，以及对后世的影响等。在该书第二章中，作者具体呈现了赫伯特诗歌中的宗教情结、人神关系、非宗教意象和救赎观，其中提到赫伯特擅长用非宗教的意象来体现宗教观念，"用看似世俗的题材来表现宗教主题"①，这一特点启发我们以新奇大胆的意象为切入点，多角度理解赫伯特的神学思想。

　　通过知网搜索，国内关于赫伯特诗歌的期刊论文总数不到 50 篇。较早的有翻译家黄杲炘在 1991 年发表的《从英语"象形诗"的翻译谈格律诗的图形美问题》，其中列出他译的两首赫伯特的图形诗《复活节的翅膀》和《祭坛》（"The Altar"）。这两首诗的翻译难度很大，但是黄杲炘的译文在结构排列和主题内容上都达到了与原文的高度一致，把原诗引人注目的图形特点保留了下来，他强调，"对于格律诗来说，格律形式的本身就是诗的一部分"②。

　　胡家峦于 2000 年发表的《圣经、大自然与自我——简论 17 世纪英国宗教抒情诗》是较早评析赫伯特宗教思想的论文。他在文中指出，新教观念是赫伯特所处时代的主要特征，赫伯特的诗篇把"路德教、加尔文教和早期国教联系在一起"，而且他的诗歌大部分是沉思《圣经》的产物。③胡家峦认为，赫伯特以及同时期的英国宗教抒情诗人都受到了英国本土新教传统的影响。

　　吴虹的论文《"星之书"：〈圣殿〉结构研究》具体分析了《圣殿》三部分的结构安排，指出《教堂门廊》《教堂》和《教堂斗士》这三部分是连续而统一的有机整体，它们"因为赫伯特强调基督在基督教仪式的当下受难中表现出的美德与博爱而打破了传统的基督教线性时间观，因为诗人对个体在公众生活领域和个人生活领域中提出的要求而结合为一个有机统一体"④。

---

① 吴笛，《英国玄学派诗歌研究》，北京：中国社会科学出版社，2013，第 62 页。
② 黄杲炘，《从英语"象形诗"的翻译谈格律诗的图形美问题》，《外国语》1991 年第 6 期，第 40 页。
③ 胡家峦，《圣经、大自然与自我——简论 17 世纪英国宗教抒情诗》，《国外文学》2000 年第 4 期，第 64 页。
④ 吴虹，《"星之书"：〈圣殿〉结构研究》，《国外文学》2014 年第 1 期，第 121 页。

　　吴虹在另一篇论文《论赫伯特宗教诗的美德主题》中指出，基督教美德是赫伯特创作的一个重要主题，他的许多诗歌表现出他对个体行为的关注，"在歌颂美德的同时，把抽象的美德概念与约束基督教徒个体行为的行为准则结合在一起"①。另外，她还分别从社会政治背景和家庭背景等方面探讨了赫伯特歌颂美德的原因。

　　王卓、李正栓的《"陌生化"与西方宗教诗歌的文化性——以乔治·赫伯特诗歌为例》以维克托·什克洛夫斯基（Viktor Shklovsky, 1893—1984）的"陌生化"理论为切入点，分析了赫伯特《圣殿》中的朋友关系、父子关系和爱人关系，指出赫伯特用全新的表达方式，增加了诗歌的陌生感和新奇感，从而突破宗教诗传统，"刻画了一种全新的人神关系，即上帝不仅是统治者和造物主，同时也是人类的朋友、父亲甚至是爱人"②。

　　综上所述，国内关于赫伯特诗歌的研究尽管关注度不高，但近年来已有了很大进展，不仅有相关评述把赫伯特归入文艺复兴时期的重要诗人之列，而且也出现了许多细致的诗歌文本分析，对他的诗歌结构、主题、意象以及宗教背景都有所探讨。2020 年，吴虹出版了专著《乔治·赫伯特诗歌研究》。该书对《圣殿》中的诗歌进行了文本细读，同时结合历史语境探讨了赫伯特诗中蕴含的美德概念及宗教思想。③然而，国内至今还没有出版一本《圣殿》的译作，对他诗歌的研究还欠缺深度，其丰富多样的诗作还有待我们去挖掘。

第四节　研究思路及各章概要

　　赫伯特的宗教立场问题一直是学术界评论的焦点，而要想把他的宗教思想进行归类或做出准确的断言绝非易事。有的学者把他诗歌中的中世纪天主教因素淋漓尽致地展现，而有的学者则把他置于新教框架之下。笔者认为，尽管正如图芙、马尔茨、扬等人所指出的，赫伯特诗歌的确受到中世纪天主教仪式、意象和冥想方式的影响，但究其本质而

---

① 吴虹，《论赫伯特宗教诗的美德主题》，《外语学刊》2014 年第 2 期，第 118 页。
② 王卓、李正栓，《"陌生化"与西方宗教诗歌的文化性——以乔治·赫伯特诗歌为例》，《河南社会科学》，2016 年第 11 期，第 103 页。
③ 吴虹，《乔治·赫伯特诗歌研究》，杭州：浙江工商大学出版社，2020。

言，他的宗教思想应当从当时英国的宗教状况去理解。赫伯特生活在一个宗教类出版异常活跃的时期。道格拉斯·布什（Douglas Bush）指出，"从 1480—1640 年，在英国出版的五分之二以上的书籍都是关于宗教的，而 1600—1640 年的比例更高"①。这时一场席卷欧洲的宗教改革运动刚刚过去，而英国内战（或称资产阶级革命、清教革命）即将到来。赫伯特诗歌尽管继承了一些中世纪天主教因素，但在这一时代背景下，身为英国国教牧师的他显然受到了宗教改革很大的影响。

为了更好地理解赫伯特所处时代的宗教环境，我们有必要对 16 世纪的宗教改革有一个大致的了解。宗教改革也被称为新教改革（Protestant Reformation），它爆发于 1517 年，是由德国神学家路德首先发起的。②这场运动从德国的威登堡小镇开始，迅速蔓延至整个欧洲，并且在时间上持续了一个多世纪，③是基督教发展史上一个里程碑式的重要事件，它直接导致了基督教会的分裂，从此除了东方的东正教之外，西方基督教会形成了天主教和新教一分为二的局面。

对历史学家来说，新教改革的发生是多种因素作用下的必然结果。首先是政治上的原因。14 世纪以来欧洲民族主义和民族国家意识逐渐形成，征收赋税的主要目的变成为发展本民族经济和军事力量服务。在这一过程中，罗马天主教会成为民族国家发展壮大的外部阻力，尤其是罗马教廷日益繁重的课税给各个民族国家（特别是德国和英国）带来沉重的负担，因此，新教改革伴随着欧洲各个国家民族意识的觉醒而来，是对罗马教皇专制的一种反抗。

造成新教改革的第二个原因是经济上的。在 16 世纪，欧洲的资本主义经济迅猛发展，技术的革新，如采矿、造船、印刷术等都推动了资本主义的发展，资产阶级队伍在城镇迅速壮大。然而有两类人对当时的经

---

① Douglas Bush, *English Literature in the Earlier Seventeenth Century, 1600—1660*, Oxford: Clarendon Press, 1945, p. 294.

② 早在路德改革之前就有彼得·瓦尔多（Peter Waldo, 1140—1218）、约翰·威克里夫（John Wycliffe, 1330?—1384）、扬·胡斯（Jan Hus, 1369—1415）等人试图改革罗马天主教，但是均以失败告终。评论界公认，路德是发起宗教改革运动的第一人。

③ 1648 年签订的《威斯特伐利亚和约》（Peace Treaty of Westphalia）标志着宗教改革运动的结束，至此罗马天主教会最终承认了新教的合法地位。

济状况感到不满：一类是底层的贵族人员，封建社会的逐渐瓦解使得他们没有立足之地；另一类是农民阶层，尤其是德国的农民，他们在资本主义兴起的时代依旧是被剥削的对象。这两类人具有很强的革命倾向，在路德的宗教改革运动中起了重要作用。

第三个原因在于罗马教廷的腐败和堕落。罗马天主教会通过各种手段聚敛巨额钱财，教廷人员贪得无厌，时常收受贿赂，"教皇筹集资金最爱使用的方法就是出卖教职，抑或以挂名领干薪之名义，将荣誉职位，甚至是枢机主教这类职位指派给捐献可观的款额供教会使用的人士"①。教廷神职人员过着骄奢淫逸的生活，蓄妾和私生子现象层出不穷，修道院臭名远播。伊拉斯谟（Erasmus von Rotterdam, 1466—1536）曾经指责，"许多男女修道院与公共妓院，没什么差异"②。罗马教廷的道德败坏已经达到令人震惊的程度。据记载，曾有一位德国的花花公子对另一位花花公子说，罗马（ROMA）这个词的真正含义就是"*radix omnium malorum avarita*"（贪婪是万恶之源）的首字母缩写。③路德在 1510 年到罗马作短途旅行，那里的状况使他陷入对天主教的绝望之中，同时也更加坚定了他进行宗教改革的决心。

然而，对早期的新教改革者来说，宗教改革始终是一场宗教运动，与经济、政治和道德都没有太大的关联。巴德·汤普森（Bard Thompson）将文艺复兴和宗教改革做了比较后指出，宗教改革和文艺复兴相比有共同之处，文艺复兴是通过复兴古希腊古罗马的古典文化来宣扬人文主义精神，与此类似，宗教改革的目的是要回到源头，回到基督教的根，复兴基督教的黄金时代。"路德说的'源头'指的是《圣经》，'黄金时代'指的是在教皇出现之前的基督教时期。"④

---

① 杜兰特，《世界文明史：宗教改革（上）》，北京：华夏出版社，2010，第 19 页。
② 转引自：杜兰特，《世界文明史：宗教改革（上）》，第 20 页。
③ Bard Thompson, *Humanists and Reformers: A History of the Renaissance and Reformation*, Michigan: William B. Eerdmans Publishing Co., 1996, p. 374.
④ Bard Thompson, *Humanists and Reformers: A History of the Renaissance and Reformation*, p. 373. 文艺复兴提倡人文主义精神，其核心是以人为中心，而不是以神为中心，宗教改革是一场宗教运动，仍旧从神本主义的角度研究神学，因此这两场运动的宗旨有很大区别。但不可否认的是，文艺复兴为宗教改革铺平了道路。正是由于古希腊文化的复兴，才有了伊拉斯谟的希腊文《新约》，才促使新教改革家们熟练掌握原始的希腊语《圣经》文本，回归原始的经文。

　　基督教在公元 1 世纪建立，在此后的两百多年间，基督教在罗马帝国境内都处于被压迫和被镇压的地位。公元 312 年，君士坦丁皇帝皈依基督教，从此基督教由遭受压迫的异教变为罗马帝国的合法宗教，并逐渐成为罗马帝国的国教。"天主教"（Catholic）这个词最早于公元 2 世纪初期被用来指称基督教会，1054 年，基督教会遭遇大分裂，分为东西两派，东方基督教自称为"正教"（Orthodox），而西方基督教则沿用"天主教"（Catholic）的称呼，由于其教廷设在罗马，因此也通常被称为罗马天主教。到 16 世纪新教改革之前，罗马天主教经过历代教皇的发展，①已经形成完善的机构体系，其中包括集权的教皇制度、圣礼体系和宗教裁判所这三个基本组成部分。在神学基本教义上，罗马天主教将亚里士多德（Aristotle，前 384—前 322）的道德学说和基督教救赎理论相结合，提出"神人合作"（synergism）的观点，即人的得救是人的善功（merit）和上帝的恩典（grace）共同作用的结果，因而把人的行为提升到重要位置。罗马天主教会滥用这种善功称义的理论，把购买圣徒遗物、参加十字军东征、向教会馈赠财产等活动都视为"善功"，甚至颁发赎罪券来募集钱财。②1517 年，多米尼克教派的教士台彻尔（Johann Tetzel, 1465—1519）到德国境内兜售赎罪券，成为引发宗教改革的导火索。马丁·路德针对罗马天主教出售赎罪券的行为撰写《九十五条论纲》（Ninety-Five Theses）予以批驳，由此拉开了宗教改革的序幕。尽管路德认为自己是一位比较保守的复兴者，只是希望回到中世纪早期的信仰和方法，但是这场宗教改革运动很快就轰轰烈烈地遍及欧洲，甚至造成了宗教战争。这场运动以德国和瑞士为中心，在两地分别产生了路德的信义宗和加尔文的归正宗。在路德之后还有胡尔德莱斯·慈运理（Ulrich Zwingli, 1484—1531）、加尔文和马丁·布塞尔（Martin Bucer, 1491—1551）等改革者。

---

① 东西方教会的大分裂为罗马天主教新教皇格里高利七世（Gregory VII, 1020—1085）提供了改革教会的契机，他增强教皇的中央集权化制度，规定神职人员不能结婚，建立了一套完善的官僚体制，并且宣布罗马教会永远不会犯错的谕令。这种绝对的集权官僚体制是后来天主教腐败堕落的一个重要原因，也是新教改革者攻击的主要目标。

② 罗马天主教认为天主教会保存着基督和所有圣徒积累下的无限量的功德，俗称"功德宝库"，这些功德远远超过他们自身需要的数量，因此教会可以把这不会穷尽的功德宝库中的功德分发给活着的基督徒，以减轻他们死后在炼狱的刑罚。

　　在路德看来，罗马天主教已经忘却基督教最初的本质意义，反而在教导一些错误的思想，建立一种自助的宗教，路德用轻蔑的术语称它为"因行为称义"（works-righteousness）。称义，即罪人如何在上帝面前取得"义人"的身份，是新教改革的中心问题。路德通过长期研读《圣经》，尤其是其中使徒保罗（St. Paul the Apostle，前 4?—64?）写的《罗马书》，得出"因信称义"（justification by faith）的观点。他认为，人由于亚当传下的原罪已经完全失去行善的能力，如果没有恩典的介入，人凭借自由意志所做的任何"善功"在上帝眼中都是邪恶的，因此人的称义唯有借助上帝的恩典。他指出，耶稣被钉十字架这一事件就意味着上帝牺牲他唯一的儿子来弥补全人类犯下的罪，因此十字架上的耶稣基督已经为人们提供了义。如何让基督的义转给人类？只有通过信仰。人们通过相信基督的救赎，就可以称义，信仰本身是上帝给予人类的礼物，因此人的救赎唯有依靠上帝的恩典，而不用像天主教提倡的那样通过积累善功称义。"因信称义"从此成为路德神学的基石，他由此发展出"本乎恩典、借着信仰"的十字架神学。他质疑罗马教皇的权威，指出《圣经》是基督教信仰的唯一权威，信徒皆祭司。后人概括他的神学思想为"唯有信仰、唯有《圣经》、唯有基督、唯有恩典"。除此之外，路德还指出，隐藏的上帝超越了人们的理解力，是不能用神学之外的理性去解释的，因此反驳了经院哲学家脱离信仰、单纯用理性来认识上帝和获得救恩的做法，在他看来，这种唯理智主义"表现了人的一种愚拙的狂傲，它是致死的罪过和称义的大敌"[1]。关于律法和恩典的区别，路德指出，《旧约》中的律法谴责人，而《新约》中的恩典宽恕人，对人类来说，要想完全达到律法的要求是不可能的，因此路德思想中有着明显的反律法主义倾向。[2]

　　慈运理是瑞士新教改革领袖，他既是一位牧师，也是一位人文主义学者，他几乎和路德同一时期开始在瑞士实行宗教改革，要求一种完全基于《圣经》的宗教，使得讲道成为仪式的主干部分。他攻击修道院制度、炼狱和僧侣招魂之说。和路德一样，慈运理也认为，人不能凭借善举获救，但得相信基督受难而死这一救赎的功效；他也相信预定论，认

---

① 赵林，《基督教思想文化的演进》，北京：人民出版社，2007，第 148 页。
② 见：Bard Thompson, *Humanists and Reformers: A History of the Renaissance and Reformation*, p. 394.

为万事均为上帝所预见，并且如预见时一样发生。慈运理和路德的最大分歧在于圣餐观，慈运理认为，基督的身体并没有存在于圣餐的饼酒之中，圣餐（Eucharist）只是对基督献祭的纪念和象征，并不能传达上帝的恩典，这与路德的同体说产生分歧，并且导致了双方激烈的论战。

加尔文在法国的人文主义环境中长大，在1530年左右与罗马天主教决裂，投身新教改革运动。他在瑞士日内瓦实行他的改革措施，在那里建立了一个由神权统治的城市，其统治长达23年。流亡的新教徒可以在日内瓦这个新教改革中心得到庇护，并且成为传播加尔文主义的重要力量，法国的胡格诺派（Huguenot）的形成和苏格兰的宗教改革运动都受到加尔文主义的影响。可以说，在新教改革后期，加尔文的影响远远超过路德。加尔文的神学思想主要反映在他年仅27岁时出版的巨著《基督教要义》（*Institutes of the Christian Religion*）中，该书在加尔文生前就增订改版了多次。加尔文和路德一样坚持因信称义和预定论，并且具体发展了预定论的学说。加尔文认为，人之获救，唯一的可能就是上帝之子的牺牲，但获救的不是全人类，因为上帝要谴责大多数人。少数人的获救是基于上帝的恩典，而且获救的前提就是相信基督在十字架上为人类赎罪。上帝决定谁该获救谁该毁灭，而且这个决定早在万有之前就已经做出。在改革传统圣礼和仪式上，加尔文比路德走得更远、更彻底，他主张所有绘画、雕像和十字架都应从教堂中清除，认为圣餐中基督的临在是精神的，而非肉体的，因此在圣餐观上，加尔文在路德和慈运理之间选择了另外一条途径。威尔·杜兰特（Will Durant）在评价加尔文的宗教观点时说道："从路德，他采取了因信称义，因信获选的理论；从茨温利[即慈运理]，他采取了圣礼侧重精神的解释；从布塞尔，他采取了神意为万有根源，乃虔诚乃获选证据之矛盾观念……他对现世，完全摈弃人文主义尘世乐园的思想，至于来世，则更采取较为阴暗的看法。"[1]然而，加尔文这种表面上并不给人慰藉的神学理论却在瑞士、法国、苏格兰、英格兰以及北美赢得了千万人的崇拜，究其原因，也许是加尔文教徒一般都坚信他们是上帝之选民，这一点使他们对自身的救赎充满信心。

综上可知，欧洲大陆的新教改革虽然由不同的代表人物在不同国家

---

[1] 杜兰特，《世界文明史：宗教改革（下）》，第468页。

展开，在具体改革中存在差异，但其基本思想却是大同小异的，即反对罗马天主教的功德论，反对教皇权威凌驾于《圣经》之上，主张因信称义和预定论，承认《圣经》的权威，并且将人的救赎全部归于上帝的恩典。

赫伯特所在的英国国教（也被称为安立甘宗）也是这场席卷欧洲的宗教改革运动的产物，它受到了欧洲大陆新教改革家的直接影响，同时又表现出一些不同之处。尽管英国一直倡导"中间道路"（*via media*），即在天主教和新教之间寻求平衡，但是"那充其量只是一个仪式上的目标而已"[①]，只能算是一种理想，却没有成为现实。从亨利八世（Henry VIII, 1491—1547）因为离婚案而与罗马教皇决裂，正式成立英国国教开始，到爱德华六世（Edward VI, 1537—1553）充满加尔文主义色彩的短暂改革，到玛丽一世（Mary I, 1516—1558）重新恢复天主教在英国的统治地位，再到伊丽莎白一世（Elizabeth I, 1533—1603）以"建立统一宗教"为目标的具有新教特色的宗教改革，英国国教在曲折中仍然遵循着新教改革的道路，明显倾向于路德和加尔文的改革派阵营。

虽然在宗教礼仪和外在表现上，17 世纪早期的英国国教在詹姆斯一世统治下偏向于仪式主义（Ceremonialism），在外在表现上向着天主教传统靠拢，但在基本教义上，16 世纪伊丽莎白时代修订的《三十九条信纲》（*Thirty-Nine Articles*）却明显具有新教特色，是基于路德和加尔文的思想修订而成的，奠定了整个英国国教的基调。路德开创的新教思想以及后来的加尔文主义在 17 世纪上半叶都主导着英国国教教义，因而忠诚的国教徒赫伯特也必然受到路德和加尔文这两位宗教改革领袖的影响。

本书试图把赫伯特诗集《圣殿》置于新教改革背景之下，探讨新教改革家路德、加尔文等人对他的诗歌创作产生的重要影响。在西方学者中，斯特莱尔和维斯都对赫伯特的新教思想做出了详尽深刻的阐释，是本书研究的出发点和重要参考，然而两人的著作都将重点放在神学教义的具体解读上，因而难免忽略对赫伯特作品的文学性，尤其是意象的关注。实际上，赫伯特尽管写作主题单一，却使用了丰富的文学意象，里奇就曾探讨过他的诗歌意象的复杂性。[②]综观《圣殿》，我们可以发现大量感

---

① Gene Veith, *Reformation Spirituality: The Religion of George Herbert*, London: Associated University Press, 1985, p. 30.

② 见：Mary Ellen Rickey, *Utmost Art: Complexity in the Verse of George Herbert*.

官意象，即与人的"五感"有关的描述和比喻。学者陈嘉在评论赫伯特诗歌风格时就曾指出，他的诗歌的显著之处不仅在于他使用普通人直接、谦逊的语言，还在于他表现出的"具有哲理性的洞见和**感官意象**"①。迄今为止，国内外很少有人对此做过研究，唯一相关的是托马斯·厄斯金（Thomas Erskine）1970 年在埃默里大学（Emory University）提交的博士论文《乔治·赫伯特和亨利·沃恩诗歌中的眼睛与耳朵》（"Eye and Ear Imagery in the Poetry of George Herbert and Henry Vaughan"）。该文讨论赫伯特诗歌中眼睛和耳朵的意象，并且把赫伯特与沃恩做了比较。厄斯金的论文只涉及赫伯特诗歌中的视觉和听觉，而且把重点放在赫伯特与沃恩的比较上，并没有全面涉及赫伯特诗歌中的五种感官意象，在内容方面还有待补充。

　　本书采用具体的诗歌文本分析方法，结合当时的时代背景，尤其是英国的宗教环境，主要针对赫伯特诗集《圣殿》中的感官意象展开研究，并以此为基础探讨新教改革思想在他诗歌中的体现。本书有以下三个创新点：首先，在国内还没有《圣殿》中译本的情况下，笔者在文本分析过程中把《圣殿》的大部分诗歌翻译成中文；其次，本书全面评述赫伯特诗歌中的五种感官意象，多角度阐释诗人的宗教思想，这在国内外尚属首次；最后，本书将诗集《圣殿》中的感官意象与新教神学相结合，突出赫伯特在人神沟通中注重个体感觉经验的特点，从本质上把他的诗歌与新教神学思想关联起来。

　　本书第一章介绍 16、17 世纪理性主义兴起的时代背景，探讨培根、爱德华·赫伯特等人与乔治·赫伯特之间的关联，并且指出相比较之下，乔治·赫伯特的突出之处在于他反对把抽象理性运用于自然和神学领域，因此在理性大行其道的外在时代背景下坚持反理性立场。新教神学是其反理性立场的内在根源。赫伯特刻意规避理性和智力的复杂性，转而注重个体的感觉体验，在感觉体验中寻求人与上帝沟通的途径。由此引出以后各章中关于赫伯特诗歌感官意象的讨论。

　　第二章概括介绍西方文学传统中的"五感"，指出从古典到文艺复兴时期，人的五种感官一直是西方文学中的重要关注对象。这一章主要讨

---

① 陈嘉，《英国文学作品选读》第一册，北京：商务印书馆，1981，第 267 页。

论五感的等级之分、五感作为诱惑之门的负面形象,以及与赫伯特同时代的英国文艺复兴时期作品中的感官意象。

第三章描写《圣殿》中的"眼睛"以及与此相关的视觉意象,并着重探讨"眼睛—飞镖—心脏"这一典雅爱情中的比喻、人体肉眼的局限性和上帝之眼的威力。通过分析赫伯特诗歌中的视觉意象,我们可以看到,赫伯特笔下的说话者在人神关系中往往处于被动地位,而上帝则主动寻找罪人,人的救赎不在自身的功绩,而在上帝的主动献祭;同时,为了修复肉眼的局限性,人们只有仰仗信仰、《圣经》和上帝的恩典,因此赫伯特诗歌中的视觉意象有着鲜明的新教特点。

第四章描述《圣殿》中的"道"和听觉。在宗教改革之后,布道的作用得以强化,《圣经》文本得到更多关注,因此听觉的作用突显,耳朵作为听觉器官,与信仰紧密联系在一起。这一章首先讲述赫伯特诗歌中的上帝是一个隐形的倾听者,而且对人的吁求给出回应;赫伯特诗歌中的说话者无法看到上帝的形象,却能听到他的声音。其次叙述上帝之道在赫伯特诗歌中的体现,诗人认为基督徒通过《圣经》和牧师的布道来获取上帝话语。赫伯特对听觉的重视与新教改革者的观点相吻合,路德开创的新教传统以"因信称义"为核心教义,注重《圣经》经文,使人的注意力从天主教传统中繁复的外在礼仪、教堂装饰等转向经文本身和人的内心。

第五章是关于《圣殿》中的味觉主题。《圣殿》中有大量与味觉相关的词语,如甜蜜、苦涩、饥饿、味道等。这一章从两个层面讨论赫伯特诗歌中的味觉话语。一个层面是从物质的、世俗意义的角度来看味觉,结合赫伯特所处的时代背景,重点讨论赫伯特有关节制食欲的表述,以及他诗中体现的食物和社交、食物和疾病的联系。另一层面则是从精神的、宗教意义的角度,表明赫伯特诗歌中的大部分味觉表达与基督教圣餐相关联。通过分析他对圣餐的看法,比较他与新教改革家路德和加尔文的圣餐观,我们可以较为准确地判断他的宗教思想在当时错综复杂的神学谱系中的具体位置。

第六章讨论《圣殿》中的嗅觉意象,尤其是和香气、香味有关的内容。本章首先介绍基督教传统中的香气主题,说明香气与宗教生活有着紧密关联,是美德的象征。其次,赫伯特在他的诗歌中不仅继承了中世纪传统香气的内涵，而且结合自身的新教神学背景，使得甜美的香气成为基督的象征——基督在十字架上受难，就像香丸被碾碎散发出更多香气。赫伯特的多首诗明确表现出基督把香气传递给信徒时的唯一性和排他性，并且否定人的功绩，与新教神学思想达到一致。

第七章关于《圣殿》中的触觉意象，主要讨论《圣殿》中频繁出现的"石心"（stony heart）这个比喻。这一章首先探讨人心之所以变得坚硬，主要是因为罪在不停地敲打使之变硬。其次讨论赫伯特诗歌中体现出的唯有上帝才能进入坚硬的人心改造它，并在人心中建立起圣殿的新教思想。赫伯特追溯罪的所在，指出它并非来自外部，而是潜伏在人心中；人自身并不能消灭罪，只有上帝可以进入人心与之战斗。赫伯特把《旧约》时代豪华壮观的所罗门圣殿与《新约》时代人心中的圣殿作了对比，指出上帝更喜欢住进人的心中。这些描述体现出诗人抛弃外在物质仪式，转而注重内省和个人虔信的新教特征。同时，这一章还从"人心中的圣殿"这一意象出发讨论了赫伯特诗集取名为《圣殿》的合理性。

结语部分探讨《圣殿》的最后一首诗《爱（三）》["Love (III)"]。五种感官意象在该诗全部出现，说话者第一次与上帝有了全面的感官交流。这首诗通过人神之间的互动，全方位地体现了新教改革神学对赫伯特产生的重要影响。

在进入正文之前，有必要指出的是，本书所引用的赫伯特诗歌主要来自教士哈钦森编辑出版的《乔治·赫伯特作品全集》，同时也分别参考了安·P. 斯拉特（Ann P. Slater）、海伦·威尔考克斯（Helen Wilcox）以及 C. A. 帕特里德斯（C. A. Patrides）等人编辑的版本。赫伯特的所有诗歌作品还没有中译本正式出版，因此除非特别注明，文中所引诗歌均为笔者自译。

第一章　赫伯特轻理性、重感觉的特点

　　理性与信仰的关系问题是贯穿基督教神学发展过程的基本问题之一，在新教改革以前的基督教哲学中，围绕这对关系问题"存在着两种相互对立的思想传统，即奥古斯丁主义和托马斯主义"[1]，前者对理性持贬抑态度，而后者则用理性充实基督教信仰。

　　托马斯主义的代表人物是中世纪神学家托马斯·阿奎那（Thomas Aquinas, 1225—1274），他被天主教会奉为"天使博士"，是经院哲学的集大成者，也是天主教神学理论的主要奠基者。他成功地把基督教思想与亚里士多德哲学融合在一起，建立起庞大的经院哲学体系，使基督教神学达到了信仰与理性之间的和谐共存。阿奎那的突出贡献是把理性和逻辑推理引入神学领域，比如提出著名的五个方法来证明上帝的存在。[2]在阿奎那看来，理性"在神学里也有基本功能，可以证明那些严格讲不是信仰内容的天启真理"[3]，另外，尽管理性有其局限性，但信仰却可以弥补这种局限，因此"信仰和理性能够相容"对阿奎那神学来说是至关重要的一点。[4]阿奎那的理性证明方式为天主教神学奠定了理性的信仰基础，我们可以在天主教教义的"功德论"和"神人合作说"中发现理性信仰的表现形式，因为它们都反复强调救赎的合理性，使上帝的作

---

① 赵林，《基督教思想文化的演进》，第 43 页。
② 五种证明方法为：第一，从运动的事实出发，推理出存在一个不动的推动者，即上帝；第二，从动力因的性质出发，推理出必定有一个最初的动力因；第三，从可能性和必然性出发，推理出一个绝对必然的存在者；第四，依据优越等级性原则，从不完美的经验事物推出一个"最完美的存在者"；第五，根据世界的秩序推理出一个有目的的宇宙设计者。详见：赵林，《基督教思想文化的演进》，第 53 页。
③ 冈察雷斯，《基督教思想史》第二卷，陈泽民等译，南京：译林出版社，2010，第 260 页。
④ 克拉克，《托马斯·阿奎那读本》，吴天岳、徐向东编，北京：北京大学出版社，2011，第 37 页。

为能被人的理性理解和接受。

　　然而，16 世纪开始的宗教改革运动反对中世纪经院哲学倡导的理性与信仰之间的和谐相容，新教改革者们回到早期奥古斯丁超理性的神秘主义，在奥古斯丁的"原罪"和"救赎"理论基础上发展出"因信称义"和预定论的观点，对理性采取了一种批判态度。路德 1517 年所写的《驳经院神学论纲》（"Disputation Against Scholastic Theology"）宣告了他与以阿奎那为首的经院哲学的决裂，表明他反对通过理性来解释人类的信仰。在路德看来，理性的权威只局限于世俗领域，不能使用于和上帝有关的神圣事物，因此以路德为首的新教改革者们普遍采取反理性的立场。

　　乔治·赫伯特的宗教思想在很大程度上受到新教改革者的影响，他同样反对人类理性过多插足神学领域。不仅如此，身处 16、17 世纪科学理性兴起的时代，赫伯特还就科学理性的发展对大自然的威胁以及对传统神学的影响都给出了回应。

　　本章首先描述赫伯特所处时代科学理性逐渐兴起的背景以及科学理性的发展对人的自然观和神学观产生的重要影响，并着重介绍赫伯特的亲友培根和爱德华·赫伯特在科学和理性神学方面的突出贡献，此为赫伯特坚持反理性思想的外在环境。其次，本章将重点阐述赫伯特反理性立场形成的内在根源，即他受到新教神学思想的影响，对理性在神学领域的使用持批判态度。在新教改革者眼中，基督教具有非理性的特点，因此信仰与理性是一对难以调和的矛盾。从大量的诗歌分析可以看出，赫伯特反对把抽象理性运用于神学当中，转而寻求简单直接的感官体验来描写人神关系。

第一节　"自然之书"与科学理性的兴起

　　赫伯特生活的 16、17 世纪是英国从中世纪向现代社会迈进的过渡时期，是新旧交替的历史拐点，同时这个阶段也是人们思想急剧变化的时代。[①] 布什曾说："在 1600 年，受过教育的英国人的思维方式和他们

---

① 罗素在《西方哲学史》中指出，17 世纪人们的思想发生了急剧变化，"按思想见解讲，近代从十七世纪开始"。见：罗素，《西方哲学史》下卷，马元德译，北京：商务印书馆，2013，第 45 页。

眼中的世界多半是属于中世纪式的，而到了 1660 年，他们已经多半使用现代的思维方式了。"[1]传统意义上，我们称这一阶段为"文艺复兴"（Renaissance）时期，然而在西方文学和历史学研究中，学者们现在更倾向于用"早期现代"（Early Modern）来代替"文艺复兴"的说法。美国当代学者彼得·赫曼（Peter Herman）指出，"早期现代"这一术语得到越来越多的认可，其原因在于，首先，"文艺复兴"这个词强调古典学和古典文化的复兴，因此必然偏重精英文化，而人们日益关注的非精英文化的产物和历史则只有"早期现代"这个概念能够覆盖；其次，相比之下，"早期现代"更显精确，因为西方现在所处的现代化的 21 世纪，其开端正好在 16、17 世纪。[2]"文艺复兴"的说法旨在强调古典文化的复兴，侧重于"承前"，而"早期现代"则意味着人们开始关注这一历史阶段的现代性和它"启后"的作用。

　　这一时期的现代性主要体现在科学理性的兴起，具体表现在天文、航海、制图、化学等自然科学领域。[3]在此期间值得注意的有一个概念，即"自然之书"（the Book of Nature）。这个概念在西方传统中有着漫长的历史，其源头可以追溯到古希腊时期。柏拉图（Plato）的理念论认为，世界分成两部分，这个可见的自然世界只不过是一个永恒的精神世界的投影，可见的世界是低级、短暂而且容易腐朽的，而在高处的精神领域有着一个终极的真实或真理。这样的思想后来被基督教借鉴吸收，并且在中世纪发展出"自然之书"的说法。相比古希腊轻视物质世界、鄙弃自然的思想，基督教发掘了自然本身的宝贵价值，即自然是上帝的启示，是除了《圣经》之外上帝写的第二本书，通过了解自然，人们能够了解上帝。早期的基督教教父和解经家奥利金（或译"俄利根"，Origen, 185—254）

---

① Douglas Bush, *English Literature in the Earlier Seventeenth Century, 1600—1660*, p. 1.

② 见：Peter Herman, *A Short History of Early Modern England: British Literature in Context*, Hoboken: Wiley-Blackwell, 2011, pp. 1-2.

③ 关于这一时期欧洲大陆和英国在科学和理性方面的发展及其对文学的影响，可参看：Marie Boas, *The Scientific Renaissance: 1450—1630*, New York: Harper & Row, 1962; Douglas Bush, *English Literature in the Earlier Seventeenth Century, 1600—1660*; Douglas Bush, *Science and English Poetry: A Historical Sketch, 1590—1950*, New York: Oxford University Press, 1950; 胡家峦，《历史的星空——文艺复兴时期英国诗歌与西方传统宇宙论》。

对此有这样的解读：

> 使徒保罗教导我们，上帝不可见的东西是通过可见的东西来理解
> 的，而且对于那些不能被看见的东西，我们可以通过它们与那些看见
> 的东西之间的联系和相似性来把它们看清楚。保罗因此指出，这个可
> 见的世界可以教会我们认识那个不可见的世界，这个尘世的景象包含
> 着一些天国事物的模式。所以，我们从低处的事物攀升到高处，通过
> 地上所见的事物来感知和理解天国的事物，这些都是有可能的。在这
> 样的模式下，造物主使得地上的被造物与天上的事物相似，从而使它
> 们丰富的多样性能被轻易地推断出来，并且得到理解。[1]

奥利金很早就解读了尘世和天国的对应关系，指出可见世界的重要
价值，说明可见世界是理解不可见世界的关键要素。这样的解经法注重文
本和自然世界的象征意义，也为"自然之书"这一概念的形成奠定了基
础。其后，他的思想在历经巴兹尔（Basil）、圣·安布罗斯（Saint Ambrose,
340—397）、奥古斯丁等人的发展后更加成熟，直到 12、13 世纪，"自然
之书"的观念正式形成。其间出现了许多关于自然这本书的描述。12 世
纪，里尔的阿兰（Alan of Lille, 1128—1202）在他的一首短诗中说道：

> 世间所有被造物，
> 像一本书、一幅画，
> 于我们，是明镜，
> 如实映照出
> 我们的生存和死亡，
> 我们的现状和过往。
>
> *Omnis mundi creatura*
> *quasi liber et picture*
> *nobis est speculum.*
> *nostrae vitae, nostrae mortis*

---

[1] Origen, *The Song of Songs, Commentary and Homilies*, trans. R. P. Lawson, London: Longmans, Green & Co. Ltd., 1957, p. 218.

nostrae status, nostrae mortis

fidele signaculum.[1]

这是中世纪文学史中较早把自然比作书本的一段话，其中体现出人的生命与他周围的创造物之间的关联。对人而言，自然是一本书、一幅画或一面镜子，可以折射出人的生存状况，正如佛教偈语"一花一世界，一叶一菩提"所说，自然有其精神上的象征意义。研究自然科学和基督教人文主义的学者彼得·哈里森（Peter Harrison）就认为，在科学兴起之前，"可见世界的重要性不在于它如何运作，或者如何相互作用产生某种结果，而在于它的象征意义。"[2]其中，"被造物"作为"书"的形象逐渐普及，并且成为中世纪和早期现代基督教传统中一个重要的隐喻。

13世纪神学家圣文德（St. Bonaventure, 1221—1274）在《神学概要》（*Breviloquium*）中提及："因此上帝写了两本书，一本写在内部，是上帝的永恒艺术和智慧，另一本写在外部，也就是可感知的世界。"（Accordingly, God composed two books: one written within, which is the Eternal Art and Wisdom of God; the other written without, which is the perceptible world.）[3]而16世纪的基督教诗人迪巴尔塔斯（Guillaume de Salluste Du Bartas, 1544—1590）则更形象地诠释了"自然之书"这个概念：

> 世界是一本对开的书，大写字母
> 印刷着上帝的杰作：每一个创造物
> 自成一页；每一次动作都似
> 漂亮的字符，毫无瑕疵。

> The World's a Book in *Folio*, printed all
> With God's great Works in letters Capitall:
> Each Creature is a Page; and each Effect

---

[1] 转引自：Peter Harrison, *The Bible, Protestantism, and the Rise of Natural Science*, Cambridge: Cambridge University Press, 1998, p. 34.

[2] Peter Harrison, *The Bible, Protestantism, and the Rise of Natural Science*, p. 17.

[3] St. Bonaventure, *Works of St. Bonaventure: Breviloquium*, vol. 9, trans. Dominic V. Monti, New York: Franciscan Institute Publications, 2005, p. 94.

A fair Character, void of all defect.[1]

与赫伯特同时代的医师兼作家托马斯·布朗（Thomas Browne, 1605—1682）在《医生的宗教》（*Religio Medici*, 1642）一书中也提到："因此，我对神的认识来源于两本书。一本是由上帝写好的，除此之外，另一本是他的仆人'自然'，这幅普适的、公共的手稿摊开在每个人眼前。"[2] 布朗口中的第一本书指的是《圣经》，而第二本就是"自然之书"。

由此可知，基督教"自然之书"的主要内涵可以归结为以下几点：首先，外在世界以一本书的形象出现，可以供人阅读观察，每一种创造物都构成了这本书的一部分，反映了上帝的永恒设计；其次，"自然之书"和《圣经》共同具有启示功能，具有神圣性，这两本书共同帮助人们理解不可见的上帝；最后，和《圣经》不同，"自然之书"超越了人的理性所能理解的范畴，它是一种象征符号，一种宗教启示，并不能用人的才智和理性去掌握，而只能依靠**感觉体验**。[3]关于这一点，圣维克多的休格（Hugh of St. Victor, 1096—1141）在他的早期著作《学习论》（*Didascalicon* 或 *Didascalion*）中说：

> 这整个可见世界都是由上帝之手写就的一本书，也就是说，是由神圣的力量创造的；这本书里一个个的创造物并非由人的意志设计出来，而是神圣权威为了显示不可见的上帝智慧而造就。但是，正如不识字的人看着一本打开的书却不认识里面的字，那些不能感知上帝的人只看到外在可见事物的表象，却不能理解其内在的缘由。但是对于那些注重精神生活、能够对凡事做出正确判断的人，当他思考外部世界的美丽时，他在内心也能感受到造物主的非

---

① 转引自：A. B. Grosart (ed.), *The Complete Works of Joshuah Sylvester*, vol. I, Edinburgh: Edinburgh University Press, 1880, p. 20.

② Thomas Browne, *Religio Medici*, Cambridge: Cambridge University Press, 1953, p. 24.

③ 事实上，中世纪基督教传统认为，自从亚当堕落之后，人类的眼睛受到蒙蔽，失去了窥探外在自然中的精神意义的能力。为此，上帝造出了另一本书，即耶稣基督，来显明他的智慧。详见：Hugh of St. Victor, *On the Sacraments of the Christian Faith*, vol. I, trans. Roy J. Deferrari, Cambridge, MA: Medieval Academy of America, 1951, p. vi. 文中的黑体为笔者所加。

凡智慧。①

结合上面的例子，我们可以看到，中世纪和早期现代对于"自然之书"的解读都是基于宗教启示层面上的，人们并不关心自然本身的特点和原理，而只在乎它与不可见的上帝之间的联系。也正因如此，人们在自然中冥想思考，却不敢过多地去探索、挖掘自然本身，对自然怀着敬畏的心态。

而当历史进入16、17世纪，对"自然之书"的解读发生了根本性的转变。随着科学和理性的兴起，传统的将自然纳入宗教和启示神学范畴的观念受到质疑。这一时期先后涌现出许多杰出的、影响整个人类现代化进程的科学家，他们把自然与宗教分割开来，开始用科学和理性的方式来解读自然这本庞杂的百科全书。正如杨周翰指出的，"16世纪末、17世纪初英国知识界关心的、不能逃避的问题有两个：宗教信仰和刚刚抬头的科学思想"②，宗教信仰和科学思想在这一时期产生了诸多矛盾，二者对待自然界的方式是截然不同的。

科学的发展使人们相信"自然之书"可以通过理性，诸如数学、计算等方式去理解。意大利科学家伽利略（Galileo Galilei, 1564—1642）和赫伯特生活在同一时期，他也承认读懂自然之不易，然而他认为解读自然并非毫无办法。他认为，世界或宇宙不是由上帝书写的，而是用数学的语言写成的。在1623年出版的《试金者》（*The Assayer*）中，伽利略指出：

> 哲学被书写于摊开在我们眼前的这本大书中——我指的是这个宇宙——但是如果我们不去学习写成这本书的语言，不去掌握书中的符号，我们就不能理解它。这本书是用数学的语言写成的，里面的符号有三角形、圆形和其他几何图形，如果没有这些图形的帮助，我们连一个字都不可能读懂，而且将徒劳地在黑暗迷宫中徘徊。③

伽利略眼中的宇宙是可以用理性去分析阅读的，而且自然的神圣外衣被剥去，剩下的就是一个机械的研究对象而已。在他之前，也就是略

---

① 转引自：Peter Harrison, *The Bible, Protestantism, and the Rise of Natural Science*, p. 1.
② 杨周翰，《十七世纪英国文学》，北京：北京大学出版社，1985，第50页。
③ 转引自：E. A. Burtt, *The Metaphysical Foundations of Modern Physical Science*, London: Kegan Paul, Trench, Trubner & Co. Ltd., 1925, p. 64.

早于赫伯特生活的年代，欧洲大陆的科学技术迅猛发展，新思想、新观念层出不穷，人们充满了创新意识，表现出强烈的、推翻基督教传统的反叛精神。

在此之前，人们认为，自然世界由上帝创造，担负着启示上帝的重任，它本身的价值和运转原理并没有得到很多关注，相反，人们重视它，是因为它的神圣和神秘，因为它象征着道德、宗教和形而上的真理。然而，随着科学的发展，"自然之书"与上帝之间的纽带逐渐被割裂，越来越多的人质疑传统的信仰，宗教被慢慢驱逐出自然领域，上帝的空间也被挤压，直至自然神论兴起，自然最终脱离上帝的统治。

科学理性对当时的基督教信仰构成了极大的困扰和挑战，赫伯特也是其中焦虑的一员。早在 17 岁时，赫伯特在写给他母亲的一首十四行诗中就发出了这样的感叹："我的上帝，对你的古老狂热去了哪里？"（*Works*: 206）而对这位诗人造成最直接冲击的恐怕要数他的好友培根，后者对赫伯特的诗歌创作也产生了重要影响。

培根无疑是一个打破旧传统、迎接并塑造新时代的人物。17 世纪诗人亚伯拉罕·考利（Abraham Cowley, 1618—1667）曾经在诗歌《献给皇家学会》（"To the Royal Society"）中盛赞培根对科学做出的贡献，甚至将他等同于《圣经》中的摩西，称他带领人们穿越知识的荒野，最终来到了应许之地的边缘。

> 培根，仿若摩西，引领我们向前，
> 　　穿过贫瘠的荒原，
> 　　来到那边缘站立，
> 　　紧挨着应许之地，
> 在他崇高的智慧铸成的山巅，
> 　　他俯瞰，还把风景为我们展现。

> Bacon, like Moses, led us forth at last,
> 　　The barren Wilderness he past,
> 　　Did on the very Border stand
> 　　Of the blest promis'd Land,
> And from the Mountain's Top of his exalted Wit,

Saw it himself, and shew'd us it. [①]

培根对科学理性和人本身的力量深信不疑，正是从他开始，知识和信仰被分割开来。他在《学术的进展》中说道：

> 通过对自然的冥思，可以确定上帝的存在，并以此显示他的力量、神恩和至善，这是一个极好的论点，也被许多人加以巧妙地论证。但是另一方面，要想以自然的冥思或人类知识为基础，得出信仰具有真实性和说服力的做法，在我看来并不稳妥：属于信仰的东西，归给信仰（*da fidei quae fidei sunt*）。[②]

这最后一句模仿《圣经》的话语"属于信仰的东西，归给信仰"宣告了培根对宗教信仰没有太多兴趣，他是科学界的摩西，把人引入科学的殿堂，而把宗教信仰排除在知识之外。

正是培根的这部代表作《学术的进展》，在由英文翻译成拉丁文出版的过程中，其中一部分恰好是由赫伯特翻译完成的。培根为此还专门给赫伯特写信表达他的赞赏和感激之情，其中写道：

> 您为了翻译我作品中的一部分内容熬费苦心，我切不敢忘，特意献上病中拙作。另外，关于赠诗的对象，我一向喜欢挑选那些最能应和我诗歌的人，要论神学和诗学的结合（前者是这些小诗的内容，后者是这些小诗的风格），我想不出更好的人选。（*Works*: xl）

信中提到的赫伯特翻译的作品正是《学术的进展》，而培根赠给赫伯特的诗歌则是对《圣经》中几首诗篇的翻译。从这封信中，我们不难推断出两人之间的友谊（事实上，培根与赫伯特之间经常有书信往来，而且在培根 1626 年去世之后，赫伯特还帮助召集一批文人撰写诗歌纪念这位老友）。赫伯特为了翻译《学术的进展》，自然仔细研读过这本著作，也很可能读过培根的其他书籍。也正因如此，他能够切身感受到所处时

---

① Thomas Sprat, "Preface", in *The History of the Royal-Society of London: For the Improving of Natural knowledge*, London: Printed for J. Knapton, etc., 1734, p. 2. 考利的诗歌《献给皇家学会》全文被收录于该书序言。

② Francis Bacon, *The Advancement of Learning*, ed. William A. Wright, Oxford: Clarendon Press, 1957, p. 109.

代科学理性正在崛起，而信仰逐渐被忽略的现实。笔者认为，正是这个现实让他感到焦虑，也是他诗歌中表现出来的鲜明的反理性立场的直接缘由。尽管赫伯特在创作高峰期，也就是生命的最后几年过着半隐居的乡村生活，但他的诗歌却被深深地打上了时代的烙印，是对所处时代"新科学"的直接回应。

　　由此可知，关于理性在外部自然的胜利，赫伯特都有所了解，然而尽管他已经摸到了时代前进的脉搏，却依然始终守卫着传统的信仰，就像他在《珍珠》中所说的："所有大门都向我敞着，或者我有钥匙打开：/然而我只爱你，别的门不进"①。

　　在《神学》（"Divinitie"）的前 2 节，赫伯特对于理性时代的兴起表达了他的不满和忧虑：

> 人们因为害怕星星会睡着或打盹，
> 　　或在夜里绊倒，就给它们安上了轨道；
> 好像它们还比不上乡巴佬，
> 　　虽然没有向导，星星也不会迷路。
>
> 同样地，他们也如此对待另一个苍穹，
> 　　神的超验天空：
> 他们用智慧的刀刃，在上面切割雕琢。
> 　　理性大获全胜，信仰无人问津。

> As men, for fear the starres should sleep and nod,
> 　　And trip at night, have spheres suppli'd;
> As if a starre were duller than a clod,
> 　　Which knows his way without a guide:
>
> Just so the other heav'n they also serve,
> 　　Divinities transcendent sky:
> Which with the edge of wit they cut and carve.
> 　　Reason triumphs, and faith lies by. (*Works*: 134)

---

① 何功杰译，见：王佐良编，《英国诗选》，第 107 页。

　　这首诗的第 1 节描述科学理性亵渎了外界自然，尤其是宇宙空间，而第 2 节则描写人的理性侵犯了神的天空。在赫伯特看来，星星的运转自有造物主精妙的安排，并非人力所能控制。给星星安上轨道，将它们串联起来，是人试图通过理性凌驾于上帝意志之上的一种傲慢表现。

　　在另一首题为《虚空（一）》（"Vanitie I"）的诗歌中，赫伯特细致地描写了当时人们用科学理性探索自然的情景：

> 　　敏锐的天文学家，他的头脑
> 有穿透的本领，把天体钻孔、串联在一起：
> 他从这门走到那门，观察它们于何处停靠，
> 　　审查着，仿佛是他设计
> 在那里做个交易：他看到它们的舞步跳动，
> 　　　　而且早已知晓
> 它们正面的凝视或是暗中的一瞥惊鸿。
>
> 　　敏捷的潜水者，他的身体
> 能够刺破汹涌的波涛，只为寻找
> 那昂贵的珍珠，上帝故意把它藏起
> 　　不让可怜的人把险冒，
> 他的性命原本不至丢掉，她的也得保全，
> 　　　　然而，她的骄傲超出限制
> 给自己带来毁灭，给他人带来危险。
>
> 　　精细的化学家，能够剥离
> 创造物，以至一丝不挂，直到他找到
> 伏在它们的巢穴内，青涩的原理：
> 　　那里，他向它们传授他的智慧，
> 得以进入它们闺房，此后它们方可
> 　　　　现身，穿着整齐
> 迎接门前平凡的追求者。
>
> 　　还有什么，人们没有搜索和寻访，
> 除了他亲爱的上帝？然而他的律法光辉

环绕我们胸间，让大地成熟芬芳

　　用雨露和寒霜，用慈爱和威严，

因此我们不必问，这位长官在哪里？

　　　可怜的人，你到处寻找

找到了死亡，却错过生命，它近在咫尺。

　　　The fleet Astronomer can bore,
And thred the spheres with his quick-piercing minde:
He views their stations, walks from doore to doore,
　　　Surveys, as if he had design'd
To make a purchase there: he sees their dances,
　　　　And knoweth long before
Both their full-ey'd aspects, and secret glances.

　　　The nimble Diver with his side
Cuts through the working waves, that he may fetch
His dearely-earned pearl, which God did hide
　　　On purpose from the ventrous wretch,
That he might save his life, and also hers,
　　　　Who with excessive pride
Her own destruction and his danger wears.

　　　The subtil Chymick can devest
And strip the creature naked, till he finde
The callow principles within their nest:
　　　There he imparts to them his minde,
Admitted to their bed-chamber, before
　　　　They appear trim and drest
To ordinarie suitours at the doore.

　　　What hath not man sought out and found,
But his deare God? Who yet his glorious law
Embosomes in us, mellowing the ground

With showres and frosts, with love & aw,

So that we need not say, Where's this command?

Poore man, thou searchest round

To finde out *death*, but missest *life* at hand.（*Works*: 85-86）

  该诗分为 4 节，原诗每个诗节都以"ababcac"的韵脚写成。前面 3 节的结构基本相同，而且内容也类似，组成了平行段落。第 1 节描写天文学家对自然宇宙的探索，第 2 节讲的是潜水者为了满足女人的虚荣，冒着生命危险潜入深海寻找珍珠，第 3 节向我们展示了一个化学家或者说炼金术士如何在他的实验室里探索事物内部隐藏的秘密。

  迈克尔·舍恩菲尔特（Michael Schoenfeldt）指出，这首诗的前 3 节含有强烈的性暗示，赫伯特使用大量与"穿透"有关的意象来展现人类在进行科学探索时错置的骄傲和最终的徒劳无功，而且这个意象随着诗歌的发展变得越来越与两性之间的性爱挂钩。敏锐的天文学家能够"钻孔"（bore），用他富有"穿透力"的头脑（quick-piercing minde）将天体串联在一起，而且他还和那些星星们眉来眼去，正面的凝视和暗中的一瞥他都知晓；同样，敏捷的潜水者"刺破"（cuts through）汹涌的波涛，只为寻找昂贵的珍珠；而第 3 节中的化学家则更像是强奸者，他在"闺房"（bed-chamber）中脱去创造物（creature）的外衣，侵犯了它们"青涩的原则"（callow principles）。①

  也有不少学者，比如阿伦·茹德朗（Alan Rudrum）并不赞同把赫伯特虔诚的诗歌与性爱联系在一起，他认为《虚空（一）》这首诗首先要表达的主题是反理性，其中的性暗示成分是次要的，夸大这些内容是对赫伯特诗歌的一种误读。②

  其实，《虚空（一）》中包含的性的隐喻和反理性主题并不冲突，而是紧密结合，不可分割，这与赫伯特生活的时代背景仍然息息相关。在西方传统文学作品中，自然往往以女性，尤其是女神的形象出现，她神

---

① Michael Schoenfeldt, *Prayer and Power: George Herbert and Renaissance Courtship,* Chicago: University of Chicago Press, 1991, p. 246.

② Alan Rudrum, "The Problem of Sexual Reference in George Herbert's Verse," *George Herbert Journal* 21.1 & 2 (Fall 1997/Spring 1998): 23-31.

秘而强大，通常具有主宰人类命运的力量。①然而到了16、17世纪，随着科学理性对自然的不断探索，自然女神的神秘面纱被揭去，甚至逐渐沦落为被人类挖掘和利用的对象。培根在一篇短文《时代的男性产儿》（"Masculine Birth of Time"）中阐述了如何使用科学方法来探索自然，文中使用男性化的掠夺意象来描述探索自然的过程，"将自然和她的子嗣像奴隶一样捆绑并且随你处置"②。如果说自然母亲是女性，那么科学理性在这里则扮演着具有侵略性和破坏性的男性角色。在《新工具》（The New Organon）的序言中，培根还提到：

> 如果有任何人不满足于停留在或仅仅使用已经发现的知识，而渴望进一步深入地挖掘；不是在辩论中战胜对手，而是在行动中征服自然；不是去寻求那些漂亮而可能的猜测，而是去发现确定而可论证的知识——这些人全都是知识的真正儿子，我邀请他们与我一起，穿过许多人曾经踏足的自然的外院，而找到一条最终通往她内室的道路。③

由此可见，在17世纪文学作品中，人们用性的意象来描述探索自然的过程，将自然比作受到侵犯的女性是不足为奇的。

在《虚空（一）》的第3节，我们能清晰地看到培根这段话的影子。平凡的追求者（ordinary suitors）站在门前，就好比许多普通人都曾经踏足过自然的外院，而精细的化学家是一个不同寻常的科学追求者，是培根所说的知识的真正儿子，他不满足于自然女神漂亮的外表，不仅经过自然的外院，还要剥光她的衣饰，进入她的内室和闺房，探索更深的秘密，这种用行动征服自然的做法本身就具有强烈的性暗示。宗教诗人赫伯特在诗歌中采用如此众多的与性有关的意象，其目的就是深刻揭露科

---

① 相关作品有12世纪的诗人伯纳德·西尔维斯特里斯（Bernard Silvestris, ?—1178）的《宇宙志》（De Mundi Universitate），其中提到的自然女神叫"那图拉"（Natura）。同时期的法国诗人里尔的阿兰在《反克劳狄阿努斯：或善良完美的人》（Anticlaudianus: or the Good and Perfect Man）中也讲到自然女神创造人类的过程。

② Francis Bacon, "Masculine Birth of Time," in The Works of Francis Bacon, vol. 15, ed. Basil Montagu, London: William Pickering, 1834, p. 224.

③ Francis Bacon, The New Organon, ed. Lisa Jardine and Michael Silverthorne, Cambridge: Cambridge University Press, 2000, p. 30.

学理性在探索自然时表现出的专横、强暴的特质，从而强化他诗歌中的反理性主题。

　　科学理性一方面用专制暴力的方式侵犯神圣自然，另一方面也使人变得骄傲，而后者是赫伯特对理性展开批判的最主要原因。在《虚空（一）》的第 1 节第 4—5 行，诗人写道："审查着，仿佛是他设计 / 在那里做个交易"，此处第 4 行本身就可以自成一句，拥有完整的意思，如果把后面的"在那里做个交易"暂时忽略或延宕，读者脑海中会自然而然地认为"设计"这个动词后面应该紧跟诸如前面提到的"天体"这样的宾语，即，仿佛是人设计了天体。这很可能正是诗人想要通过这一文字上的小把戏所要达到的效果，其中涉及《圣经》中《创世记》的描写，也暗示着人类想要取代上帝的企图。与此紧密相关的还有另一首题为《晨祷》（"Mattens"）的诗，其中第 15—16 行给《虚空（一）》中的假设提供了一个正面的回答："他没有创造天与地，/ 却研究它们，而非它们的创造者。"（He did not heav'n and earth create, / Yet studies them, not him by whom they be.）（*Works*: 63）此处，诗人指出了人忽略造物主，反而去研究他的创造物的舍本逐末的做法。

　　《虚空（一）》第 1 节中出现了一个重要的意象，即天文学家充满智慧、富有穿透力的头脑能在天体上打孔，将一个个天体串联在一起，如同一串珍珠。这个意象在 17 世纪非常普遍，学者里奇认为，赫伯特很可能受到了当时宇宙行星图的启发，因为行星运行的轨道就像一根根绳子穿过星体。[①]这个解释非常生动，也反映出当时科学理性在天文学领域的发展。同时，此处与前文提到的《神学》第 1 节遥相呼应："人们因为害怕星星会睡着或打盹，/ 或在夜里绊倒，就给它们安上了轨道"。

　　诗歌第 2 节尤为尖锐地批判了人的骄傲。上帝本来把珍珠藏在海底，但是由于女人过度的虚荣，敏捷的潜水者不得不冒着生命危险潜入深海。与第 1 节中的天文学家和第 3 节中的化学家有所区别的是，潜水者在挖掘大海的同时，他本身也是一个受害者。女人过度的骄傲"给自己带来毁灭（destruction），给他人带来危险（danger）"。这里，潜水者为了满足女人的骄傲，遭遇的危险仅仅是身体上的，但女人招致的结果是毁灭

---

① 见：Mary Ellen Rickey, *Utmost Art: Complexity in the Verse of George Herbert*, p. 63.

（destruction），这个词显然更严重、更彻底，也暗含着精神上的灭亡。其遭受重罚的原因主要在于骄傲（pride）是基督教七宗罪之首。这节诗歌也暗示着，在科学理性的背后，往往有一个骄傲的动因。从诗人如此无情和直白的语言中，我们可以得知，这个骄傲的动因正是其批判的主要目标。

第3节中精细的化学家自以为比平凡的追求者更加优越，更能窥透事物内在的秘密。他在其他追求者出现之前，以一种强暴的方式闯入创造物贞洁的闺房，并"向它们传授他的智慧"（imparts to them his minde）。这里的"impart"意为"传授，赋予"，除了具有上文提到过的性暗示外，也可能指涉上帝用尘土造出亚当后，将生气吹进亚当的鼻孔，赋予他生命的典故。精细的化学家把创造物剥得一丝不挂，然后将他的思想、智慧或科学理性灌输（吹）到创造物里，仿佛他就成了它们的造物主。凭借智慧的、富有穿透力的头脑，人取得了神一样的地位。

这3个平行诗节都对人的科学理性，尤其是它背后的骄傲予以抨击，这在标题"Vanitie"中已有暗示。[①]"Vanitie"一方面可以指空虚、徒劳无功；另一方面也指虚荣，尤其是对个人成就感到的过度骄傲。实际上，这首诗正是围绕这两层意义展开的，即科学理性的徒劳和人的骄傲。

斯泰因和文德勒都曾先后指出赫伯特诗歌的一个突出特点：结尾往往出人意料，不仅打破之前的结构形式，而且在内容上突然转向，达到最后的反转（final twist）。[②]最典型的例子就是《颈圈》（"The Collar"）中的结尾：

> 我仿佛听到一声呼唤："孩子！"
>
> 于是我答道："我的主。"

> Me thoughts I heard one calling, *Child!*
>
> And I replied, *My Lord.*（*Works*: 154）

---

① 赫伯特为诗集《圣殿》中的每一首短诗都加上标题，根据斯特莱尔的观察，这在英语诗歌史上还是首次，见: Richard Strier, "What Makes Him So Great," in *George Herbert's Travels,* ed. Christopher Hodgkins, Newark: University of Delaware Press, 2011, p. 21.

② Arnold Stein, *George Herbert's Lyrics*, p. 151; Helen Vendler, *The Poetry of George Herbert*, p. 25.

上帝的一声呼唤"孩子",让诗人在前面累积起来的满腹牢骚和抱怨烟消云散,并且立即心甘情愿地臣服。

《虚空(一)》最后一节也在一定程度上实现了最后的反转。前面 3 节讨论人已经探索过的领域,最后一节则突出人们唯一忽略、没有探索过的上帝。"还有什么,人们没有搜索和寻访,/ 除了他亲爱的上帝?""搜索"一词在哈钦森编辑的版本中原文为"sought",然而在 B 手稿里是"wrought"(此处应为"work"的过去分词),即制造、创造之意,自高自大的傲慢态度更加明显。在前面 3 节诗中,人是主体,天文学家、潜水者和化学家都扮演着主动进击的角色,是培根口中的"知识的真正儿子";但是在最后一节,人变为客体,上帝作为主体,在人的胸中藏下他的光辉律法,并且让大地(ground)成熟芬芳。就像另一首诗《教堂地板》("The Church-floore")中的地面实质上隐喻着人的心脏一样,此处"ground"既可指自然界的大地,也可指人的心田。赫伯特在这里把人如何对待自然与上帝如何对待他的创造物(包括人)做了一个对比:"人类严酷无情、目空一切;上帝慈爱而温和,就连他的寒霜也只是为了使大地更加成熟和芬芳。上帝是一个园丁,而人类则是挖掘油井者。"①

该诗的结局是可悲的,当人们失去信仰,就失去了被拯救的可能,因此在培根式科学理性驱使下的人是可怜的(poore man),他无穷无尽地探索着创造物,而非造物主,最终找到的只有"死亡",却错过了藏于他胸间、近在咫尺的"生命",即被救赎的道路。②

第二节　爱德华·赫伯特与理性神学的兴起

前文已经提到诗歌《神学》中有关于理性侵入神学领域的描述:"同样地,他们也如此对待另一个苍穹,/ 神的超验天空:/ 他们用智慧的刀刃,在上面切割雕琢。/ 理性大获全胜,信仰无人问津。"(*Works*: 134)

---

① Richard Strier, *Love Known: Theology and Experience in George Herbert's Poetry*, Chicago: University of Chicago Press, 1983, p. 41.
② 赫伯特作为 17 世纪著名的宗教诗人和牧师,其诗歌中大量引用了《圣经》典故。本书所引《圣经》内容如非特别注明,均出自 2009 年中国基督教协会出版、南京爱德印刷有限公司承印的和合本《圣经》。

实际上，赫伯特在他的诗集《圣殿》中多次影射当时正崛起的理性神论，即人们总是倾向于用理性去理解上帝的企图。这股思潮的引领者正是乔治·赫伯特的兄长爱德华·赫伯特。然而，正如前文所述，乔治·赫伯特虽然摸到了时代的脉搏，但是他在一定程度上却始终扮演着"喜旧厌新"的角色。从他的诗歌当中，我们看到他对新兴的自然神论或理性神学做出了思考，并且予以回应。

如果说在 17 世纪科学和理性兴起的背景下，培根的创举在于把知识和科学从宗教信仰中独立出来，那么爱德华·赫伯特对传统基督教的冲击主要在于把理性运用到宗教中，使得神具有理性化的特点，在理性的运用方面，他走得比阿奎那更远。爱德华·赫伯特在哲学领域被公认为"英国自然神论之父"（father of English Deism）[1]。他的《论真理》把理性和"推理思维"（discursive thought）放在非常重要的位置。该书的初版由拉丁语写成，出版于 1624 年，随后在 1639 年被翻译成法语，直到 1937 年这本书才有英语版本。这本书的最后一部分"关于宗教的共同观念"被认为是全书的精华所在。爱德华·赫伯特在其中提出：

　　　　除了共同理性原则（principles of common reason），没有任何方法能够证明上帝的最高属性，即神圣的宇宙旨意的存在……既然共同理性法则能被应用于任何场域，为什么不把它使用到上帝的宗教领域呢？[2]

理性神学正是发轫于爱德华·赫伯特的这一思想。我们从爱德华·赫伯特的自传中了解到，他对弟弟乔治·赫伯特的才华非常赏识，称他为"杰出的学者"，"英语诗歌在同类中罕见，而希腊语和拉丁语诗歌则更臻完美"[3]。1622 年，爱德华·赫伯特把刚完成的《论真理》拉丁文初稿送给

---

① 爱德华·赫伯特在其著作《论真理》中提出五条基本原则，为后来的自然神论发展奠定了基础。自然神论的基本思想体现在它认为上帝按照理性法则创造完这个世界之后就不再干预世界的运行。他继承了托马斯主义的理性神学传统。

② Edward Herbert, *De Veritate*, trans. Meyrick H. Carré, Bristol: J. W. Arrowsmith Ltd., 1937, p. 305.

③ Edward Herbert, *The Autobiography of Edward, Lord Herbert of Cherbury*, ed. Sidney Lee. London: John C. Nimmo, 1886, p. 22.

乔治·赫伯特阅读。该初稿现存于大英图书馆（MS. Sloane A 3957），其上还有作者爱德华·赫伯特亲手写的献辞（*Works*: xl）。然而，两兄弟的宗教信仰却有所区别，甚至可以说分道扬镳。乔治·赫伯特一生没有离开过英国，在人生的前半段投身于学术和宫廷事业，后来成为贝默顿的乡村牧师，是英国国教的忠实拥护者，而爱德华·赫伯特却曾长期出使法国，在宗教信仰上坚信罗马天主教。对于乔治·赫伯特如何评价《论真理》一书，我们不得而知，但是从他的诗歌作品中，我们知道他并不赞同爱德华·赫伯特的自然神论思想，他对此采取了批判态度。

《伤痛》（"The Agonie"）不同于《虚空（一）》，它将重点转向人的内部精神世界，揭示了理性在宗教信仰面前的无能为力。《伤痛》一诗如下：

> 哲学家们早已丈量高山，
> 探测深海，勘察国家，揣度君王，
> 手握卜杖走向天空，追溯泉涌的方向。
> 　但有两样东西，巨大而宽广，
> 衡量它们更加理所应当，
> 却很少有人将它们测量：罪与爱。

> 　谁欲了解罪，让他去往
> 橄榄山，那里他会看到
> 被苦痛折磨的人，鲜血染满
> 　头发、皮肤和长袍。
> 罪是那压榨机和老虎钳，逼迫痛苦
> 在每根血管里，寻觅残酷的食物。

> 　谁若不知爱，让他品尝
> 那汁液，因十字架上，矛尖
> 又刺穿一个窟窿。让他说说
> 　是否尝过类似的东西。
> 爱是那汁液，最为甘甜和神圣，
> 于上帝是鲜血，于我是美酒。

Philosophers have measur'd mountains,
Fathom'd the depths of seas, of states, and kings,
Walk'd with a staffe to heav'n, and traced fountains:
But there are two vast, spacious things,
The which to measure it doth more behove:
Yet few there are that sound them; Sinne and Love.

Who would know Sinne, let him repair
Unto Mount Olivet; there shall he see
A man so wrung with pains, that all his hair,
His skinne, his garments bloudie be.
Sinne is that presse and vice, which forceth pain
To hunt his cruell food through ev'ry vein.

Who knows not Love, let him assay
And taste that juice, which on the crosse a pike
Did set again abroach; then let him say
If ever he did taste the like.
Love is that liquour sweet and most divine,
Which my God feels as bloud; but I, as wine. （*Works*: 37）

该诗第 1 节延续了《虚空（一）》中科学理性探索自然的主题。其中的"哲学家们"（philosophers）含义广泛，既包括《虚空（一）》中提到的自然领域的科学家，也涉及国家和君王（states and kings）的研究者，他们上天入地，探索世界的奥秘，一如《虚空（一）》中出现的天文学家、潜水者和化学家。值得注意的是，与"测量""衡量"（measure）有关的词语在短短数行中反复出现（measure'd, fathom'd, walk'd with a staffe, traced, sound），而精确的计算和度量正是理性思维的突出特征，是人对事物进行分析和掌控的手段。诗中前三行体现出理性的胜利，然而诗人话锋一转，还有两样巨大而宽广的东西，即罪与爱，没有得到测量，其中同样隐藏着诗人对于"理性大获全胜，信仰无人问津"的现状的担忧。

罪与爱是基督教信仰中两个永恒的主题，那么它们是否真的可以测量？是否真如诗人的兄长爱德华·赫伯特在《论真理》中所说的那样，可以把共同的理性原则"使用到上帝的宗教领域"呢？在另一首题为《罪（二）》（"Sinne II"）的短诗中，赫伯特说：

> 哦，多希望我能亲眼见一次罪！
> 我们把魔鬼刻画得邪恶，然而他
> 仍有好的地方，这一点我们都同意。
> 罪完全处在全能之神的对立面，看吧，
> 它缺乏良善的美德，也没有实体。
>
> 但是上帝给予我们更多关爱：
> 如果幽灵让我们感到悲哀，
> 看到罪，我们变得疯狂。
> 正如我们在梦中见到邪恶的死亡，却仍活下来：
> 魔鬼恰是我们的罪投射而成的形象。

> O that I could a sinne once see!
> We paint the devil foul, yet he
> Hath some good in him, all agree.
> Sinne is flat opposite to th' Almighty, seeing
> It wants the good of *vertue*, and of *being*.
>
> But God more care of us hath had:
> If apparitions make us sad,
> By sight of sinne we should grow mad.
> Yet as in sleep we see foul death, and live;
> So devils are our sinnes in perspective. （*Works*: 63）

　　因此，对于罪和爱这两个概念，文德勒认为迎接我们的应该是"一幅关于'罪'的恐怖图景，以及一幅关于'爱'的美丽画面……我们可能会选取一个长有犄角的魔鬼作为罪的象征。那么用什么来代表爱呢？可能是道成肉身，可能是耶稣复活，无论如何，都要与那个天使般的字眼相称"[①]。然而，在《伤痛》的第2、3节中呈现的两幅画面却是惊人地相似。

[①] Helen Vendler, *The Poetry of George Herbert*, p. 73.

谁欲了解罪，让他去往橄榄山，看一看耶稣在客西马尼园（Gethsemane）遭受的精神上的苦痛折磨，这是第 2 节的大致内容。第 3 节描写的则是耶稣被钉上十字架后遭受的身体上的痛苦。文德勒、斯特莱尔和怀特（James Boyd White）三位学者都一致认可诗中第 2、3 节中呈现的画面几乎相同，它们甚至可以互换，即，第 2 节也可以用来描述爱，第 3 节同时可以用来描述罪。[①]那么诗人为什么要做出这样的安排，为什么用两幅相似的画面来定义罪和爱这两个如此截然不同的概念呢？

　　这样的安排实际上暗示着宗教信仰领域和人的精神世界已经超出了理性的范畴，不能用非此即彼的方式去理解。罪与爱尽管截然不同并且完全对立，却完整地存在并融合于耶稣受难之中。正如诗中所述，"罪是那压榨机和老虎钳"，它让耶稣受难、痛苦、钉上十字架，但是耶稣受难却产生了爱，那种爱是以一人受难来拯救全人类的爱，是诗中所说的压榨后得到的"美酒"，它重新建立起上帝与人之间的联系。"老虎钳"的原文为"vice"，也可理解为"罪恶"，其中的双关用法不言自明。而"压榨机"（presse）这个词也值得深究，首先，诗歌第 2 节明显指涉《圣经》中记载的耶稣在客西马尼园里伤痛的情景。"客西马尼园"往往被认为具有"压榨橄榄油"的意思[②]，赫伯特在诗中使用"presse"这个词，与该地名的含义非常契合，可以形象地刻画出耶稣在这个园子里经受折磨的场景。其次，我们也可以把这个"压榨机"理解为"酒榨"（wine-press），耶稣的身体则被隐喻为一种水果，准确地说，是一串用来酿酒的葡萄。他在象征罪的酒榨中被压迫、碾碎，鲜红的汁液染满"头发、皮肤和长袍"，这是对耶稣在客西马尼园内汗珠如血滴下的生动再现。而在十字架上，罗马兵丁用长矛刺破耶稣的身体，就像打开了一桶葡萄酒，因此全诗一以贯之地体现出圣餐的主题，将罪与爱都融汇于圣餐之中。

① 见：Helen Vendler, *The Poetry of George Herbert*, p. 73; Richard Strier, *Love Known: Theology and Experience in George Herbert's Poetry*, p. 44; James Boyd White, *"This Book of Starres": Learning to Read George Herbert*, Ann Arbor: The University of Michigan Press, 1994, p. 110.

② 见：James Hastings (ed.), *Dictionary of the Bible*, New York: Charles Scribner's Sons, 1963, p. 326; George Arthur Buttrick (ed.), *The Interpreter's Dictionary of the Bible*, vol. 2: E—J, New York: Abingdon Press, 1962, p. 387.

　　圣餐在赫伯特诗歌中占据着重要位置，帕特里德斯对此做出了精准的判断，他说："赫伯特情感的精髓是圣餐。"[①]在这首《伤痛》中，赫伯特最终用圣餐的意象来阐释对"巨大而宽广"的罪与爱的理解，他刻意避免复杂精确的计算和测量，反而借用直接的**感官体验**（看到、品尝）来呈现奥秘的神学。因此，对于共同理性法则是否可以运用于宗教领域这个问题，赫伯特给出的答案是否定的，他并不赞同爱德华·赫伯特在当时提出的理性神学思想。事实上，对赫伯特来说，"科学理性是抽象的，而宗教才是具体而基于经验的"[②]。他在《受难日》（"Good Friday"）第1节中提出了这样的问题，

> 哦，我仁慈的主，
> 我该如何测量你流下的鲜血？
> 我该如何计算你不幸的遭遇，
> 历数你的每次悲切？

> O my chief good,
> How shall I measure out thy bloud?
> How shall I count what thee befell,
> And each grief tell?（*Works*: 38）

　　实际上这些问题都没有答案，因为鲜血和悲伤都无法用理性衡量。诗人在《受难日》后面的诗节中列举了敌人、星星、落叶、果实和时间来衡量上帝的悲伤，实际上也暗示着这种悲伤的不可测量性。和《伤痛》一样，赫伯特在《受难日》同样引出了圣餐的主题，以鲜血来书写上帝的悲伤，"上帝，既然血液是最适合的东西，书写 / 你染血的斗争和你的悲伤"（Since bloud is fittest, Lord, to write / Thy sorrows in, and bloudie fight）（*Works*: 39）。

　　通过上述分析，我们可以看到赫伯特对抽象理性的排斥和对直接感官体验的重视，因此，我们有必要对此做详细的探讨。

---

① C. A. Patrides (ed.), *The English Poems of George Herbert*, London: J. M. Dent and Sons, 1974, p. 17.

② Richard Strier, *Love Known: Theology and Experience in George Herbert's Poetry*, p. 43.

第三节　理性与罪的关联

理性大行其道的时代背景以及赫伯特周围亲友对他的影响是赫伯特诗歌中表现出的反理性倾向的外在环境，然而其内在根源却可以从新教改革时期的神学思潮中找到。

宗教改革者们普遍对理性持批判态度，其中尤以马丁·路德为甚。路德没有对理性做过具体定义，而是把它作为一个整体来讨论。首先，他肯定理性的价值。他认为，理性是上帝给予人的一份珍贵礼物，有了理性，人才能治理这个世界。在人的才智、权威和荣誉中都不能缺少理性的参与。研究路德神学思想的保罗·阿尔托依兹（Paul Althaus）认为，路德"和经院哲学家不同，他像人文主义者一样欣然接受当时新兴的科学。比如，他非常乐于见到印刷术的出现，并称赞这种技术是上帝最好以及最后的礼物"[1]。路德充分利用印刷品作为宣传和辩论的工具，因此西欧印刷术的发展极大地促进了宗教改革运动的成功。[2]

然而，理性有其局限性。在路德看来，理性的权威只局限于世俗领域，只能适用于人的事务（*Coram Hominibus*），即人与人之间的关系以及人与世俗世界之间的关系。而关于神的事务（*Coram Deo*），即与上帝有关的事物，人的理性没有置喙的余地。人类在亚当堕落之后误用理性，沉迷于自己用才智达到的成就当中，因此，以路德为首的宗教改革者们所批判的并非理性这种才能本身，如它的推断、理解和鉴别能力等，而是人们不断地将理性应用于宗教领域的习惯。在《论意志的捆绑》（*The Bondage of the Will*）一书中，路德把人的理性戏称为"理性夫人"（Madame Reason），指出它的荒唐可笑之处。路德将理性与"肉身的智

---

[1] Paul Althaus, *The Theology of Martin Luther*, trans. Robert C. Schultz, Philadelphia: Fortress Press, 1966, pp. 64-65.

[2] 据记载，从 1500 年至 1517 年宗教改革运动开始前的这段时间，德国平均每年印刷的书籍数量是 40 本，而在宗教改革运动开始后，这个数目急速上升到每年 500 本。人们争相从书商手里抢购路德的作品，宗教改革和印刷业二者的结合极大地促进了知识的传播，这一时期被认为开创了现代的"阅读文化"。见：Bard Thompson, *Humanists and Reformers: A History of the Renaissance and Reformation*, p. 372.

慧"相联系甚至等同，指出人的理性有产生一丁点小智慧的习惯，靠着自身的推理和三段法论证来诠释《圣经》，很容易犯以偏概全的错误，并且它像自由意志一样受到推论及其本身智慧言语的捆绑。理性既无法理解也无法忍受《圣经》中的一些真理，因为它们"冒犯了如此多的被历代所承认的杰出人物。在这点上，他们确实要求上帝按照人的规则来行事，而且做那些人们认为正确的事；否则，他就不能算作上帝。他威严的秘密对他来说毫无益处。让他给出理由说明他为什么是上帝，或者他为什么决定或做下那些看上去毫无正义可言的事情"①。总之，理性往往需要为任何事情（包括上帝的作为）寻找合乎逻辑、符合理智的原因。在路德看来，这是人的一种天性，人们总是会希望宗教领域也能用人的理性去理解。路德一直反对的就是人的这种容易产生一丁点智慧的理性，他把理性比作"猛兽"，称它是"一切不幸的源泉"②。

　　在路德看来，人类希望上帝变得合乎理性，这种倾向实际上显示了他们不愿意让上帝做上帝。他们认为，当上帝拯救某些人又惩罚某些人的时候，其中必定有能够为人所知的理由，而当这个理由无处可寻时，他们便认为应该从人身上寻找，因此人自身的一些因素能够影响上帝的决定，从而发展出当时罗马教廷所宣扬的功德论，即人可以通过做工积累善行和功绩，以此增加上帝的恩典。在罗马天主教眼中，上帝是一个严厉的审判官，他需要人类不断地积累善行来平复他的怒火。这种观念发展到极致就是天主教发行的赎罪券，他们将赎罪券定义为教皇分发的功劳，实际上是把灵魂的救赎当作赚钱的工具，而路德发现这样的功德论与《圣经》中的经文不符。路德提出的"因信称义"认为，人的得救并非倚靠行为，乃是完全仰仗人的信仰。他在解释《罗马书》3：24 的经文时指出，保罗在这里想要表达的就是"完全没有功绩这一回事，所有人就像那些已经称义的，都是白白地称义，唯一的途径就是上帝的恩典"③。其后的加尔文在《基督教要义》第三卷第五章中也认为赎罪券

---

① Martin Luther, *The Bondage of the Will*, trans. Thomas Vaughan, London: Hamilton, 1823, pp. 315-316.
② Martin Luther, *Commentary on Galatians*, trans. Erasmus Middleton, London: Mathews, 1810, p. 251.
③ Martin Luther, *The Bondage of the Will*, p. 416.

与《圣经》敌对，其罪恶的根源是不承认基督的恩典。[①]因此，不同于
罗马天主教眼中严厉的上帝形象，宗教改革者们的上帝是充满慈爱和怜
悯的，上帝牺牲他唯一的儿子基督来做他和人类之间的中保，因而人的
救赎途径唯有上帝的恩典。罗马教廷宣扬的通过做工和善行来弥补罪过
从而达到救赎的主张看似符合人的理性，在路德眼中却是异端和对《圣
经》的误读，"无疑是魔鬼的可怕幻象，意图蛊惑全世界"[②]。

　　作为英国国教牧师，赫伯特的宗教思想在很大程度上受到早期宗教
改革者的影响。从他的诗歌中我们能看到，他对人类理性在神学领域的工
作也进行了批判。让我们来观察赫伯特是如何展现人的理性和才智的工
作方式的。《圣殿》这本诗集中有多处提到"工作"（work）和"缠绕"
（wind）这样的动词，而且在多数情况下，赫伯特使用的这些词含有负面
意义。实际上，"work"与"wind"体现了人的理性和才智的复杂程度与
积极性，它们经常与基督教中的"罪"联系在一起，就像路德指出的："这
个罪当然不在人的皮肤或毛发中，而恰恰在于人的理性和意志中。"[③]

　　《世界》（"The World"）是赫伯特诗集中少数几首寓言诗之一，诗
人将人，或者确切地说是人的内心，比喻为一座大房子，将"命运""愉
悦""罪"和"死亡"比作在世俗世界中攻击破坏这栋房子的敌人。诗
人用拟人化的手法描写了这座房子的兴衰和重建，暗含着基督徒在经历
世间各种罪和磨难之后的新生，也显示出新教从《旧约》的律法到《新
约》的福音的转变。该诗第1、2节如下：

> 爱建造了一座豪宅；命运过来入住，
> 她编织幻象时，有人听到她说，
> 她精致的蛛网支撑起了房子的框架，
> 然而，却是房子的框架承载着她的网：
> 但是*智慧*瞬间将蛛网一扫而空。
>
> 随后*愉悦*到来，她不喜房子的风格，

① John Calvin, *Institutes of the Christian Religion*, vol. 1, trans. John Allen, Philadelphia: Presbyterian Board of Christian Education, 1936, pp. 729-731.
② Martin Luther, *Commentary on Galatians*, p. 231.
③ Martin Luther, *The Bondage of the Will*, p. 455.

开始建造*阳台*、*露台*，
直到一切因为改动而不再坚固：
但是尊敬的*律法*，以及许多宣言
通过恐吓终于使一切回复原样。

Love built a stately house; where *Fortune* came,
And spinning phansies, she was heard to say,
That her fine cobwebs did support the frame,
Whereas they were supported by the same:
But *Wisdome* quickly swept them all away.

Then *Pleasure* came, who, liking not the fashion,
Began to make *Balcones*, *Terraces*,
Till she had weakened all by alteration:
But rev'rend *laws*, and many a *proclamation*
Reformed all at length with menaces. （*Works*: 84）

　　首先登场的是"爱"（Love），他建了一座豪宅，随后"命运"（Fortune）到来，织起虚幻的蛛网。尽管这里的"命运"是单数形式，但是此处赫伯特明显借鉴了希腊神话中的命运三女神形象，即克洛托（Clotho）、拉刻西斯（Lachesis）和阿特洛波斯（Atropos）。这三位女神分别负责纺织、丈量和剪断人与神的生命线，从而决定人神的命运。诗中，这位"命运"宣称是她的蛛网支撑起房子的框架，然而诗人紧接着指出，事实正好相反，是房子的框架支撑着她的蛛网。赫伯特在诗中对"命运"的嘲讽也反映出早期宗教改革者如加尔文关于生命的偶然性和上帝旨意的神学思想。人们习惯把万事的发生都归因于命运，而加尔文对此很不赞同。他认为，命运和巧合是异教徒的说辞，在有关人的事上毫无作用，只有上帝统治全宇宙并掌控一切，因而一切事都在他的意旨之内发生，并无偶然性和巧合之说。他在《基督教要义》中说道：

　　　　然而，我们不承认"命运"这个词，不仅因为它是保罗教导我们需要避免的那种新奇而渎神的东西，而且它自身所携带的憎恶给上帝的真理增加了负担。但是"命运"这样的教义却错误而恶意地被加在我们头上。我们并非像斯多亚派那样想象自然界中错综复杂的因果关系有其必然性，相反，我们认为上帝是万物的仲裁者和管理者，他以他的智慧，在遥远的时间以前预定他将要做的事，现今用他的力量施行那预旨。①

在《世界》的前 2 节，"命运"被"智慧"赶走，之后到来的是"愉悦"，安于享受的她不喜欢房子现有的风格，于是修建阳台和露台，使得房子不再坚固。紧随其后的"律法"（laws）和"宣言"（proclamation）通过威胁恐吓的方式使一切恢复原状。赫伯特将律法和恐吓（menaces）联系在一起，表明他并不赞同《旧约》中律法强加给人的诸多限制。

《世界》的第 3、4 节中，这座房子经历了真正严峻的考验，在被完全摧毁之后又得以重建：

> 然后*罪*进门，随之而来的是无花果树，
> 它的叶子曾为人遮挡干旱和雨露，
> 它始终狡猾地工作和缠绕，
> 内墙和梁柱因此被分开，被撕裂：
> 但是*恩典*撑起它们，并砍断那树。
>
> 之后*罪*与*死*联手，组成牢固的关系
> 要把这座建筑夷为平地：
> 他们如愿以偿，因为他们势不可当。
> 但是*爱*和*恩典*拉着*荣耀*的手，
> 建起一座宫殿，宏伟更胜从前。

Then enter'd *Sinne*, and with that Sycomore,

Whose leaves first sheltred man from drought & dew,

Working and winding slily evermore,

The inward walls and sommers cleft and tore:

But *Grace* shor'd these, and cut that as it grew.

Then *Sinne* combin'd with *Death* in a firm band

----

① John Calvin, *Institutes of the Christian Religion,* vol. 1, p. 228

To raze the building to the very floore:

Which they effected, none could them withstand.

But *Love* and *Grace* took *Glorie* by the hand,

And built a braver Palace then before.（*Works*: 84）

无花果树紧随着"罪"而来，因此和"罪"有着密切关系。哈钦森认为此处赫伯特错误地使用了"sycomore"这个词，而斯特莱尔指出"sycomore"既可以指无花果树的一个分支，也可以指一种高大的桑树。堂·艾伦（Don Allen）仔细考察该词的词源以及在《圣经》各种语言版本中出现的情况，确定赫伯特所指的就是《圣经》里的无花果树，而且认为赫伯特所引用的版本正是当时最新、最权威的钦定本《圣经》（King James Version）。①基于此，该诗第 3 节第 2 行中出现的"人"指的就是《创世记》伊甸园中偷食禁果后的亚当，而他用来遮羞的无花果树叶也成为罪的象征。这棵无花果树不断生长，"始终狡猾地**工作和缠绕**"（working and winding slily evermore），撕裂了房子的内壁和梁柱，具有可怕的活力和摧毁性。赫伯特把充满活力的罪投射到这棵始终工作和缠绕的无花果树上，而且"狡猾地工作和缠绕"明显地与撒旦这条机智的毒蛇蜿蜒爬行的动作相似，因此，无花果树也是知识和才智的体现。这首诗从一个侧面反映出罪和理性才智之间的关联。当人获得关于善恶的知识，会用理性来思考、判断问题时，罪就不可避免地出现。在诗集《圣殿》的诗歌排序中，《世界》紧跟着前面的一首诗《叹息与呻吟》（"Sighs and Grones"），该诗第 15—16 行说道："因为我的色欲 / 依旧在缝补无花果树叶，来阻隔你的光线"（because my lust / Hath still sow'd fig-leaves to exclude thy light）（*Works*: 83）。毫无疑问，赫伯特是反对那"工作和缠绕"的无花果树的，就像斯特莱尔分析的那样，即使在人类才智做出的最无辜、最自然的行为里也不可避免地产生内在的罪，②因此"工作和缠绕"导致的往往是罪。

以路德为首的宗教改革者们反对罗马教廷提倡的功德论或做工论

---

① Don Allen, "George Herbert's 'Sycomore'," *Modern Language Notes* 59. 7 (November 1944): 493-495.

② Richard Strier, *Love Known: Theology and Experience in George Herbert's Poetry*, p. 34.

（works-religion），赫伯特也在诗歌中频繁地批评人在积极使用理性和才智之后带来的弊端。诗歌《罪的圆环》（"Sinnes Round"）在形式上被认为是一首图形诗，因为它每一节的末行与其后一节的首行相同，而整首诗的第一行又在最后一行得以重复，使诗歌回到最初的原点，如此环环相扣，首尾交叠，最终形成了诗中所提到的"圆环"形象。①实际上，这首诗许多方面是对其前面一首诗歌《希望》（"Hope"）的呼应和延续。在《希望》中，说话者"我"与拟人化的"希望"互赠礼物，两人通过礼物展开了一场对话：我把一块表送给"希望"，告诉他我已经等了很长时间，然而"希望"回赠给我的是一个锚，意思是再坚定一些；我随后把一本老旧的祈祷书给他看，证明我已经等了很久，但是他却送我望远镜，告诉我眼光要放远一些；于是我送给他一瓶我的泪水，说明我遭受的苦痛，但是他给我一些青涩的麦穗，让我再等一等，因为时机还不成熟。最后，说话者直接坦白，说明"我"最期待的礼物是一枚戒指（ring），是人与上帝之间的一种契约关系。

　　我们可以看到，赫伯特对诗集《圣殿》中的诗歌排列顺序倾注了许多心血，每一首诗歌的位置都恰到好处，而且诗与诗之间存有内在的逻辑关联。关于这一点，艾略特在1962年评论赫伯特时就曾说："我们不能通过某一本选集中的诗篇来判断赫伯特或者完全品味他的天赋和艺术；我们必须把《圣殿》当成一个整体来学习。"②《罪的圆环》紧随《希望》之后，在形式上借鉴《希望》中提到的戒指，形成了一个圆环（ring），但是在内容上又发生了一些变化。《罪的圆环》探讨的不是一枚订婚戒指，而是一个邪恶的循环：

　　　　很抱歉，我的上帝，很抱歉，
　　　　我的过错形成了一个圆环。
　　　　我的想法如忙碌的火焰在工作，

---

① 诗人可能模仿借鉴了同时期诗人多恩的神学组诗《花冠》，该组诗歌由7首十四行诗组成，前一首诗的末句和后一首诗的首句相同，在形式上前后连接，又层层推进，讲述了基督从出生、传教、被钉十字架再到复活和升天的故事。多恩比赫伯特年长21岁，与当时显赫的赫伯特家族有着密切联系，对年轻的赫伯特的诗歌创作产生了重要影响。

② T. S. Eliot, *George Herbert*, p. 15.

直到它们孵化并带来一种鸡蛇兽:
当我的想法一旦完善他们自身的草案,
我的言语就被燃烧着的想法点燃。

我的言语就被燃烧着的想法点燃,
就像西西里的火山喷薄而出。
它们给陶土打孔,穿过其中的断层,
通过呼吸排出浊气。
但是当目的邪恶时,言语已不足够,
我的双手也参与完成这项发明。

我的双手也参与完成这项发明:
因此我的罪升到三层楼那么高,
就像建造巴别塔,在言语没有变乱之前。
然而,坏事从不休息:因为它们供应
新的恶念:因此,我觉得羞惭,
很抱歉,我的上帝,很抱歉。

Sorrie I am, my God, sorrie I am,

That my offences course it in a ring.

My thoughts are working like a busie flame,

Untill their cockatrice they hatch and bring:

And when they once have perfected their draughts,

My words take fire from my inflamed thoughts.

My words take fire from my inflamed thoughts,

Which spit it forth like the Sicilian Hill.

They vent the wares, and passe them with their faults,

And by their breathing ventilate the ill.

But words suffice not, where are lewd intensions:

My hands do joyn to finish the inventions.

My hands do joyn to finish the inventions:

And so my sinnes ascend three stories high,

As Babel grew, before there were dissensions.

Yet ill deeds loyter not: for they supplie

New thoughts of sinning: wherefore, to my shame,

Sorrie I am, my God, sorrie I am. (*Works*: 122)

《罪的圆环》中的说话者以一种歉疚的口吻讲述他不断地犯错、纠错、再次犯错的经历。他分 3 节详细阐述罪的形成过程，即经历想法、言语、实际行动这三个步骤。诗人的兄长爱德华·赫伯特也曾写过类似主题的诗歌，他的开头是这样的，"上帝，我就这样犯罪、忏悔、再次犯罪"①，相比之下，乔治·赫伯特在诗歌结构安排和内容的层层推进方面明显更胜一筹。诗歌第 1 节就交代说话者"我"的过错形成了一个圆环，并将罪的起点定位于人的内在想法（thoughts），而非外部因素的刺激。人的想法如忙碌的火焰在**工作**（working like a busie flame），并且孵化出一种邪恶的鸡蛇兽（cockatrice），②可见诗人在一开始便以批判的态度看待人的智力运转，甚至把其与鸡蛇兽联系在一起，显示出人的想法本身所具有的孵化和创造能力。然而，这种鸡蛇兽是罪恶的象征，因此人"如忙碌的火焰在工作"的想法也变成了邪恶的生产场所，就像斯特莱尔指出的，诗人"用邪恶的词语描述人'发明'的过程"③。"草案"是人的理性和才智的结晶，是付诸实际行动之前必须具备的规划和理念，然而这个词的原文"draught"还有另一层意思，即气流，这个双关语在该诗第 2 节中有所体现。值得注意的是，"言语"和"想法"在诗中界限分明，首先是"想法"如火焰一样在工作，并且形成了一个初步理念，随后，"言语"被这些本身就已经熊熊燃烧的"想法"点着，紧跟着燃烧起来。

在第 2 节中，诗人提到了西西里的火山，哈钦森和斯拉特一致认为

---

① 见：Marchette Chute, *Two Gentle Men: The Lives of George Herbert and Robert Herrick*, New York: E. P. Dutton & Co. Inc., 1959, p. 114.

② cockatrice 是传说中的一种毒蛇，这种动物的形成原因是蛇孵化了公鸡生下的蛋（*Works*: 520）。这种毒蛇在《圣经》中也有提及，是邪恶的象征，如《以赛亚书》14：29 和 59：5。

③ Richard Strier, *Love Known: Theology and Experience in George Herbert's Poetry*, p. 37.

此处指的是意大利的埃特纳火山（Mount Etna），①由此，火焰燃烧的意象在第 2 节得到进一步强化：继燃烧的想法以后，言语更具有活力，如埃特纳火山一样喷薄而出。在这一节中，想法和言语似乎合力在锻造着什么，而且二者的合作还难以达到目标，必须有"双手"的参与，即付出实际行动"完成这项发明"。那么它们在发明什么？从第 3 节的巴别塔形象，我们知道，原来第 2 节中隐含着"熔炉"或"砖窑"的意象，因此，第 1 节里的"draught"可以指草案，同时也可以根据语境翻译成"气流"，因为熔炉需要气流来使火更旺盛，而且在气流的煽动下，"言语"被"想法"点燃。然而为了完成这项邪恶的发明，只有言语和想法还不足够，因此人的双手也参与进来。

诗人把言语、想法和双手三位一体共同完成的发明比作《圣经》中的巴别塔。第 1 节中由想法孵化出来的理念和计划在第 3 节终于变成了现实。人的罪就像那高耸的巴别塔——高傲自大的象征。《创世记》中记载上帝变乱人的语言，让人无法继续建造这座通天塔，类似地，人的罪也会因为上帝的干预而消失。但是这首诗中的故事并未到此结束，"然而，坏事从不休息"，又会有新的罪恶想法产生，就像路德和加尔文都宣称的，只有死亡才能让人彻底摆脱罪恶，而只要肉体不灭，罪就会如影随形。诗歌的结尾又回溯到第 1 节中罪的想法"如忙碌的火焰在工作"，新一轮罪的循环——想法、言语和双手——又重新展开。"很抱歉，我的上帝，很抱歉"这句话在诗歌的首尾重复出现，使得整首诗完完整整地形成了一个罪的圆环。

在《罪的圆环》中，赫伯特批判思想的复杂性及其创造罪恶的强大力量，反映出诗人对神学领域中人的"发明创造"的反感。《神学》一诗也呼应了这一主题。在该诗最后一节，诗人用犀利的笔触写道：

　　那么，烧掉你所谓的本轮，愚蠢的人；
　　　　打破你的所有运行轨道，省省你的头脑。
　　信仰不需要肉体的支撑，仍然能坚定沉稳

① 见：F. E. Hutchinson (ed.), *The Works of George Herbert*, p. 520; Ann P. Slater (ed.), *George Herbert: The Complete English Works*, New York: Everyman's Library, 1995, p. 451.

独自去天堂，并给人以引导。

Then burn thy Epicycles, foolish man;

Break all thy spheres, and save thy head.

Faith needs no staffe of flesh, but stoutly can

To heav'n alone both go, and leade.（*Works*: 135）

"打破你的所有运行轨道，省省你的头脑"，这与《虚空（一）》里的化学家沾沾自喜地"向它们传授他的智慧"形成了鲜明的对比，是对傲慢理性的一种强有力的讽刺。赫伯特反对人们将理性运用于神学当中，表现出他所具有的"特意规避理智的复杂性，而在简单现实中寻找深刻真理的性情"[1]。

第四节　"我五官充满活力"：感觉的重要性

路德在反对理性的辩论中，曾着重强调基督教不可用理性去理解的特点。他认为，人的理性就是愚蠢的代名词，根本无法用来理解上帝的旨意，因为"尽管整个世界由可听见的话语宣告诞生，当理性至今仍然不能理解或相信有一个同时是神又是人的人物存在时，她[理性]又如何能想象在神子和人子耶稣身上的信心是必需的呢"[2]。不仅如此，当人被理性引导时，上帝的许多话语对他来说就会变得荒唐可笑，甚至成为异端邪说，比如，按照人类理性的标准，还有什么比亚伯拉罕的妻子撒拉老迈而不孕的身体还会给他生儿子这件事更加荒谬、愚蠢和不真实呢？对此，路德在《加拉太书注释》（*Commentary on Galatians*）中说：

如果我们遵循理性的判断，那么上帝在向我们传达基督教信仰的教义时所提出的事情就会显得荒诞不经。确实，下面这些事在理性看来都显得愚蠢荒唐，比如主的圣餐把基督的肉和血提供给我们，洗礼可以得重生而且使圣灵更新，死人会在最后的审判日复活，上帝

---

① Terry G. Sherwood, *Herbert's Prayerful Art*, Toronto: University of Toronto Press, 1989, p. 75.

② Martin Luther, *The Bondage of the Will*, p. 230.

　　的儿子基督由童贞女玛丽孕育，基督出生然后在十字架上受难而死，他又复活，而今坐在其父的右手边，他在天国和人间都有权柄。①

　　加尔文也在《基督教要义》里阐释上帝的旨意是如何神秘难测，超出人的理性范畴："每一天的经历都教导我们，他的神秘判断是何等超越我们的理解力。"②正因为人的理性无法理解和相信基督教信仰，路德认为，要想成为真正的基督徒，就必须摆脱肉身的智慧，杀死潜伏在他体内的"理性"这头猛兽，而杀死理性的唯一途径是倚靠信仰，除此之外没有任何东西能够与之抗衡。③

　　在前面的分析中我们已经知道，赫伯特在诗歌中也显示出与宗教改革者类似的观点，即宗教领域不能用理性去理解，比如，他不赞同他的兄长爱德华·赫伯特提出的理性神学思想，而且在《伤痛》一诗中，赫伯特就提到罪与爱都不能用理性来衡量。

　　和路德一样，赫伯特明确把俗世理性与宗教区别开来，他在《乡村牧师》中把宗教信仰领域称为"另一个世界"，而且"那里的井很深，我们自己根本拉不上来任何东西"（*Works*: 228-229）。可见，在赫伯特看来，宗教信仰具有高深莫测的特点，是人的理性无法企及的。斯特莱尔在分析赫伯特诗歌时曾多次提到基督教的奇异性（strangeness）④，导致这种奇异性的原因就是它无法用理性去理解，违反了人的理性原则。

　　《救赎》（"Redemption"）是整部诗集中最早出现的为数不多的几首寓言诗之一。这是一首十四行诗，讲述一个佃农迫于生计，寻找他的主人更换一份新的租约，最终以奇怪的方式得偿所愿的故事。⑤诗中主人公是一个平凡而理智的人，他做的每一件事情都合乎常理。在第 1 个四行体中（quatrain），诗人交代了事情的起因和背景：

---

① Martin Luther, *Commentary on Galatians*, p. 251.

② John Calvin, *Institutes of the Christian Religion*, vol. 2, trans. John Allen, Philadelphia: Presbyterian Board of Christian Education, 1936, p. 280.

③ Martin Luther, *Commentary on Galatians*, p. 251.

④ Richard Strier, *Love Known: Theology and Experience in George Herbert's Poetry*, pp. 48-57.

⑤ 该诗在早期的 W 手稿中标题为《受难》（"The Passion"），点明诗中耶稣下降人间为人类受难的主题。

　　　　长期以来我都是一位富裕领主的佃农，

　　　　　　收成不好，我决心鼓起勇气，

　　　　　　向他提出一个请求，给我提供

　　　　新的低价租约，把旧的那份废止。

Having been tenant long to a rich Lord,

　　　Not thriving, I resolved to be bold,

　　　And make a suit unto him, to afford

A new small-rented lease, and cancel th' old.（*Works*: 40）

　　诗人在此以寓言的形式表达了基督教的核心内容，即标题指出的"救赎"。诗中的佃农叙述了他之所以要去寻找主人，是因为他的土地"收成不好"，而且鉴于他们已经签订合约很长时间（其中也暗示着这个佃农和领主之间保持着长期的良好关系），所以他决定壮起胆量去直接向领主提出更换租约的请求。从主题内容来看，我们知道这个领主和佃农在旧时订立的租约其实就是圣经中的《旧约》，而佃农在《旧约》的严厉律法下过得并不顺遂，因此他想寻求"新的低价租约"，即充满仁慈的《新约》和恩典。从律法向恩典转变，这是宗教改革时期神学的一个重要内容。路德和加尔文都认为没有人能够完全遵守律法，因此人的救赎不可能通过律法达到。① 《旧约》中律法的存在一方面是《新约》福音的预表，另一方面则像明镜映照出人的罪恶。因此，诗歌所探讨的"救赎"并不能依靠《旧约》中的律法，而只能仰仗其预表的《新约》中的恩典才能实现。

　　　　在天国，我去他的庄园找他：

　　　　　　那里的人告诉我，他刚离开

　　　　　　去收回一块土地，他用高价

　　　　早已在人间把这块土地购买。

In heaven at his manour I him sought:

---

① 路德在 1518 年发表的《海德堡辩论》（"Heidelberg Disputation"）中指出："上帝的律法是关乎生命最美善的教导，但它不能促使一个人走上义路；反而会起障碍作用。"见：路德，《路德文集》第一卷，上海：上海三联书店，2005，第 29 页。

They told me there, that he was lately gone

About some land, which he had dearly bought

Long since on earth, to take possession. (*Works*: 40)

在第 2 个四行体，我们知道这个"富裕的领主"原来住在天国，此处诗歌清晰地告诉我们，这首诗中的领主就是上帝，而佃农代表的就是基督徒。佃农在天国没能找到他的主人，因为他去人间收回一块土地，那块地他在很久以前就已经用高价购买。诗人多处强调时间的长度，比如第 1 节中，他成为这位领主的佃农已经很久（long），而第 2 节又表示上帝在人间早已把一块土地购买，透露出上帝预先设定的永恒规划，使人不由联想到加尔文"预定论"中永恒的拣选。诗中涉及一系列关于买卖、租赁的商业用语，如"高价"以及前面提到的"请求""低价租约"等，然而诗中的佃农并没有意识到这些术语背后隐藏的神学含义，这位理性的佃农实际上自始至终并不了解该诗要表达的真意：上帝的恩典。这块土地被高价购买的背后存在一个巨大的讽刺，"这位朝圣者并没有意识到那块土地其实就是他自己，而'高价'（dear）不仅仅指很高的价钱，同时也意味着深深的爱"①。这位佃农在下面的六行体诗节（sestet）中一如既往地合乎情理、按部就班地寻找他的领主。

> 我直接返回，知道他出生时崇高，
> 　　于是我到重要场所去寻觅行踪：
> 　　城镇、剧院、花园、庭院和王宫：
> 最终，我听到一阵刺耳的噪声和欢笑
> 　　来自小偷与杀人犯：那里，我瞧见了这位领主，
> 　　他直接说，我答应你的请求，说完，然后死去。

I straight return'd, and knowing his great birth,

　　Sought him accordingly in great resorts;

　　In cities, theatres, gardens, parks, and courts:

At length I heard a ragged noise and mirth

---

① Patrick Grant, *The Transformation of Sin: Studies in Donne, Herbert, Vaughan, and Traherne*, Amherst: University of Massachusetts Press, 1974, pp. 124-125.

Of theeves and murderers: there I him espied,

Who straight, *Your suit is granted*, said, & died.（*Works:* 40）

由于佃农在天国没有找到他的领主，他便直接回到人间，而且他知道他的主人"出生时崇高"，因此（accordingly），他就到重要的符合他"富裕领主"身份的地方去寻找，比如"城镇、剧院、花园、庭院和王宫"这些大人物经常出没的场所，但是，他仍然一无所获。"最终"（at length）意味着他找了很久，在他没有刻意去找的场所，他首先听到了声音，那是小偷和杀人犯的嘲笑和欢笑声，对应着《圣经》中记载的基督被钉十字架时受到嘲弄以及在两个罪犯中间死去的描述。同时，关于基督在十字架上受难的情形，赫伯特在长诗《献祭》中已经做了详细描写，他以基督的内心为视角，重点突出上帝的仁爱与人类的不感恩之间的强烈反差，如基督给人带来生命，人却把他处死；上帝给人吗哪（Manna），人却喂给他苦汁等一系列对立事件。对此，图芙与燕卜荪曾展开激烈而有趣的对话。①尽管《救赎》的最后也反映献祭的主题，却与《献祭》有着截然不同的侧重点。正如斯特莱尔指出的那样，《救赎》所揭露的主要是基督教的"奇异性"，即不被人的理性所理解的特点，在诗中的叙述者看来，他经过长时间的寻找，一直没有找到他的领主，却在"完全和他的高贵出身不符的地方和情形下找到了他，发现他正和一群既不合适也不应该的人在一起，而且在做着一件完全不合适也不应该的事情——正在死去。诗歌要表达的观点恰好就是基督教在面对自然理性和常识的时候表现出的奇异性"②。

诗中的佃农找到了他的领主，却连开口提出请求的机会都没有。奇怪的是，即使他没有说话，他的领主仍然知道他要说什么，仍然明白他想要的是什么，因为诗中象征基督的领主直接说"我答应你的请求"。而

---

① 燕卜荪对《献祭》进行了文本细读，其中一个引起诸多争议的观点就是他认为基督在诗中就像一个孩子，自己爬上十字架，将亚当和夏娃偷走的苹果重新放回树上从而替人类赎罪，见：William Empson, *Seven Types of Ambiguity*, pp. 232-233. 而图芙则不赞同燕卜荪对基督形象的解读，她追溯基督教历史传统，认为《献祭》借鉴并继承了传统的"基督谴责"（*improperia*）这一主题，展现的是基督被钉在十字架上后对世人的抱怨和谴责，见：Rosemond Tuve, *A Reading of George Herbert*, Chicago: University of Chicago Press, 1969, pp. 23-99.

② Richard Strier, *Love Known: Theology and Experience in George Herbert's Poetry*, p. 57.

仅仅口头的承诺还不足够，为了完成上帝的旨意，使人与上帝重新和好，作为中保的基督必须以他的死为人赎罪，"说完，然后死去"。因此，全诗完满地揭示出新教改革家普遍认同的观点：《旧约》的律法不能使人得救，人的救赎并非依靠人自身的功绩或遵循《旧约》中的律法，而仅仅依赖于上帝的恩典。有趣的是，我们看到《救赎》中的佃农直到最后都不能理解上帝为他提供的恩典，无法理解"富裕领主"在他面前死去这一事件的含义。诗中的佃农虽然得到了恩典，但这并不意味着他值得或者已经理解这样的赏赐。由此可见，预定论的思想贯穿这首诗歌始终，诗人赫伯特用他卓越的诗歌技巧为我们展现了基督教的奇异性，以及预定论的一种模式，即"迷途、眼盲的人也能享受恩典"①。

另一首十四行诗《紧握》（"The Holdfast"）也充分反映出基督教不能用理性去理解的特点。②诗中的主人公一次又一次试图依靠自身的力量来为救赎做点什么，但是却一次又一次被否定，最后面对宗教改革者认为的人不能对自身救赎做出任何贡献的事实，他"讶然伫立"，不能理解，也说不出话来：

> 我威胁将倾尽全力
>> 遵守上帝设立的严苛律令。
>> 但有个人告诉我，这不可能；
> 然而我可以相信上帝是我的明灯。
> 那么我会相信，我说，只相信他。
>> 不，即使相信他，这份相信也是他的。
>> 我们必须承认没有东西属于我们自己。
> 那么我承认他是我的救星。
> 然而没有一样东西是我们的，无须承认
>> 我们一无所有。于此我讶然伫立，
>> 甚为困惑，直到我听见一位朋友的话语，

---

① Patrick Grant, *The Transformation of Sin: Studies in Donne, Herbert, Vaughan, and Traherne*, p. 125.

② 根据哈钦森的注释，该诗标题很可能取自英国国教的《公祷书》（*Book of Common Prayer*）中的诗篇第 73 篇，其中第 27 行写道："然而抓紧上帝于我有益。"（But it is good for me to hold me fast by God.）

所有东西与其说是他的，不如说是我们的。

　　亚当曾经拥有和丧失的一切，

　　如今由基督保管，他不会犯错，亦不会堕落。

I threatned to observe the strict decree

　　Of my deare God with all my power & might.

　　But I was told by one, it could not be;

Yet I might trust in God to be my light.

Then will I trust, said I, in him alone.

　　Nay, ev'n to trust in him, was also his:

　　We must confesse that nothing is our own.

Then I confesse that he my succour is:

But to have nought is ours, not to confesse

　　That we have nought. I stood amaz'd at this,

　　Much troubled, till I heard a friend expresse,

That all things were more ours by being his.

　　What Adam had, and forfeited for all,

　　Christ keepeth now, who cannot fail or fall. (*Works*: 143)

　　整首诗以对话的形式层层推进，其中我们可以听到三个声音："我"（I）、"有个人"（one）和"一位朋友"（a friend）。斯坦利·费什（Stanley Fish）在分析这首《紧握》时认为，该诗突出强调个人不断妥协，最终变得谦卑而自我否定、自我放弃的过程，但是其中提出的人该如何做才能获得拯救的论题使人陷入两难的境地，因为人不管在行动上还是思想上什么都做不了，个人价值和功绩对救赎没有丝毫帮助；为了得救，个人能做的就是放弃自我，否定自我，什么都不做。费什把分析的重点放在人的无力上，他认为《紧握》的主人公在追寻问题的答案时，对"上帝不仅掌控人的行动，而且也掌管人的意志这种过多的善意而感到挫败"①。费什强调《紧握》中主人公挫败和无奈的情绪；与此相反，斯特莱尔则

---

① Stanley Fish, *Self-Consuming Artifacts: The Experience of Seventeenth-Century Literature*, Berkeley: University of California Press, 1972, p. 176.

认为诗歌从一开始就预示着喜剧的结局。在诗歌开头，主人公"我"威胁着说要用全部力量来遵守上帝严厉的命令，其中提出的以"威胁"的方式来遵从命令"瞬间使得描述变得喜剧化，而且毫无疑问诗中的说话者在着重强调他自己的力量"①。

从神学背景来看，诗中主人公所要竭尽全力遵守的"严苛律令"在很大程度上就是《旧约》的律法，他的这一"威胁"在诗中紧接着被否定，体现出宗教改革家们在处理律法时的普遍观点，即人不可能达到严苛律法的要求，"要想完全达到上帝律法的要求，不仅是困难的，而且超出了人的能力极限"②。加尔文还说："只要保留一丁点因行为称义的观念，我们就存有自夸的根据。"③既然行为无用，诗中的"我"就从意志着手，说"只相信他"，但是同样遭到了驳斥，因为"这份相信也是他的"。这同样对应着加尔文关于基督徒信心的观点，加尔文在《基督教要义》中曾多次指出信心是上帝恩赐的礼物，而非人自身的努力所能获得，他说信心"是上帝超自然的礼物，让那些原本不信者通过信心接受基督"④。因此，就连主观意志上的信心也不属于基督徒本身。在遭到一次又一次的否定之后，诗中主人公试图用不同的语言来转述对话者的回答，在改头换面之后希望能得到一次肯定。比如，当这个人说"我们必须承认没有东西属于我们自己"，主人公"我"用他自己的语言把原意改换成"我承认他是我的救星"，希望能蒙混过关，然而这样的企图仍然以失败告终。诗歌用戏剧化的方式展现出一个事实，即对人来说，宗教改革时期的神学，或者说加尔文主义这种违反常理的教义在理解上非常困难。诗中的主人公"我"就是一个无法理解此种教义的典型代表，他到最后"讶然伫立"，惊讶得说不出话来。

诗中主人公的困惑因为"一位朋友"的话语而解除。斯特莱尔认为，诗歌中具有权威地位的"有个人"（one）和"一位朋友"（a friend）

---

① Richard Strier, *Love Known: Theology and Experience in George Herbert's Poetry*, p. 67.

② John Calvin, *Institutes of the Christian Religion,* vol. 1, p. 595.

③ John Calvin, *Institutes of the Christian Religion,* vol. 1, p. 811.

④ John Calvin, *Institutes of the Christian Religion,* vol. 1, p. 593.

很可能是同一个人。[1]而斯拉特在给这首诗注释时认为诗中提到的"有个人"是一位严厉、毫无乐趣可言的加尔文主义者："我们不能把他和第11行中的朋友混为一谈，因为这位朋友是基督，这个决定性的声音为赫伯特的许多诗歌提供了解决方案。"[2]笔者认为，"有个人"和"一位朋友"首先在称呼上有很大不同，而且所讲的话在语气和内容上也有明显差异，因此把他们归为同一个人似乎有些不妥。其次，"一位朋友"却也不像斯拉特所说的代表基督，因为这位朋友说"如今由基督保管，他不会犯错，亦不会堕落"，很明显这位朋友此处并非在讨论他自己，因此他也不代表基督。比较合理的解释是，"有个人"和"一位朋友"是不同的两人，前者严厉而刻板地陈述人类本身的任何努力对于救赎毫无帮助，导致诗中主人公"讶然伫立"，无法理解；而"一位朋友"明显继承前者的神学观点，但是他更加和蔼，而且更加耐心地为人解释，他说，"亚当曾经拥有和丧失的一切"，其中包括人在伊甸园中享受的永生、人神的和谐关系等，如今都由基督代管，而且因为基督不会犯错或者堕落，因此在他那里比在人这里更安全。[3]如加尔文所说，实际上后面这位朋友的解释是在"屈就人类微弱的理解力"[4]，因此该诗再一次强调了基督教非理性的特点以及信仰和理性之间的矛盾。

　　上文反复指出，新教改革者们对理性持批判态度，赫伯特在诗歌中也体现出反理性立场。他认为，信仰和理性之间存在不可调和的矛盾，理性不能运用于宗教领域，更不能用来揣度上帝的旨意。那么除了理性，基督徒该如何面对上帝呢？答案是通过感觉。

　　恰如多位学者都已经注意到的，赫伯特的诗歌非常注重宗教感悟以及个人经验在人与上帝沟通中所起的重要作用。在沃尔顿为赫伯特写的传记中，[5]赫伯特在临终前委托埃德蒙·邓肯（Edmund Duncon）把他的

---

[1] Richard Strier, *Love Known: Theology and Experience in George Herbert's Poetry*, p. 72.

[2] Ann P. Slater (ed.), *George Herbert: The Complete English Works*, p. 463.

[3] 根据保罗和新教改革者的观点，《新约》比《旧约》更能施行救赎的力量。

[4] John Calvin, *Institutes of the Christian Religion,* vol. 2, p. 642.

[5] 沃尔顿写的传记具有强烈的主观色彩，其中的许多内容遭到后世评论家如哈钦森、查尔斯等的质疑，但是沃尔顿与赫伯特生活在同一时期，两人甚至出生于同一年，沃尔顿在传记中对赫伯特作品的解读仍然值得我们参考借鉴。

《圣殿》手稿转交给费拉；赫伯特自己描述他的诗集刻画了他的灵魂和上帝之间"无数的精神冲突"①，这一描述其实已经生动地揭露出《圣殿》所要表达的核心内容——个人与上帝之间的关系。文德勒曾经考察诗集《圣殿》里表现出的人与上帝的几种相处模式，如主客、父子、朋友等。文德勒指出，赫伯特渴望与上帝建立完全的亲密关系，但令人沮丧的是，二者一直存在距离，诗人在《圣殿》里体现出的痛苦的主要根源在于他"无法时刻感觉到上帝的存在"②。而斯特莱尔在剖析赫伯特诗歌反理性主题的同时，也指出赫伯特非常关注个体的感觉经验，并且说明"对经验的强调是历史上新教教义的重要组成部分"③。众所周知，人的感觉经验离不开人的五种感觉器官，而通过浏览诗集《圣殿》，我们可以发现，赫伯特在诗歌中大量使用了与五感相关的意象，并借此具体呈现他与上帝的关系，以及他内心的"精神冲突"。他在《珍珠》中表明自己是五感俱全、有血有肉、充满感情的人，并非铜铸铁像般没有感觉：

> 我是血肉身躯，非铜铸偶像；我五官充满活力，
> 并且常常抱怨我身上的情感比他多，
> 他把情感抑制着，我与他是五比一，
> 　　然而我只爱你，别的我都淡漠。④

> My stuffe is flesh, not brasse; my senses live,
> And grumble oft, that they have more in me
> Then he that crubs them, being but one to five：
> 　　Yet I love thee.（*Works*: 89）

此处"他"指的是"铜铸偶像"，是死的、无生命的，而且只有一个表情，而"我"身上却有五种感官，因此诗人说他和铜铸偶像是五比一的关系。与文艺复兴时期的许多诗人不同，赫伯特使用感官意象并非为

---

① Izaak Walton, *The Life of Mr. George Herbert*, London: Newcomb, 1670, p. 109.
② Helen Vender, *Invisible Listeners: Lyric Intimacy in Herbert, Whitman, and Ashbery*, p. 12.
③ Richard Strier, *Love Known: Theology and Experience in George Herbert's Poetry*, p. 145.
④ 王佐良编，《英国诗选》，第 108 页。

了突出传统上与感官享受紧密相连的"及时行乐"（*carpe diem*）主题，他诗歌中的感官意象是他与上帝沟通并且内省的途径，因此考察赫伯特诗歌涉及的感官意象对于理解他的宗教诗有很大的帮助。同时，抽象理性与具体感觉往往处于对立面，赫伯特刻意避免复杂精确的计算和测量（理性的突出特征），而借用直接的感官体验来简单地呈现深奥的神学。可见，赫伯特在反对抽象理性的同时，实际上越来越强调具体感觉的重要性。

第二章　西方文学传统中的"五感"

　　在宗教改革大背景下，赫伯特批判了抽象理性对神学领域的干涉，指出基督教的非理性特点，并强调宗教体验中感官的重要性。因此，从五种感官入手解读赫伯特诗歌中的人神关系以及其中体现出的新教神学思想成为一种合适的进路。新教改革的一个突出特征是宗教生活的内在化，即"从外在机制转向更加精神化的教会概念"①。感官意象的大量使用往往被认为与中世纪天主教传统紧密挂钩。新教注重内在精神，而外在的感官刺激往往会使人转移注意力，无法集中于内在的精神世界。然而，赫伯特却充分借鉴中世纪感官传统，以此为基础在诗歌中大量使用与五感相关的意象，同时将它们转化并置于宗教改革之后的新教神学框架之下，就像霍奇金斯评论的那样，赫伯特归根结底是"宗教改革派诗人，很可能是任何语言中最伟大的一位——这不仅体现在他奉行的信条上，而且体现在他心灵的习性上：他所触之处皆有改革"②。为更好地理解赫伯特诗中感官意象的历史背景和由来，本章将重点介绍西方的五感传统以及英国文艺复兴时期作品中与五感相关的描述。

第一节　"五感"的等级之分——从古典时期到中世纪

一、古典时期以眼为尊的传统

　　作为西方文化的两大源头之一，古希腊哲学非常关注人的身体各部

---

① Charles H. George and Katherine George, *The Protestant Mind of the English Reformation*, Princeton: Princeton University Press, 1961, p. 317.

② Christopher Hodgkins, *Authority, Church, and Society in George Herbert: Return to the Middle Way*, p. 8.

位，并将人的微观宇宙和世界的宏观宇宙相对应，发展出一套有关身体的哲学，其中不乏关于五种感觉器官的论述。

在《蒂迈欧篇》（*Timaeus*）中，柏拉图借蒂迈欧（Timaeus）之口分别介绍视觉、味觉和听觉的属性，指出诸神在设计人的脸部时，最先造的器官是眼睛，它处于脸的上部，能直达灵魂产生视觉，"是给我们带来最大福气的通道"[①]，正是因为眼睛帮助人们见到星辰、太阳和天空，人们才有研究宇宙的能力，才得以"注视天上智慧的运行，并把它们应用于相类似的人类智慧的运行"[②]；在谈到味觉时，蒂迈欧解释酸甜苦辣的味道与舌头本身受到食物刺激而发生的膨胀或收缩有关；他接着描述人的听觉器官，指出声音是气通过耳朵碰撞大脑和血液产生的，并"传递给灵魂"[③]。柏拉图的作品尚未涉及对所有五感的讨论，但是对于眼睛的重视已可见一斑。在《理想国》（*The Republic*）第六卷，苏格拉底（Socrates，前469—前399）向格劳孔（Glaucon）阐释善的理念时，也提到人的视觉，"在所有的感觉器官中，眼睛最是太阳一类的东西"，"眼睛所具有的能力作为一种射流，乃取自太阳所放出的射流"。[④]柏拉图在这里强调眼睛与太阳之间的联系，而太阳在可感范围内是至高无上的存在，是至善的代表，因此与之相联系的眼睛的重要性不言而喻。柏拉图认为："如果光是可敬的，那么把视觉和可见性连结起来的这条纽带比起连结别的感觉和可感觉性的纽带来，就不是可敬一点点的问题啦！"[⑤]

柏拉图的学生亚里士多德在对五感的认识上更进了一步，他首次把人的感觉设定为五种，并对五种感官做了全面而系统的说明。在《论灵魂》（*De Anima*）中，他按照视觉、听觉、嗅觉、味觉和触觉的顺序分别探讨了五感的特点。他认为，视觉的中介物是光线，只有在光线的作用下，人才能看见颜色；听觉的中介物是空气，当某一物在空气中撞击另一物时，声音才会产生；和许多动物相比，人类的嗅觉要落后很多；味觉不需要媒介就能产生，它的对象是滋味；触觉与味觉一样，无须媒

---

① 柏拉图，《蒂迈欧篇》，谢文郁译，上海：上海人民出版社，2005，第32页。
② 柏拉图，《蒂迈欧篇》，第32页。
③ 柏拉图，《蒂迈欧篇》，第48页。
④ 柏拉图，《理想国》，郭斌和等译，北京：商务印书馆，1986，第266页。
⑤ 柏拉图，《理想国》，第265页。

介的作用，一般而言，触觉器官与肌肉或舌头有关，"一切动物都具备的基本感觉是触觉"①。亚里士多德在讨论五感时首先从视觉出发，随后以它为参照物，将其他四感与之相对照，这样的比较暗示着视觉在五种感觉当中处于首要地位，而且他认为，由于触觉是人类与所有动物共有的感觉，反而处于最低级的位置。在亚里士多德的哲学体系中，五感的高低顺序依次为视觉、听觉、嗅觉、味觉和触觉，正好"对应五种感官在头部和身体上的高低位置，从眼睛开始往下，直到作为主要触觉器官的手"②。继《论灵魂》之后，亚里士多德的《论感觉及其对象》（*Sense and Sensibilia*）对五感做了更深入的分析，其中指出视觉与听觉是两种远距离的感觉，而味觉与触觉则是近距离的接触型感觉，嗅觉介于这两组之间，是连接远距离感觉与接触型感觉的中间一环。值得注意的是，味觉与触觉具有相似性，味觉与食物相关，而食物是一种可触摸的物体，因此，亚里士多德将味觉定义为触觉这个类别中的一种特殊形式，五感从而变成了四感，正好与构成世界的四种元素（水、气、火、土）一一对应，他说，"我们必须先假定眼睛的视觉部分是由水构成，能感觉声音的东西是由气构成，嗅觉是由火构成……触觉器官由土构成，味觉能力是触觉的一种形式"③。这回应了柏拉图的世界生成论，也使得人体的小宇宙与外在的大宇宙遥相呼应。

　　处于前科学（pre-scientific）时代的柏拉图和亚里士多德的许多观点在今人看来并不"科学"，例如，亚里士多德多次强调一些感觉是所有动物都共有的，比如味觉和触觉，它们因此成为比较低级的感觉，而有些感觉则只为一小部分高贵动物所拥有，比如视觉或听觉，这样的认识显然缺乏科学根据。然而，无论科学与否，古希腊哲学家关于五感的思想在后世得到了完满的继承。古罗马诗人奥维德（Ovid, 前43—17）在《变形记》（*Metamorphoses*）中提出人区别于动物的主要特征，即"其他的动物都匍匐而行，眼看地面，天神独令人类头部高昂，两脚直立，双目

---

① 亚里士多德，《亚里士多德全集》第三卷，苗力田主编，北京：中国人民大学出版社，1992，第33页。

② Alice Sanger and Siv Tove Kulbrandstad Walker, *Sense and the Senses in Early Modern Art and Cultural Practice*, Burlington: Ashgate Publication Co., 2012, p. 3.

③ 亚里士多德，《亚里士多德全集》第三卷，第102—103页。

观天"①。在奥维德看来，人之所以为人，正是由于他有一双向上仰望的眼睛，这与古希腊哲学家们"静观"宇宙，将眼睛置于五感首位的生活哲学是一脉相承的。相比之下，同样是视觉器官，人的眼睛因为具有向上仰望的能力，比其他动物的眼睛更加高贵。

以"眼"为尊的传统在中世纪得以延续。中世纪初期哲学家波爱修斯（Boethius, 480—524）在其代表作《哲学的慰藉》（*The Consolation of Philosophy*）中也涉及五感的话题。他认为，感觉在人的认识活动中属于较低层的理解能力，比之更高级的认识方式有想象、理性和智慧等。各种感觉对距离的要求各不相同，人的眼睛可以隔着遥远的距离观察一个物体，而触觉则不得不走近这个物体去感觉，"认识一个球形的物体，人们可以通过观察的方式，也可以用触摸的方式，你可以从远处观望这个物体，通过它自身反射的光线马上对其有一个全面的了解；而触摸则不得不接触物体的外围，通过局部的接触了解物体是一个球形"②。因此，相比较而言，视觉具有快速、准确、全面的优点，是波爱修斯眼中最好的认识事物的方式。

古典作品中关于五感的观念也反映在后来的手工艺品中。存放于大英博物馆的富勒胸针（Fuller Brooch）（如图 1 所示）是迄今为止现存最早的表现五种感官意象的艺术品。这枚胸针的制作年代可追溯到 9 世纪晚期。它是一枚圆盘形状的银制胸针，镶嵌有乌银，外缘雕刻着 16 个精美的圆形浮雕，中间区域以拟人化的方式描绘了五种感官形象。位于胸针中心的是一个男人正面,他的一双巨大的椭圆形眼睛显得有些突兀，它们象征视觉。环绕着他的是其他四种感官意象，如听觉是一个奔跑的人把右手蜷成杯状放在耳边，触觉是一个人的两只手互相碰触，嗅觉是一个人背着手，站立在两株高大的植物中间，而味觉则是一个人将右手放入嘴中，左手握着一株植物。③象征视觉的图案处于正中心，而且占据了最大面积，显示出它的重要性。富勒胸针充分诠释了中世纪遗留的

① 奥维德，《变形记》，杨周翰译，北京：人民文学出版社，1984，第 3 页。

② 波爱修斯，《哲学的慰藉》，代国强译，南昌：江西人民出版社，2007，第 176 页。此处引文在原来译文基础上有所修改。

③ 见：Earl Anderson, *Folk-Taxonomies in Early English*, Madison: Fairleigh Dickinson University Press, 2003, p. 315.

关于视觉在五感中处于最重要地位的说法。

图 1　富勒胸针①

来源：大英博物馆官网。https://www.britishmuseum.org/collection/object/H_1952-0404-1

　　12 世纪诗人西尔维斯特里斯的《宇宙志》以诗文合璧（Prosimetrum）的形式写成，即由散文和韵诗交错构成。《宇宙志》深受柏拉图《蒂迈欧篇》中的宇宙观影响，第一部分描写宏观宇宙的创造过程，第二部分叙述微观宇宙（人）的创造。在天命（Noys）的指令下，三位女神乌拉尼娅（Urania, 司天文）、菲西丝（Physis, 司自然生长）和娜图拉（Natura, 司自然）分工合作，共同创造出第一个人。乌拉尼娅负责创造人的灵魂，菲西丝负责制造人的躯体，而娜图拉的任务则是将人的灵魂和躯体相结合。五种感觉在造人的最后一步才产生，其中，第一个出现的感觉是视觉，它比其他感觉更显高贵。文中说道：

> 恰如宇宙之眼，太阳，
> 远胜凡星，坐拥苍穹，
> 其余感官难掩双目光芒，
> 人的全部唯在眼中蕴藏。

① 公元 9 世纪晚期的富勒胸针现存于大英博物馆，据考证很可能在阿尔弗雷德大帝（King Alfred the Great）的御用工坊中制作而成，是已知的最早表现五种感官意象的艺术品。

Sol oculus mundi quantum communibus astris

Praeminet et caelum vendicat usque suum,

Non aliter sensus alios obscurat honore

Visus, et in solo lumine totus homo est. [①]

在视觉形成以后，依次出现了听觉、味觉、嗅觉和触觉，这四种感觉来得迟缓，在力量上也要远远弱于视觉。虽然和亚里士多德对五感的排序略有差异，但是眼睛仍然居于首位，而触觉依然排在最后的位置。

总体而言，人的五种感觉的重要性按照视觉、听觉、嗅觉、味觉和触觉的顺序依次排列，这样的认识渐渐成为西方文化传统的一部分，而视觉的突出地位更是在后来的许多文学作品和艺术品中得以证实。如在许多绘画中，人物的一只眼睛往往处在整幅画作的横向中心。凡·高（Vincent Willem van Gogh, 1853—1890）的作品《戴着草帽的自画像》《铃鼓咖啡馆女郎》和《独眼人肖像》等都具有这个特点，无论眼睛的形状或大小如何，其中一只比较显著的眼睛必定处于图画的横向正中心。[②]

二、中世纪听觉至上的基督教传统

以视觉为尊的观念虽然在西方文化中延续至今，但其高贵的地位并非没有受到挑战。在中世纪，许多神学家意识到视觉的欺骗性，而亚里士多德口中远距离感觉的另一名成员——听觉经常取代视觉的地位，甚至成为唯一可以信赖的感觉。眼睛凌驾于其他感官之上的局面被打破，从此听觉与视觉交织着共同成为两种高贵的感觉。

造成这种局面的原因是多方面的，其中最主要的因素在于基督教逐渐成为中世纪社会的主流文化，耳朵和听觉往往被希伯来—基督教文化所重视。以柏拉图为代表的古希腊文化是以视觉为导向的文化，古希腊哲学家把视觉提升到了前所未有的高度；而基督教文化，则是以听觉为导向的文化，是关于"道"（Word）的宗教。对希伯来人来说，经验世界中具有决定性的真相是"道"，而在古希腊人看来则是"物"（thing）。

---

① Bernardi Silvestris, *Bibliotheca Philosophorum Mediae Aetatis,* vol. I, Innsbruck: Verlag Der Wagner'schen Universitates-Buchhandlung, 1876, pp. 66-67.

② Earl Anderson, *Folk-Taxonomies in Early English*, p. 316.

"物"是可见的，"道"却是可听的，因此，希伯来人认为，"在体验真实世界的时候，最重要的感觉是听觉"①。

早期的基督教教父虽然接受柏拉图和亚里士多德等人关于视觉凌驾于其他感觉之上的哲学体系，但是这样的接受是有保留的。首先，他们认为，从认识论角度来看，"为了得到最重要的知识，即关于上帝的知识，包括视觉在内的所有感觉都不足够"②；其次，他们赋予上帝之"道"以至高无上的地位。"道"在基督教中有着丰富而深刻的内涵，从字义上看，它就是上帝的话语，而由于"道成肉身"的典故，它也可以指基督。当然，"道"在希腊语中对应的词为"逻各斯"（*logos*），逻各斯这个词的含义也很丰富，它主要指理性、智慧、规则等，同时也可指言说。所以，从逻各斯演变而来的"道"也隐含着智慧、理性、规则等意义，但是其最直接、最基础的意义仍然是"上帝的话语"，与听觉相关。从古希腊的"逻各斯"到基督教的"道"的转向是从理性向感觉的转变，也印证了基督教传统中对听觉维度上的"话语"和"言辞"的重视。上帝用言辞创造世界，他说要有光，便有了光。区别于古希腊哲学中提到的用4种元素来创造世界的学说，在基督教传统里，上帝的言辞便是万物的起源。而且"道"（话语）被赋予肉身成为耶稣，在世间传道。《圣经》经文尤其是《新约》中关于"道"和"福音"的内容不胜枚举。相应地，接收"道"的听觉器官耳朵被提升到重要的位置。可以这样说，在欧洲印刷术出现和广泛传播之前，基督教本质上是一种听觉的宗教。早期使徒们前赴后继不惜以生命为代价传播上帝的福音，在很大程度上，宣扬上帝之"道"成为教会的本质任务。实际上，"没有任何大的宗教像基督教那样把传道置于核心地位"③。为吸引听众的注意力，早期神父都会在就职之前接受专业的修辞学训练，因此都具有雄辩家的素质，奥古斯丁就是雄辩与传道的集大成者。在传道过程中，耳朵成为重要的工具，它像管道，源源不断地将上帝的话语输入人的内心。

---

① Thorlief Boman, *Hebrew Thought Compared with Greek*, trans. Jules L. Moreau, Philadelphia: The Westminster Press, 1960, p. 206.

② Teresa Brennan and Martin Jay, *Vision in Context: Historical and Contemporary Perspectives on Sight*, London: Taylor and Francis Group, 2013, p. 31.

③ O. C. Edwards Jr., *A History of Preaching*, Nashville: Abingdon Press, 2004, p. 3.

听觉之所以受到重视还有一个因素，即人们逐渐意识到视觉的欺骗性。奥古斯丁就认为，肉体的眼睛应当服从于心灵中的内在感觉（即理性）。肉体的眼睛是不可靠的，因为它会受到"疾病、魔鬼的伎俩、疼痛，或者诸如'桨在水中看上去像折断了一样'之类错觉的误导"[①]。奥古斯丁在《论自由意志》（*De Libero Arbitrio*）中比较详细地阐述了五感与内在感觉（理性）之间的关系：五感的地位低于理性，受到理性这个主人的指挥，理性同时也完成对外部世界的评估和判断；五感是人与动物共有的，而理性则为人类所独有。这种理性管辖五感的说法与 15 世纪的费奇诺（Marsilio Ficino, 1433—1499）的观点有异曲同工之妙。费奇诺认为，人的外在感觉有五种，即视觉、听觉、味觉、嗅觉和触觉，但是除此之外还有两种内在感觉，即想象和理性。他把理性视为人的第六感，它凌驾于五种感官之上。但是他不同于奥古斯丁的一点是，在他看来，理性、听觉和视觉同属于一个层次，都是高级感觉，它们位于人的心灵，而"嗅觉、味觉和触觉则是近距离感觉，属于人的肉体"[②]。撇开理性不谈，听觉和视觉同属于高级感觉，而且听觉在排序上位于视觉之前，这样的观念在中世纪晚期的文学作品中并不鲜见。

里尔的阿兰所写的寓言故事《反克劳狄阿努斯》与前文提到的西尔维斯特里斯的《宇宙志》有许多相似之处。《反克劳狄阿努斯》也描写"自然"（Nature）女神想创造一个完善的人类，但是仅凭她一己之力无法完成，她能做到的只是造出一副没有灵魂的躯体。自然女神决定派遣"实践智慧"（Phronesis）和"理性"（Reason）向上帝讨要一颗完美的人类灵魂。为了使她们到达上帝的领域，自然女神首先叫来"七艺"女神造出一辆精美绝伦的双轮战车，然后在这辆战车前面套上五匹飞马，由"理性"来驾驭。这五匹马正好代表了五种感觉，处于领头位置的第 1 匹马象征视觉，它的速度最快，连风都赶不上它；第 2 匹马象征听觉，它的速度稍逊于前者，脖子上挂着铃铛，给旅程带来美妙的乐声；第 3 匹马象征嗅觉，它的速度不如前面两匹马，但是我们很难将它看清楚，

---

① 见：Teresa Brennan and Martin Jay, *Vision in Context: Historical and Contemporary Perspectives on Sight*, p. 34.

② 见：Alice Sanger and Siv Tove Kulbrandstad Walker, *Sense and the Senses in Early Modern Art and Cultural Practice*, p. 3.

正如气味难以捉摸；第 4 匹马代表味觉，它饮水进食，其他马匹的营养摄入都要依靠它；第 5 匹马代表触觉，它的速度最慢，它总是低着头，眼看地面。[①]至此，我们可以看到柏拉图、亚里士多德等人对这位神学家的影响根深蒂固，他所描述的五种感觉恰好符合古典时期视觉第一，其次分别为听觉、嗅觉、味觉和触觉的等级排列。

但是，《反克劳狄阿努斯》的特别之处在于它所叙述的旅程的后半部分。当"实践智慧"和"理性"接近上帝的王国时，她们发现继续前行的路非常艰难，几乎很少有人能通过。这时，"神学"女神出来，解下第 2 匹马（听觉）的缰绳，让"实践智慧"骑上象征听觉的这匹马进入天国，并且成功拿到了一个完美的人类灵魂。在最后关头，"理性"被拒之门外，这一点是可以理解的，因为理性很难进入宗教领域，古往今来二者间一直存在着不可调和的矛盾。值得我们重视的是，听觉这匹飞马虽然没有最快的速度，却得以和"实践智慧"一起进入上帝的领地，完成最后的任务。由此可见，里尔的阿兰把最高的荣誉给了听觉。

13 世纪经院哲学的集大成者阿奎那也将听觉置于五感之首。他的颂诗《我今虔诚朝拜》（*Adoro Te Deuote*）明确指出，只有听觉才是能达成人与上帝沟通的唯一途径，其他感觉都难以完成这一任务。诗中这样写道：

> 眼见、手摸，口尝，难以将你认识，
> 忠实的耳朵如何？它值得我们依靠；
> 圣子说的每一个字，我毫不怀疑；
> 他是真理，道出的东西岂非确凿。

> Seeing, touching, tasting are in thee deceived,
> How says trusty hearing? That shall be believed;
> What God's Son has told me, take for truth I do;
> Truth itself speaks truly or there's nothing true. [②]

---

① Alan of Lille, *Anticlaudianus: or the Good and Perfect Man*, Toronto: Pontifical Institute of Medieval Studies, 1973, pp. 121-125.

② 转引自：Paul Murray, *Aquinas at Prayer: The Bible, Mysticism and Poetry*, London: Bloomsbury Publishing, 2013, p. 238.

诗的主题是圣餐，阿奎那着重强调的内容是圣子耶稣以饼和酒的形式出现在圣餐仪式中。尽管在圣餐中，人的五种感官都被完全调动起来，但是在阿奎那看来，要想了解真正的圣餐奥秘，人们只有仰仗听觉。在基督教信仰中，人们无法用眼睛看到上帝，也无法用手真正地触摸到上帝，感官的力量被极大地削弱。圣餐中涉及的味觉、视觉、嗅觉和触觉都指向真实的饼和酒，然而在基督教教义中，饼和酒并不能用它们的表面意义去理解，它们分别代表着基督的肉和血。从具体食物上升到神的肉体，再到神学奥秘，这一切都有赖于布道和传教的工作，需要仰仗听觉的指引。对此，17 世纪西班牙作家佩德罗·卡尔德隆·德·拉·巴尔卡（Pedro Calderón de la Barca, 1600—1681）在戏剧《罪的诱惑》（*Los Encantos de la Culpa*）中把五种感官以寓言形式搬上舞台，同样突出了听觉在圣餐中的重要作用。剧中的主人公尤利西斯（Ulysses）受到“罪”的引诱，“罪”摆好了一大桌丰盛的宴席试图把他留下，他在“罪”和“理性”之间摇摆不定，不知何去何从，最终“理性”和“忏悔”合力使桌上的食物消失，唯独留下一块面包。五种感官被命令去感觉这块面包究竟为何物，它的气味、味道、外观以及触感都像面包，但是尤利西斯的耳朵说，它曾经被告知这是一块肉，因此，尽管它掰开时的声音像面包，但它实际上是上帝的肉身，所以最后拯救主人公的是他的听觉。[①]

这种贬低视觉、强调听觉的观念在《人生历程》（*The Pilgrimage of the Life of Man*）这部作品中达到极致。《人生历程》由 14 世纪法国诗人纪尧姆·德·德圭勒维尔（Guillaume de Deguileville, 1295—1358?）写成，后由英国诗人约翰·利德盖特（John Lydgate, 1370—1451）由法文转译成英文。《人生历程》中的主人公在梦里看到一面镜子，镜子里出现圣城耶路撒冷的景象，那里的宫殿豪华夺目，一旦进入这座圣城，人们便能过上极乐生活。然而许多人在通过城门时被守卫在门口的天使无情地杀戮。尽管如此，镜中出现的景象激发了主人公去耶路撒冷朝圣的渴望，他此后展开的旅途也象征着人从降生到死亡的精神之旅。在途中，“上帝恩典”（Grace Dieu）女士给他提供旅程必需的背囊和手杖，但前

---

① 见：Louise Vinge, *The Five Senses: Studies in a Literary Tradition*, Lund: CWK Gleerup, 1975, pp. 126-127.

提是她要把主人公的眼睛挖出，然后放在他的双耳中。这个要求显得有些血腥和匪夷所思。为了向主人公解释其中缘由，"上帝恩典"女士列举《旧约》中雅各冒充他的兄长以扫接受父亲以撒祝福的例子。①以撒通过眼观、手摸、鼻嗅都没能认出雅各来，而且他的味觉也没能帮他分辨家畜与野味的区别，但是在他听到雅各开口说话时，就说"声音是雅各的声音"。可见，在基督教传统中听觉是不会骗人的，是最可靠的感觉，正如"上帝恩典"女士在诗中所说："味觉、触觉、嗅觉和视觉都容易被骗，为了得到真相，人们必须将眼睛放在耳朵里。"②

　　《人生历程》中将眼睛放入耳中的意象，一方面表现了中世纪一些作家对视觉的否定，另一方面也反映出视觉与听觉两种感觉联合的趋势。前文已经提到，奥古斯丁在《论自由意志》中就提出了"内在感觉"这个概念，他说："由各种躯体感觉器官捕捉到的信息只有在传达给内在感觉后，才能变成知识。"③奥古斯丁在后来的讨论中更是把这种内在感觉直接定义为理性，它接收感觉器官发来的信息。在《人生历程》这部作品里，这种内在的感觉被拟人化为名叫"判断"的人物，他同样处理五种感官信息。然而，由于除了听觉之外的其他感觉都具有欺骗性质，因此"判断"主要依赖于耳朵的听觉功能。诗中所举的一个突出例子就是，在把主人公的眼睛挖出来之前，"上帝恩典"女士把他带到一栋装满金银珠宝的房子，里面同时放着背囊和手杖，但是他满眼看到的都是闪亮的财宝，却看不到他实际上必需的背囊和手杖。只有当他的眼睛被放在耳朵里时，他才真正将背囊和手杖看明白。这个故事有多种寓意，但是其中最主要的意义在于，眼睛并非被弃而不用，当眼睛和耳朵结合的时候，主人公看清楚了，此时他的视觉没有被迷惑，他的眼睛就像耳朵一样变得可靠，二者合二为一，"就能做出正确的判断，不会出错"④。在此，

---

① 《创世记》第 27 章记载：雅各和以扫是以撒与利百加生下的一对双胞胎兄弟，以扫先于雅各出生，因此享有长子名分。雅各在其母亲利百加的帮助下使计冒充其兄长以扫，骗得眼睛昏花的父亲以撒给他祝福，从而得到本属于长子的权利。

② Guillaume de Deguileville, *The Pilgrimage of the Life of Man*, trans. John Lydgate, London: Nichols and Sons, 1905, p. 172.

③ Saint Augustine, *Augustine: Earlier Writings*, trans. John H. S. Burleigh, Philadelphia: Westminster John Knox Press, 1953, p. 139.

④ Guillaume de Deguileville, *The Pilgrimage of the Life of Man*, p. 172.

视觉和听觉紧密相连，互为补充，在听觉的帮助下，视觉的欺骗倾向得以纠正，而听觉因为增添了视觉的形象化功能，得以"看见"。由此可知，从认识论角度来看，视觉与听觉二者的结合是最佳的选择。这一结合也预示着"通感"（synesthesia，即各种感觉的联合）在18世纪以后逐渐得到西方学界的重视。

总而言之，从古典时期到中世纪，五种感觉的地位在逐渐发生着变化，但是嗅觉、味觉和触觉一直处于低级位置。而视觉虽然在古希腊哲学中占据着首要地位，然而到了中世纪，由于基督教文化的兴起，基督教崇尚的听觉功能时常取代视觉，成为最高贵而又可靠的感觉。

尽管古希腊哲学和基督教之间存在着根本性的差异，从而导致它们对待视觉和听觉的态度不同，然而二者又具有千丝万缕的联系。基督教神学在很大程度上受到古希腊哲学的影响，因此不能简单地用更替或者代替来解释它们之间的前后关系。同样，尽管古希腊哲学注重视觉，后来的基督教传统重视听觉，但是听觉并非简单地代替视觉成为最重要的感觉。实际上，视觉至上的观念即使在中世纪也没有完全退出历史舞台，我们从9世纪的富勒胸针和12世纪的《宇宙志》中就可以确认这一点。可以说，在古希腊哲学和基督教二者既冲突又协调的巨大张力下，视觉和听觉交织着共同成为西方文化中最重要的感觉，其后分别为嗅觉、味觉和触觉。尽管在之后的文艺复兴和近现代，科学迅猛发展，人们在心理学、神经学、人类学、社会学等各方面对五感展开研究，但是，对于以古希腊哲学和基督教文化为两大支柱的西方文化来说，五感的框架和雏形经过古典和中世纪时期就已奠定，并对后世产生了重要影响。

第二节　五感是诱惑之门

尽管五感是人认识世界的必然途径，有其重要功能和优点，但它们也是潜在的一切邪恶东西进入人体的通道，给人带来诱惑和罪恶。西方文化传统一向批判和轻视肉体的感觉，尤其是感官享受。正因如此，理性需要统御五感，恰如《反克劳狄阿努斯》中的驭车人"理性"紧紧抓住五匹马的缰绳，防止它们坠落。由于五感和肉体紧密相连，传统的文学作品往往以负面形象呈现五感。

古希腊的色诺芬（Xenophon, 前 430—前 354）在《回忆苏格拉底》（*Memorabilia*）第 2 卷第 1 章中讲到赫拉克勒斯（Hercules）在进入青年时代的时候面临一个艰难的选择，即通过德行的途径还是恶行的途径走向未来的生活。这时有两个女人来到他身边，第一个象征德行，第二个象征愉悦的享受，会引诱赫拉克勒斯走向罪恶。第二个女人允诺给他舒适、快乐的生活，其中着重强调的就是感官享受。她说："首先，你不必担心战争和国家大事，你可以经常地想想吃点什么佳肴，喝点什么美酒，看看或听听什么赏心悦目的事情，闻闻香味或欣赏欣赏自己所爱好的东西，和什么样的人交游最为称心如意，怎样睡得最舒适以及怎样最不费力地获得这一切。"①很明显，第二个女人描绘的感官享受容易把人引入歧途，因此遭到第一个女人"德行"的无情批驳。

柏拉图在《斐德若篇》（*Phaedrus*）中也强调了五感和肉欲的紧密联系。文中苏格拉底与斐德若谈论是否没有爱情的人比有爱情的人更应得到恩宠。他对爱情做出如下定义："有一种欲念，失掉了理性，压倒了求至善的希冀，浸淫于美所生的快感，尤其是受到同类欲念的火上加油，浸淫于肉体美所生的快感，那就叫作'爱情。'"②而爱情赖以维系的快感则来人的五种感官："那年老人日日夜夜都不甘寂寞，受着需要和欲念的驱遣，去从色、香、声、味、触各种感觉方面在爱人身上寻求快感，所以他时常守住爱人，拿他来开心。"③因此，五感成为人们纵情声色的工具，相对于理性来说，它们是低级而且可鄙的。

奥古斯丁也竭力避免感官诱惑。在《忏悔录》（*Confessiones*）第十卷中，奥古斯丁寻找上帝的所在，指出上帝存在于人的记忆中，并且驻扎在人心里，在其中建造屋宇。他教诲人们注重内在心灵的修养，摆脱身外之物的困扰，其中，他特别列出人的感官遭遇的诱惑。首先是味觉，食物本来是维持生命的，但是口腹之欲却带来难以抵抗的乐趣，让人沉湎其中；随后，"芬芳的诱惑""声音之娱"和"双目的享受"都让人陷入肉体和精神之战。同时，奥古斯丁也指出感官诱惑带来的严重后果，"肉体

---

① 色诺芬，《回忆苏格拉底》，吴永泉译，北京：商务印书馆，1984，第 52 页。
② 柏拉图，《柏拉图文艺对话集》，朱光潜译，北京：人民文学出版社，1963，第 107 页。
③ 柏拉图，《柏拉图文艺对话集》，朱光潜译，第 110 页。

之欲在于一切感官的享受，谁服从肉欲，便远离你而自趋灭亡"①。

　　然而，五感的主题在奥古斯丁作品中还有不同体现。尽管奥古斯丁强调感官的低级位置以及感官诱惑在神学冥想和内在精神修养时的坏处，但当提及人与上帝的沟通时，他也提倡人们动用五感，只不过这里的五感是从另一种更精神化的角度而言的。同样在《忏悔录》第十卷，奥古斯丁自问爱上帝什么，"但我爱你，究竟爱你什么？"他自己的回答是：

　　　　不是爱形貌的秀丽，暂时的声势，不是爱肉眼所好的光明灿烂，不是爱各种歌曲的优美旋律，不是爱花卉膏沐的芬芳，不是爱甘露乳蜜，不是爱双手所能拥抱的躯体。我爱我的天主，并非爱以上种种。我爱天主，是爱另一种光明、音乐、芬芳、饮食、拥抱，在我内心的光明、音乐、馨香、饮食、拥抱：他的光明照耀我心灵而不受空间的限制，他的音乐不随时间而消逝，他的芬芳不随气息而散失，他的饮食不因吞啖而减少，他的拥抱不因久长而松弛。我爱我的天主，就是爱这一切。②

　　奥古斯丁描写了两种感官模式。第一种是外在的、现实的感官体验，这就是他之前批判的需要避免的感官诱惑，它没法让人接近上帝，反而让人与上帝的距离越来越远。第二种模式则是内在的、抽象的另一类感官体验，它不受时间、空间的限制，也更加精神化，因而可以让人感知到上帝的神秘所在。这第二种更趋于内在化、精神化的模式正是赫伯特所常用的。这种精神意义上的感官意象将在后文集中讨论。

　　五感的负面形象还表现在它们的呈现方式中。早期的五感具有鲜明的动物特征。人们观察到许多动物的感觉比人类要灵敏很多，于是把五感同各类动物相关联。比如，因为野猪的听力非常出色，它的形象就可以代表听觉；猞猁代表视觉，它有很好的视力；猴子代表味觉，因为它能尝出各种美味；秃鹰代表嗅觉，因为它嗅觉灵敏；而蜘蛛则代表微妙的触觉。

　　五感除了和动物相联系，也常和女性联系在一起，比如著名的刺绣挂毯《淑女和独角兽》（"The Lady and the Unicorn"）就用女人和动物

---

① 奥古斯丁，《忏悔录》，周士良译，北京：商务印书馆，1996，第219页。
② 奥古斯丁，《忏悔录》，周士良译，第190页。

来表现视觉、听觉、嗅觉、味觉和触觉这五种感觉。以这样的方式来表现五感,其中一个很重要的原因在于,女性通常是与感官享受相联系的。亚历山大的斐洛·尤迪厄斯(Philo Judeaus,前 20—50)就曾这样评价《创世记》3:6 中夏娃被蛇诱惑的故事,他说:"'愉悦'不敢把她的花招用在男人身上,但是敢于欺骗女人,然后通过她作用于男人。这一招非常有效,而且很有道理。因为在我们这里,男人象征理智,而女人则与感觉相关。"[①]

基督教传统认为五感是各种罪恶进入人心的通道。如果说身体是城堡或房子,那么五感就是这栋房子的五道大门。在《人生历程》这部寓言故事中,"忏悔"(Penance)告诉朝圣者,她住的地方有六道门,污秽肮脏的东西从其中的五道门进入,这五道门就是人的五感;而"忏悔"则把守着第六道门,把所有腐烂的东西都从这道门扫出去,这第六道门就是人的忏悔。[②]

卡尔·诺顿弗克(Carl Nordenfalk)在谈到中世纪晚期和文艺复兴艺术中的五感时举了两个例子来说明天主教对五感采取的谨慎态度。第一个例子是天主教的临终涂油礼,即在一个将死之人的感觉器官上涂油,从而封闭罪恶进入他的通道。第二个例子是 1480 年左右制作的一块木雕。这块木雕现藏于法国国家图书馆版画馆中,木雕下方一小块空间雕刻着一人正跪在神父面前忏悔的景象,其余大块空间则刻有五排不同的图案,上面两排符号象征"十诫",下面两排雕刻有各类动物,象征着基督教中的"七宗罪",[③]而在中间一排,也就是介于"十诫"和"七宗罪"之间的图案则象征着五感。正如赫拉克勒斯不得不在德行和恶行之间进行选择一样,五感也被"放置在德行(十诫)和欲望(七宗罪)之间"[④],面临善与恶的选择。

五感在基督徒生活中占据着重要位置,就像一首简洁有力的关于数

---

① Philo, *Philo,* vol. I, trans. F. H. Colson, London: William Heinemann Ltd., 1929, p. 131.

② Guillaume de Deguileville, *The Pilgrimage of the Life of Man,* pp. 116-117.

③ 其上雕刻有七种动物:孔雀象征傲慢,叼着羔羊的狼象征贪婪,野猪象征暴食,狮子象征愤怒,争食的两条狗象征嫉妒,公鸡象征好色,驴象征怠惰。详见:Carl Nordenfalk, "The Five Senses in Late Medieval and Renaissance Art," *Journal of the Warburg and Courtauld Institutes* 48 (1985): 3-4.

④ Carl Nordenfalk, "The Five Senses in Late Medieval and Renaissance Art," p. 4

字的英国小诗《数字格言（二）》（"Number Maxims II"）所概括的：

> 谨遵"十"，远离"七"，
> 管好"五"，天国至。

> Keep well X and flee from VII
> Rule well V and come to Heaven! [1]

　　其中"十"指的是基督教的十诫，"七"指代基督教七宗罪，而"五"则代表人的五种感官。该诗用简单的数字形象地道出基督徒生活中最基本的原则，即严格遵守十条戒律，远离罪恶，并且控制好自己的感官。五种感官介于德行和欲望之间，既有诱惑的一面，把人引向欲望和罪恶，也有内省的一面，把人引向内心，感知神秘的上帝所在，而后者是本书要着重探讨的。

第三节　英国文艺复兴时期文学中的"五感"

　　尽管古希腊哲学家柏拉图和亚里士多德早就具体而系统地阐述了五种感觉的功能以及它们的等级排列，在英国却到 17 世纪末才有相关论述。约翰·洛克（John Locke, 1632—1704）是英国最早对人的感觉做出系统性解释的思想家之一。他在哲学论著《人类理解论》（*An Essay Concerning Human Understanding*）中认为，人的一切观念都来源于人的感官经验或反省，并且把人的感官数目定义为五个，分别是视觉、听觉、嗅觉、味觉和触觉，他相信，"除了声音、滋味、香气，和可见可触的性质以外，任何人都不会想象物体中其他任何性质，不论那些物体的组织如何" [2]。

　　然而早在洛克之前，英国文学中已经频繁地运用五感的概念，尽管当时关于五感的英语词汇仍然没有固定下来。这种不稳定性主要表现在"触觉"上，16 世纪前的英国诗人通常会交叉使用"触觉"（touch）和

[1] Rossell Hope Robbins, *Secular Lyrics of the XIVth and XVth Centuries*, Oxford: Clarendon Press, 1955, p. 80.

[2] 洛克，《人类理解论》上册，关文运译，北京：商务印书馆，1983，第 85 页。

"感觉"（feeling）这两个词来指代"触觉"这一概念。莎士比亚和乔叟都使用"感觉"（feeling）来表示"触觉"，而且两人都"只有在表达触觉的动态意义时才会用'触碰'（touch）这个词"[①]。五种感官体验虽然有其不确定性，但却是所有人认识自身和外部世界的共同途径，因而在古往今来的文学作品中留下了重要痕迹。英国 16、17 世纪的诗歌继承古典时期和中世纪的五感传统，同时又深受 16 世纪新教改革的影响，因此表现出丰富而独特的五感文化。

　　首先，英国文艺复兴时期诗歌继承古典时期思想家如波爱修斯和奥古斯丁等人的观念，认为人的感官在认识活动中属于较低层的理解能力。其次，英国文艺复兴时期诗歌突出强调感官与外在世界及肉体诱惑的关系。城堡的比喻也在此期间频繁地出现，即把人的内心比作一座城堡，这座城堡的入口或窗户就是人的五种感官，它们连接着人的内心和外部世界，是获取知识的途径。此外，感官也是邪恶事物和诱惑的入口。

　　在《仙后》（The Faerie Queene）第二卷第九章中，斯宾塞描写亚瑟王（King Arthur）和谷阳骑士（Guyon）来到艾尔玛城堡（House of Alma），击退了围困该城堡长达七年之久的敌人。斯宾塞将这些敌人刻画成一群面目可憎的野兽，它们住在岩石和洞穴之中，发起的攻击也如动物式的一哄而上，面对强敌最终四处逃散。这个片段中的城堡象征人的心灵，而人的五种感官是五道城门，被象征邪恶、诱惑的野兽攻击。斯宾塞在此借用中世纪寓意画册，让某些特定的动物攻击某道特定的城门，比如，象征视觉的城门受到一群可怕怪物的攻击，它们长着猫头鹰的脑袋，还有翅膀和利爪，眼睛如猞猁一般；而攻击听觉这道城门的则是赤鹿、蛇和野猪等具有非凡听力的动物；攻击嗅觉这道城门的是具有灵敏嗅觉的狗、猩猩等；鸵鸟和蟾蜍等动物攻击味觉这道城门；蜘蛛、蜗牛和刺猬对代表触觉的城门发起攻击。苏珊·斯图尔特（Susan Stewart）认为，斯宾塞"把动物和特定的感官联系起来，猫头鹰和猞猁对应视觉，赤鹿和野猪对应听觉，狗、猿猴和秃鹰与嗅觉相关，鸵鸟、蟾蜍和野猪对应味觉，刺猬和蜘蛛则对应触觉"[②]。由此可见，感官有其动物性，而且

---

① Earl R. Anderson, *Folk-Taxonomies in Early English*, p. 323.
② Susan Stewart, *Poetry and the Fate of the Senses*, Chicago: University of Chicago Press, 2002, p. 19.

容易受到外部世界的影响。

在文艺复兴时期诗歌中，人的感官除了和动物性联系在一起，还被频繁地用于描写爱情诗中的情爱场面。感官与爱情或者性爱有着不可分割的联系，罗伯特·伯顿（Robert Burton, 1577—1640）在评价爱情导致的忧郁时，就把这种爱情的疾病归咎于人的感觉器官，尤其是眼睛。他把眼睛看作"秘密的演说家、第一个老鸨、爱情之门：私下的观望、眨眼、一瞥和微笑达成了如此多的交流，[眼睛]在很多时候成为媒人，让对方在说话之前就已经相互理解"①。

在"及时行乐"主题盛行的文艺复兴时期，感官享受被极致放大，成为许多爱情诗的重点内容。莎士比亚的长诗《维纳斯与阿都尼》（"Venus and Adonis"）取材于希腊罗马神话，讲述爱神维纳斯（Venus）如痴如狂地向美貌少年阿都尼（Adonis）求爱的过程。诗歌连篇累牍地歌颂人的爱欲，烘托出及时行乐的主题。其中，诗人用大量笔墨描写感官享受，强调人的感官与爱欲之间的联系。维纳斯为了得到阿都尼的一吻，使出浑身解数，甚至不惜假装晕倒来博取同情。在她滔滔不绝地劝说阿都尼及时行乐之时，感官享受被放到重要位置。例如，她说："一个人看到他的所爱，裸体榻上横陈，/ 雪白的床单，都比不上她肤色的玉润，/ 那他岂肯只用饕餮的眼睛饱餐一顿，/ 而别的感官却能不同样地情不自禁？"②

阿都尼反驳维纳斯，称自己尚年幼，无法答应她的要求，并且他的内心坚定，不会屈服于爱神的花言巧语和誓言，这时维纳斯举出人的五感（和内心相对立）在爱情中的重要作用：

> 假设说，我只有两只耳朵，却没有眼睛，
> 那你内在的美，我目虽不见，耳却能听。
> 若我两耳聋，那你外表的美，如能看清，
> 也照样能把我一切感受的器官打动。
> 如果我也无耳，也无目，只有触觉还余剩，

---

① Robert Burton, *The Anatomy of Melancholy*, London: B. Blake, 1838, p. 524.
② 莎士比亚，《莎士比亚全集》第六卷，朱生豪译，北京：人民文学出版社，1994，第 386 页。

　　那我只凭触觉，也要对你产生热烈的爱情。

　　再假设，我连触觉也全都失去了功能，

　　听也听不见，摸也摸不着，看也看不清，

　　单单剩下嗅觉一种，孤独地把职务行，

　　那我对你，仍旧一样要有强烈的爱情。

　　因你的脸发秀挺英，霞蔚云蒸，华升精腾，

　　有芬芳气息喷涌，叫人嗅着，爱情油然生。

　　但你对这四种感官，既这样抚养滋息，

　　那你对于味觉，该是怎样的华筵盛席？

　　它们难道不想要客无散日，杯无空时？①

　　对维纳斯来说，五感之中只要有一感尚存，就足够她爱上阿都尼，而且人的感官足以看清他"内在的美"。莎士比亚将爱欲以五感的形式呈现，使内在的爱欲外化为身体感官的盛筵。最后提到的味觉明显指涉维纳斯梦寐以求的吻，即品尝阿都尼。该诗因而淋漓尽致地展现了情人间的感官享受，把感觉置于爱情中的突出位置。

　　与赫伯特同时代的多恩的作品既有艳情诗也有虔诚的宗教抒情诗，在他的艳情诗中我们也可以看到大量关于感官的描写，其中的感官与精神相对立，是肉体欲望的集中体现。例如，著名的《赠别：不许伤悲》（"Valediction: Forbidding Mourning"）是多恩在出访法国之前写给妻子的一首诗，其中他鄙弃仅仅依靠感官享受来维系的世俗爱情，转而歌颂恋人间"精纯"的灵魂之爱。该诗第4、5节这样描述：

　　世俗恋人的乏味爱欲

　　　　（其灵魂即感官）不能忍受

　　别离，因别离使他们失去

　　　　那些构成爱情的元素。

　　而我们被爱情炼得精纯——

　　　　自己竟不知那是何物——

　　更注重彼此心灵的相印，

---

① 莎士比亚，《莎士比亚全集》第六卷，第388页。

不在乎眼、唇，及手的触接。①

　　对世俗恋人来说，他们的灵魂只停留在感官，构成他们爱情的元素是感官带来的享受，一旦恋人分离，爱情就不复存在，而诗人所追求的则是两个灵魂的合为一体，不在乎感官的接触（如眼、唇和手），因此即使相隔遥远，灵魂却像黄金，即便被捶打成薄叶，也"并不分裂"②。

　　然而，多恩在另一首《出神》（"Ecstasy"）中尽管同样肯定灵魂的重要性，认为它是爱情生长的元素，当两人恋爱时，"灵魂在那里谈判"，但是他也指出感官的享受同样不可抛弃："可是呦，哎呀，为什么我们 / 要如此久远地背弃肉体？"③他在该诗第65—72行中说：

> 同样，纯粹的恋人灵魂
> 　　必须下降到情感，和官能，
> 才能让感觉触及和体认，
> 　　否则像伟大的王子关牢中。
>
> 那我们就回到肉体内，这样
> 　　软弱者可看到爱情的启示；
> 爱情的秘密在灵魂中生长，
> 　　而肉体却是那载道的书籍。④

　　诗中说到灵魂必须下降到情感和官能，可见在多恩眼中，灵魂高高在上，有其至高的地位，情感、机能和感官则处于低级位置，但是感官享受却不可或缺，并且是"爱情的启示"。

　　这种注重身体感官经验的趋势在多恩的哀歌第 19 首《上床》（"Going to Bed"）中更是表现得淋漓尽致。这首哀歌中的说话者恳求他的情人脱掉身上的衣服，他首先赞美他的眼睛看到的美色（情人的衣饰和身体），强调情人的美丽外表吸引"忙碌的愚夫们"的目光，然后"和谐钟声"宣告就寝的时刻已经到来。在视觉和听觉感受之后紧接着涉及

---

① 但恩，《约翰·但恩诗集（修订版）》，傅浩译，上海：上海译文出版社，2016，
　　第 136 页。
② 但恩，《约翰·但恩诗集（修订版）》，第 137 页。
③ 但恩，《约翰·但恩诗集（修订版）》，第 141 页。
④ 但恩，《约翰·但恩诗集（修订版）》，第 141—142 页。

的是触觉，"请恩准我漫游的手，让它们去走……我的手落在了哪里，印就盖哪里"，而且说话者继续诱惑说，只有完全充分地裸露，才能"品尝极乐味"。[①]而到最后，诗中的说话者告诉我们，在此期间他早已脱下衣服，已经赤身裸体。这首诗充分表现出男性赤裸裸的诱哄和勾引，以及在此过程中涉及的感官享受。除了嗅觉，其他四种感官都在诗中被明显提及。而在多恩刻意营造的艳情氛围中，读者不难想象气味尽管没有出现在诗人笔端，却必定存在于诗中描写的旖旎场面里，就像多恩的哀歌第 4 首《香料》（"The Perfume"）中所写的，情人想尽办法不让别人知道他们的秘密幽会，他身上的香味却将他出卖，"一阵香响亮，在我进门时竟然 / 冲着你父亲鼻子嚷，故我们被发现"[②]。可见，多恩在诗歌中非常注重对五感的运用。

　　弥尔顿也同样把感官与肉体的欲望联系在一起，并且在叙述人的堕落时突出了其中一个原因，即人在堕落前受到了感官上的诱惑。在《失乐园》第九卷，弥尔顿描写了亚当和夏娃的堕落。在卷首就提到，人类始祖出现在香气弥漫的伊甸园内，夏娃与亚当商量着分头工作并且最终说服了亚当。当夏娃遇到伪装成蛇的撒旦时，是撒旦的诡谲之词首先打动了她，使得她跟着撒旦来到禁树旁。弥尔顿从五种感官的角度全面描述夏娃被诱惑，最终犯下原罪的过程：

> 　　他说完了。他那含有狡智的
> 言词，太容易进入她的心了。
> 她盯住果子出神，仅仅看，就够
> 吸引人了，还在她的耳朵里响着
> 他那巧妙的言词，充满着理由，
> 在她看来很有道理。那时节，
> 将近中午，那果子的香气激起
> 她难抑的食欲，摘食的欲念，
> 唆使她一双秀目渴望不止。[③]（第九卷第 733—743 行）

---

① 但恩，《约翰·但恩诗集（修订版）》，第 59—60 页。
② 但恩，《约翰·但恩诗集（修订版）》，第 11 页。
③ 弥尔顿，《失乐园》，朱维之译，上海：上海译文出版社，1984，第 342 页。

在这一段中，我们可以发现夏娃之所以采食禁果，是因为她禁不住感官上的诱惑，撒旦狡智的言词进入她的耳朵，果子诱人的外表吸引着她的眼睛，还有果子的香气也刺激着她的鼻子和食欲，终于"她那性急的手，/ 就在这不幸的时刻伸出采果而食"①。撒旦的引诱计划之所以从夏娃入手，正是因为她比亚当更要轻信他人，而且在智力和体格上都要弱于亚当，撒旦评价亚当时说："他那较高的智力、气力和勇敢，/ 我要躲开，他那英雄的肢体，/ 虽由泥土造成，却不可轻视。"②夏娃弱于亚当的一个重要体现就是，她更容易被感官影响。

而在亚当也吃了禁果之后，他也堕落了，因此沉迷于感官的享受，他说：

> 夏娃啊，现在我看到你
> 精巧美妙的味觉和见识，二者
> 之中，我们宁要味觉，称道味觉。
> 因此，称赞归于你。你今天供给了
> 这么好的食品。我们因不吃美果
> 而失去很多快乐；食而不知真味；③（第九卷第 1017—1022 行）

此处，亚当热情地称赞味觉，而失去了理智的判断。可见，弥尔顿把感官诱惑列为人类始祖堕落的重要原因。对此，麦迪生（William Madsen）评论道："夏娃受诱开始于撒旦像蟾蜍一样蹲在她耳边灌输世俗之爱的语言，而亚当的诱惑则开始于他第一次见到夏娃，从而意识到他挡不住她投来的一瞥。"④夏娃最初的诱惑来自听觉，撒旦的谗言动摇了她的心智，⑤而亚当的诱惑则源于视觉，夏娃的美貌占据了他的

---

① 弥尔顿，《失乐园》，第 344 页。
② 弥尔顿，《失乐园》，第 331 页。
③ 弥尔顿，《失乐园》，第 352 页。
④ William G. Madsen, *From Shadowy Types to Truth: Studies in Milton's Symbolism*, New Haven: Yale University Press, 1968, p. 164.
⑤ 多恩对于听觉的诱惑作用也有重点阐述，因此在《启应祷告》（"A Litanie"）第 25 节中，他吁求上帝治愈我们的耳疾，锁闭我们的耳朵，"以便我们不因听说 / 妄人嘲弄王权 / 就失足滑倒，不知不觉地堕落"。见：但恩，《约翰·但恩诗集（修订版）》，第 241 页。

视线，因而让他只听到妻子的声音，却听不到上帝的命令。但是，从以上分析我们可以看到，除了视觉与听觉，人的所有五感都在促成人堕落的过程中起到了重要作用。

英国文艺复兴时期文学除了锡德尼、莎士比亚、多恩等人的爱情诗之外，还有一股重要的思想潮流，即赞颂上帝、探讨神学思想的宗教文学，前者歌颂世俗爱情，突出人的感官享受，而后者不信任感官，将其与人的低级肉体欲望相联系。然而，综观 16、17 世纪的宗教诗人，他们同样也对感官做了大量讨论，只不过宗教诗中的感官与爱情诗的感官概念截然不同。宗教诗人将感官内在化、精神化，因而使得感官成为人的心灵与上帝沟通的神圣途径。这样的宗教文学传统可以追溯至奥古斯丁。他在《忏悔录》中剖析他究竟爱上帝什么，从而引出两种感官模式，第一种是前面讨论的爱情诗中涉及的外在感官诱惑，而第二种则内化为一种人神沟通的力量。奥古斯丁的这一思想为后期许多宗教作品中的五感主题奠定了基础。

前文已经提到多恩爱情诗中的感官意象，而实际上他在创作宗教诗以及布道文时也对人的感官做过思考。他的人生大致可以分成前后两部分，前期风流不羁但是穷困潦倒，而后期改信英国国教，仕途顺利，最终被任命为圣保罗大教堂教长。粗略计算，"他的几乎所有世俗爱情诗都属于前期作品，而几乎所有他的宗教散文都在他后半生完成。"[1]多恩的前后期作品有着明显差异，从前期的崇拜女人、沉迷性爱转向后期歌颂上帝以及专注神学冥想，感官感知的对象由世俗爱人转向上帝，从而具有神圣的性质。他在《启应祷告》第 21 节中就说："当我们武装起您的兵——感官——"[2]，感官已经脱离世俗的羁绊，而成为神圣的一员，与上帝紧密地联系在一起。

16、17 世纪的英国诗人都或多或少地受到了路德、加尔文等人发起的新教改革的影响，他们对于五感，尤其是两种高级感觉（视觉和听觉）的态度也因此发生了一些转变。基督教本身非常注重听觉，本质上是一种听觉的宗教；而在宗教改革之后，听觉的重要性更是得以强化，人们更

---

① Helen Gardner (ed.), *John Donne: A Collection of Critical Essays*, Englewood Cliffs, NJ: Prentice-Hall, Inc., 1962, p. 13.

② 但恩，《约翰·但恩诗集（修订版）》，第 239 页。

加注重布道，而且将注意力从教堂装饰带来的视觉印象转向听觉感受。尤其是对清教徒来说，繁复的视觉印象会让人们在做礼拜时分心，因此视觉不如听觉能达成效果。[①]由此可见，在宗教改革之后，两种高级感官（眼睛和耳朵）的顺序在新教徒中有了变化，眼睛的地位下降，而耳朵的重要性则提升。

　　在宗教改革者加尔文的神学体系中，"道"有着至关重要的地位，而"道"的其中一个意义就是上帝的话语，与听觉紧密相关。加尔文曾表示："只有在上帝之'道'统治的地方，上帝才用他的声音显示救赎的道路，上帝的教会才能被建立。"[②]同时，他也强调，"无声的景象是冷硬的，而上帝的话语呼出的气息给人生命"[③]，"每当上帝在族长们眼前显现，他必定**说话**，因为无声的景象会让他们在不确定中犹疑不决"[④]。可见，加尔文把话语置于景象或视力之上，眼睛所见的景象是无声而且无生命的，只有话语才给人以生命，并且使得上帝的命令被正确地理解。因此，宗教改革之后的英国新教徒都非常注重听觉，将听觉与信仰紧密联系，继而也重视布道的作用。

　　多恩在布道文中这样描述眼睛与耳朵的作用：

　　　　人类有一种自然的方式来接近上帝，即通过眼睛，通过创造物，因此可见的事物中显现出不可见的上帝。但是上帝还额外添加了另一种超自然的方式，即通过耳朵。尽管听力是自然的，然而通过聆听一个人的传道而产生对上帝的信仰，则是一件超自然的事。上帝关闭了扫罗自然的方式，即视力，使他眼盲，但是打开了他超自然的方式，使扫罗得以听见，并且倾听上帝的话语。[⑤]

① Lawrence Sasek, *The Literary Temper of the English Puritans*, Baton Rouge: Louisiana State University Press, 1961, p. 22.
② Joseph Haroutunian (ed.), *Calvin: Commentaries*, Philadelphia: Westminster John Knox Press, 1958, p. 79.
③ Joseph Haroutunian (ed.), *Calvin: Commentaries*, p. 83.
④ Joseph Haroutunian (ed.), *Calvin: Commentaries*, p. 84.
⑤ John Donne, "Sermon Preached at St. Paul's, the Sunday after the Conversion of St. Paul, 1624," *The Sermons of John Donne*, vol. VI, ed. Evelyn Simpson and George R. Potter, Berkeley: University of California Press, 1956, p. 217.

眼睛专注的目标是"自然之书",从外部世界的创造物中了解上帝,而通过耳朵,人类可以听到上帝之"道",而且借助随之而来的信仰认识上帝。多恩认为,接近上帝的自然方式,即眼睛,有可能被欺骗,被邪恶力量蛊惑,但是耳朵作为超自然的、更高级的感官,则能接收上帝的真道,从而帮助眼睛。

在另一篇布道文中,多恩把耳朵与信仰相联系,而把眼睛看作魔鬼的通道:

> 眼睛先于耳朵,成为魔鬼的通道:因为虽然魔鬼确实会借由恶意的言辞进入耳朵,但是它首先是出现在眼睛面前。我们先用眼睛看到,然后才进行危险的谈话。然而,耳朵却是圣灵的第一道门,帮助我们完成仪式和礼节性的事,这些我们在教堂里都能看到,但是这些仪式都有其正确的用法,这些用法首先由牧师教导。因此,使徒确实将信仰灌输到耳朵里。[1]

多恩相信,视觉和象征性的物体在宗教崇拜中有其重要地位,但是如何正确使用它们却由上帝的话语决定。人的眼睛容易受到蒙蔽,在有生之年都无法窥见上帝的真容,想要看到天国的景象,只有等到死亡,但是与耳朵密切相关的信仰却和尘世的视觉不同,可以让人部分地了解上帝之道。可见,多恩的神学思想偏重听觉。

温彻斯特的主教安德鲁斯也同样重视听觉甚于视觉。他认为:"在有关信仰的事情上,耳朵永远走在前头,而且有更多用途,比眼睛更加值得信任。因为在很多情况下,当视觉遭受失败时,信仰仍然挺立。"[2]

沃恩是17世纪继赫伯特之后另一位著名的宗教诗人,他十分推崇赫伯特的宗教诗集,并且加以大量模仿。他的主要著作《矽土的火花》中有大量诗歌明显借鉴赫伯特的诗歌文本。布什认为:"在《矽土的火

---

[1] John Donne, "Preached at St. Pauls, for Easter-Day, 1628," *The Sermons of John Donne*, vol. VIII, p. 228.

[2] Lancelot Andrewes, "Sermon Preached before the King's Majesty, at Whitehall, on the Sixteenth of April, A. D. MDCXX. Being Easter-Day," *English Prose: 1600—1660*, ed. Victory Harris and Itrat Husain, New York: Holt, Rinehart and Company, 1965, p. 151.

花》129 首诗中，超过 50 首诗与《圣殿》相关，还有其他许多模仿之处
没有被记录下来。"①沃恩也把眼睛与现世的暂时性和欺骗性联系在一
起，把耳朵同救赎相关联：

> 我们为何如此纵容我们的眼睛停留在已逝事物具有欺骗性的外
> 表上？我们的眼睛看到身下的荆棘，我们为何只在这些荆棘上休
> 憩？难道我们仅仅依靠眼睛过活？我们同样依靠耳朵生活，而且通
> 过那个入口我们收到救赎的好消息，这个消息使我们满怀真诚地企
> 盼着荣耀自由的到来和约定的实现。②

综上所述，在宗教改革的影响下，听觉在文艺复兴时期的作品中得
到了前所未有的关注，但是尽管如此，听觉也并非完全取代视觉的地
位。英国文艺复兴时期还有另一股思潮，即新柏拉图神秘主义倾向。在
这股思潮影响下，诗人们仍然热衷于探索眼睛的象征意义。在一些诗人
笔下，关于感官的排序甚至经常出现自相矛盾的情况，这说明关于五感
等级的问题并没有固定的模式。比如，弥尔顿在大学时发表的第一篇公
开的拉丁文演说《白昼与黑夜孰优孰劣》（*Utrum Dies an Nox Præstantior
sit?*）中就提到，如果没有白天，"那所有感觉中最高贵的视觉对每个
创造物来说都是无用的"③；而在《科玛斯：在拉德洛城堡上演的假面
剧》（*Comus: A Masque Presented at Ludlow Castle*）中，弥尔顿把耳朵
作为判断和理解的工具，与心灵（soul）具有同等作用（第 756、784
行），④从而把听觉置于其他感觉之上。弥尔顿的这种自相矛盾的说法在
《失乐园》中也有多处体现，厄斯金认为："弥尔顿在年轻时如'快乐的
人'一样赞同视觉，而到了晚年则转向听觉。"⑤

---

① Douglas Bush, *English Literature in the Earlier Seventeenth Century, 1600—1660*, p. 145.

② L. C. Martin (ed.), *The Works of Henry Vaughan*, Oxford: Clarendon Press, 1957, p. 326.

③ William Kerrigan, John Rumrich, and Stephen Fallon (eds.), *The Complete Poetry and Essential Prose of John Milton*, New York: Modern Library, 2007, p. 791.

④ William Kerrigan, John Rumrich, and Stephen Fallon (eds.), *The Complete Poetry and Essential Prose of John Milton*, pp. 89-90.

⑤ Thomas Erskine, "Eye and Ear Imagery in the Poetry of George Herbert and Henry Vaughan," Diss., Emory University, 1970, p. 60.

正如前文所述，五感的框架和雏形早已在古典时期和中世纪就已奠定，眼睛和耳朵是五感中的高级感官。在爱情诗中，人的五感被大量用于描写世俗情人间的外在感官享受，而在基督教的宗教文学领域，五感是内在化、精神化的，为人与上帝的沟通提供了神圣途径。其中听觉得到了很大的关注，但是其他感觉同样不可或缺，比如当描写诸如圣餐的宗教仪式时，味觉常常居于突出地位。总而言之，五感在爱情诗和宗教诗中的表现形式迥然不同。

第三章　《圣殿》中的"眼睛"和视觉

　　新教与罗马天主教之间的斗争除了宗教教义上的冲突，还体现在外在教会组织和宗教仪式上的巨大差异。天主教注重外在仪式，通过华丽的教堂装饰、繁复的礼仪过程和等级鲜明的神职人员着装等来吸引感官的注意。在天主教传统仪式中，人被认为是肉体和灵魂的复合体，而且其所有知识都来自感官。①罗马天主教对肉体和感官的重视后来在17世纪英国国教中也得到一定传承。以威廉·劳德（William Laud, 1573—1645）为首的国教派别注重仪式，被称为"仪式主义者"（Ceremonialist），而与之相对的是要求简化崇拜仪式、注重内在精神的清教徒。

　　赫伯特生活在英国内战爆发之前，他去世的那一年劳德刚刚担任坎特伯雷大主教一职，但是在赫伯特生活的年代，仪式主义者和清教徒之间的斗争已经出现愈演愈烈的趋势。尽管很少有评论家把赫伯特形容为清教徒，但是他却深受路德和加尔文神学思想的影响，②在他的诗歌中，感官尤其是眼睛在宗教崇拜以及在人与上帝沟通之时表现出更加内省和精神化的特点，而非天主教所重视的外在感官刺激。

　　基于西方文化传统中五感的等级排列，本章将探讨赫伯特诗歌中的"眼睛"以及与此相关的视觉意象。赫伯特诗集《圣殿》中有多首图形诗（或称视觉诗），如《祭坛》的诗行形状酷似一座祭坛，《复活节的翅

---

① Achsah Guibbory, *Ceremony and Community from Herbert to Milton: Literature, Religion, and Cultural Conflict in Seventeenth-Century England*, Cambridge: Cambridge University Press, 1998, p. 21.

② 霍奇金斯认为，赫伯特在神学本质上是加尔文主义者，但是另一方面他又不是清教徒，因为他对伊丽莎白时代以来稳固建立的英国国教非常忠诚，加尔文主义者和清教徒这两个概念并不能混为一谈，参见：Christopher Hodgkins, *Authority, Church, and Society in George Herbert: Return to the Middle Way*, pp. 2-3.

膀》（"Easter-wings"）的排列方式刚好构成一对翅膀的形状，或者如朱莉娅·卡洛琳·格恩西（Julia Carolyn Guernsey）所说，从竖向来看是两个沙漏的形状，代表着时间的短暂性和人终有一死的特点。①《伊甸园》（"Paradise"）中诗节的每一行结尾单词依次减少一个字母，从而展现出一种给花园里的树木修剪枝丫的形象。赫伯特在诗歌形式上独具匠心的安排体现出他对独特视觉效果的追求。

相比外在的视觉印象，赫伯特更加注重眼睛在宗教上的内涵，他吸收文学传统中关于眼睛的描述，又以新教神学能够接受和理解的方式，改革中世纪天主教传统中的"眼睛"形象，使之符合新教的神学思想。

第一节　"眼睛—飞镖—心脏"和神圣之爱

宗教抒情诗与爱情诗属于两种不同题材，吟咏不同对象（上帝或世俗情人），因此显得泾渭分明，然而，二者之间又存在千丝万缕的联系。刘易斯（C. S. Lewis）在讨论中世纪典雅爱情（courtly love）的产生和发展时指出，爱情诗往往以模仿真正的宗教开始，这些诗歌"对待情人或爱情的态度乍看非常像崇拜者对待圣母玛利亚和上帝的态度。"②可见，爱情诗中歌颂的爱是在模仿宗教崇拜的基础上发展起来的。而在英国文艺复兴时期，在爱情诗尤其是十四行诗迅速发展之后，许多宗教诗人又反过来效仿爱情诗的主题和诗歌形式，把对上帝的热爱比喻成情人之间炽热的爱情，如多恩、赫伯特、沃恩等。赫伯特在17岁时写给他母亲的两首十四行诗表达了他立志要把全部才华奉献给上帝，即创作宗教诗的决心，但是他使用的诗歌形式仍为爱情诗所特有，而且其中包含了众多爱情诗的元素，如维纳斯、丘比特、玫瑰、百合、水晶般的眼睛等。③

---

① Julia Carolyn Guernsey, *The Pulse of Praise: Form as a Second Self in the Poetry of George Herbert*, Newark: University of Delaware Press, 1999, p. 28.

② C. S. Lewis, *The Allegory of Love: A Study in Medieval Tradition*, London: Oxford University Press, 1936, p. 21.

③ 关于这两首十四行诗的讨论，详见：邢锋萍，《"然而我只爱你"：乔治·赫伯特的诗学观》，载郝田虎主编《中世纪与文艺复兴研究（一）》，杭州：浙江大学出版社，2019，第172—174页。

中世纪和文艺复兴时期的爱情诗传统对赫伯特的诗歌创作产生了重要影响，爱情诗中频繁出现的"眼睛"更是被赫伯特充分利用，但是他歌颂的并非世俗情人如水晶般的眼睛，[1]而是把眼睛与上帝之爱联系在一起，其中他富有技巧地运用了"眼睛—飞镖—心脏"（eye—dart—heart）这个比喻。

"眼睛—飞镖—心脏"在中世纪典雅爱情和文艺复兴时期的爱情诗中经常出现，确切地说，它指的是女士的美貌外表能够产生飞镖，这些飞镖穿透追求者的眼睛，进入他的心脏，使他经受一系列因爱而生的折磨，如脸色苍白、难以入睡、神志恍惚等。"眼睛—飞镖—心脏"这个比喻有其漫长的历史发展过程，可以追溯到奥维德的《恋歌》（Amores）。奥维德在《恋歌》中解释了他歌颂爱情、不歌颂战争的原因："丘比特突然弯弓搭箭，一箭射入我的心脏……爱情之箭确确实实地射在我的心坎上。我的内心立时燃起了一股熊熊的烈火，我的心完完全全地受到了爱神的奴役。"[2]

但是将这个比喻进一步深化，把箭矢、心脏和人的眼睛联系起来的较早的作家是 12 世纪法国诗人克雷蒂安·德·特鲁瓦（Chrétien de Troyes, 1135?—1183?）。[3]他创作了多部关于亚瑟王和圣杯传说的作品，在《克里杰斯》（Cligès）中，他解释了眼睛在爱情中发挥的作用，指出爱神是通过眼睛才把箭深深地扎进情人的心脏，但是眼睛本身不会受损，也不会像心脏那样抱怨，因为"眼睛没有理解的能力，它只是心脏的镜子，而通过这面镜子爱神在心中点起了火焰"[4]。至此，眼睛和心脏间的联系得以建立，眼睛对于爱情的产生起着至关重要的作用。同时期法国另一位作家安德里亚斯·卡佩拉努斯（Andreas Capellanus, 1150—

---

① 赫伯特在献给其母亲的第 2 首十四行诗中表示，"我为何要把女人的双眼比作水晶？/ 如此拙劣的创意在他们低俗的头脑里燃烧"（Why should I womens eyes for Chrystal take? / Such poor invention burns in their low mind），见：F. E. Hutchinson (ed.), *The Works of George Herbert*, p. 206.

② 奥维德，《爱的艺术》，寒川子译，呼和浩特：内蒙古大学出版社，2007，第 27 页。

③ Thomas Erskine, "Eye and Ear Imagery in the Poetry of George Herbert and Henry Vaughan," p. 20.

④ Chrétien de Troyes, *Arthurian Romances*, trans. W. W. Comfort, London: J. M. Dent, 1914, p. 100.

1220）甚至认为盲人没有爱的能力，因为他们无法欣赏产生爱的源泉，即肉眼可见的美丽外表。[1]

　　法国典雅爱情中"眼睛—飞镖—心脏"的比喻随后在英国文学作品中生根发芽，突出的例子可以在乔叟的《坎特伯雷故事》（*The Canterbury Tales*）中找到。在《武士的故事》（"The Knight's Tale"）里，派拉蒙（Palamon）和阿赛脱（Arcite）被囚禁于高塔之中，当他们在高处看到爱茉莉（Emelye）在花园里散步时，双双爱上了她，他们的表现也极其相似。派拉蒙说："并不是这牢狱使我叫苦，其实是刚才我的眼里中了伤，直穿心头，致了我的死命。那位女郎的美是我叫苦的根源。"[2]而阿赛脱随后也说："在那边散步的女郎呀，她的美貌使我一见就中了致命之伤。"[3]乔叟模仿中世纪典雅爱情中"眼睛—飞镖—心脏"的比喻，他笔下的爱情也主要由外在的美貌引起，这种美可以通过眼睛在心头造成致命之伤。当阿赛脱独自在林中抱怨爱神维纳斯给他造成的苦痛时，更是清晰地表现出这个射箭的比喻："爱神还射出火箭，穿过我的真实殷切的心房，灼热地烧着，使我无从自拔，我是命定要死的了！你的眼睛杀了我，爱茉莉；你是我致命之源。"[4]这里暗示出爱茉莉的眼睛具有射杀的能力。

　　伯顿在描述因爱情引起的忧郁时强调视觉或眼睛是产生爱情的关键因素，也使用飞镖的意象来描写视觉和心脏的联系。他指出，双眼就像两道闸门让迷人的美貌进入，而那魅惑人的景象"比任何飞镖或针还要尖锐，在心脏上留下一道深深的伤痕，并在眼睛和这道伤痕间开辟一条裂缝，直刺灵魂，爱情就如火焰一样被激起"[5]。

　　"眼睛—飞镖—心脏"的比喻起源于爱情诗，也主要用于歌颂世俗男女之间的爱情，然而正如前文所述，16、17 世纪的宗教抒情诗模仿爱情诗的许多创作技巧和形式，因而上帝之爱往往也以世俗情人之爱的形式出现。在赫伯特的《圣殿》中，爱是首要主题。格里尔森（Herbert

---

[1] Thomas Erskine, "Eye and Ear Imagery in the Poetry of George Herbert and Henry Vaughan," p. 23.

[2] 乔叟，《坎特伯雷故事》，方重译，上海：上海译文出版社，1983，第 25 页。

[3] 乔叟，《坎特伯雷故事》，第 25—26 页。

[4] 乔叟，《坎特伯雷故事》，第 34 页。

[5] Robert Burton, *The Anatomy of Melancholy*, p. 509.

Grierson)认为，爱是赫伯特诗歌中基督教世界的"圆心和圆周"[1]。兰道夫(Mark Randolph)则认为，从诗集核心部分《教堂》的结构来看，可以说"爱是他基督教精神的开端和结尾"[2]。的确，从《祭坛》到《爱（三）》，赫伯特一以贯之地书写着上帝之爱的主题，而其中"眼睛"则多次出现。这说明赫伯特不但继承了中世纪典雅爱情中"眼睛—飞镖—心脏"的传统，还将它转化，用以描写上帝的神圣之爱。

赫伯特笔下的上帝在人神关系中往往是以主动追求者的身份出现的，这一点符合宗教改革者的神学思想。罗马天主教认为，人具有自由意志，个人努力和功德可以帮助人达成自身的救赎，即所谓的"功德论"；而新教改革家在救赎问题上提出不同看法，提倡唯独恩典、唯独《圣经》的理论。维斯在分析新教改革家眼中的人神关系时指出：

> 对新教改革家来说，恩典、信仰、基督和《圣经》这四个概念密不可分。它们的共同之处在于，上帝在人神关系中是一个主动的角色。传统意义上的心灵追求上帝、心灵攀升至天国，以及罪人努力靠近上帝的模式被完全颠倒过来：上帝成为追寻、努力和下降的那一个。上帝道成肉身成为基督；上帝在经文中显现自身；上帝寻找罪人；上帝，对早期宗教改革者来说，给予信仰。[3]

这是新教改革家在人神关系上提出的核心思想，这种将上帝看作主动追求者，而把人置于被动地位的设想在保罗和奥古斯丁的作品中都有所体现。新教改革者路德在此基础上更是进一步提出以上帝为中心的救赎论，而加尔文则把前人的思想更加系统化。这种改革派神学在 17 世纪早期的英国教会中处于主导地位，因而也影响着赫伯特诗歌中展现的人神关系。

斯坦布勒(Elizabeth Stambler)认为诗集《圣殿》中的主人公具有一致性，她说："毫无疑问，赫伯特诗中的角色是前后一致的，他在整本诗

---

① Herbert J. C. Grierson, *Cross-Currents in 17th Century English Literature: The World, the Flesh, and the Spirit, Their Actions and Reactions*, New York: Harper, 1958, p. 215.

② Mark Randolph, "'A Strange Love': Theology, Sexuality, and Subjectivity in George Herbert's Poetry," Diss., University of Michigan, 1990, p. 1.

③ Gene Veith, *Reformation Spirituality: The Religion of George Herbert*, p. 25.

集中是同一个人……《圣殿》中的上帝很像典雅爱情诗中被爱慕的女人，通过主人公的反应间接塑造出她的性格。"①笔者认同她说的前半部分，即《圣殿》中的主人公具有一致性，就像艾略特提倡的那样，这部诗集有其内在统一性，应当整体阅读；然而关于把上帝比作爱情诗中被爱慕的女人这一点，笔者的观点正好相反，赫伯特诗歌中的上帝有其一致性，但是自始至终都以主动追求者的身份出现，而非被动的倾慕对象。

在《晨祷》这首诗中，赫伯特形象化地将日常的宗教仪式晨祷描写成一幅情人在清晨见面的场景，犹如爱情诗中一种特别的题材——破晓歌（Aubade）。②但是，与破晓歌中恋人们依依惜别的描述不同的是，在《晨祷》的开篇，我们只看到上帝急切的追求，而诗中的说话者"我"却表现出一种被动的平静：

> 我无法睁开眼睛，
> 但您早已准备好捕捉
> 我清晨的灵魂和祭品：
> 那么我们那天应该凑成一对。

> I cannot ope mine eyes,
> But thou art ready there to catch
> My morning-soul and sacrifice:
> Then we must needs for that day make a match.（*Works*: 62）

结合后面的诗节，我们知道在这第 1 节中，诗人把上帝比作太阳，他明亮的光线在黎明时分首先找到了睡眼迷蒙的"我"。上帝是个主动的追求者，时刻准备着捕捉"我清晨的灵魂和祭品"，仿佛那灵魂和祭品就是"说话者的两条手臂"③；而既然太阳每天都会升起，那么也就意味

---

① Elizabeth Stambler, "The Unity of Herbert's 'Temple'," *Cross Currents* 10.3 (Summer 1960): 252.
② 多恩创作的《早安》《日出》和《破晓》等爱情诗都属于破晓歌一类，见：吴笛，《"破晓歌"的历史变迁与现代变异》，《外国文学研究》2012 年第 5 期，第 23—29 页。赫伯特的《晨祷》可能模仿这种爱情诗题材。
③ Mark Randolph, "'A Strange Love': Theology, Sexuality, and Subjectivity in George Herbert's Poetry," p. 31.

着说话者其实每天都在与太阳（上帝）见面，因此这是一场永恒的追求，而不仅仅局限于"那天应该成为一对"。

在诗歌第 2、3 节中，说话者询问上帝追求他的心的原因，诗人把"眼睛—飞镖—心脏"的比喻移植其中：

> 我的上帝，心是什么？
> 　银子、金子，或宝石，
> 　　抑或星辰还是彩虹，或者
> 所有这些东西的一部分，还是集它们于一体？

> 　我的上帝，心是什么，
> 　　让您把它如此凝视，如此求索，
> 　　　在它上面倾注所有技艺，
> 仿佛您除此之外，无事可做？

> 　My God, what is a heart?
> 　　Silver, or gold, or precious stone,
> 　　　Or starre, or rainbow, or a part
> Of all these things, or all of them in one?

> 　My God, what is a heart,
> 　　That thou shouldst it so eye, and wooe,
> 　　　Powring upon it all thy art,
> As if that thou hadst nothing els to do?（*Works*: 62）

对于上帝为什么追求他的心，说话者自己列出了一些答案，他从世俗的物质角度，想象他的心可能是金银财宝或者天上的星辰彩虹。第 3 节中，诗人用"凝视""求索""在它上面倾注所有技艺"来形容上帝对人心的追求，此处的追求过程涉及眼睛和心脏，唯一缺少的就是飞镖。

诗人在第 4 节阐述人并不值得上帝的追求，因为他的眼睛只停留在上帝的创造物，而非造物主身上，就像《虚空（一）》中提到的天文学家、潜水者和化学家那样只会傲慢地挖掘自然物，探索事物内部的秘密，而忽略了造物主。

在诗歌最后一节，诗人把前文关于个人和物质的描述上升到神秘哲学的高度。上帝依然是太阳，但是阳光像爱情诗中的飞镖一样起到了帮助人接近上帝的中介作用：

> 教我认识您的爱；
> 让我如今见到的新光，
> 能同时显现作品和工匠：
> 那么，我将沿着一束阳光攀爬向您。

> Teach me thy love to know;
> That this new light, which now I see,
> May both the work and workman show:
> Then by a sunne-beam I will climbe to thee.（*Works*: 63）

诗中的说话者不满足于仅仅见到上帝的创造物，即"自然之书"，他希望这一束清晨的阳光能让他同时看到"作品和工匠"。他请求上帝教会他认识上帝的神圣之爱，而且根据他的描述，这个教导的过程是特别的，"与《颈圈》不同，《晨祷》中的说话者不是通过听觉，而是通过视觉明白他的角色"[1]。眼睛在沟通人与上帝的关系时起到了重要作用，奥古斯丁和阿奎那都把视觉比作"与智力有关的知识"（intellectual knowledge）[2]，是人了解神圣知识的途径。赫伯特在收录于 W 手稿的《圣餐》中也明确视觉是"那五感中最高贵的感觉"（*Works*: 201）。

实际上，眼睛在人神沟通时的作用不能和爱情诗中情人间的眉目传情相等同。自从亚当堕落以后，人的肉眼就不能直接看见上帝的面貌，因此上帝的外表并不能像爱情诗中的美丽女子那样发出飞镖击中追求者的眼睛。就像《晨祷》第 2、3 节中反复强调的那样，上帝自始至终追求的都是人的内心。关于这一点，赫伯特在许多诗歌中均有阐述，如具有强烈自传性质的《折磨（一）》["Affliction (I)"]开篇就说："当您起先引诱我的心朝向您 / 我以为这是份美好的差事"（When first thou didst

---

[1] Mark Randolph, "'A Strange Love': Theology, Sexuality, and Subjectivity in George Herbert's Poetry," p. 33.

[2] Mark Randolph, "'A Strange Love': Theology, Sexuality, and Subjectivity in George Herbert's Poetry," p. 33.

entice to thee my heart, / I thought the service brave)（*Works*: 46），"引诱"
一词明白地刻画出上帝作为追求者使用诱哄的手段赢取人心；而在《渴
望》（"Longing"）中，上帝如丘比特一般弯弓搭箭，但他射出的是磨难
之箭，诗人恳求上帝将他心中的箭矢拔出，治愈他胸中的伤口；《回火
（二）》["The Temper (II)"]第三行也提及上帝作为弓箭手的形象。

这种将武力和典雅爱情相结合的突出例子有《火炮》（"Artillerie"），
这首诗同样借鉴传统的"眼睛—飞镖—心脏"的比喻来描述上帝之爱。
这是一首叙事诗，描写说话者某天晚上的离奇遭遇，诗歌开头具有传统
"梦幻体"的特点，"时间设置在晚上，说话者如僧侣般坐在房间前面，
还老生常谈地提到'我感觉'（Me thoughts)"[1]，因此诗歌第 1 节带有
寓言和超现实色彩：

> 某个夜晚我独坐小室之前，
> 我感觉有一颗星射到我腿间。
> 我起身抖动衣裳，因为很明白，
> 零星之火往往会酿成大灾。
> 　　突然间我听到一个声音，
> 　　你一如既往，违抗我的指令，
> 　　把好意从你胸间驱离，
> 　　它有火的表象，却带来安息。

> As I one ev'ning sat before my cell,
> Me thoughts a starre did shoot into my lap.
> I rose, and shook my clothes, as knowing well,
> That from small fires comes oft no small mishap.
> 　　When suddenly I heard one say,
> 　　*Do as thou usest, disobey,*
> 　　*Expell good motions from thy breast,*
> 　　*Which have the face of fire, but end in rest.*（*Works*: 139）

---

[1] William V. Nestrick, "'Mine and Thine' in *The Temple*," *"Too Rich to Clothe the Sunne": Essays on George Herbert,* ed. Claude J. Summers and Ted-Larry Pebworth, Pittsburgh: University of Pittsburgh Press, 1980, p. 121.

　　当一颗星星突然坠落在说话者身上，他的反应是合乎常理的，是理性的，"零星之火往往会酿成大灾"这句格言充满智慧和理性，[①]就像一点火星从壁炉里跳跃到静坐者的衣服上，他为了避免引起火灾，急忙把这点火星从衣服上抖落。然而，他突然听到了一个声音，告诉他这颗星星虽然有火的表象，看上去危险，却能带来安宁与休憩。[②]从这个声音我们得知，说话者已经不止一次这样拒绝好意。根据上下文，这个声音很可能是上帝本身开口警告说话者，而那颗被说话者抖落的星星恰好是上帝射出的，充当着飞镖或者箭矢的角色。只不过这并非爱情诗中的折磨之箭，相反，它带来安宁。

　　第 2 节诗人接着叙述说话者在听到天空传来的声音后做出的反应：

> 我，听说过音乐从天体之间发出，
> 却从没听过星星也会说话，开始沉思自语：
> 但是我转向上帝，这位统治
> 星辰和万物的管理者；令人敬畏的上帝，
> 　　我说，如果我经常拒绝您的好意；
> 　　那么我甚至不会拒绝用鲜血
> 　　来把我顽固的想法清洗：
> 因为我会完成或忍受我应做之事。

> I, who had heard of musick in the spheres,
> But not of speech in starres, began to muse:
> But turning to my God, whose ministers
> The starres and all things are; If I refuse,
> 　　Dread Lord, said I, so oft my good;

---

① 赫伯特一生酷爱收集谚语格言，在他死后出版的《异国格言集》收录和翻译了 1184 条格言警句（该数字根据哈钦森编辑的版本）。《教堂门廊》中多次出现这本格言集中的句子，而赫伯特对格言的热衷在一定程度上也影响和造就了他写诗时言简意赅的语言风格。

② 这种表象和实质间的巨大差异是新教改革家的关注点之一。路德在《海德堡辩论》中曾说："虽然人的行为常常表现得非常出色和良善，却可能是致死的罪。虽然上帝的工作经常看起来不怎么辉煌，甚或令人觉得邪恶难忍，然而它们却实实在在是永久的功德。"见：路德，《路德文集》第一卷，第 26 页。

Then I refuse not e'vn with bloud

To wash away my stubborn thought:

For I will do or suffer what I ought. (*Works*: 139)

诗歌第 1 节已经揭示出说话者理智而冷静的特点,他为了避免被火灼伤的疼痛,忤逆了上帝的好意。在第 2 节中,我们看到他还是个博学、善于思考的人,他受过良好的教育,知道天体之间会有音乐发出,[①]当听到星星会说话时,他开始思考,并且试图修正自己的错误。他甚至不惜用鲜血来清洗他之前固执的想法。此处鲜血的所指不甚清晰,他没有说用自己的鲜血还是用别人的,如果他用自己的鲜血,则表示他甘愿为弥补过错而献身,体现出一种个人的英雄主义;如果他用别人的鲜血,那么我们可以从中推测出,这实际上暗示着耶稣的献祭以及圣餐中象征耶稣鲜血的圣酒。

以上 2 节都表现出说话者的被动地位,他被一颗流星击中,被一个声音劝诫,被迫开始沉思自己的处境,并且要努力完成或忍受应做之事,而到第 3 节,说话者转而成为一个主动进攻的角色,成为一个主动的追求者,在武力上与上帝展开了一场较量:

> 但是我也有星星和射击的弓箭,
> 诞生在您仆人使用火炮的地点。
> 我的泪水和祷告日夜在恳求,
> 向您靠近;而您却把我拒绝。
> 　　并非因为(我仍必须说出)
> 　　比起您答应我的要求,我更有义务
> 　　完成您的旨意:而是由于
> 您的承诺如今已使您自身成为法律。

But I have also starres and shooters too,

Born where thy servants both artilleries use.

---

① 古希腊哲学家毕达哥拉斯(Pythagoras)被认为是最早发现音乐的人,他推测各天体在按一定轨道围绕地球运行时必会产生一种和谐的音乐,因而提出天体音乐的概念,详见:胡家峦,《历史的星空——文艺复兴时期英国诗歌与西方传统宇宙论》,第 112 页。

> My tears and prayers night and day do wooe,
>
> And work up to thee; yet thou dost refuse.
>
> 　　Not but I am (I must say still)
>
> 　　Much more oblig'd to do thy will,
>
> 　　Then thou to grant mine: but because
>
> Thy promise now hath ev'n set thee thy laws. (*Works*: 139)

在这个诗节中，说话者仿佛瞬间明白诗歌开篇描述的上帝的行动和好意，他要回应上帝的爱。他也有典雅爱情中使用的武器，但是它们来自上帝的仆人使用火炮的地点，即天国，也就是说，诗中说话者的武器和力量其实来自上帝的馈赠，就像弥尔顿《失乐园》第五卷中天使加百列对撒旦所说的，"……我知道 / 你的力量，你也知道我的，都不是 / 你我所固有的，而是神所给的"①。因此，人与上帝这场战争从一开始就不是平等的。

诗中说话者的武器以泪水和祷告的形式出现，"我的泪水和祷告日夜在恳求"，然而却被上帝拒绝了，正如说话者一开始抖落射在腿上的星星一样。这种把泪水和祷告比作箭矢飞向上帝的比喻在《搜索》（"The Search"）中也有类似体现。《搜索》里的说话者焦急地寻找上帝的踪迹，他发出一声痛苦的叹息，这声叹息"像长有翅膀的飞箭：然而我的侦察兵 / 无功而返"（Wing'd like an arrow: but my scout / Returns in vain）（*Works*: 162）。上帝在《火炮》中并没有接受说话者射出的飞箭，原因在于上帝在人神关系中必须处于主动发起者的位置，而非被动地接受人的行动，说话者希冀的人与上帝之间平等和互动的关系不可能存在。根据新教的神学观点，"主动称义"和"被动称义"有着很大差别，前者遵循律法，后者则简单地让基督在信徒内心工作。维斯在评论路德的"被动称义"时说："'在基督里安息'是困难的，因为人本身固执地坚守律法，渴望通过自身的努力称义，背负自己的罪责。"②

上帝必须"答应我的要求"，这是承诺，也是新的律法，即《新约》。怀特在分析这部分时认为，说话者对他与上帝之间的不平等关系显得愤

---

① 弥尔顿，《失乐园》，第 173 页。

② Gene Veith, *Reformation Spirituality: The Religion of George Herbert*, p. 77.

愤不平，因为比祷告更强大的武器是上帝的承诺，是这个承诺，"而非他自身的功绩或上帝的爱，给他依靠"①。从另一个角度来说，基督作为上帝对人的"承诺"是人得救的唯一途径，"完成您的旨意"或者做工（主动追求）都被上帝拒绝。新教改革家们普遍认为，在人神关系中上帝必须是主动追求、下降的那一个，"既然人无法到达天国爱上帝［见诗歌《迟钝》（"Dulnesse"）第27行］，那么主动权必须掌握在上帝手中"②。

但是，在人神关系中，说话者依旧尝试和上帝达成一种互动而平等的关系，甚至采取谈判的方式：

> 那么我们都是射击手，而您确实屈尊
> 加入对我们的战斗，和您自己的泥土
> 一决输赢。但是我乐意与您谈判：
> 不要避开我的箭，并瞄准我的胸间。
> 　　然而如果您避开，我仍是您的：
> 　　我必须如此，如果我是我自己的。
> 　　您不受任何条款的束缚：
> 我生有限，却无限地归您所属。

> Then we are shooters both, and thou dost deigne
> To enter combate with us, and contest
> With thine own clay. But I would parley fain:
> Shunne not my arrows, and behold my breast.
> 　　Yet if thou shunnest, I am thine:
> 　　I must be so, if I am mine.
> 　　There is no articling with thee:
> I am but finite, yet thine infinitely. (*Works*: 139)

最后一节中出现了一系列与战争有关的意象，"射击手""战斗""一决输赢""谈判""条款"这些军事用语同时可以象征世俗情侣间的

---

① James Boyd White, *"This Book of Starres": Learning to Read George Herbert*, p. 217.
② Thomas Erskine, "Eye and Ear Imagery in the Poetry of George Herbert and Henry Vaughan," p. 97.

关系，也暗示着人神之间的拉锯战。在这场战争中，最终是人服输，交出了主动权。"射击手"（shooters）原文与"追求者"（suitors）的发音非常相似，因此可以被看作一个双关语。说话者努力想找出人神之间的共同点，认为他们都是"射击手"或者说在互相追求。然而，尽管上帝确实屈尊，与他自己的泥土（人）互动，也就是基督教中上帝的道成肉身与人订立新约的教义，但是事实证明，人与上帝之间的战斗与和谈，只是人的一厢情愿而已，上帝"不受任何条款的束缚"，无论他是否避开说话者的箭头，说话者依然归属于上帝。

　　赫伯特诗中的说话者经常会试图与上帝一争高下，偿还上帝为人类所做的一切，从而达到人与上帝之间的平等关系。《感恩》（"The Thanksgiving"）和《回报》（"The Reprisal"）等诗都表达了这种愿望，但是这种尝试最终都以失败告终。《感恩》中的说话者要回报上帝爱的艺术，甚至自信满满地表示要效仿耶稣受难，但是在诗歌最后一行说话者又退缩；而紧接着的《回报》在开头就认输了，"我已经仔细斟酌，发现 / 没有什么能和您的受难相比：/ 因为就算我为您而死，我已经落后于您"（I have consider'd it, and finde / There is no dealing with thy mighty passion: / For though I die for thee, I am behinde）（Works: 36）。《火炮》中的说话者也经历了这样自我认识、自我消解的过程，到最后他不再纠结于平等和胜负，而坦然承认"无限地归您所属"。

　　《火炮》全诗集结了典雅爱情和战争的各种意象，最终得出的结论是人无法与上帝谈判，因为人没有这个权利，而上帝不受任何条款的束缚。斯特莱尔曾经指出，这首诗与多恩的《爱的交换》（"Love's Exchange"）有很多相似之处。《爱的交换》是一首爱情诗，其中运用了许多与战争有关的词汇。多恩在这首诗第 4 节写道：

> 你什么都不给，也依然正直，
> 　因为我不愿相信你最初的动机；
> 坚守的小城，依战争法则
> 无条件可提，直到遭大炮逼迫。
> 　在爱的战争中，即如此这般，
> 　我不得签合约以求恩典，

既已使爱神最终露出了这张脸。①

　　尽管《火炮》与《爱的交换》题材不同，前者描写上帝神圣之爱，而后者歌颂世俗爱情，但是赫伯特诗中的"然而如果您避开，我仍是您的……您不受任何条款的束缚"与多恩的"你什么都不给，也依然正直"和"我不得签合约以求恩典"却有着异曲同工之妙，上帝之爱与世俗情人之爱在两首诗中相互交融、难分彼此。

　　在《火炮》中，"眼睛—飞镖—心脏"的比喻得到了扩展，星星、泪水和祷告都被用作武器，如箭矢般射向心脏，使胸中产生渴望。虽然诗中没有明确提及眼睛的角色，但是正如厄斯金所说："很明显，说话者用泪水和祷告展开追求，目的是希望通过眼睛和耳朵靠近上帝。既然人不能看到上帝，那么上帝的美就无法穿透说话者的眼睛。相反，上帝必须采取主动，把箭或'好意'射入人的心脏。"②这种新教改革派神学思想在该诗第 1 节早已得到阐述，诗中说话者渴望的安宁和休憩是上帝主动给予的，而非他自己求得。

第二节　"用目光解救我们于苦难"：上帝之眼与人之眼

　　赫伯特在许多诗中提到上帝之眼和人之眼，但是这二者却有着天壤之别。本节将讨论上帝之眼和人之眼的不同之处，并指出，在赫伯特看来，人的眼睛在亚当和夏娃堕落以后就被蒙蔽，同时分析赫伯特诗歌中表现出的修复肉眼，使之回到原初状态的各种途径。

　　相较于人的眼睛，上帝的视野是无限而永恒的。作为全能全知的神，他的眼睛不受限制，而且具有极强的威力。赫伯特在《教堂》最后一首诗《爱（三）》里就描写了一位"眼尖"（quick-ey'd）的上帝，他从诗中说话者"进门的那刻"就迅速看出了这位客人的懈怠和迟疑，从而引出后续一系列说服他就餐的举动。上帝眼神的犀利和视野的全面由此可见一斑。而《那一瞥》（"The Glance"）则突出表现了上帝眼睛的威力，

① 但恩，《约翰·但恩诗集（修订版）》，第 111—112 页。
② Thomas Erskine, "Eye and Ear Imagery in the Poetry of George Herbert and Henry Vaughan," p. 98.

下文将对这首诗做具体分析。

从人神关系的角度来看,《那一瞥》仍然保留着典雅爱情诗中以眼睛为爱情媒介的传统,而且不断地提到眼睛对心脏所起的作用。然而,在这首诗中频繁出现的是上帝的眼睛,它能带来极致的快乐和喜悦,也象征着上帝之爱。这首诗共有 3 节,第 1 节如下:

> 当最初您甜美仁慈的眼
> 甚至在我青春年少和午夜之时屈尊
> 对我眷顾,而我此前确然
> 　　　　在罪中翻滚;
> 我油然涌起一股奇特喜悦,
> 任何手艺都无法做出此等琼浆,
> 沾湿、涂抹、溢满我的心脏,
> 　　　　把它占领。

> When first thy sweet and gracious eye
> Vouchsaf'd ev'n in the midst of youth and night
> To look upon me, who before did lie
> 　　　　Weltring in sinne;
> I felt a surged strange delight,
> Passing all cordials made by any art,
> Bedew, embalme, and overrunne my heart,
> 　　　　And take it in.（*Works*: 171）

赫伯特用"甜美"(sweet)和"仁慈"(gracious)来描述上帝的眼睛,这双眼在说话者最容易走入迷途的青春年少时期以及黑暗无光的午夜对他投来关注,使他从罪中幡然悔悟。斯特莱尔将这首诗视为一个罪人初次皈依基督教的体验,指出人在处于最糟糕的状况——"在罪中翻滚"时,上帝仍然包容他,这就是神的无条件的爱。①斯特莱尔对该诗的解读侧重于诗中说话者的体验,而实际上上帝的眼睛在这首诗中扮演

---

① Richard Strier, *Love Known: Theology and Experience in George Herbert's Poetry*, pp. 133-134.

了主要角色，是我们理解这首诗的关键点之一。在第 1 节中，诗人用一系列奇思妙喻描绘上帝的眼睛，首先他"甜美仁慈的眼"在人的心中激发出"一股奇特喜悦"，随之这种喜悦被等同于一种世间罕有的琼浆玉液，紧接着这种琼浆又被当成香料一样"沾湿、涂抹、溢满我的心脏"，这三个动词具有程度上的递进关系，表现出上帝的一瞥对心脏起到的逐渐增强的渗透力，直至最后把它完全占领。[①]这一节呼应《折磨（一）》中的"当您起先引诱我的心朝向您"，上帝仅仅瞥了一眼，就让一股奇特喜悦占据人的心脏，将它俘获。

> 　　　自那以后无数痛苦风暴
> 　侵袭我的心灵，甚而能把它彻底摧毁，
> 　假如那歹毒而满含恶意的伤害耀武扬威
> 　　　　　达到完全统治：
> 　但您最初的甜美喜悦，
> 源自您的眼睛，确实在我心灵内部发挥作用，
> 当汹涌的悲伤变得放肆，那喜悦将它们掌控，
> 　　　　　然后宣告胜利。

> 　　　Since that time many a bitter storm
> 　My soul hath felt, ev'n able to destroy,
> 　Had the malicious and ill-meaning harm
> 　　　　　His swing and sway:
> 　But still thy sweet originall joy,
> 　Sprung from thine eye, did work within my soul,
> 　And surging griefs, when they grew bold, controll,
> 　　　　　And got the day. (*Works*: 172)

　　诗歌第 2 节首先描写说话者的心灵遭受无数苦涩风暴的袭击，表现出基督徒面临的无数精神折磨和痛苦。然而由于上帝的最初一瞥所带来

---

① 最后一行"把它占领"的原文为"take it in"。诗中说话者将上帝之一瞥所带来的喜悦迎接住进自己心中，就像让基督住进心中一样。这种基督在人心中工作的观点也为新教改革家所普遍提倡。

的喜悦还占据着他的心，那"歹毒而满含恶意的伤害"始终不会彻底摧
毁他；相反，在他的悲伤如潮水般越发汹涌之时，那最初的源自上帝之
眼的喜悦抑制了悲伤，并且打败了强大的风暴。由此可见，上帝的眼睛
具有极大威力，而这一主题在第 3 节得到更进一步的探讨：

> 若您最初的一瞥就有如此威力，
> 一种欢乐被打开又随即合闭；
> 那么我们该如何震惊，当我们看见
> 　　您满眼的爱！
> 当您用目光解救我们于苦难，
> 当和您的一个照面带来的欢愉
> 比千个太阳发出的光芒还要富余，
> 　　在天国里。

> If thy first glance so powerfull be,
> A mirth but open'd and seal'd up again;
> What wonders shall we feel, when we shall see
> 　　Thy full-ey'd love!
> When thou shalt look us out of pain,
> And one aspect of thine spend in delight
> More than a thousand sunnes disburse in light,
> 　　In heav'n above. （*Works*: 172）

　　"满眼的爱"，即不仅仅是睁开又瞬间闭上的一瞥，而是睁大眼睛正
面凝视。赫伯特在诗中习惯将眼睛与爱等同起来，比如，在《迟钝》的
最后一节，他说：

> 主，清理您的礼物，让我能以不变的机智
> 　　抬头仅仅看向您：
> 只是看而已；因为谁有资格爱您，
> 　　什么天使合适？

> Lord, cleare thy gift, that with a constant wit
> 　　I may but look towards thee:

> *Look* onely; for to *love* thee, who can be,
>
> What angel fit? (*Works*: 116)

　　此处，"看"成为退而求其次的爱上帝的一种方式[并非直接"看"，而仅仅是"看向"（look towards）]，因而诗人把"看"与"爱"间接地等同起来。而在《那一瞥》里，上帝作为人神关系中的追求者一方，他的爱也是通过眼睛来表达的，"上帝的视线就是爱，令人联想起典雅爱情传统"[①]。他的一瞥在人心中产生极致喜悦，而他"满眼的爱"则可以解救人于苦难。文德勒也注意到赫伯特诗中目光与爱之间的联系，认为在"满眼的爱"（full-ey'd love）的衬托下，诗句"用目光解救我们于苦难"（look us out of pain）实际上可以替换为"用爱解救我们于苦难"（love us out of pain）。[②]诗人生动展现出上帝直视的眼睛、一个照面所带来的惊奇效果，即那欢愉比"千个太阳发出的光芒还要富余"。然而，最后一句"在天国里"可谓意蕴丰富，瞬间点出整首诗的实质，一方面它带来希望，说明所有这一切都将在天国里实现，人将能面对面地与上帝相见；另一方面，它也提醒着人如今还处于世间，只能在地上抬头仰望天国的现实，因而正如斯特莱尔指出的，"之前几句诗行表达的景象仍然只是将来的事而已"[③]。

　　从以上分析，我们可知赫伯特诗中描述的上帝之眼是全能全知，具有极强威力的，而与此相对的是被蒙蔽、被损毁的人之眼。《创世记》、弥尔顿的《失乐园》等文学作品都为我们刻画出人类始祖亚当和夏娃起初在伊甸园的极乐生活，在那里他们可以毫无障碍地直视上帝和众天使。然而，由于夏娃受诱、亚当堕落，人的肉眼受到蒙蔽，被剥夺了直视上帝的权利，人的眼睛被局限于世俗世界。根据基督教传统，人在此生都无法窥见上帝真容，直到死亡降临，恰如赫伯特在《不知感恩》（"Ungratefulnesse"）中所说的，上帝不会把真身完全展现，"……直到死亡 / 把尘土吹进我们眼中 / 通过那微尘，您会让我们看见"（…till

---

[①] Thomas Erskine, "Eye and Ear Imagery in the Poetry of George Herbert and Henry Vaughan," p. 87.

[②] Helen Vendler, *The poetry of George Herbert*, p. 257.

[③] Richard Strier, *Love Known: Theology and Experience in George Herbert's Poetry*, p. 141.

death blow / The dust into our eyes: / For by that powder thou wilt make us see）（*Works*: 82）。

赫伯特在多首诗中突出肉眼的局限性。《拂晓》（"The Dawning"）开篇就用祈使句催促一个悲伤的人赶快起来，并且说"拾起你的眼睛，它们以泥土为食"（Take up thine eyes, which feed on earth）（*Works*: 112），"泥土"（earth）指代人类暂居的尘世，也表示世俗世界，该诗因而指出人的肉眼向下看、局限于俗世的特点。在《脆弱》（"Frailtie"）中，诗人把美丽的眼睛和荣誉、财富等相提并论，指出眼睛的不可靠和徒有其表：

> 主，在沉默中我是如何鄙夷
> 　　　　那倍受信任
> 被称为*荣誉、财富*或*明眸*的东西；
> 　　　　只是*绚丽的灰尘*！
> 我管它们叫作*镀金的土块*、
> 　　　*高价的泥土、好看的青草*或*干草*；
> 总之，我想起我的双脚一直踏踩
> 　　　　在它们头上。

> Lord, in my silence how do I despise
> 　　　　What upon trust
> Is styled *honour, riches,* or *fair eyes;*
> 　　　　But is *fair dust!*
> I surname them *guilded clay,*
> 　　　*Deare earth, fine grasse* or *hay;*
> In all, I think my foot doth ever tread
> 　　　　Upon their head.（*Works*: 71）

诗人用斜体字突出他所鄙夷的几样东西，"明眸"和荣誉、财富一样，都仅仅是"绚丽的灰尘"。如果说荣誉对应的是"镀金的土块"，财富对应的是"高价的泥土"，那么"明眸"对应的则是"好看的青草或干草"，土块、泥土和小草尽管被赋予漂亮的外表和浮夸的价值，它们本身却都是任人踩踏的事物。这种把眼睛和泥土相联系的做法与《拂晓》相呼应，也指出人的眼睛的物质性和世俗性。

除了低头看地面和俗世物质，人的眼睛还贪婪地到处求索，却很少抬头仰望天空。《痛苦》（"Miserie"）这首诗不断强调人的愚蠢，"愚蠢"这个词在通篇高频出现，而其中的一项蠢行就表现在人的眼睛上："哦，愚蠢的人！你的眼睛在何处？/ 你如何让它们迷失于成堆的烦恼忧虑？"（Oh foolish man! where are thine eyes? / How hast thou lost them in a croud of cares?）（Works: 101）在该诗最后一节，诗人指出，是罪愚弄了他，使他成为不成形状的肉团，没有脚也没有翅膀能把他提升，因而无法瞥见乐园。

在《解脱》（"The Discharge"）第 1 节，赫伯特也提到人们那双到处张望的眼睛：

> 忙碌的爱打探的心，你想知道什么？
> 　　　你为何窥探，
> 还用贪婪的眼睛左顾右盼，
> 　　　四下里张望；
> 在窥探中舒展、生长？

> Busie enquiring heart, what wouldst thou know?
> 　　　Why dost thou prie,
> And turn, and leer, and with a licorous eye
> 　　　Look high and low;
> And in thy lookings stretch and grow?（Works: 144）

开头第一句话"忙碌的爱打探的心"与多恩的《旭日》（"The Sun Rising"）非常相似。许多评论家如帕特里德斯早就注意到赫伯特经常借鉴或模仿多恩的诗作，[①]这首诗的第 1 节就能明显地看到多恩的影子。多恩在《旭日》第 1 节也以类似句型"忙碌的老傻瓜"开始：

> 忙碌的老傻瓜，没规矩的太阳，

---

① C. A. Patrides (ed.), George Herbert: The Critical Heritage, p. 36.

　　　　你为何要如此，

　　透过窗户、帘栊来把我们窥视？

　　恋人的季节必与你运行相当？ ①

　　通过考察相似的词汇以及内容，两首诗之间的关联可想而知。二者同时表达了对好奇心的责备，多恩诗中的太阳是"没规矩"的，喜欢"窥探"热恋中的情人；而赫伯特的诗歌质问"忙碌的爱打探的心"，它也喜欢窥探，并且"用贪婪的眼睛左顾右盼"，具有强烈的探究欲和好奇心。

　　赫伯特诗中，人之眼往往以负面形象出现，它充满好奇，喜欢窥探外在世界（"自然之书"）。《自我定罪》（"Self-condemnation"）告诫人们不要专注于别人的过错，而忽视自身的罪责。诗歌第 1 节指出人的视线不应当在外面流浪，而应该向内观望自省：

　　　　你谴责犹太人的仇恨敌意，

　　因他们选择巴拉巴这个谋杀犯

　　　　　而不选择荣耀的上帝；

　　回头看顾你自己的财产，

　　把你的眼睛召回家（那忙碌的流浪汉）：

　　　　那个选择可能会成为你的故事。

　　　　Thou who condemnest Jewish hate,

　　For choosing Barrabas a murderer

　　　　　Before the Lord of glorie;

　　Look back upon thine own estate,

　　Call home thine eye (that busie wanderer):

　　　　That choice may be thy storie. (*Works*: 170)

　　犹太人在巴拉巴和耶稣之间选择释放前者而处死后者，因此遭到后来的基督徒的谴责，然而诗人告诫人们不要盯着别人的过错，而忽略了自己正在犯同样的错误（"那个选择可能会成为你的故事"）。诗歌第 1 节就涉及眼睛犯下的错，诗人把眼睛比作不知道回家的"忙碌的流浪

―――――――――

① 但恩，《约翰·但恩诗集（修订版）》，第 74 页。

汉",此处的"召回家"表示让眼睛向内自省,看顾自己的"财产",即内心。这种由外而内的观照在《教堂门廊》这首具有教诲性质的长诗中也得到强调。[1] 诗人在该诗第 70 节中劝诫读者:"在仪式中封闭你的双眼, / 将它们送往你的心"(In time of service seal up both thine eies, / And send them to thine heart)(*Works*: 23)。

在基督教传统中,眼睛可分为两种:肉体之眼和精神之眼。《教堂门廊》和《自我定罪》中提到的向内心观望的眼睛是精神之眼,而沉迷于俗世享乐的眼睛则是肉体之眼或感官之眼。解经家奥利金曾经对这两个概念做过详细阐释。他指出,当人堕落后,

> 感官之眼被打开,而之前它们一直都被关闭得很好,以防止分散人的注意力或影响精神之眼;我猜想,正是这些精神之眼因为人的罪而被关闭了,而他们之前可以用精神之眼享受凝视上帝和乐园的喜悦。……所有真正的基督徒都有锐利的精神之眼,并且把感官之眼关闭;根据他们精神之眼的锐利程度以及感官之眼闭合的程度,他们或多或少地看到、了解到至高无上的圣父和象征"道"与"智慧"的圣子。[2]

诗歌《自我定罪》第 1 节谴责的正是感官之眼或者说肉体之眼犯下的过错,因为它们不顾自己仅有的财产——内心,而在外面四处流浪,被世俗世界的愉悦所吸引。诗歌第 2 节指责人们错误地爱上这个世界的欢乐,而抛弃基督教的真正快乐,这样就相当于犯了犹太人的错误。在这节中,诗人把俗世的诱惑体现在听觉上:

> 当人爱着,但是错误地爱着,
> 这个世界的欢愉,而非基督教的真正喜乐,
> 他就做出了犹太人的选择:
> 世界是一位远古的谋杀犯;

---

[1] 威尔考克斯指出,教堂门廊这一建筑结构具有象征意义,是"世俗世界与神圣世界的分界点",详见: Helen Wilcox (ed.), *The English Poems of George Herbert*, Cambridge: Cambridge University Press, 2007, p. 17.

[2] 转引自: Charles A. Bennett, *A Philosophical Study of Mysticism: An Essay*, New Haven: Yale University Press, 1923, pp. 45-46.

她拥有并摧毁的灵魂成千上万

用她魅惑人心的歌喉。

He that doth love, and love amisse,

This worlds delights before true Christian joy,

Hath made a Jewish choice:

The world an ancient murderer is;

Thousands of souls it hath and doth destroy

With her enchanting voice.（*Works*: 170）

诗中描述的"世界"就像巴拉巴一样是个谋杀犯，而且更严重的是，这个谋杀犯并非凡人，她是"远古的"、永生的，不像凡人巴拉巴那样终有一死。赫伯特在此把"世界"比喻成古典神话中的海妖塞壬（Siren），她用具有魔力的天籁般的歌喉迷惑海上过往的水手，使他们倾听失神，因而触礁丧命。在诗人看来，"世界"的欢乐诱惑就像塞壬的歌声："赫伯特的塞壬同时体现了普遍意义上的世俗性和具体意义上感官享受的罪恶。"[①]

诗歌第 3 节描写人沉迷于世俗享受的另一种形式，即贪慕金钱：

当人已经遗憾地把他

心灵下嫁给金子，而且偏爱

虚假而非真实的利益，

他已经做了他所谴责的事：

因他为了钱财把亲爱的主出卖，

成为犹太人中的犹大。

He that hath made a sorrie wedding

Between his soul and gold, and hath perferr'd

False gain before the true,

Hath done what he condemnes in reading:

For he hath sold for money his deare Lord,

And is a Judas-Jew.（*Works*: 171）

---

① Mary Ellen Rickey, *Utmost Art: Complexity in the Verse of George Herbert*, p. 52.

人的心灵和金子之间的结合，让人联想起《虚空（一）》第 3 节中描述的炼金术士进入创造物的闺房，因而在赫伯特看来，这依然是虚空的，结果"找到了死亡，却错过生命"。人们谴责犹太人对耶稣的仇恨，却没有意识到他们实际上也因为爱慕金钱而成了犹太人中最大的叛徒犹大。

诗歌最后一节点明，我们应当在最后的审判日来临之前反思自己，为自己定罪。诗歌在最后为我们描述了末日审判的画面：

> 因此我们早于最后的审判日，
> 审判我们自己。那束光，曾因罪和激情
> 　　变得黯淡窒息，
> 一旦烧焦的灯芯被剪除，
> 将明亮而清晰，甚至照在罪责之上，
> 　　没有借口或伪装。

> Thus we prevent the last great day,
> And judge our selves. That light, which sin & passion
> 　　Did before dimme and choke,
> When once those snuffes are ta'ne away,
> Shines bright and cleare, ev'n unto condemnation,
> 　　Without excuse or cloke.（*Works*: 172）

诗人重点强调末日审判时的一束光，这束光曾因罪和激情变得黯淡，然而在那一天却会恢复光明，清晰地照在罪责之上，没有借口、托词或任何伪装。

值得注意的是，整首诗从开篇到结束，人称代词一直在发生着微妙的变化。诗歌第 1 节把"你"作为说话对象，因此是"你"谴责犹太人，第 2、3 节则变成了"他"，这个"他"做出了许多犹太人犯过的错误，而到第 4 节也就是最后一节，诗人已经自称为"我们"，因此是"审判我们自己"。正如维斯指出的：

> 诗歌结束时，说话者已经把自己卷进了他所谴责的境地中。该诗控诉那些批判别人而对自己的罪恶不加理会的人，但是难道诗人在抨击那些伪善者的同时，没有陷入同样伪善的危险？如标题《自

我定罪》所表达的，审判别人的，也要被审判，因此诗人自己也要
接受审判和定罪。①

　　诗人在《自我定罪》里批评的那些罪过，如沉迷于世俗世界的欢乐、
贪恋金钱等，实际上也是诗人在自己身上发现并且希望努力纠正的错
误。其中，眼睛的世俗性和局限性使得人很容易重蹈犹太人的覆辙（"那
个选择可能会成为你的故事"）。

　　人眼的局限性开始于亚当堕落之后，但是根据赫伯特的诗歌，人的
肉眼在此生仍有被修复的可能，即恢复一部分原初的精神层面的视力。
而修复视力的途径是借助于上帝的恩典、人的信心和《圣经》经文的教
导，这一点和新教改革家们的观点如出一辙。以路德和加尔文为首的改
革家们发展了因信称义的概念，其中他们区别于罗马天主教的重要神学
观点可以概括为五个"唯独"：唯独《圣经》、唯独恩典、唯独信心、唯
独基督、唯独神的荣耀。②

　　在《晨祷》《那一瞥》等诗中，赫伯特已经展现了上帝的恩典对人起
的作用，上帝主动追求人心，使人们在不经意间捕捉到他的一瞥，不管
人们如何在罪中翻滚，无论是清晨还是午夜，他都会"用目光解救我们
于苦难"。

　　信心在恢复视力上所起的作用突出表现在《信心》（"Faith"）这首诗
里。该诗同时集中体现新教改革思想中的"唯独信心"教义，如斯特莱
尔指出的，这首诗"基于唯独信心的教义强调上帝关注人的安逸生活，
该诗单单把信心当作实现愿望的最直接途径"③。诗歌开篇就描写人的
眼睛被蒙蔽，显得黯淡无光，看不清楚，然而即使这样，上帝依然为人
的安逸而考虑：

> 主啊，您怎能如此轻易平息
> 被罪恶挑起的盛怒，当人的视力黯淡，
> 所见甚少，您却关注他的安逸，

---

① Gene Veith, *Reformation Spirituality: The Religion of George Herbert*, p. 63.
② Gene Veith, *Reformation Spirituality: The Religion of George Herbert*, p. 24.
③ Richard Strier, *Love Known: Theology and Experience in George Herbert's Poetry*, p. 206.

通过信心把一切带到他面前？

Lord, how couldst thou so much appease
Thy wrath for sinne as, when mans sight was dimme,
And could see little, to regard his ease,
　　And bring by Faith all things to him? （*Works*: 49）

人在堕落之后的眼睛因为罪恶而被蒙蔽，但是通过信心，他的眼睛仍有看见的可能性。关于眼睛、视野和光线的描述自始至终是该诗一个主导的意象。诗歌第2、3、4节分别阐释信心的神奇力量，仿佛在描写一种魔术：

　　我感到饥饿，没有肉糜：
　　我的确幻想着一顿美味盛宴；
　　它立刻出现，我吃到了美食，
　　　　如受欢迎的宾客一般。

　　有一种奇异的根茎，
　　我无法获得，就想象它在这里：
　　那想象如此完美地治愈了我的脚病，
　　　　让我步履轻松，天国近在咫尺。

　　我欠下成千上万的债务：
　　但我坚信我不亏欠分毫，
　　就这样生活；我的债主
　　　　也如此认为，不向我追讨。

Hungrie I was, and had no meat:
I did conceit a most delicious feast;
I had it straight, and did as truly eat,
　　As ever did a welcome guest.

There is a rare outlandish root,
Which when I could not get, I thought it here:

> That apprehension cur'd so well my foot,
>
> 　　That I can walk to heav'n well neare.
>
> I owed thousands and much more:
>
> I did believe that I did nothing owe,
>
> And liv'd accordingly; my creditor
>
> 　　Believes so too, and lets me go. (*Works*: 50)

　　文德勒已经指出这首诗中的童话色彩，认为人的信心被比作童话故事中的魔法一般，而且整首诗的立场很不确定，我们不知道信心是天真如孩童，还是未受教育；或者说是具有神学意义，还是仅仅为了经济上的节俭。[①]这里的信心确实如童话中的魔法，只要你有信心，当你饥饿的时候就会马上拥有盛宴；当你有伤痛时，马上就有想象中的灵药治愈伤口；而当你欠下大笔债务，只要你坚信没有欠款，同样能免除债主的追讨。但是，这些诗节看似儿戏或不合逻辑，对诗人来说却是简单的真理，赫伯特在这首诗中的立场并不如文德勒所说的充满不确定，实际上他坚持着新教改革家们提倡的"唯独信心"教义。

　　诗中提到的盛宴指涉圣餐，也可以具体联系到耶稣用五张饼和两条鱼喂饱五千人的典故；珍奇的药材和脚上的伤口暗示《创世记》3：14—15中人和蛇受到的诅咒，即蛇会咬伤人的脚后跟，而珍奇的药材实际上是信心，只有它能治愈人犯下的原罪，它之所以"奇异"（outlandish）是因为它"不属于俗世，而是来自天上"[②]；欠债的比喻同样与基督密切相关，因为他道成肉身、牺牲自己为基督徒还清了一切债务。因此，信心和基督融合在一起，诗中提到的神奇力量都有据可循，就如接下来的第5节所说：

> 信心让我无所不能，或者所有
>
> 我相信的都在神圣故事中提到：
>
> 当罪使得我和亚当一起堕落，
>
> 信心让我在他的荣耀中升得更高。

---

① Helen Vendler, *The Poetry of George Herbert*, pp. 194-195.

② Ann P. Slater (ed.), *George Herbert: The Complete English Works*, p. 413.

Faith makes me any thing, or all

That I beleeve is in the sacred storie:

And where sinne placeth me in Adams fall,

Faith sets me higher in his glorie.（*Works*: 50）

从这一节开始，诗人的目光从个人的物质经济问题转向普遍的神学问题，信心不再是一种幻想和魔法，而是一种外在的力量。根据新教改革家的思想，信心和恩典一样，都是上帝赐予的，并非人自己能够获得，因此，人因信称义，也是一种被动称义。

接下来的 3 个诗节表达出斯特莱尔指出的基督教"归算论中的反精英主义"[①]，这是新教改革家所重点提倡的，即上帝面前的子民一律平等，普通信徒和神职人员都可以借着信心到上帝面前，不存在高低贵贱之分。路德在《致德意志基督教贵族公开书》（*To the Christian Nobility of the German Nation*）中就已经提及"信徒皆祭司"的概念，而在《教会被掳于巴比伦》（*On the Babylonian Captivity of the Church*）中更是强调了这一点："凡知道自己是基督徒的，都应当确信我们都是平等的祭司，也就是说，对圣道和圣礼拥有同样的权力。"[②]同时，路德也相信神职人员和普通信徒之间的区别仅仅是职务上的差异而已。赫伯特在诗中突出表现了路德提出的平等思想：

如果我在书中往低看，

有什么比粗鄙的马槽更低廉？

信心把我和他放一起，他心甘情愿

接受我们的肉体和弱点、死亡和危险。

如果福佑仰仗技巧或力量，

那么只有智者或强者才能获得：

如今因为信心，众人的手臂一样长；

一个尺寸能与所有状况吻合。

---

① Richard Strier, *Love Known: Theology and Experience in George Herbert's Poetry*, p. 206.

② 路德，《路德文集》第一卷，第 379 页。

农夫的信心比之杰出的教士

可能并不逊色，能达到顶峰的高度。

因此您确实让高傲的知识弯腰屈膝，

　当恩典将高低不平的自然填补。

If I go lower in the book,

What can be lower then the common manger?

Faith puts me there with him, who sweetly took

　Our flesh and frailtie, death and danger.

If blisse had lien in art or strength,

None but the wise or strong had gained it:

Where now by Faith all arms are of a length;

　One size doth all conditions fit.

A peasant may beleeve as much

As a great Clerk, and reach the highest stature.

Thus dost thou make proud knowledge bend & crouch,

　While grace fills up uneven nature. (*Works*: 50)

　　由于基督道成肉身，接受人类的肉体和随之而来的弱点、死亡和危险，原本只有智者和强者才能获得的极致幸福，如今因为信心，所有人都能获得。而原本罗马天主教教廷宣扬的农夫和杰出教士之间的巨大差异也因为信心而不复存在，人人都是祭司，人人都能因信称义。这几个诗节强烈表达出当时的新教改革思想，人的得救与否和个人的学识、教育程度、身份地位以及外表都没有必然联系，就像怀特指出的，此处的信心不再是一种魔力，而是"上帝的工作，如今被赋予一个合适的名称：'恩典'，它很神奇，但是同样可能令人困惑，因为它剥夺了人的能力和人与人之间的差别"①。

　　该诗第9、10节在一定程度上解释了诗人在前面指出的新教思想中因信称义和众生平等的原因，其中基督作为承诺的实现者和信心的创造

---

① James Boyd White, *"This Book of Starres": Learning to Read George Herbert*, p. 140.

者的角色是和阳光紧密联系在一起的：

> 当受造物没有真正的亮光
> 发自他们身上，您确实让太阳转递
> 一抹光辉，允许他们变得明亮；
> 用这显示，基督为我们做的事。
>
> 那原本漆黑的地方
> 有着灌木丛生的树林，刺痛观看者的双眼，
> 如今消失不见，当信仰确实改变眼前景象：
> 现出一片壮丽蓝天。
>
> When creatures had no reall light
> Inherent in them, thou didst make the sunne
> Impute a lustre, and allow them bright;
> And in this shew, what Christ hath done.
>
> That which before was darkned clean
> With bushie groves, pricking the lookers eie,
> Vanisht away, when Faith did change the scene:
> And then appear'd a glorious skie. (*Works*: 51)

这 2 节诗典型地反映出新教改革家关于"义的归算"（imputation of righteousness）的讨论。以路德为首的改革家认为人之所以能称义，是因为另一个人——基督的义借着信心转嫁给他，因此上帝在审判之时只看到基督，却没有看到罪人；上帝宣布信徒为义人，并不是基于人的罪恶而言，而是基于基督的功德。就像信徒的罪行被归罪到基督身上，同样基督的义也被归算到信徒身上。路德在《加拉太书注释》中就解释了通过信仰把上帝的义归算在信徒头上：

> 只要我还在肉体中生活，罪就确确实实在我里面。然而，就像小鸡躲避在母鸡的羽翼之下，我被基督的羽翼所覆盖，毫无畏惧地居住在广阔的能饶恕一切罪恶的天空之下，这片天空在我头顶绵延，上帝遮盖、饶恕我里面残余的罪恶。也就是说，因为我通过信

心紧紧抓住了基督，他就把不完整的义视作完整的义，把罪视作不是罪，尽管那罪确然是罪。[1]

同样，在赫伯特的诗歌中也出现了此类转嫁归算的阐释。受造物本身并没有真正的亮光，太阳（同时也是基督的化身）将它的一部分光辉转递给受造物，就好像它把阳光照在本身不会发光的月亮上，从而让月亮在夜晚变得明亮。这种光的转递就像基督的义归算到罪人头上，因此诗人说，"用这显示，基督为我们做的事"。而原本漆黑的"灌木丛生的树林"在没有信心之前往往和寓言故事中的"错误"联系在一起，如斯宾塞《仙后》第一卷中红十字骑士和乌娜误入象征"错误"的树林，并在里面遭遇巨蛇。在赫伯特的诗中，这黑暗的树林不仅代表错误，更进一步象征着罪，它刺痛人的眼睛，使人的眼睛损坏、蒙蔽。但是在有了信心之后，诗人指出人的眼睛被修复了，或者说曾经蒙蔽在人眼上的面纱被揭去，眼前的景象变成"壮丽蓝天"。

《信心》最后一节指向末日审判，用形象生动的语言和比喻指出信心在人的得救和重生中起到的重要作用：

> 我的身体变为尘土又有何碍？
> 信仰仍紧粘着它，把每一粒微尘细数
> 用一种精确而极其特殊的信赖，
> 　为肉体重生而保留全部。

> What though my bodie runne to dust?
> Faith cleaves unto it, counting evr'y grain
> With an exact and most particular trust,
> 　Reserving all for flesh again. (*Works*: 51)

诗人用大胆而轻松的语调谈论死亡，因为他相信只要存在信仰，人必得救。全诗遵循新教改革思想，侧重信心在基督徒得救中所起的作用，而其中人的视野的恢复和光明的到来也仰仗信心的帮助。

新教改革家区别于罗马教廷的特点之一是他们强调《圣经》的作用，

---

[1] Martin Luther, *Commentary on Galatians*, p. 254.

认为教会建立在《圣经》的基础之上，并由此提出"唯独圣经"的教义。在诗歌《神圣经文（一）》（"The H. Scriptures I"）和《神圣经文（二）》（"The H. Scriptures II"）中，诗人都对《圣经》大加赞颂，其观点可以被置于早期宗教改革者的思想框架之下。其中《神圣经文（一）》运用眼睛的比喻，说明《圣经》可以修复肉眼的局限性。该诗是一首十四行诗，由三组四行诗节和一组对句组成，全诗如下：

> 哦，圣书！无尽的甘美！让我的心
> 　　吮吸每一个文字，采得甜蜜，
> 　　它对任何悲伤都是妙药奇珍；
> 你把胸膛净化，把所有的疼痛平息。
> 你是完全健康，健康日增直到成了
> 　　完满的永恒：你是奇特欢喜
> 　　聚在一起，我们从中渴望、获得。
> 女士们，看这里；这是令人愉快的镜子，
> 能修复观察者的眼睛：这是一口水井
> 　　能把它映照的东西刷洗。谁会嫌对你
> 　　赞美太多？你是驻派在此的天国使节，
> 与死亡和地狱之国抗争输赢。
> 　　你是快乐的彩礼：天国平躺在你那里，
> 　　臣服于每位攀登者弯下的膝。

> Oh Book! infinite sweetnesse! let my heart
> 　　Suck ev'ry letter, and a hony gain,
> 　　Precious for any grief in any part;
> To cleare the breast, to mollifie all pain.
> Thou art all health, health thriving till it make
> 　　A full eternitie: thou art a masse
> 　　Of strange delights, where we may wish & take.
> Ladies, look here; this is the thankfull glasse,
> That mends the lookers eyes: this is the well
> 　　That washes what it shows. Who can indeare

Thy praise too much? thou art heav'ns Lidger here,

Working against the states of death and hell.

Thou art joyes handsell: heav'n lies flat in thee,

Subject to ev'ry mounters bended knee. (*Works*: 58)

诗歌前 4 行描述《圣经》具有治愈创伤的作用，诗人把神圣经文比作花朵，而诗中的说话者就像蜜蜂一样吮吸其中的汁液，采得甘甜花蜜。这蜜是珍稀的药物，可以治愈人身体任何部位的任何伤痛。里奇在分析这首诗中的各种意象时指出，"蜂蜜在赫伯特生活的时代通常被用作药品"[1]，因而此处诗人着重强调《圣经》的治愈能力。[2]诗人在第 5—7 行中表明，和他多病的身体相比，《圣经》是完全健康的，而当这健康与日俱增达到极致，就变成"完满的永恒"。紧接着，《圣经》又被比作许多奇特的喜悦聚在一起，且读者可以轻松地得到它，可见人们可以很轻易地读懂经文，与之沟通，且从中得到喜悦。这有别于宗教改革前罗马天主教宣扬的唯独神职人员才能阐释《圣经》之说。

从第 8 行开始，诗人把经文比作一面镜子，它能修复人的眼睛；它同时也是一口水井，既可以和镜面一样反射外在物体的形象，又可以把它映照的东西洗刷。人与神之间面对面的眼神交流在此生固不可能，但赫伯特认为，《圣经》作为一面镜子或玻璃，能够部分地恢复人的视力。

关于镜子和水井的这几行诗至关重要，因为其前面的诗行表示，人们可以轻松地接触《圣经》文本，而这些诗行指出，那些进入《圣经》文本的人将被改变："人们不是简单地来了又走，相反，人们来了，走的时候已经被改变……能够修复观察者眼睛的镜子使得原本有缺陷的自我消失不见，取而代之的是已经被改善的自我。"[3]兰道夫进一步指出，此

---

[1] Mary Ellen Rickey, *Utmost Art: Complexity in the Verse of George Herbert*, p. 162.

[2] 除了治愈能力，也有学者认为，此处表示《圣经》具有抚养、哺育的女性特质。如兰道夫在他的博士论文中认为，这里《圣经》被比作一位母亲，而基督徒则是嗷嗷待哺的婴儿，从《圣经》这位母亲中吸取滋养；在整首诗中《圣经》都以女性形象呈现。详见：Mark Randolph, *"A Strange Love": Theology, Sexuality, and Subjectivity in George Herbert's Poetry*, pp. 142-145.

[3] Barbara Leah Harman, *Costly Monuments: Representation of the Self in George Herbert's Poetry*, Cambridge, MA: Harvard University Press, 1982, pp. 182-183.

处的"镜子"原文为"glasse",它不仅可以指镜子,也可以指玻璃瓶,在此引申为一瓶药水。[①]二者都可以修复被损的视力,然而结合后文提到的水井比喻,笔者认为将"glasse"翻译为镜子更加符合语境。

诗人最后又把《圣经》比作上帝派驻在人间的使臣以及快乐预支的彩礼,允诺着极乐的到来。"天国平躺在你那里"表示通过《圣经》,人们可以接触到天国,尽管它只向那些祈祷和谦恭顺从的人、那些弯下膝盖的"攀登者"显现。根据中世纪天主教传统,人可以向上攀登直至天国,可以通过做工积累善行和功绩,以此增加上帝的恩典,从而获得救赎。而赫伯特在此处继承新教改革思想,把天国与人间的距离压缩在一本书里,主张人不需要向上攀爬,因为上帝已降临到人间,只要人们弯下膝盖顺从地阅读上帝之书——《圣经》,天国便会向自己显现。因此,人们并非通过自己的善工,而是通过上帝的"彩礼"到达天国。里奇在总结该诗时提出,"这首诗并非在单纯地歌颂[《圣经》],相反,它细致而微妙地阐释了《圣经》在人与神之间的中介地位。实际上,这首诗一点都不简单。"[②]

在《爱(二)》("Love II")中,赫伯特描述末日审判的场景,最后提到人的眼睛的创造和修补:"所有膝盖将向您弯曲;所有智者将上升, / 赞颂那位把我们的双眼创造和修补的人。"(All knees shall bow to thee; all wits shall rise, / And praise him who did make and mend our eies.)(*Works*: 54)眼睛在诗集《圣殿》中频繁出现,而且赫伯特也对此煞费笔墨,可见其重要性。根据基督教传统,上帝创造了人的双眼,它们因为原罪而受蒙蔽和损坏,但是正如上述许多诗歌中指出的,上帝也通过恩典、信心和《圣经》来修复它们,揭掉蒙住它们的面纱,本章由此而展开的讨论同时也反映出赫伯特诗歌在很大程度上受到新教改革思想的影响。

---

① Mark Randolph, *"A Strange Love": Theology, Sexuality, and Subjectivity in George Herbert's Poetry*, p. 144.

② Mary Ellen Rickey, *Utmost Art: Complexity in the Verse of George Herbert*, p. 163.

第四章　《圣殿》中的"道"和听觉

　　以柏拉图、亚里士多德为代表的古希腊文化注重视觉，而基督教文化以听觉为导向，基督教是关于"道"（Word）的宗教。"道"是可听的，因此，听觉在基督教文化中占据着重要位置，尤其是在西欧宗教改革之后，布道的作用得以强化，人的听觉和信仰被紧密联系在一起。在总结新教改革派复杂的神学思想时，德国语言学家埃贝林（Gerhard Ebeling）一言概之："宗教改革只关乎言辞（word）。"①

　　学者克里斯托弗（Georgia Christopher）在评价弥尔顿作品中的新教神学背景时曾说："当伊拉斯谟在 1516 年版的《新约》中把'逻各斯'（logos）译为'话语'（sermo）而非'理性'（verbum）时，就为路德改革铺平了道路，路德在随后抛弃了将永恒的圣子视为上帝之智性和工具的整个哲学传统。"②的确，路德开创的新教传统以"因信称义"为核心教义，注重《圣经》经文，有着鲜明的反理性立场，并且强调上帝的话语。《马丁·路德桌边谈话录》（The Table Talk of Martin Luther）第一篇就是关于上帝的话语，他首先着重指出："《圣经》是上帝的话语和书本，我如下证明……"③

　　"道"除了指代《圣经》之外，也表示三位一体中的圣子。上帝是一个说话的上帝，路德把圣父视作"说话者"，而圣子则是圣父口中说出的"话语"，即"道"。

　　以路德为首的宗教改革者把基督教从对物质仪式和视觉景象的关注

① 转引自：Gene Veith, *Reformation Spirituality: The Religion of George Herbert*, p. 177.
② Georgia Christopher, *Milton and the Science of the Saints*, Princeton: Princeton University Press, 1982, p. 3.
③ Martin Luther, *The Table Talk of Martin Luther*, trans. William Hazlitt, London: H. G. Bohn, 1857, p. 1.

转向口头的话语，例如，旧时的献祭被个人祈祷替代，因此献祭变成一种口头形式。如此一来，人们通过祈祷请求上帝倾听，并不需要罗马教会所谓的"善功"的协助，而上帝通过自身的话语、圣子基督和《圣经》经文传达他的口头旨意。此外，人们通过聆听上帝之道，增强自身的信仰。路德在《加拉太书注释》中就说："一个人之所以成为基督徒，不是通过工作，而是通过听道，因此人若想练习成为义人，就必须使自己聆听福音。"[1]因此听觉成为基督徒维系人神关系的关键纽带。

加尔文同样关注话语和福音，在讲解《使徒行传》1：3 时，他说："福音将会失去它完整的权威，除非我们知道而且完全信服，基督还活着，从天上向我们讲话。"[2]在评论《弥迦书》4：2 时，加尔文还指出："只有在上帝之'道'统治的地方，那里上帝用他的声音显示救赎的道路，上帝的教会才能被建立。"[3]路德和加尔文等改革派思想，尤其是加尔文主义在赫伯特生活的时代仍然是英国教会的主流思想，因此当时的诗人都非常注重听觉在五感中的位置，如多恩、安德鲁斯、沃恩等人都突出耳朵的重要性，其中多恩在比较眼睛与耳朵时还提出，"眼睛是魔鬼的门户……但是耳朵是圣灵进入人心的第一道门"[4]。

赫伯特也非常注重听觉，在他的诗歌中，听觉比视觉更加神圣，更能与上帝相通。本章从听觉的角度出发，分析赫伯特诗歌中体现出的上帝之"道"。在他的诗歌中，上帝通过话语展露自身，人通过听觉认识上帝。在亚当堕落之后，人的肉眼被蒙蔽，具有局限性，但是，尽管赫伯特诗中的说话者见不到上帝，却能听见上帝的声音，听觉拉近了人神之间的距离。

第一节 隐形的倾听者和对话者

文德勒在《隐形的倾听者》中认为，抒情诗（lyric）的一大特点在于它展现了一个孤独的说话者，这个说话者记录、分析、形成或改变他的想

① Martin Luther, *Commentary on Galatians*, p. 243.
② John Calvin, *Commentary upon the Acts of the Apostles*, trans. Henry Beveridge, Edinburgh: Calvin Translation Society, 1844, p. 36.
③ 转引自：Joseph Haroutunian (ed.), *Calvin: Commentaries*, p. 79.
④ John Donne, *Sermons of John Donne*, Vol. 8, p. 228.

法。①的确，抒情诗中的说话者往往是独自一人，他诉说或吟咏的对象并不在场，这个对象可以是情人、朋友、家庭成员等，如莎士比亚的十四行诗赞美他的情人，琼生的一首抒情诗哀悼他 7 岁夭折的儿子，多恩把他的抒情诗献给妻子安妮或者各位庇护人。这类抒情诗面向可接触的普通人，文德勒把此类诗歌中的听者称为"横向"（horizontal）倾听者。另一种倾听者则是不可触摸的、不可见的，被文德勒归类为"纵向"（vertical）倾听者。赫伯特的宗教抒情诗以上帝为对象展开对话，这个上帝是不可触碰的存在，因此属于"纵向"的倾听者。文德勒指出，赫伯特"诗中说话者和倾听者之间的弹性距离体现出诗人自身的伦理选择……赫伯特选择的是他所希望的上帝，他诗中展现的上帝的各种品格正是由他自身最好的伦理准则推导而来"②。可见，赫伯特诗中展现的上帝以及人和上帝之间的关系都源于他本身的宗教立场和伦理准则。赫伯特注重上帝的话语和《圣经》经文，把听觉放在突出位置；同时，他笔下的上帝虽然不能被看见，但却是隐形的倾听者，而且愿意给出回应。

在诗歌《祈祷（二）》["Prayer (II)"]中，诗人感叹我们接近上帝的途径，即祈祷是如此简单轻松，我们发出的请求是如此突然地进入上帝的耳朵，而上帝确实在侧耳倾听，"就像您不会死一样，您不会听不到"（Thou canst no more not heare, then thou canst die）（*Works*: 103）。在《赞美（二）》["Praise (II)"]中，诗人多次强调上帝确然听到"我"的声音（Thou hast heard me… Thou didst heare me）（*Works*: 146）。

赫伯特的诗歌《真正的赞美诗》（"A True Hymne"）很好地诠释了基督徒祈祷和上帝对此做出回应的互动过程。该诗分成 4 个诗节，探讨了如何写诗的问题，把诗歌创作同宗教生活紧密相连，指出如果没有真情实感，即使诗歌形式再好、再押韵也是徒劳，而如果能感动人心，即使韵文形式欠缺，上帝仍然会为诗人做出补充，就如斯特莱尔所说："感动上帝的是真诚。"③在该诗结尾，人神合作完成了一篇真正的赞美诗：

① Helen Vendler, *Invisible Listeners: Lyric Intimacy in Herbert, Whitman, and Ashbery*, p. 1.
② Helen Vendler, *Invisible Listeners: Lyric Intimacy in Herbert, Whitman, and Ashbery*, p. 6.
③ Richard Strier, *Love Known: Theology and Experience in George Herbert's Poetry*, p. 204.

　　然而倘若心灵被感动，

　　　尽管韵律有所欠缺，

　　　　上帝却会把不足之处填充。

当心灵说道（叹息着希望被认可）

哦，要是我可以爱！然后停下：上帝写道，爱了。

> Whereas if th' heart be moved,
>
> Although the verse be somewhat scant,
>
> God doth supplie the want.
>
> As when th' heart sayes (sighing to be approved)
>
> *O, could I love!* and stops: God writeth, *Loved.* （*Works*: 168）

　　诗人在该诗第 3 节中使用"尽意、尽心、尽力和尽时"（all the minde, / And all the soul, and strength, and time）（*Works*: 168）来描述诗人在诗歌创作中力求押韵的过程，明显引用了《圣经》的内容。这表明了诗人在书写赞歌时所做的努力。但在此铺垫之下，最后一节中出现的"哦，要是我可以爱"就顺其自然地隐含着《圣经》中"爱上帝"的劝告，而上帝直接回应"爱了"（Loved），一方面使最后一节具有完美的韵脚和节奏，另一方面使整首诗的内容得到升华，不仅告诉人们如何写出一首真正的赞美诗，而且提醒人们如何爱上帝，诗歌创作和宗教体验融合为一。

　　对于结尾中的最后一个词"爱了"的阐释，学者们众说纷纭。文德勒认为，赫伯特是"把心灵从主格变为宾格，然后写道'爱了'"[1]，也就是说，该诗最后一行显示人是宾语，被上帝所爱；费什的观点正好相反，他认为最后一个词是对前面"要是我可以爱"的直接回应，因此这里的意思应该是上帝回答："我宣布我被你所爱。"[2]从前后呼应和上下文逻辑来看，笔者更加认同费什的观点，即诗中说话者怀着忐忑不定的心情询问、感叹："哦，要是我可以爱！"上帝回复说："我被你爱了。"但是无论何种解读，赫伯特最终在这首诗中批评的是"那种只会堆砌技艺的

---

① Helen Vendler, *The Poetry of George Herbert*, p. 28.

② Stanley Fish, *Self-Consuming Artifacts: the Experience of Seventeenth-Century Literature*, p. 201.

心态"①。赫伯特在《约旦（一）》["Jordan (I)"]中强调真即是美，《真正的赞美诗》也继续突出这一主题，把真挚的感情作为写好宗教诗的关键因素。诗人最后让上帝对说话者的感叹做出回应，恰到好处地完结并把韵脚补齐，确然"把不足之处填充"，可谓点睛之笔。

在《方法》（"The Method"）中，上帝没有回应诗中说话者的恳求，诗人认为那是因为人类自身并不去聆听上帝的话语，反而对仇敌言听计从：

> 上帝的双耳，
> 并不需要人类，难道就应该贴附至
> 那些不听他，却对他的宿敌
> 　　言听计从者？
>
> 再次祈祷吧：
> 把你的膝盖压低，把你的嗓门提高。
> 先去寻求谅解，然后上帝会说道，
> 　　*快乐的心，欢呼吧。*

> And should Gods eare,
> Which needs not man, be ty'd to those
> Who heare not him, but quickly heare
> 　　His utter foes?
>
> Then once more pray:
> Down with thy knees, up with thy voice.
> Seek pardon first, and God will say,
> 　　*Glad heart rejoyce.*（*Works*: 134）

由于人们没有倾听上帝的声音，因此上帝也对人关闭了耳朵，诗人劝导人们应当再次祈祷，向上帝寻求谅解。诗中上帝的最后一句话"快乐的心，欢呼吧"与该诗首句"可怜的心，哀悼吧"（Poore heart, lament）

① Richard Strier, *Love Known: Theology and Experience in George Herbert's Poetry*, p. 205.

（*Works*: 133）正好形成鲜明对比，这样的转变源自人的祈祷，即把人的诉求传达到上帝耳中。而赫伯特诗中的上帝确实对人的祷告做出了回应。

与赫伯特同时代的诗人多恩的上帝是缄默无声的，从来不会给出回应，与此相反，赫伯特诗中的上帝是有声的、与人交谈的。尽管上帝的容颜不能被世人看到，他的声音却能被听见，而且他也愿意做一个隐形的倾听者。

《渴望》这首诗是《圣殿》中少数几首令人绝望的诗歌之一，诗中说话者满眼疲惫、虔诚地向上帝祈祷，但是却一直没有得到回应，该诗第 1 节就奠定了整首诗中的说话者单方面恳求的基调：

> 带着病态、饥饿的双眼，
> 带着弯下的膝盖和疲惫的骨头，
> 我向您发出我的哭喊，
> 向您发出我的哀吼，
> 向您发出我的叹息和泪水：
> 没有回馈？

> With sick and famisht eyes,
> With doubling knees and weary bones,
> To thee my cries,
> To thee my grones,
> To thee my sighs, my tears ascend:
> No end? （*Works*: 148）

如标题所示，该诗表达了说话者渴望上帝倾听他的祈祷，其中的痛苦和无助都跃然纸上。如果要找出该诗的关键词，那么一定非"听"（heare）莫属。"听"在全诗中重复出现了 6 次，而且与之相关的"耳"（eare）也出现了 3 次，说话者反复恳求上帝"侧耳倾听"，"我"的心像长了舌头如乞丐般在祈求，并且控诉上帝的无声："主啊，请垂听！*难道造出耳朵的那个他，/听不见？*"（Lord Heare! *Shall he that made the eare, / Not heare?*）（*Works*: 149）直到结尾，说话者都没有得到上帝的答复，仍然怀疑上帝是否听到人类的祈祷，仍然没有解决其无助而绝望的困境。然而，在紧接着《渴望》的下一首诗《邮包》（"The Bag"）中，开头第 1 句便对《渴望》中上帝是否倾听人类祷告的问题做出了回应：

> 走开，绝望！我仁慈的上帝确然听到。
> 尽管狂风巨浪侵袭着我的龙骨，
> 他确实将它保护：他确实引导，
> 即使当我的船身几乎倾覆。

> Away despair! my gracious Lord doth heare.
> Though windes and waves assault my keel,
> He doth preserve it: he doth steer,
> Ev'n when the boat seems most to reel. （*Works*: 151）

　　诸如此类的前后呼应和衔接情况在诗集《圣殿》内比比皆是，比如描写教堂内部结构的一系列组诗，比如探讨人生最后四件事的《死亡》（"Death"）、《末日》（"Dooms-day"）、《审判》（"Judgement"）和《天国》（"Heaven"），比如同时讨论圆环或戒指的《希望》和《罪的圆环》，以及整部诗集随处可见的内在统一性，都足见赫伯特在内容和结构处理上是何等细致，何等具有整体观念。赫伯特的整部诗集或诗集中的某一首诗往往有着特定的模式，即"怀疑之后有信任，问题之后有答案"①。哈钦森对此也做出过类似评价，他认为："赫伯特的诗如果以悲哀起头，那么标志性的结局往往是从悲哀沮丧中恢复过来；有时候这种恢复要等到下一首诗才能完成。"（*Works*: 530）

　　像《渴望》这种以无助绝望为基调的诗仅是少数，而且如上所述，即使在这首诗中说话者没有得到上帝的回应，在紧接着的下一首中就得到了肯定答复。因此总体而言，诗集《圣殿》的突出之处在于人神之间频繁的对话和互动。赫伯特的上帝充满温情，倾听着人们的诉求和祈祷。

　　赫伯特笔下的上帝不仅是一个隐形的倾听者，而且是一个隐形的说话者，会主动发起谈话。根据玛格丽特·布兰查德（Margaret Blanchard）的统计，"《圣殿》中的上帝至少在 15 处地方直接开口说话，而且其中有

---

① Anthony Low, *The Reinvention of Love: Poetry, Politics and Culture from Sidney to Milton*, Cambridge: Cambridge University Press, 1993, p. 85.

9 处是亲自对着诗人说的"①，而间接体现人神互动的诗歌数量则更多。赫伯特的上帝以不同的戏剧性角色出场，通过他的声音和人的听觉建立起不同的人神相处模式。与多恩诗中无声而疏远的上帝相比，赫伯特诗中的上帝显得亲近而富有人情味。

长诗《献祭》以第一人称"我"来描写基督的受难。图芙在其专著《解读乔治·赫伯特》中用了近百页篇幅来单独分析这首长诗，追溯中世纪宗教诗中的主题和意象等文化传统对该诗的影响，指出该诗继承了中世纪的一种宗教礼仪传统，即基督在受难日对人的谴责（Improperia）。图芙在分析该诗时重点指明人的不感恩和上帝受到的不公正待遇，并且字里行间透出恐怖的惩罚即将来临的暗示。②图芙的分析具体而深刻。她把赫伯特诗歌置于中世纪天主教传统背景之下，强调基督受难的痛苦形象；然而不可否认的是，该诗在新教传统下还可以有另一种解读，即尽管人罪孽深重、不知感恩，但是基督不会对人施加惩罚，反而主动承担起所有罪责。赫伯特在此处所要挖掘的不是上帝的强大力量和由此而来的对罪人的审判，而是上帝无条件的爱。诗人想象基督在十字架上说话，开篇即是"哦，你们所有路过的人们"（Oh all ye, who passe by）（Works: 26）。赫伯特笔下的基督虽然有对自身境遇的抱怨和不甘，但是从未表示出要报复或惩罚人们的意图。迭句部分"有人如我这般痛苦吗？"（Was ever grief like mine?）以反问的形式在每一诗节末尾反复出现，集中而强烈地展现出基督在十字架上遭受的身体上的疼痛和精神上的屈辱。而在全诗末尾，诗中的基督用平静的语调诉说自己的死亡：

> 但是现在我死了；现在一切都结束。
> 我的痛苦，人类的福祉：现在我低下头颅。
> 只让别人去说，当我死去，
>> 从未有人如我这般痛苦。

> But now I die; now all is finished.
> My wo, mans weal: and now I bow my head.

---

① Margaret Blanchard, "The Leap into Darkness: Donne, Herbert, and God," *Renascence* 17.1 (Fall 1964): 43.

② Rosemond Tuve, *A Reading of George Herbert*, p. 75.

> Onely let others say, when I am dead,
>
> 　　　Never was grief like mine. (*Works*: 34)

从最后一节可以看出，基督赴死是甘愿的，是一项必须完成的任务，而且他遭受的痛苦正好是人类的福祉，这正是他牺牲的意义所在。至此，诗歌前面描述的基督所有的抱怨和不甘都得到了化解。末句"从未有人如我这般痛苦"一方面可以强调基督受难时的痛苦绝无仅有；另一方面也暗示着，自从基督在十字架上死去以后，未来再也不会有人如他这般受难，因此这对人来说是个美好的许诺。但是，在天主教传统中，耶稣的献祭是一项持续性的事件，在各种日常典仪中都得到不断重复，而新教认为这个事件已经在过去结束，耶稣为全人类的罪人做出了一次**完美、完全、彻底**的献祭，人们所要做的不是永久地重复，而是永久地纪念他的死亡，直到他的第二次来临。①

　　长诗《献祭》以第一人称口吻表现基督在十字架上的独白，而赫伯特诗歌中更多出现的是人与上帝之间的对话，因此我们也有必要了解《圣殿》中大量的对话诗（dialogue poems）。赫伯特诗中的说话者经常直接与上帝说话，这个说话者有时候会自己解决困境，但是更多情况下，上帝会听到他的祈求并且亲自为他指明出路。这样的对话诗在某些方面"类似于传统的灵肉之间的对话，但是它们更加戏剧化，比那些传统的对话诗包含更多张力"②。诗歌《馨香》（"The Odour"）刻画了人神之间的主仆关系，上帝是主人，是甜美的香气，他称诗中的说话者为"我的仆人"（My servant）（*Works*: 175）。在十四行诗《救赎》中，上帝是一位富裕的领主，诗中的佃农迫于生计，寻找领主更换新的租约，最终以奇怪的方式得偿所愿——领主在佃农还未说明来意之前就说"我答应你的请求"（Your suit is granted）（*Works*: 40），然后死去。《颈圈》以一位叛逆的说话者的抱怨和愤怒起始，但结尾的对话扭转了整个故事的走向，上帝像父亲一样对着诗中暴躁的、满腹牢骚的说话者轻唤了一声"孩子"（Child）（*Works*: 154），立刻将他安抚。《晚祷》（"Even-song"）

---

① Ilona Bell, " 'Setting Foot into Divinity': George Herbert and the English Reformation," p. 230.

② Thomas Erskine, "Eye and Ear Imagery in the Poetry of George Herbert and Henry Vaughan," p. 80.

中的上帝充满关怀和仁爱,他在夜幕降临之时对人说:"这已足够:/ 因此安歇吧;你的工作已完成。"(It doth suffice: / Henceforth repose; your work is done.)(*Works*: 64)《教堂》部分的最后一首诗《爱(三)》更是全方位地展示了一个平易近人、与人交谈的上帝形象。这位上帝以主人的身份迎接客人参加筵席,当客人因自身的脏污而踌躇不前时,上帝又亲切询问、耐心劝导,使得客人终于坐下品尝。

除了前面提到的主人、领主、父亲等身份,赫伯特的上帝还会借助不知名的朋友或夜晚的流星等物来提示或劝告诗中的说话者。在《约旦(二)》["Jordan (II)"]中,一位朋友在"我"忙乱之时对"我"耳语,让"我"停止冗长的浮夸,而去简单地抄写临摹上帝之爱。在《不为人知的爱》("Love Unknown")中,说话者向一位不知名的朋友讲述他受到的巨大折磨,控诉他在主人那里受到的不公正待遇,而这位不知名的听者(上帝)在听完"我"的控诉之后,对"我"的遭遇做出了另一番解读,认为"我"的主人,即上帝的做法是爱的表现,而"我"对此却毫不知情。在《火炮》中,上帝在某个夜晚从天穹中发射流星给地上的人们,并且让星辰作为他的代言人,与地上的"我"交谈。诗人这样的处理拉近了人与上帝之间的距离,同时,我们注意到,当赫伯特在书写此类对话诗时,解决困境的"最终答案往往不是源自视觉或一幅景象,而在于上帝的口头确认,即他的话语"①。

第二节 聆听上帝之道

天主教注重圣像、图画和装饰,与此相反,新教侧重《圣经》经文和牧师布道。赫伯特的宗教思想属于新教范畴,非常重视听觉的作用,并把重点放在传播福音上。他在《关于巴尔德斯②〈考虑〉的简评》(*Brief*

---

① Thomas Erskine, "Eye and Ear Imagery in the Poetry of George Herbert and Henry Vaughan," p. 81.

② 巴尔德斯,全名胡安·德·巴尔德斯(Juan de Valdés, 1490?—1541),西班牙人文主义者,对当时欧洲的宗教改革思想深表同情,其作品《一百一十条考虑意见》(*The Hundred and Ten Considerations*)由西班牙语写成,后译成意大利语,然后再由意大利语版本译成英文。该书的英文译者(不知名)将译文送给赫伯特评阅,赫伯特随后将意见和看法附于回信中。

Notes on Valdesso's Considerations）中，针对巴尔德斯过分强调视觉和圣灵显现而轻视经文的做法提出反驳，认为这是该书值得商榷、令人不快之处。赫伯特排斥把图像和《圣经》相比较，他说："我非常讨厌把图像和经文做比较，好像它们二者都是字母，过一段时间后就会被抛下。《圣经》经文并不仅仅具有基础性的用法，而是具有完美的用途，而且永远不会枯竭（图像的含义在经过全面而谨慎的观察后也许会被全部挖掘）。"（*Works*: 309）显然，赫伯特并不看好图像或宗教仪式中的圣像、肖像的表意功能，认为它们的含义有限，只有《圣经》才具有源源不绝的内涵。赫伯特认为，《圣经》里面记录的是上帝的话语，因而是上帝之道的体现。据此，他认为，巴尔德斯关于经文的观点让人"无法忍受"（unsufferable），并且提出"道"比基督变形更加重要，"'道'甚至领先于启示录和视觉景象"（*Works*: 318）。由此可见，赫伯特注重听觉，对人的视觉往往持怀疑态度。在《乡村牧师》中，赫伯特也指出耳朵与心灵的紧密联系，"哦，让您的话语变得迅速敏捷，穿过耳朵到达心脏，又从心脏进入生活和谈话"（O make thy word a swift word, passing from the ear to the heart, from the heart to the life and conversation）（*Works*: 289）。

在《教堂门廊》第 70 节，赫伯特劝诫教堂里的人们：

> 在仪式中封闭你的双眼，
> 将它们送往你的心；当查探到罪的所在，
> 它们也许会用泪水洗去罪留下的污点：
> 那两扇门被关闭，一切都从耳朵进来。

> In time of service seal up both thine eies,
> And send them to thine heart; that spying sinne,
> They may weep out the stains by them did rise:
> Those doores being shut, all by the eare comes in. （*Works*: 23）

眼睛容易受到外部事物的诱惑，因此赫伯特劝告人们闭上眼睛，而且由于罪存在于人的心中，只有当人把外在的肉体之眼闭上而审视内心时才能发现自身内在的罪。耳朵并非与外在诱惑相连，反而是上帝的话语进入人心的通道，因此应当时刻打开着。这里诗人借用中世纪传统感官意象，把人的身体比作一座城堡，感官是城堡的大门或入口。耳朵打开，上帝之"道"才能直接进入人的心脏。

在赫伯特诗歌中，未能听到上帝的话语常常被等同于一项罪，因此在诗歌《方法》中，诗人质问那些不听上帝之道的人是否能够享受上帝恩典："上帝的双耳……难道就应该贴附至 / 那些不听他，却对他的宿敌 / 言听计从者？"（*Works*: 134）赫伯特认为人们应当渴望上帝的话语，正如《感恩》（"Gratefulnesse"）中说的，"您的话语是我们的心和手之渴望"（Thy word our hearts and hands did crave）（*Works*: 123），而不应该背离他。

维斯指出："基督通过语言、通过《圣经》展现自身，而且他的思想是通过独创的人类言辞，比如布道来传达的，这是新教改革时期神学着重强调的观念。"[①]因此，聆听上帝之道的途径可以分为两种：《圣经》和牧师的布道。这二者都体现出新教徒对听觉的重视。赫伯特在《圣殿》中也具体表现出这种新教改革时期的神学思想。

一、神圣经文

从现实和历史的角度来说，《圣经》仅仅是一本由人写成的书，或者更准确地说，是由一大批不同的作者在长达千余年的时间内陆续完成的。《圣经》的原意为"一组书卷"（biblía），说明它是一部由许多卷籍汇编而成的文集，也有人直接将其称为图书馆。该词进入拉丁文后，其复数形式转化为单数，含义即变为"书"。[②]而且，由于作者、资料来源、成书时间和地点的差异性，"《圣经》文本中常有前后重复、自相矛盾、彼此抵触的论述"[③]，因而需要后人不断地对此进行阐释。然而，从神学和信仰的角度来说，《圣经》被认为是"上帝的话语"，是在上帝的启示下写成的，因而是一部统一的作品，它的重要性或其被尊为神圣"基本上与作者无涉，而是由于其内容被当时的人所重视和接受，视为源自上帝"[④]。

---

① Gene Veith, *Reformation Spirituality: The Religion of George Herbert*, p. 177.
② 梁工，《圣经解读》，北京：宗教文化出版社，2011，第58页。
③ 梁工，《西方圣经批评引论》，北京：商务印书馆，2006，第2页。
④ 梁工，《圣经解读》，第3页。

在新教改革之前的中世纪末期，罗马天主教教廷牢牢控制着《圣经》的解释权，教会的权威凌驾于《圣经》文本之上，所有基督徒都需要依赖罗马教皇和神父来担当他们与上帝之间的中介，罗马教会甚至明文规定"平信徒不得擅自阅读《圣经》，否则视为异端"①。而事实上，在当时的西欧社会，能真正阅读《圣经》的读者数量极少，因为当时通用的《圣经》为武加大译本（Vulgate Version），是用拉丁文写成的。武加大译本在天主教世界享有绝对的权威地位。面对新教的崛起和各种俗语《圣经》的出现，1546 年由罗马教皇控制的特利腾大公会议（the Council of Trent）颁布了一项决议："武加大译本在多个世纪以来经过长期使用，被证实为真实可信，在公开演讲、辩论、布道和释经中被视为权威，任何人都不能以任何借口胆敢擅自拒绝这一译本。"②

在英国，首先是 14 世纪的威克里夫基于通行的拉丁文《圣经》译出英文版《圣经》，使得英国的普通民众都能阅读其中的内容。威克里夫后来被教会斥为异端，其作品被销毁，死后骸骨被挖出焚烧。随后，16世纪的威廉·廷代尔（William Tyndale, 1494—1536）依据希伯来文《旧约》和伊拉斯谟的希腊文《新约》，并且参考伊拉斯谟的拉丁文译本、路德的德文译文和通行的拉丁文武加大译本，翻译出版了另一个英文版的《圣经》，该书措辞准确、文风优美，对后来的钦定本《圣经》产生了巨大影响。廷代尔同样没有逃过火刑的命运。其后著名的钦定本《圣经》是在国王詹姆斯一世的命令下翻译完成的，于 1611 年出版。该部译作在序言中表示，翻译《圣经》有其必要性，因为"人的本性促使我们承认，我们对于那些不懂的语言，就像聋子一样；我们可能对它们充耳不闻"③，同时也指明，这部英文版《圣经》的目的在于使得《圣经》"能像它以前用迦南语传播时那样，被所有平民百姓理解"④。

作为德国宗教改革运动的领袖，路德不仅发表了大量的挑战罗马天

---

① 赵林，《基督教与西方文化》，北京：商务印书馆，2013，第 270 页。

② 转引自：Stephen Greenblatt, "Remnants of the Sacred in Early Modern England," *Subject and Object in Renaissance Culture*, ed. Margreta Grazia, Cambridge: Cambridge University Press, 1996, p. 339.

③ *The King James Version of the Bible,* London: Robert Barker, 1613, p. vi.

④ *The King James Version of the Bible,* p. xiv.

主教的论著和檄文，而且把《圣经》翻译为德语，他翻译的《新约》直接译自希腊文，而《旧约》直接译自希伯来文本。他的译本被认为是德国近代语言文字的最佳范本，表现出了"他的诗人天才及其对《圣经》原始语言的敏锐感受力"①。他的德语版《圣经》对英文版《圣经》的翻译也具有重要影响。

除此之外，《圣经》在文艺复兴时期还被译成法语、意大利语、西班牙语、斯堪的纳维亚语等各个语种。随着《圣经》被陆续译成各种语言，再加上当时西欧印刷术的发展，人人都能用本民族语言阅读和理解《圣经》，宗教改革家路德和加尔文确立起"《圣经》至上"（Sola Scriptura）的观念，呼吁《圣经》的权威应凌驾于教皇和教会权威之上，应当由《圣经》决定教会的行为，而非由教会决定《圣经》的启示。《圣经》的权威使它区别于其他一切世俗的作品，成为基督教信仰的终极源泉，它被视为上帝的话语，是上帝的启示。这是新教改革思想的核心内容。

在此背景下，17世纪初的赫伯特也同样注重《圣经》经文的作用，明确透露出"《圣经》至上"的思想。他在《乡村牧师》中评价牧师的知识面，指出一个乡村牧师应当涉猎广泛，懂得各方面知识，但是"他的最重要最顶级的知识来自众书之书、储存生命和慰藉的宝库，也就是《圣经》。在那里他吮吸、生存"（Works: 228）。布洛克（Chana Bloch）细致地考察了赫伯特诗集《圣殿》中体现出的与《圣经》相关的语言、意象、典故、惯用母题、道德教诲模式和书写模式，指出赫伯特是在《圣经》的浸泡中写出了他的宗教诗：

> 赫伯特的《圣殿》中几乎没有一首诗——我们甚至可以说几乎没有一行诗句——不把我们引向《圣经》。《圣殿》的读者应该同时是《圣经》的读者……作为一名新教徒和牧师，赫伯特是如此熟悉《圣经》，而作为一名诗人，他又是如此广泛地使用它，以至于我们不能把这称之为一种"影响"，更不能仅仅说是一种"文学"影响。对于赫伯特和他同时代的人来说，《圣经》不仅仅是一部文学作品——虽然它确实在文学方面是文艺复兴时期的一项杰出成就——它

① 梁工，《圣经解读》，第140页。

　　还是上帝的永恒话语。①

　　在诗集《圣殿》中，赫伯特对《圣经》的借鉴引用随处可见，他还专门为赞美《圣经》写了两首十四行诗，其中第一首是《神圣经文（一）》，主要说明《圣经》经文能够修复观察者的眼睛，部分地恢复人的视力，承担起沟通人神的中介作用。诗人在该诗中以一系列意象来赞美《圣经》，将它比作甜蜜的花朵，产出具有治愈能力的花蜜，将它比作完全的健康，从而与诗人多病的身体形成对比，将它比作集聚在一起的奇特喜悦，还将它比作镜子、水井、驻派人间的天使以及天国预支的彩礼等等，同时诗人也指出"谁会嫌对你 / 赞美太多"（*Works*: 58），把《圣经》置于崇高无上的地位。通过《圣经》，人们可以接触到天国，尽管它只向那些祈祷和谦恭顺从的人、那些弯下膝盖的"攀登者"显现。传统的天主教观念认为人应该向上攀登，而赫伯特此处继承宗教改革思想，把天国与人间的距离压缩在一本书中，人不需要向上攀爬，因为上帝下降到人间，只要人们弯下膝盖顺从地阅读上帝之书，天国便会向他们显现。怀特在评论这首诗时认为，诗中说话者虽然在极力赞美《圣经》，但是在后半段尤其是最后一句"臣服于每位攀登者弯下的膝"（*Works*: 58）则有着贬低《圣经》、吹捧自我的嫌疑，"人的自我被置于天国之上，这就是《圣经》的奇迹！在某种程度上人的自我具有性方面的侵略性和男性内涵（体现在'攀登'这个意象）"②。假如这首诗中确实存在着这种自夸的傲慢态度，那么在紧接着的《神圣经文（二）》中，说话者则对此做了纠正。

　　《神圣经文（二）》同样是赞美《圣经》，但是从另一方面突出了它各个卷籍之间的联系，指明《圣经》的话语如夜晚的星辰一般，虽然貌似分散各处却又相互关联而组合成统一的星座，其整体的力量充满奥秘，绝非普通人能够窥透：

　　　　哦，要是我知道你所有的光是如何组合，
　　　　　　它们的光辉是如何布局！
　　　　不仅看到每节经文如何发光，

① Chana Bloch, *Spelling the Word: George Herbert and the Bible*, Berkeley: University of California Press, 1985, p. 1.
② James Boyd White, *"This Book of Starres": Learning to Read George Herbert*, p. 164.

而且看见故事的整个星座群。

这段经文指向那一段，而这两段又引向

　　第三段，它远在十页之外：

　　于是就像散落的药草能配置药剂，

这三者预定了某些基督徒的命运：

这就是你的奥秘，我用一生来证明，

　　来为你作注：因为在一切事中

　　你的话语找到了我，并带来对应的语句，

在另一句上让我被理解。

　　星辰是差劲的书，经常出现差池：

　　这本星之书却点亮永恒福祉。

Oh that I knew how all thy lights combine,

　　And the configurations of their glorie!

　　Seeing not onely how each verse doth shine,

But all the constellations of the storie.

This verse marks that, and both do make a motion

　　Unto a third, that ten leaves off doth lie:

　　Then as dispersed herbs do watch a potion,

These three make up some Christians destinie:

Such are thy secrets, which my life makes good,

　　And comments on thee: for in ev'ry thing

　　Thy words do finde me out, & parallels bring,

And in another make me understood.

　　Starres are poore books, & oftentimes do misse:

　　This book of starres lights to eternall blisse.（*Works*: 58）

　　赫伯特一改之前在《伤痛》《神学》《虚空（一）》等诗歌中表露出的对当时天文学、星相学等方面发展的冷漠和不屑态度，在这首《神圣经文（二）》中，诗人全篇都采用了"星座"这一比喻，说明《圣经》的魅力体现在它的整合功能上，而且此种整合是一个奥秘，超出了诗人的理解能力。

如果说《神圣经文（一）》在一定程度上表明《圣经》是容易被接触和理解的，它"臣服于每位攀登者弯下的膝"，如同花蜜一般，使人可以吮吸其中的每一个文字，那么《神圣经文（二）》则突出了《圣经》作为整体的奥秘和不可理解性，使人只能看到"每节经文如何发光"，却很难掌控"故事的整个星座群"。而《圣经》恰恰通过相互关联的经文来发挥它的力量，正如"散落的药草能配置药剂"，《圣经》中散落的篇章组合起来才具有治愈的能力。而且当人们摊开《圣经》，并不是人去发现其中奥秘，而是它主动地向读者展现，"你的话语找到了我，并带来对应的语句，/ 在另一句上让我被理解"。此处的"另一句"原文为"another"，我们可以理解为第三段经文，其中"你的话语"是首先映入诗人眼帘的经文，该句在《圣经》中又有着相对应的另外一句话，这二者又引向了第三句经文，此即典型的"经文互释"①。诗人认为，如此环环相扣才能导向人的拯救。尽管诗人使用星座来比喻《圣经》内部的关联性，但是他最后仍然对当时的占星术提出了疑问——"星辰是差劲的书，经常出现差池"，他认为通过星象占卜未来并不明智，因为它们经常会出错，而《圣经》这本星之书却从不出错。

在《规训》（"Discipline"）这首诗中，赫伯特也表达了他对《圣经》的依赖。诗人希望上帝扔掉他的权杖，扔掉他的愤怒，而变得温和仁爱，其中前 3 节如下：

> 扔掉您的权杖，
> 扔掉您的愤怒：
> 　　哦，我的上帝，

---

① 《圣经》叙事有其潜在关联性，这种联系主要通过使用同根字词、重现主题、重复格局或模式，以及对照等手段来体现，详见：刘意青，《〈圣经〉文学阐释教程》，北京：北京大学出版社，2010，第 296 页。《圣经》的内在关联性突出表现在《旧约》与《新约》之间的前后呼应上，在阐释学中称之为"预表"或"类型学"，即认为《旧约》是《新约》事件的寓言或预示，尤其是《旧约》中描述的事件被看作《新约》中耶稣生平事迹的预示。勒瓦尔斯基分辨了预表（typology）和寓言（allegory）之间的区别，指出寓言是通过虚构的故事设计出一个象征体系来展现内在的精神上的真实性，而预表无论是原型（type）还是预型（antitype）都具有历史真实性，而且二者在意义上是相对独立的，详见：Barbara Lewalski, *Protestant Poetics and the Seventeenth-Century Religious Lyric*, p. 111.

走温和的路。

因我心之所愿
只向您倾诉：
　　　　我渴盼
一个完全的准许。

我想要的并不是
一句话或一次注视，
　　　　而是一本书，
只要您的一本书。

Throw away thy rod,
Throw away thy wrath:
　　　O my God,
Take the gentle path.

For my hearts desire
Unto thine is bent:
　　　I aspire
To a full consent.

Not a word or look
I affect to own,
　　　But by book,
And thy book alone.（*Works*: 178）

　　诗中说话者要求上帝不要成为强力和惩罚的象征，而成为仁爱的上帝。怀特认为，赫伯特在这首诗中能"以这样的方式提出这样的请求，并且保持这种祈祷的状态，这本身就体现出他的诗集最终所要表达的自信和信念"[1]。说话者请求上帝扔掉愤怒，渴望得到他的同意，而这同意不是体现于上帝的"一句话或一次注视"，而是体现于他的一本书，即记

---

① James Boyd White, *"This Book of Starres": Learning to Read George Herbert*, p. 254.

录他所有话语的《圣经》。诗人对上帝的一切信念都来源于这本书。

在诗歌《花朵》（"The Flower"）中，赫伯特同样表达了他对《圣经》的崇拜——"您的话语代表一切，倘若我们能将之拼写。"（Thy word is all, if we could spell.）（Works: 166）同时，诗中暗示我们，为获得拯救，基督徒所要做的事仅仅是解读上帝的话语，即《圣经》。然而，正如诗行中出现的"拼写"（spell）很自然地唤起一幅画面，仿佛"一个小孩在努力地学习单词"[①]，掌握《圣经》的全部内涵依然是一件困难的事情。

在《审判》一诗中，诗人讨论了上帝应当根据什么来对人的命运做出最终审判，人的功德还是信仰？诗人在第 1 节首先描述全能的上帝审阅每个人的人生之书——对每个个体一生行为的记录，从而做出裁决。在第 2 节，诗中说话者听说有些人会让上帝看他们那些无罪的记录，展现他们在功德上的杰出表现。尽管说话者没有对这些以功德取悦上帝的人做出直接评价，但是在第 3 节，说话者做出了自己的选择。当轮到上帝对说话者做出审判时，说话者拒绝（decline）展示他的人生记录，相反，他把一本《圣经》（原文为 Testament，确切地说应为《新约》）塞到上帝手中，让他察看，并且说道："在那里您会发现我的过错其实是您的。"（There thou shalt finde my faults are thine.）（Works: 188）此处，赫伯特紧随新教改革思想，拒绝罗马天主教的功德论，而宣扬"因信称义"的论点。根据《圣经》尤其是《新约》的福音书记载，耶稣被钉上十字架，是为了赦免全人类的罪，将人的罪转嫁到自己身上，以一人之力承担起全人类的罪孽，所以赫伯特才会在《审判》最后坚定地说"您会发现我的过错其实是您的"。斯特莱尔在分析这首诗时认为，"对功德论的拒绝和对'唯独信心'教义的接受，都源于宗教改革时期的罪恶观"[②]，而这种罪恶观告诉我们，没有任何人是无罪的，因此该诗第 2 节中的某些人在审判之时给上帝看他们无罪的记录就显得荒谬可笑了。整首诗的高潮部分在于诗歌末尾，说话者把《圣经》塞到上帝手中，指出上帝审判的依据并非人的功德而是人基于《圣经》中的话语所拥有的信仰。

《圣经》被认为记载了上帝的话语，基督徒通过阅读它来聆听上

---

① Chana Bloch, *Spelling the Word: George Herbert and the Bible*, p. 195.

② Richard Strier, *Love Known: Theory and Experience in George Herbert's Poetry*, p. 4.

帝之道，它是基督徒信仰的终极来源。而另一种聆听上帝之道的途径则是通过牧师的布道。

二、牧师布道

赫伯特不仅是一位诗人，更是一位虔诚的英国国教牧师。根据查尔斯的传记，赫伯特的职业生涯可以大致分成三部分：他在完成硕士学业以后曾在剑桥大学担任过不同职位，其中时间最长的是他从 1620 年至 1627 年担任剑桥大学校方代表；在此期间，赫伯特也曾离开剑桥前往伦敦，代表蒙哥马利自治市成为一名议会议员（1624 年）；而从 1624 年开始，尽管仍然担任剑桥大学校方代表，赫伯特就已经涉足圣职，成为牧师队伍中的一员，直至 1633 年去世。[①]

终其一生，牧师是赫伯特一个重要的身份标签。赫伯特的作品除了诗集《圣殿》之外，还有散文集《乡村牧师》。在这部散文集中，他根据自身体验，记录了有关牧师生活的方方面面。这部作品俨然是一部 17 世纪英国乡村牧师的行为准则。在第一章中，他就对牧师作了定义：

> 牧师是基督的代言人，目的是使人顺从上帝。这个定义是清楚明白的，而且包含了有关牧师职责和权威的直接步骤。因为，首先是人因为不顺从上帝而堕落；其次，基督作为上帝光荣的中介来召回人类；最后，基督不会持久住在人间，他在完成调解的工作以后就会回到天上，于是他任命一些代理人来替代他的位置，而这些人就是牧师。（*Works*: 225）

同时，赫伯特认为，牧师作为基督在人间的代表，无论是在教义还是具体生活方面都应该遵循基督设立的榜样，在人间传播上帝之道。布道是牧师职责很重要的一部分，赫伯特在《乡村牧师》中专门开辟一章（第七章）来讨论牧师布道的问题。[②]他认为，牧师在布道时处理圣经

---

① 见：Amy Charles, *A Life of George Herbert*, p. 117.

② 天主教注重圣礼，而新教改革家强调上帝的话语，认为《圣经》经文是通往恩典的途径。通过《圣经》和布道，人神和解的信息就被传达给听者。对新教改革家来说，尽管圣礼仍然存在，但它们都被视为"可见的话语"，以实体的、间接的形式传播基督的福音，见：Gene Veith, *Reformation Spirituality: The Religion of George Herbert*, p. 179.

经文的方法由两个环节组成，首先是对经文的意义做一个直白清晰的讲解，其次是对整段经文做一些选择性的评价，而这段经文应该是完整而连续地存在于整部《圣经》当中。如果经文被揉碎成片段，则会失去其美妙和多样性，"分散的话语不是经文，而只是一本词典"（*Works*: 235）。

赫伯特在布道中，除了对《圣经》文本做出讲解外，还非常注重使用"教义问答法"（Catechism）。这种问答式的宗教教育方法以老师提问和学生回答的形式进行，最初起源于古希腊罗马的神秘宗教，随后也被西派基督教和东正教所采用。在 16 世纪宗教改革时期，路德的《小问答》（*Small Catechism*, 1529）的问世使得"教义问答法"被人们普遍采用，因此从宗教改革伊始，这种布道方法就成为对孩子进行宗教教育的重要形式。而路德同年出版的《大问答》（*Large Catechism*, 1529）则针对神职人员的知识积累，以帮助他们教导会众。加尔文在日内瓦期间同样创立了一种"教义问答法"，他的主要目的在于为其他牧师设立一种基本的教义模式，因此他的问题往往围绕信仰、律法、祈祷和圣礼展开，比如他设置的一个问答形式如下：老师提问"人生的主要目标是什么？"学生回答"认识那创造人类的上帝"。从上可知，教义问答模式是宗教改革家们普遍强调的一种宗教教育手段。

在提到乡村牧师的布道方式时，赫伯特认为教义问答法应该得到重视。在《乡村牧师》第十二章，赫伯特专门讨论牧师的教义问答模式，对提问者和回答者的角色以及提问的最终目的都做了详细说明，其中特别指出，在面对乡村会众时，牧师的教义问答应该借用乡村人所熟知的事物来帮助他们理解那些他们不知道的东西，而这一点也呼应了《圣经》的做法，即"谦逊地提及耕犁、斧子、蒲式耳、酵母、吹笛跳舞的男孩这些平常景象，不仅仅是为了列举每日的苦差事，而是要将它们清洗净化，为天国的真理之光服务"（*Works*: 257）。沃尔顿在传记中也提到赫伯特的教义问答法，描述他在每个礼拜日的下午都会用教义问答法向人们布道。①

赫伯特的牧师身份以及由此而来的教诲、布道的职责同时深刻影响了他的诗歌创作。他的诗集《圣殿》在某种程度上也是他的一种布道，

---

① Izaak Walton, *The Life of Mr. George Herbert*, p. 84.

而且他在多首对话诗歌中运用了教义问答的模式,如著名的《爱(三)》。因此,布洛克把诗集《圣殿》称作"宗教学校"也有其合理之处,"不管我们喜欢与否,说教的冲动对《圣殿》来说是至关重要的"①。《圣殿》记录了赫伯特个人的许多宗教感悟和体验,也传递着他对读者的道德教诲。他把自己视作读者群中的一分子,并且相信他个体的经验同时也能反映整个集体的经验感受,因此,"探寻赫伯特在诗歌中到底是和他自己、和其他人,还是和上帝对话这个问题并无意义,因为诗人其实在同时与这三者说话"②。费什对赫伯特诗歌中体现出的教诲目的和为此采用的教义问答方法有着深入研究,他一针见血地指出:

> 赫伯特的诗歌是一种策略,而作为一种策略,它和赫伯特笔下的牧师的教义问答实践有着相同的模式和目标:目标是使得读者参与到自身的教化中(如我们所见,"教化"这个词正是我们所预期的),而模式则是"通过合理安排的问题"把读者引向"他所不知道的东西"。这并不是说他的诗歌以问题的形式写成(尽管有些确实如此),而是他的诗歌发挥了问题所具有的功能,让读者给出一个完善的、修正的,或者有时候是错误的回答。③

因此,整本《圣殿》也可以被看作赫伯特从自身经验出发,采用教义问答法向读者做的一场全面的布道。他的说教的冲动、教诲的习惯不仅体现在《教堂门廊》这首充满劝诫格言和道德训词的长诗中,而且体现在整部《圣殿》里。他熟读《圣经》,并且喜欢收集异国的格言警句,二者在他的诗中都得到大量体现,帮助他实现道德教化的目的。

赫伯特不仅强调牧师的道德说教功能,即牧师布道时语言的功用,而且重点指出牧师能"同时影响耳朵和良心的能力"④,注重牧师的言行合一以及牧师自身行为的感染力。《窗户》("The Windows")是《圣殿》中一首具有代表性的描写教堂内部结构的诗歌,与《教堂地板》《教堂锁

① Chana Bloch, *Spelling the Word: George Herbert and the Bible*, p. 170.
② Chana Bloch, *Spelling the Word: George Herbert and the Bible*, p. 172.
③ Stanley Fish, *The Living Temple*, Berkeley: University of California Press, 1978, p. 27.
④ Thomas Erskine, "Eye and Ear Imagery in the Poetry of George Herbert and Henry Vaughan," p. 79.

和钥》（"Church-lock and key"）和《教堂纪念碑》（"Church-monuments"）
等组成一个系列。但是《窗户》实际上讨论的是牧师如何布道的问题，
诗中的玻璃窗户隐喻着牧师在宗教生活中的位置和功能。诗人在开篇就
提出一个问题，随后针对这个问题逐层展开、做出解答，非常类似于教
义问答法中的问答模式：

> 主啊，人怎样才能传播您的永恒话语？
> 　　　　他只是块脆弱、有裂纹的玻璃：
> 然而在您的圣殿中您确实让他占据
> 　　　　这个光荣而崇高的位置，
> 　　　　通过您的恩典，成为一扇窗户。
>
> 但是当您把您的故事煅烧在玻璃之上，
> 　　　　让您的生命照耀于
> 神圣的牧者体内；那光线和荣耀
> 　　　　则变得更加崇高，且吸引更多关注：
> 　　　　原本它只显得苍白、黯淡和单薄。
>
> 教义和生活，色彩和光线，当它们
> 　　　　组合、融汇成一体，带来的是
> 强烈的尊重和敬畏：仅仅语言本身
> 　　　　就像闪耀的火光转瞬即逝，
> 　　　　敲醒了耳朵，却敲不醒良知。

> Lord, how can man preach thy eternall word?
> 　　　　He is a brittle crazie glasse:
> Yet in thy temple thou dost him afford
> 　　　　This glorious and transcendent place,
> 　　　　To be a window, through thy grace.
>
> But when thou dost anneal in glasse thy storie,
> 　　　　Making thy life to shine within
> The holy Preachers; then the light and glorie
> 　　　　More rev'rend grows, & more doth win:

Which else shows watrish, bleak, & thin.

Doctrine and life, colours and light, in one
　　When they combine and mingle, bring
A strong regard and aw: but speech alone
　　Doth vanish like a flaring thing,
　　And in the eare, not conscience ring. (*Works*: 67-68)

　　这是一首关于布道的诗歌，诗人对人类能否宣讲和传播上帝的永恒话语提出了疑问，因为人自从堕落以后，就始终处于有罪的状态，有其与生俱来的原罪。诗人一开始把人比作一块"脆弱、有裂纹的玻璃"，从而开启了一段关于玻璃的"变形记"。首先，人本性是脆弱且有瑕疵的，就像那普通玻璃一样，而玻璃的意象不仅传达出"脆弱、无序"的意义，而且很可能也表示人的虚荣，因为"玻璃"（glasse）往往也可以指代"镜子"。^①但是在该诗第 1 节，这块玻璃就被安放在圣殿（教堂）内部的窗户上，因此这块玻璃就有了位置上的变化。我们仿佛看到它原本躺在地上或者在商店里，接着被抬高到了"光荣而崇高的位置"，即教堂的窗户上。诗人交代，这种变化是通过上帝的恩典产生的，而不是源于玻璃自身的品质，事实上，诗歌中并没有对这块玻璃本身的特点做出肯定和正面的评价。

　　在经历了位置上的变化后，这块玻璃在诗歌第 2 节经历了内部形态上的转变。这块玻璃经过高温煅烧，由普通的灰色玻璃转变为彩绘玻璃，其中的绘画就是关于基督的故事。诗人把神圣的牧师比作教堂内的彩绘玻璃，因为注入基督的故事，所以变得更加尊崇，也能赢得更多关注。而如果牧师没有追随基督的榜样，没有经过烈火的焚烧和着色（此处，玻璃的高温煅烧类似于基督在十字架上的受难），那么这块玻璃仍然是"苍白、黯淡和单薄"的。值得注意的一点是诗人在这首诗中频繁运用听觉和视觉互通的手法，在描写布道这种与听觉息息相关的行为时，主要采用光和色彩等视觉意象来展现。正如赫伯特在《乡村牧师》中定义的，牧师是基督的代言人，是上帝和人之间的中介，把他比作教堂的

---

① James Boyd White, *"This Book of Starres": Learning to Read George Herbert*, p. 39.

彩绘玻璃窗户，上帝之道就如同阳光一般透过彩绘玻璃射进教堂内。相比普通的纯灰色玻璃，画有基督生平故事的彩绘玻璃在光线和色彩上显得更加丰富多彩，也更能引起敬畏。

玻璃是该诗的关键意象。据此，文德勒认为《窗户》一诗有三个象征符号，其中"脆弱、有裂纹的玻璃"象征着人在堕落以后的自然状态；普通的纯灰色玻璃象征着那些在生活中没有遵从基督榜样的牧师，它们被抬升到教堂窗户的位置，然而，尽管上帝的光亮从这些普通的玻璃窗户穿过，但是这样的光显得"苍白、黯淡和单薄"；展现基督故事的彩绘玻璃窗户象征着那些在生活中追随基督榜样的牧师，由于基督的生命在它们内部发光，因而穿透它们的光线变得更加令人尊崇。[①]三个象征符号分别代表玻璃的三种形态，展现出逐步转化的模式。

在玻璃窗户这个比喻的基础上，该诗第 3 节更加明确地指出，牧师的个人生活对他的布道有着重要影响，"教义和生活，色彩和光线"应当合而为一。牧师只有当说辞和行动相一致的时候，才能在会众中激发更多的尊重和敬畏，因此要"言行合一"，在实际生活中效仿基督，在公众布道中宣讲基督的教义，二者结合才能像那些画有基督故事的彩绘玻璃那样变得更加崇高、吸引更多关注。[②]"教义和生活"主要指代基督教神学教义和牧师的日常生活状态，关乎布道的内容和布道方式，因此主要涉及人的听觉；而"色彩和光线"指代阳光透过窗户对人产生的影响，因此主要涉及人的视觉。诗人暗示，这二者相结合才能产生一个在布道和生活中都有优秀表现的牧师。仅仅凭借语言（speech alone）的布道就像火光一样转瞬即逝（此处同样用视觉景象"火光"来类比听觉维度的"语言"），只能唤醒耳朵，却无法唤醒人们内心的良知。

诗人在开篇提出的关于"人怎样才能传播您的永恒话语"的这个问题通过一块玻璃的"变形记"、通过彩绘玻璃窗户的意象得到了解答。

---

① Helen Vendler, *The Poetry of George Herbert*, p. 80.

② 赫伯特这种关于"言行合一"、语言和内在思想一致的观点不仅体现在布道中，而且体现在诗学观念上。他在《真正的赞美诗》中提出诗人的真诚影响着诗歌创作的品质："一首赞美诗或诗篇所蕴含的精细之处，／ 体现在当灵魂与诗行相符之时。"（The finenesse which a hymne or psalme affords, / Is, when the soul unto the lines accords.）（*Works*: 168）

《窗户》这首诗表明，虽然人有着与生俱来的瑕疵，并不适合传播上帝的话语，但是通过基督的榜样，牧师是可以胜任这一职责的。同时需要注意的是，人能够传播上帝之道，并非取决于人的任何功绩或优点，就像无论是普通的灰色玻璃还是彩绘玻璃，它们都借助于外在的光线，都由上帝提升到窗户的位置，而且彩绘玻璃上的故事也是由上帝煅烧而成，即布道的成功仅仅依靠上帝的恩典。牧师作为基督在人间的代表，就是上帝之道的一个容器，他不仅要用言语打动人，而且要在实际生活中追随基督的榜样，让基督的生命"照耀于神圣的牧者体内"。这就是赫伯特笔下理想的牧师形象。

在《圣殿》中，赫伯特紧紧跟随新教改革者路德和加尔文的"因信称义"和"《圣经》至上"的观点，十分注重《圣经》经文，可以这样说，整部《圣殿》都是在《圣经》的浸泡中成形的。同时，赫伯特作为一个牧师，也对如何聆听和传播上帝之道做了详细阐释，提出理想的牧师形象应该如教堂的彩绘玻璃窗户那样，集教义和生活、色彩和光线于一身，即在用语言宣讲上帝之道的同时过着与上帝之道相一致的圣洁生活。

第五章　《圣殿》中的饮食和味觉

　　诗集《圣殿》由三部分组成，分别为《教堂门廊》《教堂》和《教堂斗士》，[①]其中第二部分《教堂》为核心部分，形成《圣殿》的主体结构。《教堂门廊》和《教堂》这前两部分形成了连续而有机的统一整体，这是学者们公认的事实。然而关于《教堂斗士》是否有机地与前两部分联系在一起，却成为学者们争论的焦点，有许多研究者认为《教堂斗士》是一个独立的部分，并且属于赫伯特早期的创作。[②]

　　因此，抛开第三部分《教堂斗士》而言，第二部分的最后一首诗《爱（三）》通常被认为是赫伯特诗集的压轴之作。怀特曾多角度评论《圣殿》中多达 75 首诗歌，他指出，《爱（三）》很可能是赫伯特所有诗中最好的一首，而且"在一定程度上，整部诗集《圣殿》的目的就是为了引出这首诗"[③]。由此可见，该诗在整部诗集中有着特殊位置，而这首诗的最

---

① 《圣殿》第三部分 "The Church Militant" 似乎翻译为《教会斗士》更为妥当，因为该部分在整部诗集结构中显得相对独立，主要描述了基督教会在与罪不断抗争中持续运动、发展的过程。但是为了保持与前两部分的一致，此处采用《教堂斗士》的译法。

② 编撰赫伯特诗集的帕尔默曾指出《教堂斗士》是 "一首完全分离的诗篇"，见：G. H. Palmer (ed.), *The English Works of George Herbert,* vol. 3, New York: Houghton, Mifflin & Company, 1905, p. 349. 安娜贝尔·恩迪考特也认为，"不把第三部分加入《圣殿》结构，而简单地将之视为为了方便起见列入诗集的早期作品，会显得更明智一些"，见：Annabel M. Endicott, "The Structure of George Herbert's Temple: A Reconsideration," *University of Toronto Quarterly* 34. 3 (Apr. 1965): 236. 李·约翰逊也赞同帕尔默和恩迪考特的看法，认为"《教堂斗士》不应该被视作《圣殿》的组成部分，而只是一个独立的存在，这个观点可以通过重新审视赫伯特的文本和手稿来证实"，见：Lee Ann Johnson, "The Relationship of 'The Church Militant' to'The Temple'," *Studies in Philology* 68. 2 (Apr. 1971): 201. 也有一些学者评论《教堂斗士》为整部《圣殿》中的有机组成部分，如萨默斯、马尔茨等。

③ James Boyd White, *"This Book of Starres": Learning to Read George Herbert*, p. 264.

后一句，亦即《教堂》部分的最后一句"于是我落座并品尝"（So I did sit and eat）（*Works*: 189）也因此引起了学者们的注意。这句话在很大程度上为赫伯特的整部诗集画下了句号，因而"品尝"（eat）这个味觉上的词成为赫伯特诗集中体现个人虔诚生活的最后一个词。

　　这样的安排表面上看似乎有些不合适，这最后一个词"eat"包含了最世俗和最物质的含义，看似与诗集前面的个人精神追求和神学层面的阐释都不协调。然而，综观整部《圣殿》，我们会发现其中有大量关于甜蜜、苦涩、饥饿、味道等与味觉相关的词语，对于《爱（三）》的结尾，已经"有大量的词汇上的准备"[1]。《圣殿》中关于饮食的词数不胜数，赫伯特在味觉的相关主题上花费了大量笔墨，那么赫伯特为什么如此频繁地提到"吃"这个如此世俗的概念？"吃"在基督徒尤其是17世纪新教徒赫伯特的生活中扮演着怎样的角色？赫伯特如何看待与"吃"紧密联系的宗教仪式"圣餐"？这些问题都是本章将要讨论的重点内容。

　　本章在对赫伯特诗歌的味觉主题进行讨论之时，主要把与味觉相关的话语分成两个层面：第一层面是从物质的、世俗意义的角度来看味觉，结合赫伯特所处的时代背景，突出呈现赫伯特关于节制食欲、食物和社交的关系、食物和疾病的联系等方面的表述。第二层面则是从精神的、宗教意义的角度，表明赫伯特诗歌中的大部分味觉表达都与基督教圣餐相关联。通过分析他对圣餐的看法，比较他与新教改革家路德和加尔文的圣餐观，我们可以较为准确地判断他的宗教思想在当时错综复杂的神学谱系中的具体位置。

第一节　"肉已摆好，万物都能拿到"：世俗的味觉

一、饮食与社交

　　在内容上，《圣殿》从第一部分《教堂门廊》到第二部分《教堂》体现出强烈的个体化和内在化的倾向，在此背景下，我们往往只注意到赫

---

[1] Heather Ross, "Meating God: Herbert's Poetry and the Discourse of Appetite," *George Herbert: Sacred and Profane*, ed. Helen Wilcox and Richard Todd, Amsterdam: VU University Press, 1995, p. 121.

伯特诗歌中的精神和神学上的因素，而忽略了他诗歌中物质和社会的一面。实际上，赫伯特虽然在人生的最后三年隐居于英国乡野，成为一名普通的乡村牧师，但他曾经担任剑桥大学的校方代表，也曾参加英国议会，接触过不少达官显贵（如国王詹姆斯一世和查理一世、培根等）。他深谙宫廷礼仪和社交技巧，正如诗歌《珍珠》中所说的："我知道'荣名'的途径：怎样才能 / 使礼貌和才智获得迅速的回报……需要花多少酒钱才可能结交一位朋友，/ 或者因此反而树立了一个仇敌。"①因此，从社会语境来解读赫伯特诗歌中的味觉主题，发掘他与当时社会的联系是一种合理的视角，能够帮助我们更好地了解赫伯特所处的时代，并为本书接下去谈到的赫伯特味觉背后的神学问题做好铺垫。

在文艺复兴时期的英国，食物和服饰一样都能体现一个人的社会阶层。乔治·赫伯特的兄长爱德华·赫伯特在他的自传中就特别提到这样一段话：

> 那些在我的寝室里服侍我的人都熟知，除了那些轻易就能判定或观察出的服饰之外，我的衬衣、马甲以及贴身穿的其他衣服都是香的。在我习惯食用烟草之前，我的口气也是香的，我在后来不得不吸食烟草以缓解某些困扰我的伤风和感冒，但是烟草并没有长时间地污浊我的口气。②

在 17 世纪赫伯特生活的时代，一个人的阶层可以通过嗅觉闻出来，更加可以通过食物判断出来。英国颁布的第一个节约法令"不仅规定人们的穿戴要根据身份地位，而且饮食亦是如此"③。食物因此成为

---

① 王佐良编，《英国诗选》，第 107—108 页。

② Edward Herbert, *The Autobiography of Edward, Lord Herbert of Cherbury*, p. 210. 烟草自从 16 世纪末传入英国之后，吸烟的习惯在这个国家迅速传播开来，烟草大量种植，但价格也居高不下，吸烟的人有的为了放纵一番，有的为了追求时尚，也有的是为了治疗疾病。根据巴纳比·里奇（Barnaby Rich, 1540?—1617）的记载，到了 1614 年，伦敦已经有七千余家店铺出售烟草。里奇认为烟草的大量消耗是对金钱的浪费，同时于身体无益，见：Barnaby Rich, *The Honestie of This Age*, London: Percy Society, 1844, p. 39.

③ Michael Schoenfeldt, *Bodies and Selves in Early Modern England: Physiology and Inwardness in Spenser, Shakespeare, Herbert, and Milton*, Cambridge: Cambridge University Press, 1999, p. 106.

划分社会阶层的一项标准，比如，英语中用来称呼上帝、君主、领主、家主等的单词"Lord"，其衍生于一个古英语单词"*drihten*"，更早的形式为"*hlafweard*"，这是一个阳性名词，直译为守护面包的人，而有趣的是，"Lady"在古英语中的意思是"bread-kneader"，即捏面团的人，可见食物在划定社会角色时的重要性。

赫伯特在《异国格言集》中收录了不少体现食物社会功用的格言警句，比如："独自吃蛋糕的人必须独自为马备鞍。"（Who eats his cake alone must saddle his horse alone.）（*Works*: 333）说明食物可以帮助人们建立社会联系，如果一个人吃独食，那么就很难交到朋友。还有一条格言是这样的："别人的面包很贵。"（Anothers bread costs deare.）（*Works*: 332）这条格言的意思非常类似于中国的一句俗语"拿人的手软，吃人的嘴短"，指出当人接受了别人的食物，也就欠下了一份恩情。而"鱼说，我因一小口食物被钓上岸"（I was taken by a morsel, saies the fish）（*Works*: 342）和"大的把小的放在鱼钩上"（The great put the little on the hooke）（*Works*: 352）都用钓鱼的意象来讲述社会中由食物而来的贪婪和利用。赫伯特在此表示食物不仅滋养了人的身体，而且是连接社会关系的纽带，是人与人之间不同关系的直接体现。

赫伯特的诗歌《爱（三）》在神学上富含深刻意蕴，引起了西方许多学者的注意，但同时这首诗也可以从社交礼仪的角度来解读。从赫伯特的生平看，社交仪式和餐桌礼仪对赫伯特个人来说有着特殊的意义。根据查尔斯的传记，赫伯特"从离开剑桥到最后定居贝默顿期间，并没有自己的居所"[1]，也就是说，赫伯特在这六年期间始终以宾客的身份仰仗亲朋好友和庇护人慷慨地提供食宿，可想而知，赫伯特有着多年寓居他人家中的体验，因此必定熟悉当时的餐桌礼仪。况且，赫伯特出生和成长于一个非常显赫的家庭，他的父亲英年早逝，但是他的母亲几乎每天都会设宴款待来访的客人，"赫伯特家里没有客人的情况是极少的"[2]。在《圣殿》的很多诗中，上帝就像赫伯特的母亲一样，是一位慷慨的布施者，比如在《圣灵降临节》（"Whitsunday"）中，赫伯特记

---

[1] Amy Charles, *A Life of George Herbert*, p. 119.

[2] Amy Charles, *A Life of George Herbert*, p. 41. 查尔斯在传记中记载，在 13 个星期内，赫伯特家来了 95 位不同的客人，平均而言，相当于一天会有一位客人来访。

起在使徒时代，上帝"把敞开的屋子丰盛装扮 / 让十二位拣选之人宴请所有来客"①（Keep open house, richly attended, / feasting all comers by twelve chosen men）（*Works*: 59）。

　　抛开《爱（三）》的神学含义，该诗场景概括而言就是社会地位较高的人邀请社会地位较低的人参加一场筵席，应对这样的场景是赫伯特所熟悉和擅长的。《爱（三）》第一句就展现出主人的亲切邀请以及客人有礼貌的推拒："爱向我表示欢迎，但我的灵魂却后退"（Love bade me welcome: yet my soul drew back）（*Works*: 188），这样的模式正好符合当时的社交礼节。随后，客人"我"说明了推拒的原因，即"尘土和罪孽使我羞愧"（Guiltie of dust and sinne）（*Works*: 188），而且"我"不是一位"值得留在这里的宾客"（A guest … worthy to be here）（*Works*: 189）。面对客人的婉拒，主人却步步进逼，先是"和善地询问"（sweetly questioning）（*Works*: 188），接着语重心长地劝慰，说他满身的尘土和罪孽早已由主人洗净，最后客人不得不坐下品尝。对于这首诗中体现的主客两人围绕筵席展开的进退互动，文德勒采用舞蹈的意象做了生动的评价：

　　　　就像某种高雅的小步舞，该诗引导它的人物完成了一种优美的回旋步法：向前一步、后退一步、放慢速度、更加靠近、匮乏、充盈、下垂的眼睛、看一眼、触碰、不情愿、提议、拒绝、申辩、坚持——最终是坐在筵席上。没有韵律能充分描写赫伯特在处理这种踌躇不定的遭遇时所表现的微妙之处，构成该诗的那些著名的单音节词也只能表达其中的一部分而已。②

　　《爱（三）》中主客双方如此复杂的邀约—婉拒的模式是符合文艺复兴时期的社交礼仪的。主人热情地邀请客人，而客人稍作谦让甚至自我贬低，才显出他受宠若惊的心情以及对主人的敬重。文艺复兴时期意大利作家卡斯蒂廖内（Baldassare Castiglione, 1478—1529）在《廷臣论》（*The Book of the Courtier*, 1528）中指出，一个人必须"经常谦虚地放低身段，当别人给予恩惠和晋升时，不应该轻易地接受，而应该适当地

---

① 圣灵降临节又名五旬节（Pentecost），指耶稣在复活后第五十天差遣圣灵降临到众使徒身上，使他们能说别国语言，向住在耶路撒冷的各民族宣讲上帝的话语。

② Helen Vendler, *The Poetry of George Herbert*, pp. 275-276.

拒绝，以此表示他非常尊重这些荣誉"①。因此，诗歌《爱（三）》中的客人"我"在起初对主人的邀请表现出迟疑甚至推拒的姿态，实际上并不一定是摈弃这位主人的判断，而可以被视作"为了提高他自己以及主人的地位的一次努力"②。

面对客人一次又一次的彷徨退缩，《爱（三）》中的主人首先是温和询问，其次是具有说服力地回答客人的每一个疑问，主客两人在开始时都保持着极其礼貌的态度，但是最后主人采取了较为强硬的措辞，使用命令的语调——"你必须坐下，爱说道，尝一尝我的肉"（You must sit down, sayes Love, and taste my meat）（*Works*: 189），这其中体现了主客的社会等级关系，他们在社会地位上是有高低之分的。诗中的客人被迫享受这顿盛宴，他最后服从了主人的命令："于是我落座并品尝。"（So I did sit and eat.）（*Works*: 189）就像斯特莱尔评论的，这首诗结尾的场景中，说话者"实际上做了别人告诉他该做的事，而不是他决定这样做"③。

在赫伯特诗歌中，不仅是人所处的社会环境在无形中通过食物判定人的等级低位，上帝的整个创造，即整个宇宙和自然界都围绕着食物链体现出高低之分。最明显的当属《神意》（"Providence"）这首诗。《神意》是《教堂》部分在诗行数量上仅次于《献祭》的一首长诗，它的 152 行诗句主要赞美上帝旨意在自然界的体现，表明自然界有条不紊的运行全都仰仗上帝的操控。哈钦森指出，这首诗的内容对应着《旧约》中的《诗篇》第 104 首。④赫伯特在诗中强调人的重要位置，说明人是上帝的秘书，是上帝在人间的祭司，人有语言和理性，因此代替其他口不能言的野兽飞禽来称颂上帝。人的这种特殊地位也决定了他在食物链中的崇高位置。诗中写的"野兽们说，吃我吧"（The beasts say, Eat me）（*Works*: 117）、动物们"大的以小的为食，小的啃食野草"（The great prey on the lesse, they on some weed）（*Works*: 118），显示出自然界中的等级关系。上

---

① 转引自：Michael Schoenfeldt, *Prayer and Power: George Herbert and Renaissance Courtship*, p. 202.

② Michael Schoenfeldt, *Prayer and Power: George Herbert and Renaissance Courtship*, p. 203.

③ Richard Strier, *Love Known: Theology and Experience in George Herbert's Poetry*, p. 78.

④ 《诗篇》第 104 首详细描述了上帝创造高山、深谷和大海，使飞禽走兽都有自己的巢穴和食物，使人安居乐业，其中尤其突出上帝给动物和人提供食物的细节。

帝为各种创造物准备的菜单是和它们各自所处的等级位置相匹配的，其中人的地位高于动物，后者又高于植物。[①]尽管赫伯特在诗中也提到了上帝的慷慨大方，如"您的橱柜为整个世界服务：肉已摆好，/ 万物都能拿到"（Thy cupboard serves the world: the meat is set, / Where all may reach）（*Works*: 118），却掩盖不住自然界弱肉强食的法则，"伟大的存在之链是以伟大的捕食之链来呈现的"（the great chain of being is manifested as a great chain of eating）[②]。

二、节制食欲

赫伯特深刻明白食物与社交、食物与身份地位的关系，然而作为一名虔诚的基督徒和严格自律的乡村牧师，节制（temperance），尤其是对食欲的节制是他在作品中多次提及的话题。一方面，节制是基督教宣扬的 12 种美德之一，[③]饮食的节制是基督徒生活的重要部分，需要牧师的带头引领；另一方面，赫伯特个人由于长期遭受疾病的困扰，在很长时间内通过节制食欲、调节饮食来治疗顽疾，因此对节制有着切身体验。

诗集《圣殿》开头的长诗《教堂门廊》仿佛一篇布道文，以说教的语调劝说青年什么该做、什么不该做，为年轻人在世俗生活中设置了条条规训，并且指出人们只有学习并严格执行这些规训，就像在教堂门前被洒了圣水一样，才能跨过横在教堂门廊和教堂的那道梁（superliminare），才能真正进入教堂的内部，也即进入神圣的宗教生活。赫伯特在《教堂门

---

① 赫伯特在另一首诗《人》中也对人在自然界中的崇高地位给予肯定，比如第 29—30 行"整个创造的世界，要么是我们的食物柜，/ 要么是我们的玩乐所"（The whole is, either our cupboard of food, / Or cabinet of pleasure）（*Works*: 91），以及第 47—48 行"哦，强大的爱！人就是一个世界，而且有 / 另一个世界为他服务"（Oh mightie love! Man is one world, and hath / Another to attend him）（*Works*: 92）。

② Michael Schoenfeldt, *Bodies and Selves in Early Modern England: Physiology and Inwardness in Spenser, Shakespeare, Herbert, and Milton*, p. 106.

③ 斯宾塞的《仙后》原先计划写 12 卷，每卷歌颂一种基督教美德，但是只完成了 6 卷，分别歌颂圣洁、节制、贞洁、友谊、正义、礼节（holiness, temperance, chastity, friendship, justice, courtesy）这 6 种基督教骑士应具有的品格。学者们根据斯宾塞的信件推测，亚瑟王代表着宏大（magnificence），集所有美德于一身，仙后本人象征荣耀（glory），这从她的名字 Gloriana 可以看出来，未写完的第 7 卷很可能有关坚定（constancy）这种美德。

廊》部分语重心长地劝诫青年应对食物和酒精采取谨慎态度。他劝告人们饮食要清洁，在第 64 行，他说，"他给苹果削皮，那样可以干净地食用"（He pares his apple, that will cleanly feed）（*Works*: 9），在第 233—234 行他说，"因为苍蝇 / 以粪便为生，从而被染上那颜色"（for the fly / That feeds on dung, is coloured thereby）（*Works*: 15）。而在第 127—132 行，他指出在社交场合要节制自己的食欲：

> 看好你的嘴巴；病从口入。
> 如果肚子叫了，你有两种遮蔽方式；
> 雕刻或交谈；不要害怕饥饿。
> 雕刻对两人有益；交谈对所有人有益。
> 　看着肉，想着它脏，然后吃一点；
> 　然后依然这样说，我让尘土归尘土。

> Look to thy mouth; diseases enter there.
> Thou hast two sconses, if thy stomack call;
> Carve, or discourse; do not a famine fear.
> Who carves, is kind to two; who talks, to all.
> 　Look on meat, think it dirt, then eat a bit;
> 　And say withall, Earth to earth I commit. （*Works*: 11）

当人已经饿得肚子咕咕叫时，赫伯特认为，为了不在公众面前造成尴尬，最好用雕刻和交谈的声音掩盖肚子饥饿的叫唤。餐桌礼仪意味着进食的人要对不合时宜的食欲、噪声和唾液加以控制。德裔社会学家伊莱亚斯（Norbert Elias）就以讽刺的口吻说过，西方的文明进程"涉及对进出身体的物质加以越来越多的管制，这些物质包括食物、饮料、唾液、泪水、尿液、粪便和血液"①。

在《教堂门廊》提到的各种渎神的行为中，赫伯特尤其强调酗酒的危害。他认为喝酒不仅把酒精带入人的体内，而且随之而来的还有各种罪孽，并且容易使人抛弃一切美德，只保留兽性：

---

① 转引自：Michael Schoenfeldt, "George Herbert's Consuming Subject," *George Herbert Journal* 18. 1 & 2 (Fall 1994 / Spring 1995): 117.

醉酒的人，可能会杀死母亲

奸污姐妹：他已经失去控制，

自我放逐，各种罪恶

随着酒精潜入他的血管。

　　酒鬼放弃人性，被剥夺

　　一切世俗正义，只余兽性。

He that is drunken, may his mother kill

Bigge with his sister: he hath lost the reins,

Is outlawed by himself: all kinde of ill

Did with his liquour slide into his veins.

　　The drunkard forfets Man, and doth devest

　　All worldly right, save what he hath by beast.（*Works*: 7）

　　　酒精将人体内潜伏着的野兽本性唤醒，文明教化在酒精面前分崩离析，因此，赫伯特十分谨慎地对待喝酒这件事。在《教堂门廊》的第5、7、8诗节，他反复强调要严格控制酒量，不要喝三杯以上的酒，比如在第25行，他劝诫"莫贪第三杯"（Drink not the third glasse），在第41行他说"停在第三杯"（Stay at the third glasse），在第47行他同样重复"停在第三杯，或离开那地方"（Stay at the third cup, or forgo the place）（*Works*: 7-8）。就像《教堂门廊》第143—144行所述，"不要失去自我，也不要屈服于体液：/ 上帝把它们给你，上了锁和钥"（Lose not thy self, nor give thy humours way: / God gave them to thee under lock and key）（*Works*: 12）①，

---

① 古希腊著名医生希波克拉底（Hippocrates，前460—前370?）最早提出"体液说"，认为人体含有四种不同的液体，即黑胆汁（black bile）、黄胆汁（yellow bile）、血液（blood）和黏液（phlegm），四种体液的不同组合使人有不同体质。盖伦（Aelius Galenus, 129—216?）根据希波克拉底的体液说，将人体内的体液混合比例用拉丁语命名为"*Temperamentum*"，形成四种气质学说：多血质者血液最多，行动表现为热心、活泼；黏液质者痰液多，心理表现为冷静，善于思考和计算；神经质者黑胆汁多，有毅力，但表现出悲壮；胆汁质者黄胆汁多，易发怒，动作激烈。赫伯特的诗歌《颈圈》（"The Collar"）的标题"collar"有多种含义，与多个单词谐音，如"caller""choler"等，其中"choler"意为胆汁，诗中也突出表现了说话者激动易怒的性格特点。

节制、自律、不受体液和欲望的支配是赫伯特倡导的基督徒生活模式。他在《乡村牧师》第三章讲述牧师的生活时评论了牧师的饮食，进一步阐明了酗酒对牧师的危害。他认为牧师应当特别注意避免酗酒，因为饮酒是最普遍的一项恶习，"一旦染上，就将自己卖给了羞耻和罪恶，如果与人同饮，伴随这种黑暗无果的活动，牧师就丧失了谴责别人的威信"（*Works*: 227）。由此可见，在饮食上，作为牧师的赫伯特几乎秉持着禁欲的理念。在赫伯特死后第 19 年，奥雷将他的《乡村牧师》和外国格言结集成书出版，其中他尤其夸赞赫伯特节制的生活，称他为节制的典范，"他显著的节制和朴素，他私下的斋戒，对肉体的禁欲……每一根骨头都起来反抗肉体的欲望和傲慢"[1]。

此外，饮食与人的身体健康有着直接联系，"如果全方位地来考虑，饮食与人的消化和吸收不可分割，因为饮食可以直接衡量消化吸收的结果"[2]，因此，调节饮食成为人们治疗疾病、恢复健康的一种手段。赫伯特一生只有短短的 40 年（事实上，他在 40 岁生日前一个月去世），而且从小身体羸弱，一直受到病痛的折磨。关于赫伯特的疾病，至今有据可查的资料中一共记载了他的四场大病。最早的记录是 1609 年赫伯特在剑桥大学的第一年，他在即将跨入 1610 年新年时给他的母亲写信表达新年祝福，并随信附上两首十四行诗，信中同时透露他自己刚刚感染上一次疟疾，因此发了高烧。1622 年，也就是赫伯特 29 岁时，他又大病一场，他写信劝慰病中的母亲，抱怨自己由于体弱多病而无法完成该承担的职务："对我来说，亲爱的母亲，比起死亡，我通常更害怕疾病，因为疾病使我无法完成我生而该做的职责，但是却不得不被困在里面。"（*Works*: 373）当时与赫伯特同在剑桥大学的约瑟夫·米德（Joseph Mede, 1586—1639）在一封信中写道："他们说，我们的代表人［赫伯特］难逃死亡之门了。"[3]可见，赫伯特这场病非常严重。关于赫伯特疾病的

---

① 转引自：David Thorley, "'In all a weak disabled thing': Herbert's Ill-health and Its Poetic Treatments," *George Herbert Journal* 34.1 & 2 (Fall 2010 / Spring 2011): 14-15.

② Terry G. Sherwood, *Herbert's Prayerful Art*, p. 76.

③ 转引自：David Thorley, "'In all a weak disabled thing': Herbert's Ill-health and Its Poetic Treatments," p. 7.

另一次记录是 1626 年，①他得了一种日发虐（quotidian ague），到他的弟弟亨利·赫伯特的住所休养一年才康复。最后一次关于他身体的记录则是 1633 年，赫伯特染上肺结核，这场病直接导致了他的死亡。

综上所述，赫伯特的一生是与疾病抗争的一生，值得注意的是，他在长期病痛中不断地调整食物摄入，通过节制食欲来治愈疾病。1617 年，赫伯特从剑桥写信给他的继父约翰·丹弗斯，希望他的继父寄钱给他购买神学书籍，信中主要表达他对神学的向往以及这方面书籍对他未来职业的重要作用，同时也提到他经济拮据的重要原因是身体状况比较糟糕，必须单独用餐，他说道："这个大斋期，我一点都不能吃鱼，所以不得不在自己房间用餐，因为你知道我们的公共餐厅里全是鱼和白肉。"（Works: 365）赫伯特认为，人的疾病主要是由饮食过量和不当造成的，他避免吃鱼，因为在文艺复兴时期人们普遍认为吃鱼会"造成过量痰液"②。1622 年，赫伯特在他的弟弟亨利那里休养了一年，在此期间，他成了自己的医师，并且通过调节饮食治好了他的日发虐，他的饮食是这样的："不喝酒，不吃猪肉，如果羊肉、鸡肉和鸽子没有经过腌制的话，也不吃。"③

赫伯特这种严格控制饮食的态度一方面是他长期被病痛折磨的过程中培养而成的，另一方面很可能是受到了 16 世纪意大利人路易吉·科纳罗（Luigi Cornaro, 1484—1566）的直接影响。科纳罗以长寿而出名（有人说他活了 98 岁，也有人说他活了 102 岁），他奉行节制有度的生活方式，写了四篇有关节制和长寿的散文，赫伯特把其中一篇文章翻译成英语，即《论节制和清醒》（"A Treatise of Temperance and Sobriety"）。科纳罗在这篇文章中首先提起他自己年轻时不知节制，因而病痛缠身，无论何种药物都不能根治他的疾病。直到他 40 岁之后开始过上节制而有规律的生活，他的病痛消失，身体也变得越来越强壮。他通过自身经历证明，节制的生活能治愈身体的疾病，有规律地、定量地摄取肉和饮

---

① 沃尔顿的传记中记录的这次病发时间是 1629 年，这个年代有误。后来的评论家经过核实，确定赫伯特搬去他的弟弟亨利家养病的时间为 1626 年。

② David Thorley, "'In all a weak disabled thing': Herbert's Ill-health and Its Poetic Treatments," p. 4.

③ Izaak Walton, *The Life of Mr. George Herbert*, p. 52. 根据沃尔顿的记载，虽然赫伯特通过控制饮食治愈了他的日发虐，但是这样的饮食导致他身体虚弱，更易得病。

料才不会对身体有害，"能给身体注入真正的活力"（*Works*: 293）。不仅如此，节制的生活还能治疗心灵上的疾病，"忧郁和其他激情都无法伤害节制的人生"（*Works*: 294）。科纳罗的这种生活方式在今人看来或许有些夸张，但他的观点也存在着不可置疑的合理性，而且他的长寿是对他观点的最好证明。赫伯特在日常生活中，尤其是饮食问题上很可能把他视为向导和楷模，长期坚持着节制饮食的原则。

然而，赫伯特并非绝对否定味觉和食物，只不过他对饮食有着严格控制，并且期望把这种感官的、世俗的基本物质要求引导向更高的神圣目标。在《人的混杂性》（"Mans Medley"）中，赫伯特写道，人是由多种特性混合而成的，他"一手指天，一手触地"（With th' one hand touching heav'n, with th' other earth）（*Works*: 131），有着世俗和神圣两种倾向，因此人在饮食的时候应该学习鸟儿，"就像鸟儿喝水，又马上抬头，／他应该浅抿一口然后思考／他死后所能获得的／更好饮料"（But as birds drink, and straight lift up their head, / So he must sip and think / of better drink / He may attain to, after he is dead）（*Works*: 131）。赫伯特反对沉迷于世俗食欲，对他来说，人应当控制食欲，而不是被食欲所控制。味觉的神圣性，即上帝给人提供的圣餐才是他所要追求的神圣目标。

第二节 "来吧，品尝教堂神秘的筵席"：神圣的味觉

正如前文提到的，赫伯特在对待如此世俗的味觉感官时，仍然试图把它纳入基督教信仰中，引导它向更高的目标靠近。与其他感觉相比，味觉有其独特之处，因为只有真正把外在的物体吞入体内，人才能感受到味觉，而"看见的树木、触碰的岩石、听到的音乐或嗅到的花香，它们都仍然保留在感受者的外界"①。鉴于味觉的这种特征，品尝、消化和吸收等与味觉相关的主题往往被用来象征人与上帝之间的亲密关系，在这层关系中，上帝"进入、逗留、滋养人的心灵，而且使人归顺于他"②。因此，味觉不仅连接起内在与外在，而且把尘世与天国也维系在一起。实际上，味觉的世俗性和神圣性是紧密相连的，根据基督教传

① Terry G. Sherwood, *Herbert's prayerful Art*, p. 60.
② Terry G. Sherwood, *Herbert's prayerful Art*, p. 60.

统，亚当和夏娃因为不知节制的食欲而偷吃禁果，打破人与上帝的亲密关系，因而被逐出乐园，失去了永生；而基督在最后的晚餐上又教导使徒通过吃他的身体、喝他的血液重新修复人与上帝之间的亲密关系，从而通过味觉又恢复了永生。

当我们把赫伯特诗歌中遍布的味觉意象与基督教的重要仪式圣餐联系起来的时候，就会发现在这位宗教诗人笔下，人的味觉有着无与伦比的神圣性。[①]圣餐在赫伯特诗集《圣殿》中占据着重要位置，"赫伯特情感的精髓是圣餐"[②]。赫伯特对待圣餐的观点是他神学思想的集中体现，通过分析他的圣餐观，我们能较为准确地把握他在当时错综复杂的神学谱系中的具体位置。

一、圣餐之争[③]

圣餐（Eucharist，亦被称为 Holy Communion, The Lord's Supper, Mass 等）是在基督徒生活中占据核心位置的一项仪式，也是基督教的圣礼（Sacraments）之一。[④]《新约》的三本同观福音书都记载，耶稣在逾越节的筵席上，也就是最后的晚餐上，把饼掰开，递给他的门徒，说"你们拿着吃，这是我的身体"，又拿起杯来，祝谢了，递给他的门徒，说"这是我立约的血，为多人流出来，使罪得赦"。

然而，"这是我的身体"这句简单的话却在新教改革时期引起了激烈的争议。在 16 世纪通行的武加大《圣经》中的 *"Hoc est corpus meum"*（This is my body）看上去是一句再简单清晰不过的话，似乎没有任何歧义，但是就像斯蒂芬·格林布拉特（Stephen Greenblatt）所说的，在那

---

① 弥尔顿研究专家威廉·凯利根认为，味觉对赫伯特的重要性，就相当于视觉对弥尔顿的重要性，详见：William Kerrigan, "Ritual Man: On the Outside of Herbert's Poetry," *Psychiatry* 48.1 (Feb. 1985): 69-70.

② C. A. Patrides (ed.), *The English Poems of George Herbert*, p. 17.

③ 本小节部分内容经修改后已发表。关于赫伯特的圣餐观以及英国国教在圣餐上的立场，详见：邢锋萍，《"来吧，品尝教堂神秘的筵席"：乔治·赫伯特〈圣殿〉中的圣餐观》，《外国文学评论》2017 年第 3 期，第 85—104 页。

④ 圣礼是基督教传达内在精神恩典的外在标记，传统定义的圣礼共有 7 种，即洗礼、坚信礼、圣餐、神职授任礼、忏悔礼、病者涂油礼和婚礼。新教改革时，基督教内部各派对圣礼个数和操作方式产生分歧，天主教仍然坚持 7 种圣礼，新教普遍只承认圣餐和洗礼。

个时候"直白也开始有了自身的晦涩，耶稣的话引发令人困惑的各种阐释，并且成为持续辩论的焦点所在"①。关于圣餐的争论在 16 世纪成为欧洲最为重要的话题，并导致了新教改革派与罗马天主教两个阵营的尖锐对立，同时也造成了新教改革派阵营内部的分裂。本部分将着重分析和比较罗马天主教和新教的圣餐观，新教内部路德、慈运理和加尔文三人圣餐观的差异之处，以及英国国教在 16、17 世纪对待圣餐的立场。

罗马天主教会将圣餐称作弥撒（Mass）。根据天主教会的教导，弥撒仪式概括而言主要是关于两件事：第一件事是"变体"（transubstantiation），即祝圣的饼和酒在弥撒过程中已经不再是饼和酒了，它们的实质（substance）变成了基督的身体和血，尽管外表（accident）还是我们可以看到和触摸到的饼和酒；第二件事就是"真实的献祭"，即在某种意义上基督重新被献在祭坛上，②挪去上帝的愤怒并遮掩了人的罪。这种变体说或转体说的概念最早在 1215 年第四次拉特兰会议（the Fourth Lateran Council）上提出，1551 年特利腾大公会议（the Council of Trent）明确为变体说作了定义，说明祝圣的饼和酒实实在在地变成了基督的肉和血。③可见，罗马天主教会是严格从字面意义的角度来理解"这是我的身体"这句经文的。

天主教会认为，祝圣的饼虽然在实质上变成了基督的肉，但外形仍然是饼，这主要是为了防止信徒在进食过程中产生"恐慌和厌恶情绪"④。在变体说中，饼酒的"本质"变成了基督的肉与血的"本质"，只有饼酒的"外表"与"形式"（如形态、颜色和味道）依然存在，⑤因此信徒在领受圣餐时品尝到的仍然是饼和酒的味道。

然而，也有流传下来的故事说明有的天主教徒有幸真实品尝到圣饼

① Stephen Greenblatt, "Remnants of the Sacred in Early Modern England," p. 339.
② 天主教在举行圣餐礼时使用"祭坛"（altar），突出献祭之意，新教改革派否认献祭说，因此在圣餐中改用"桌"（table），强调圣餐是一次筵席，还原《圣经》本来的意义。
③ 特利腾大公会议是罗马天主教为了回应日益强盛的新教而召开的一次重要会议，会上谴责了新教教义，在争议问题上阐明了罗马天主教的立场，规定《圣经》经文的最终解释权在教会手上，并且试图对腐败的天主教内部进行改革。关于圣餐的问题是这次会议的重点内容。
④ Stephen Greenblatt, "Remnants of the Sacred in Early Modern England," p. 341.
⑤ 路德，《路德文集》第一卷，第 299 页，注释 3。

的本质。格林布拉特在他的文章中引用了一位英国耶稣会修士宣传的一个故事，生动地说明了天主教圣餐观的内涵。这个故事讲述一位天主教妇女在大赦年来到罗马向神父忏悔，神父为她举行圣餐仪式，当看到她一直咀嚼着口中的饼却迟迟不下咽时，神父问她是否知道她领受的是什么，这位妇女回答说"华夫饼"，听到这个答案，神父震怒，他"用手指伸入她的喉咙，从那里抠出了一块鲜红色的肉，这块肉被钉在圣母大教堂小礼拜堂的柱子上，二十多年过去了依然新鲜如故"[1]。这就是罗马天主教会关于圣餐的观点，即祝圣的饼和酒真实地变成了基督的肉和血，饼和酒自身的本质被消灭，人们通过吃基督的身体、喝基督的血，与基督建立了个人的联系。这种变体说在 16 世纪受到新教改革派的猛烈抨击。

以路德为首的新教改革派一致反对天主教会宣扬的圣餐献祭论，认为圣餐并不表示善功或祭品之意，因此并非献给上帝的祭品；另外他们认为饼和酒在祝圣的过程中并没有发生实质性的变化，祝圣的饼和酒仍然是真实的饼和酒。这两条共识是新教各派反抗天主教会的共同基础。然而，在上帝是否临在于圣餐中、上帝以何种方式临在这些问题上，新教内部也产生了巨大分歧："关于圣餐的教导分裂了西派基督教，成为宗教改革的主要论题。"[2]在新教内部的这场争论中，各方代表人物分别是路德、慈运理和加尔文。

路德在 1520 年出版的《教会被掳于巴比伦》中仔细阐释了他对圣餐的见解。他指出，当时的圣餐礼被罗马教廷捆上了三重束缚：第一重束缚在于，罗马天主教会规定平信徒只能领受圣饼，而不能领受圣酒。对此，路德认为，这样的规定是教廷自身的想象，损坏了圣餐的完整性，并不符合《圣经》的本来意义。他引用福音书和保罗的书信来论证耶稣亲自设立的圣餐是针对所有人的，而且无论教士还是平信徒都可以完整地领受圣饼和圣酒。圣餐礼的第二重束缚就是罗马天主教会宣扬的变体说。路德指出，"变体说既没有《圣经》依据，也未立足于人的理性"[3]。在 1215 年第四次拉特兰会议之前，任何教父都没有提到过变体说。路德

---

① Stephen Greenblatt, "Remnants of the Sacred in Early Modern England," pp. 341-342.

② Lee Palmer Wandel (ed.), *A Companion to the Eucharist in the Reformation*, Leiden: Brill Academic, 2014, p. 39.

③ 路德，《路德文集》第一卷，第 301 页。

认为，在圣餐中没有必要使饼酒变体，让基督包含于饼酒的外表中，他主张圣坛上"是实在的饼酒，基督真正的血肉也绝对临在其中"①。圣餐礼的第三重束缚在于罗马天主教会把它当作善功和祭品。路德对此也进行了批判，他认为，圣餐里并无善功可言，伴随着圣餐仪式的祈祷、跪拜、礼袍、装饰、蜡烛等都不是正确领受圣餐的方式，唯一有效的准备和正确领受圣餐的条件就是信心，即相信上帝的应许（使罪得赦）。

　　综上所述，我们可以得知，在路德的圣餐观中，基督真实地存在于饼酒之中，但是饼酒并没有变体，也没有被消灭，而是与基督同时存在。后来的神学家们将这种圣餐观称为"同体说"（Consubstantiation），但是路德本人从未用过"同体"这个词，而坚持使用"圣礼联合"（Sacramental Union）。学者福尔克·列平（Volker Leppin）在评价路德的圣餐观时指出，路德非常强调信心在圣餐中的作用，路德所有矛盾冲突的核心在于教导人们，上帝是单向的唯一的主动者，而人仅仅是被动的接受者，因信称义。列平认为在圣餐观上，路德形成了一套成熟的理论，可以概括为以下两点，即"只有上帝在圣餐中发挥作用"，"基督的身体真实地临在于饼和酒之中"。②

　　慈运理是瑞士新教改革运动的领袖之一，他和路德一样反对天主教的变体说和圣餐献祭论，但是关于基督是否存在于饼酒中，他和路德产生了尖锐矛盾。慈运理的神学思想在很大程度上受到人文主义者伊拉斯谟的影响，他把神性和人性、精神和肉体明显地区分开来，但是不同于伊拉斯谟，他由此发展出了崭新的圣餐观。在《真伪宗教辩》（Commentary on True and False Religion）中，慈运理把圣餐称作入门的仪式或保证，他否认圣餐能传达恩典，"圣饼象征基督献祭在十字架上的身体，但它不同于基督的身体，因而不能带来那场献祭提供的救赎"③。对于"这是我的身体"这句话，慈运理认为，此处的"是"（is）意为"象征"（signifies），他同时列出《圣经》中的许多例子说明《圣经》经常用比喻这种修辞手法。慈运理将基督设立的圣餐理解为"这象征着我的身体"和"这象征着我的血"，即基督的身体和血并非临在于饼酒中，圣

---

① 路德，《路德文集》第一卷，第 299 页。

② Lee Palmer Wandel (ed.), *A Companion to the Eucharist in the Reformation,* p. 55.

③ Lee Palmer Wandel (ed.), *A Companion to the Eucharist in the Reformation,* p. 60.

餐只是一种对基督献祭的纪念和提醒。神学家们把慈运理的圣餐观称为"象征说"或"表记说"。

慈运理关于圣餐的观点遭到路德的强烈反对，在 16 世纪 20 年代，两人围绕圣餐问题展开了激烈的论战，路德指责慈运理不尊重《圣经》经文，把明明白白的"是"理解为"象征"，而慈运理反过来指责路德没有认识到基督已经升天，因而不可能临在于饼酒中。两位新教改革领袖谁也说服不了谁。为了促成他们的和解，布塞尔和德国贵族黑塞的菲利普（Philip of Hesse, 1504—1567）邀请路德和慈运理参加了 1529 年 10 月初召开的马尔堡会议（Marburg Colloquy）。路德和慈运理在这次会议上进行了全面交流，发现双方在许多教义上完全一致，唯一的分歧就在于：基督的身体是否真实地临在于圣餐中。路德坚持基督的身体真实存在于饼酒中，而慈运理认为这样的观点太靠近天主教的变体说，两人最终没有在这个问题上达成一致。

路德和慈运理的论战促使当时还年轻的加尔文在圣餐教义上寻求另一条出路。加尔文认为路德和慈运理的圣餐观都有偏颇之处，他在《基督教要义》第 4 卷第 17 章细致讨论圣餐问题时指出："我们应该警惕两种错误。一方面，我们不可因为低估这些标记，而把它们与相关的奥秘分开；另一方面，也不可因为过多地赞美这些标记，而遮掩了那些奥秘本身的荣耀。"[1]加尔文此处提到的两种错误分别是慈运理和路德两人犯的，慈运理看轻圣餐中的饼酒，称它们只是一种象征和纪念，并不能为领受者带来恩典，因此把实体的标记和其代表的恩典绝对分离开来，而路德则过于看重饼酒，使它们掩盖了其本身所代表的奥秘。

同慈运理类似，加尔文认为耶稣设立圣餐时所说的话"这是我的身体"应该用转喻（metonymy）的方式去理解，他说："我注意到，这是一种转喻的表达方式，《圣经》的作者在提到圣礼时经常采用这种方式。"[2]因此，加尔文赞同慈运理"这象征着我的身体"的理解，但同时加尔文的圣餐观又区别于慈运理提出的单纯的象征说，他认为，基督没有以某种空灵和毫无意义的象征成就这个事，他向我们彰显的并非虚空

---

① John Calvin, *Institutes of Christian Religion*, vol. 2, p. 645.

② John Calvin, *Institutes of Christian Religion*, vol. 2, p. 665.

的象征，我们并不是通过空想与基督联合，相反在圣餐的奥秘中，借着饼和酒的象征，"基督真实地向我们显现，包括他的身体和血"①。这种说法已经非常接近路德的观点。但是，加尔文又一再强调基督的身体复活之后是有限的，并且居住在天国，因此他的身体不可能无所不在。②因此，在一定程度上，加尔文在圣餐的核心教义上趋向于路德的主张，他反对慈运理空洞的象征说和纪念说，然而在基督以何种方式临在于圣餐的问题上，加尔文和路德存在着很大的分歧。加尔文反对罗马天主教的变体说，也不赞同路德的同体说，最终把这个问题称为"奥秘"，并且借助于圣灵来解决。他认为，把人和基督联合起来的就是"基督的圣灵"，"圣灵是把基督交付给我们的通道"，③而且他说圣餐中的这种联合是只能体验，不可言说，也不能理解的："若有人问我这是怎么发生的，我将毫无羞耻地承认这是一个奥秘，它崇高到我无法用言语表达，也无法去理解的地步。更明确地说，我情愿经历它，而不是去理解它。"④加尔文的这种圣餐观在路德与慈运理之间找到了一个符合《圣经》经文的平衡点，是16、17世纪大部分新教改革派神学家认可的观点。

二、赫伯特的圣餐观

赫伯特所在的英国国教也是这场席卷欧洲的宗教改革运动的产物，受到了欧洲大陆新教改革家的直接影响，同时又表现出一些不同之处。"中间道路"（via media）往往被用来描写英国国教的特征，说明它的立场介于罗马天主教和新教之间；但是这个标签却过于简单，也过于绝对，实际上，英国的宗教改革经历了十分曲折的过程，最终并不是简单地在罗马天主教和激进的新教改革派之间寻求妥协，而是在新教教义和传统仪式之间寻找平衡，并且最近的研究表明，这条中间道路经常往新教加尔文主义靠拢。⑤同时，英国国教内部关于圣餐礼的争论也呼应着

---

① John Calvin, *Institutes of Christian Religion*, vol. 2, p. 652.
② 路德常用"无所不在"（ubiquity）来解释基督的身体在圣餐中的临在问题。
③ John Calvin, *Institutes of Christian Religion*, vol. 2, p. 653.
④ John Calvin, *Institutes of Christian Religion*, vol. 2, p. 684.
⑤ 详见：Robert Whalen, "George Herbert's Sacramental Puritanism," *Renaissance Quarterly* 54.4 (Winter 2001): 1274.

欧洲大陆的圣餐之争。

　　英国的新教改革是由上而下进行的。1529 年，英王亨利八世为了与王后凯瑟琳（Catherine of Aragon, 1485—1536），即当时神圣罗马帝国皇帝查理五世的姨母离婚，公然脱离罗马天主教，并且在 1534 年通过《至尊法案》（"Act of Supremacy"），使国王取代罗马教皇成为英国教会的首领。[①]亨利八世的改革主要为英国的经济和政治独立服务，并没有从根本上动摇原本天主教的核心教义和仪式，尤其是在圣餐问题上，表现得异常保守，在他统治期间颁布的《六条信纲》（"The Act of the Six Articles"）明确支持罗马天主教奉行的变体说，指出："我们的救主耶稣基督自然的身体和血真实地存在于饼和酒中，在祝圣之后就没有任何饼和酒的实质，只留下基督的实质。"[②]因此，英国新教改革早期的圣餐观偏向于罗马天主教提倡的变体说。

　　爱德华六世继位之后，主张全面推行新教改革，其间大主教托马斯·克兰默（Thomas Cranmer, 1489—1556）先后于 1549 年、1552 年编订了两本《公祷书》（*Book of Common Prayer*），其中 1552 年完成的公祷书具有鲜明的新教特点，尤其倾向于加尔文主义。关于圣餐礼，克兰默否认基督自然的身体和血存在于圣餐中的说法，主张圣餐中的饼和酒"仍然保留着它们天然的实质……关于我们的救主基督的身体和血，它们在天国，不在这里"[③]。克兰默在《公祷书》中要求教会清除一切与传统弥撒相关的仪式，避免使人联想到通过圣餐献祭的说法。事实上，1552 年《公祷书》上规定的圣餐礼丝毫没有天主教传统圣餐仪式的痕迹，"没有任何地方暗示基督的肉身临在于饼和酒"[④]。克兰默改革的目标就是让英国的国教向欧洲大陆激进的新教看齐。在整个英国宗教改革过程中，加尔文主义的影响在这一时期的英国国教内部达到

---

① 有趣的是，当 1520 年路德出版《教会被掳于巴比伦》攻击罗马教皇的圣礼制度时，亨利八世还为了讨好教皇，将路德的作品付之一炬，并且策动神学家痛斥路德。此举深得教皇青睐，亨利八世由此获赠"信仰卫士"（*Defensor Fidei*）的称号。详见：路德，《路德文集》第一卷，第 281—282 页。

② 转引自：Gerald Bray (ed.), *Documents of the English Reformation*, Minneapolis: Fortress Press, 1994, p. 224.

③ 转引自：Robert Whalen, "George Herbert's Sacramental Puritanism," p. 1278.

④ Lee Palmer Wandel (ed.), *A Companion to the Eucharist in the Reformation*, p. 145.

了顶峰。

然而，爱德华六世英年早逝，信仰罗马天主教的玛丽一世继位，英国又重新回到罗马天主教的怀抱。玛丽女王史称"血腥玛丽"，她迫害新教教徒，处死大主教克兰默，恢复了天主教的弥撒，因此变体说和献祭论又大行其道。

其后继位的伊丽莎白一世终于再次拾起新教改革的重任，然而却是以一种比较温和与中庸的方式进行的，由此创立了独属于英国国教的教义。她在 1559 年颁布新的《公祷书》，这本《公祷书》以克兰默 1552 年的《公祷书》为蓝本，同时结合他 1549 年比较保守的那一本《公祷书》，因此，相比之下，伊丽莎白一世 1559 年的《公祷书》保留了一些天主教的痕迹，避免了一些激进的言辞，尽管它仍然具有明显的新教特征，却为传统仪式的复活提供了便利。有许多学者已经指出，伊丽莎白一世的这种默许是为了"维持一定程度的和谐"[①]，即平衡英国国内天主教和清教的势力，维护宗教稳定。伊丽莎白一世在位期间通过的《三十九条信纲》也是为了避免争议、澄清英国国教教义而做的一次努力。然而，由于她希望能够迎合国内更多的教派（包括新教内部各个教派和天主教派），其中的教义反而显得模棱两可、立场不定。《三十九条信纲》第 28 条定义了英国国教的圣餐礼。首先，它认为圣餐不仅仅是一个标记，而且代表着信徒与基督身体的联合，信徒通过基督的死得到救赎。因此，我们可以看出，这条教义反驳了慈运理的表记说。其次，它也反对变体说，认为罗马天主教的变体说与《圣经》经文矛盾，而且会引起多种迷信。最后，《三十九条信纲》阐释了英国国教关于圣餐的立场，即"基督的身体仅仅以一种神圣的、属灵的方式在圣餐中被赐予、拿走和吃下。在圣餐中领受和吃掉基督身体的途径是信仰"[②]。这句谨慎而简练的话语概括了基督的身体以何种方式被赐下，也说明了信徒领受圣餐的途径，其基本教义与加尔文的圣餐观相吻合，即基督的身体以一种属灵的方式被赐予，信徒通过信仰与基督联合，但是与克兰

[①] Jeanne Clayton Hunter, "'With Winges of Faith: Herbert's Communion Poems," *The Journal of Religion* 62.1 (Jan. 1982): 58.

[②] Edgar Gibson (ed.), *The Thirty-Nine Articles of the Church of England*, London: Methuen, 1898, p. 640.

默在 1552 年用黑礼规批注（Black Rubric）①强调的圣餐礼相比，《三十九条信纲》删除了"基督的身体和血在天国，不在这里"的相关描述（这正是加尔文反复强调的），因此没有明确指出基督的身体是否真实存在于圣餐中，也没有提及基督身体临在的方式。这段话给读者留下了很大的阐释空间，就连这段话的作者也承认这一点。学者埃德加·吉布森（Edgar Gibson）通过研究当时的书信得知，《三十九条信纲》关于圣餐礼的这段话出自罗彻斯特主教埃德蒙·盖斯特（Edmund Guest, 1514—1577）之手，盖斯特在一封信中表示这段话是他所写，而且这段话并没有"排除基督身体在圣餐中的临在"②。

由此可见，英国国教关于圣餐礼的教义带有明显的新教特征，并且倾向于加尔文主义，③但是在具体的操作问题上又存在着模棱两可的表述，这种难以确定的立场是伊丽莎白一世为了平衡国内势力而采取的一种政治策略。詹姆斯一世上台以后，虽然继续维持伊丽莎白一世的新教政策，但是英国国内的仪式主义者，即那些倾向于罗马天主教的高派教徒（Anglo-Catholic 或 High Church）逐渐得势，直到其代表人物劳德上任坎特伯雷大主教。学者罗伯特·华伦（Robert Whalen）指出，英国国教所持的中间道路到"17 世纪 20 到 30 年代越发地注重圣礼和仪式，以此来支持包容性很强的国家教会"④。其后发生的英国内战在宗教层面上则是英国国内清教徒对国教日益向天主教传统靠拢的一种

---

① 根据中世纪和文艺复兴传统，宗教文本内的礼规批注都用红色印刷字体，1552 年《公祷书》的黑色礼规批注为出版之后临时所加，由于过于仓促而只能采用黑色字体。黑礼规批注倾向于激进的新教思想（主要由长老派诺克斯提出，其为坚定的加尔文主义者），伊丽莎白一世 1559 年的《公祷书》删掉了所有黑礼规批注，而采用较为温和的说法。

② 转引自：Edgar Gibson (ed.), *Thirty-Nine Articles of the Church of England*, p. 646.

③ 勒瓦尔斯基指出，英国国教在 16、17 世纪的神学发展过程确定无疑地偏向于新教教义甚至加尔文主义，详见：Barbara Lewalski, *Protestant Poetics and the Seventeenth-Century Religious Lyric*, p. 13. 霍奇金斯也认为，伊丽莎白一世时期的国教教义具有深刻的新教特点，"非常接近加尔文主义，非常非常接近"，详见：Christopher Hodgkins, *Authority, Church, and Society in George Herbert*, p. 20.

④ Robert Whalen, "George Herbert's Sacramental Puritanism," p. 1273.

反抗。[1]当然，赫伯特去世那一年（1633 年），劳德才刚刚上任坎特伯雷大主教，因此，本书的讨论主要限于 17 世纪早期英国国教的神学背景。

在如此激烈而复杂的圣餐之争中，赫伯特在诗歌中表达了他自身对待圣餐的观点。作为一名虔诚的国教牧师，他的圣餐观呼应了当时的英国国教力图避免争议的立场，但是通过深入的分析，我们可以发现他与新教改革派的一致性，在当时英国国教越来越重视传统仪式的背景下，赫伯特的圣餐观更加倾向于伊丽莎白一世时期的国教教义。

赫伯特对味觉的重视源于基督教传统信仰。圣餐桌被放置在基督徒宗教生活的中心，其上的饼和酒"传达了基督的爱和献祭，因此随之而来的必定是关于精神喂养的神学理论"[2]。在赫伯特的神学理论中，圣餐的味道是甜的，"甜"（sweetness）这个词在《圣殿》中被反复用来描写与圣餐有关的味觉体验。耶稣在最后的晚餐上用命令的语气设立圣餐仪式，说明饼是他的身体，酒是他的血，赫伯特则用诗化的方式重新阐释了饼和酒的由来。在《和平》（"Peace"）这首诗中，诗人将标题"和平"拟人化，以寓言的形式讲述他寻找和平的过程。该诗第一句就用"甜美"来称呼人性化的"和平"："甜美的和平，你住在哪里？我谦恭地祈求，/告诉我一次。"（Sweet Peace, where dost thou dwell? I humbly crave, / Let me once know.）（*Works*: 124）接着，诗中说话者先在幽闭的洞穴中寻找"和平"，结果没有找到；当他看见彩虹，他以为那是和平衣衫上的一道蕾丝边，但是依然没有找到"和平"；他还走进一座花园，挖开一朵怒放的花，想在花根下找到"和平"，依然徒劳无功。

行文至此，我们就能联想到赫伯特的另一首诗《救赎》也以寓言的形式描写"我"作为一个佃农寻找主人更换租约的旅程，同样是寻找了

---

① 早在英国内战爆发之前，英国国内的清教徒就对国教的圣餐仪式有诸多抗议，认为英国国教只改革了一半，他们的抗议集中体现在《对议会的警告》（*Admonition to the Parliament*）这本书中。清教徒的不满主要有以下几点：英国国教规定牧师在圣餐礼上穿着白袍，类似于罗马天主教的衣着，而欧洲大陆改革派牧师穿的是纯黑色长袍；英国国教在圣餐仪式上阅读的经文过于简单，趋向于中世纪的弥撒仪式；伴随圣餐礼的仪式和各种姿势，如起立、鞠躬、下跪等天主教传统也被保留下来。详见：Lee Palmer Wandel (ed.), *A Companion to the Eucharist in the Reformation*, p. 282.

② Terry G. Sherwood, *Herbert's Prayerful Art*, p. 60.

许多地方（城镇、剧院、花园、庭院和王宫）没有找到主人，最后偶然间看到主人在小偷和杀人犯之间被杀死，主人临死前准许了佃农想要更换租约的请求。《救赎》中主人的原型就是基督，同样，我们可以预测《和平》中的"和平"实际上也象征着基督，这在《和平》的最后 4 个诗节中表露无遗。说话者遍寻不到"和平"，最后遇见了一位老人：

> 最后我遇见一位德高望重的老人
> 　　　　　　　我向他打听
> 和平的下落，他这样开始讲：
> 　　　　　从前有一位君王
> 居住在撒冷，他有着日渐增多的
> 　　　　　　　成群的牛羊。
>
> 他甜蜜地生活着；但甜蜜不能从仇敌手中
> 　　　　　　　挽回他的生命。
> 　　　然而在他死后，他的坟冢
> 　　　　上面长出十二株小麦：
> 许多人惊奇，取了其中一些
> 　　　　　　　把它们播种。
>
> 这小麦不可思议地茂盛，很快遍布
> 　　　　　　整个大地：
> 　　　尝过这小麦的人都传言，
> 　　　　里面藏有美德，
> 这种秘密的美德带来和平与欢乐
> 　　　　　　　驱赶罪恶。
>
> 拿着这粮食，它在我园子里长大，
> 　　　　　　为你长大；
> 　　　用它做饼：那种安宁
> 　　　　与和平，让你如此
> 执着地在各处搜寻，其实
> 　　　　　　　就在饼里。

At length I met a rev'rend good old man,

　　　　　　Whom when for Peace

　　I did demand, he thus began:

　　　There was a Prince of old

At Salem dwelt, who liv'd with good increase

　　　　　　Of flock and fold.

He sweetly liv'd; yet sweetnesse did not save

　　　　　　His life from foes.

　　But after death out of his grave

　　　There sprang twelve stalks of wheat:

Which many wondering at, got some of those

　　　　　　To plant and set.

It prosper'd strangely, and did soon disperse

　　　　　　Through all the earth:

　　For they that taste it do rehearse,

　　　That vertue lies therein,

A secret vertue bringing peace and mirth

　　　　　　By flight of sinne.

Take of this grain, which in my garden grows,

　　　　　　And grows for you;

　　Make bread of it: and that repose

　　　And peace, which ev'ry where

With so much earnestnesse you do pursue,

　　　　　　Is onely there.（*Works*: 125）

　　诗中说话者"我"遇到一位德高望重的老人，这位老人用一个故事述说"和平"的下落。诗中提到的撒冷（撒冷是耶路撒冷的旧称，意为"和平"）的君王就是麦基洗德（Melchizedek），他既是撒冷的君王，也是祭司，用饼和酒迎接亚伯拉罕，而且"他无父、无母、无族谱、无生之始、无命之终，乃是与神的儿子相似"（《希伯来书》7：3），因此往往被认为是基督的原型。诗中依然用"甜蜜"来称呼这位撒冷王；在他坟墓上长出的十二株小麦象征着以色列最初的"十二个部落，也象征着十二使徒"[1]，小麦遍布在整个大地上，表示基督徒向各地传播福音，而小麦里藏有的"秘密的美德"（secret vertue）实际上来自麦基洗德（即基督）的甜蜜，因为从广义上来说，上帝的甜蜜预示着他对创造物的仁慈。《圣经》的拉丁文版本中的"甜蜜"在其他语言中就表示"好"[2]，其后，"甜蜜"更是发展成"上帝之爱"和"美德"的意义。诗歌最后一节指出圣餐中圣饼的由来，即用麦基洗德坟墓上长出来的小麦做成，它是甜蜜的，吃了它就能给人带来和平与安宁。该诗以《旧约》中的故事预表《新约》，叙述圣饼的由来和功效，从另一个角度阐释了"这是我的身体"这句话。

关于圣餐中的酒，赫伯特也在诗中多次提到它的由来，并且说明它是甜的。在《那串葡萄》（"The Bunch of Grapes"）一诗中，说话者在第1诗节就说他丢失了本来锁得好好的"欢乐"，他又回到了七年前开始的原点，就像《旧约》中的以色列人快到应许之地时却又被带回红海边，在旷野逗留了40年。诗中说话者把"我"的个人遭遇和《旧约》中的以色列人做了比较，说明上帝的旨意穿透过去和现在，"我们"和古时的以色列人一样在生活的沙漠中艰难前行。第3节如此写道：

> 那么我们也有守护我们的火和云；
> 　　　　我们的圣经—露水快速落下：
> 我们也有沙漠和毒蛇，也有帐篷和遮挡；
> 　　　　哎！我们的抱怨不是最后一个来到。
> 　　　　但是那串葡萄在哪里？我继承的东西
> 是何味道？主啊，如果我必须借用，
> 那就让我把他们的欢乐和悲伤一起占有。

> Then have we too our guardian fires and clouds;
> 　　　　Our Scripture-dew drops fast:
> We have our sands and serpents, tents and shrowds;

---

① Joseph H. Summers, *George Herbert: His Religion and Art*, p. 176.

② Terry G. Sherwood, *Herbert's Prayerful Art*, p. 58.

Alas! our murmurings come not last.

But where's the cluster? where's the taste

Of mine inheritance? Lord, if I must borrow,

Let me as well take up their joy, as sorrow.（*Works*: 128）

　　诗中描述"我们"的处境和旷野中的以色列人没有区别，"以色列的儿女们从埃及到应许之地的过程中遇到的每一件事都预示着后来的基督徒从罪的世界到天国的旅程中的经历"[1]。诗中提到的"火和云"指的是《出埃及记》13：21 提到的上帝在白天化成云柱，在晚间化成火柱，守护以色列人日夜都能前行；"圣经—露水"则指代《出埃及记》16：14—15 中说到的上帝随着露水降下吗哪，给以色列人充饥；"沙漠、毒蛇、帐篷、遮挡"等指《民数记》记载的上帝在沙漠中降下火蛇咬死许多不敬的以色列人又使他们复活，随后以色列人在旷野中不断扎营和前进的故事。诗中的说话者抱怨以上这些事情他都经历过了，可是为什么他没有像以色列人那样拥有那串巨大的葡萄，这葡萄象征着迦南的富饶肥沃，是对应许之地的预先品尝（foretaste）。说话者抱怨上帝只给了悲伤，却没有把快乐给他。

　　然而在该诗最后一节，说话者自己解答了他的疑问和抱怨。他跳出自怨自艾的情绪，用反问的语气突出表现上帝对人的公正：

但是当人已经有了酒，他还会缺葡萄吗？

　　　　我不仅有果实，还有更多。

赞颂上帝，他让*挪亚*的葡萄藤繁茂，

　　　　使它结出丰硕的葡萄。

　　　　但是我更敬慕那个他，

他把律法的酸汁做成甜酒，

连上帝自己都为我被压榨。

But can he want the grape, who hath the wine?

I have their fruit and more.

Blessed be God, who prosper'd *Noahs* vine,

---

[1] Joseph H. Summers, *George Herbert and His Religion and Art*, p. 127.

> And made it bring forth grapes good store.
>
> But much more him I must adore,
>
> Who of the Laws sowre juice sweet wine did make,
>
> Ev'n God himself being pressed for my sake.（*Works*: 128）

"当人已经有了酒"指的是人已经有了圣餐。在基督徒眼中，圣餐中的酒要比葡萄好很多，也丰富很多，它不仅来自葡萄，更来自基督的鲜血，象征着基督在十字架上为人类赎罪的献祭，也是人对天国的预先品尝（foretaste）。比起那串葡萄，圣餐中的承诺虽然相比之下"很难触及，却为精神快乐提供了更确定的包罗一切的保证"①。此处值得注意的是，赫伯特和后来的弥尔顿一样把上帝的位格分开，他赞颂上帝，因为他使挪亚的葡萄藤结出丰硕果实，②但他更加赞颂圣子基督，因为他为人类赎罪被钉上了十字架，基督本身就像一串葡萄那样被压榨成酒。

这种压榨葡萄酒的意象也出现在《伤痛》中，这首诗第 1 诗节说哲学家们丈量高山、大海、国家和君王等，却没有去衡量这世上两样最宽广的东西：罪和爱。在接下来的两个诗节中，诗人分别阐释罪和爱是什么。他把罪比喻为压榨机和老虎钳，使得耶稣在客西马尼园内汗珠如血滴下，使他满身鲜血，这是尘世的罪孽对耶稣造成的精神折磨。最后他描述耶稣的身体在十字架上备受摧残的情形，矛尖刺破他的身体，他的血液流下，诗人说明那才是爱：

> 谁若不知爱，让他品尝
> 那汁液，因十字架上，矛尖
> 又刺穿一个窟窿。让他说说
> 　是否尝过类似的东西。
> 爱是那汁液，最为甘甜和神圣，
> 于上帝是鲜血，于我是美酒。

> Who knows not Love, let him assay
> And taste that juice, which on the crosse a pike

---

① Barbara Lewalski, *Protestant Poetics and Seventeenth-Century Religious Lyric*, p. 313.
② 根据《创世记》9：20，挪亚作起农夫来，栽了一个葡萄园。这是葡萄在《圣经》中最早的记载。

Did set again abroach; then let him say

If ever he did taste the like.

Love is that liquour sweet and most divine,

Which my God feels as bloud; but I, as wine. （*Works*: 37）

赫伯特在这里形容上帝的鲜血是甘甜的，而且上帝的鲜血变成了圣餐中的美酒。与罗马天主教的变体说不同，新教的圣餐观"颠覆了传统的酒变成血的模式"[1]，基督的身体如葡萄一样被压榨，流出了鲜血，而人们尝到的却是甘甜和神圣的美酒。由此可见，赫伯特认为在圣餐中，酒的本质并没有被消灭，他并不赞同天主教的变体说。

赫伯特写了两首以《圣餐》（"The H. Communion"）为标题的同名诗歌，其中一首出现在早期的威廉姆斯手稿（W 手稿）中，因此是他较早创作的，这首诗在最后并没有被放入 1633 年出版的《圣殿》中；另一首出现在 B 手稿中，而且最终得以出版。这两首《圣餐》写作时间有先后，而且赫伯特对它们区别对待，分析这两首诗将有助于我们了解赫伯特的圣餐观及其形成过程。

首先，为了以示区别，下文把出现在 W 手稿中关于圣餐的诗歌命名为《圣餐 W》。该诗共分 8 个诗节，赫伯特首先梳理了当时围绕圣餐而来的不同观点，并且表明了自己的立场：

哦，仁慈的主，我如何知道

你在这些礼物中就像

　　你在各处一样；

或者，你独自占据

全部住所，不留下一点空间

　　给那可怜的创造物？

首先我确信，饼留下

或饼实际上飞走

　　关乎饼，不关乎我。

但是你，和你的教导

---

[1] Gene Veith, *Reformation Spirituality: The Religion of George Herbert*, p. 68.

都在那里，是你的真相，我的收获，
　　关乎我，也关乎你。

如果你要对抗仇敌时，
首先来到他们面前，那表示
　　你有一副好心肠。
或者你分成两个站点
在饼和我里面，你走的路
　　有点长，但仍然是为了我。

O gracious Lord, how shall I know
Whether in these gifts thou bee so
　　As thou art evry-where;
Or rather so, as thou alone
Tak'st all the Lodging, leaving none
　　ffor thy poore creature there?

ffirst I am sure, whether bread stay
Or whether Bread doe fly away
　　Concerneth bread, not mee.
But that both thou and all thy traine
Bee there, to thy truth, & my gaine,
　　Concerneth mee & Thee.

And if in coming to thy foes
Thou dost come first to them, that showes
　　The hast of thy good will.
Or if that thou two stations makest
In Bread & mee, the way thou takest
　　Is more, but for mee still. （*Works*: 200）

　　诗人在一开始就表示他对圣餐中上帝的存在方式并不清楚，"就像 /
你在各处一样"其实指的是路德为了捍卫他的同体说而提出的上帝无所

不在论（ubiquity），而占据全部住所，不给创造物留下一点空间的做法则是指罗马天主教宣扬的变体说，即上帝在圣餐中真实临在，并且消灭了饼酒这两种事物的本质。在第 2、3 诗节，诗人提出了他的看法，他确信饼留下或飞走都与他无关，他在乎的是基督确实伴随圣餐而进入信徒身体，那是"你的真相，我的收获"，而不管基督是直接进入领受者的身体与罪恶对抗，还是首先进入饼和酒，再进入人的身体，都是"为了我"，尽管两种方式的路程长短不同。赫伯特在此处涉及多种不同的圣餐观，嘲讽那种围绕圣餐而展开的激烈辩论，说明"饼留下 / 或饼实际上飞走 / 关乎饼，不关乎我"。这种对基督在圣餐中的具体临在方式表现出的漠不关心的态度正是典型的英国国教立场。①

在《乡村牧师》中，赫伯特也认为，信徒不需要过于纠结基督的临在方式，基督自己明白圣餐中发生了什么，这才是最重要的，"当你安排这样做的时候，你知道自己在做什么；因此务必实现你的约定，因为你不仅是盛宴，更是通往盛宴的道路"（thou knowest what thou didst, when thou appointedst it to be done thus; therefore doe thou fulfill what thou didst appoint; for thou art not only the feast, but the way to it）（*Works*: 257-258）。关于圣餐的同样立场也体现在他的诗歌《神学》中：

> 但是他确实吩咐我们以他的血为酒。
>
> 　任他吩咐吧；然而我确信，
> 按照他的计划去获取和品尝，
> 　是该做的一切，确定无疑。

> But he doth bid us take his bloud for wine.
>
> 　Bid what he please; yet I am sure,
> To take and taste what he doth there designe,
> 　Is all that saves, and not obscure.（*Works*: 135）

---

① 这种对基督临在方式不予深究的态度还体现在多恩身上。多恩在皈依英国国教后所做的布道文中就提到圣餐中基督的临在问题，他说："关于基督的身体和鲜血如何在那里的方式，不用着急，如果他没有显明给你看，不要为此悲伤，不要探究也不要逼迫，因为他还没有向教会显明他在圣餐中的道路和存在方式。"详见：John Donne, *The Sermons of John Donne*, vol. VII, pp. 290-291.

　　赫伯特认为，只要按照基督的指示去做，就不会出错，而不用在乎基督临在的方式。然而在《圣餐 W》的第 4—8 诗节，赫伯特还是表露出他比较激进的偏向加尔文主义的立场：

> 其次我也确信这一点，
> 你忍受所有那些痛苦
> 　　　是为了消除罪，而非麦子。
> 创造物是好的，有它们自己的位置；
> 只有罪，毁坏一切，
> 　　　你把它从宝座上驱逐。
>
> 我可以相信圣餐圣体合一，
> 以道成肉身为前提，
> 　　　假如你是为饼而死。
> 但是那使我的灵魂死去，
> 我的肉体和肉体的邪恶，
> 　　　同样使你死去。
>
> 我的眼睛否认肉体在那里：
> 为什么肉眼无法看出肉体，
> 　　　那五感中最高贵的感觉？
> 如果荣耀的身体超越视觉，
> 它真能成为食物、能量和强力？
> 　　　即使在那里，当它骗人时？
>
> 它不能进入我的心灵；
> 肉体（即使高举）仍有它的限度
> 　　　因此无法转向心灵。
> 身体和心灵是全然不同的领域，
> 它们无法改变自身的界限，
> 　　　而只能永远各居一隅。
>
> 这份礼物是所有礼物中最好的，
> 你的肉体，我最不需要。

你把那件信物拿走：
不要把我曾有过的给我，
或者给我吧，这样我就拥有更多；
　　我的上帝，把你的全部都给我。

Then of this also I am sure

That thou didst all those pains endure

　　To' abolish Sinn, not Wheat.

Creatures are good, & have their place;

Sinn onely, which did all deface,

　　Thou drivest from his seat.

I could beleeue an Impanation

At the rate of an Incarnation,

　　If thou hadst dyde for Bread.

But that which made my soule to dye,

My flesh, & fleshly villainy,

　　That allso made thee dead.

That fflesh is there, mine eyes deny:

And what shold flesh but flesh discry,

　　The noblest sence of five?

If glorious bodies pass the sight,

Shall they be food & strength & might

　　Euen there, where they deceiue?

Into my soule this cannot pass;

fflesh (though exalted) keeps his grass

　　And cannot turn to soule.

Bodyes & Minds are different Spheres,

Nor can they change their bounds & meres,

　　But keep a constant Pole.

This gift of all gifts is the best,

Thy flesh the least that I request.

　　Thou took'st that pledg from mee:

Give me not that I had before,

Or give mee that, so I have more;

　　My God, give mee all Thee. (*Works*: 200-201)

　　赫伯特首先反驳了罗马天主教的变体说，他认为，基督降临于圣餐并非为了消灭饼和酒的本质，而是为了去除人类的罪，把罪"从宝座上驱逐"；其次，他指出，如果肉身真的存在于饼中，那为什么人的肉眼无法看见圣餐中的肉体；假如这个肉体连眼睛都骗，那它真的具有精神喂养和赐予力量的能力吗？赫伯特在这部分强调了肉体的局限性以及肉体和精神之间的天差地别，它们是"全然不同的领域""永远各居一隅"，因此，如果基督的肉身真的存在于圣餐中（这是罗马天主教和路德都认同的观点），那么它将"不能进入我的心灵"，也就不能带来任何精神上的恩典。灵肉对立的矛盾在这首诗中凸显出来。由此可知，在赫伯特的脑海中，加尔文的圣餐观占据了重要位置，甚至慈运理的象征说也在诗中有所体现，他强调肉身并不存在于圣餐中，而且指出"你的肉体，我最不需要"。

　　维斯在分析这首诗时认为赫伯特采用"路德的术语，并且相信真实的临在"[①]，维斯尤其采用该诗最后一句话"把你的全部都给我"来突出赫伯特注重肉身的真实临在，由此表明赫伯特有着向路德的同体说靠拢的倾向。笔者认为，该诗是赫伯特在早期创作的，实际上反映了他比较激进的圣餐观。通观全诗，我们能发现他一步步梳理各派圣餐观，在第1诗节就指出路德的同体说和天主教变体说一样谬误。在第5诗节，他更是以讽刺的语气批驳了路德的同体说，他说："我可以相信圣餐圣体合一，/以道成肉身为前提，/假如你是为饼而死。"我们都知道基督是为人赎罪而死，绝非为饼而死，赫伯特用嘲讽的语调明显拒绝了同体说。在他看来，把道成肉身（Incarnation）和圣餐圣体合一（Impanation）[②]相

---

① Gene Veith, *Reformation Spirituality: The Religion of George Herbert*, p. 211.

② 圣餐圣体合一说是中世纪时期一种隐秘的圣餐理论，认为基督的身体变成饼，与饼同在，正好与变体说的教义相反。这种理论建构的原型就是基督"道成肉身"（上帝取得肉身降世为人）。圣餐圣体合一说与路德的同体说有相似之处，但并非完全等同，它被罗马天主教宣布为异端，也不被正统的路德宗所接受。

提并论是不可接受的，"神性担负起人性，这在教义上没有问题，但是当神性与单纯的饼联合在一起，就是无法忍受之事了"①。笔者认为，《圣餐W》的最后一句"你的全部"（all Thee）指的是上帝的全部位格，即三位一体，如果诗人单纯地希望上帝把肉身和精神都在圣餐中赐予他，那么此处使用"both thee"在语法和语境上会显得更为恰当。因此，赫伯特的重点并非如维斯所说的希望上帝赐予肉身，而是拒绝圣餐中上帝肉身的存在。实际上，上帝的肉身在耶稣传教时期就已经被信徒拥有，就像赫伯特诗中说的"不要把我曾有过的给我"。

　　赫伯特后期创作的另一首《圣餐》被收录于《圣殿》中，这首诗表现了赫伯特在后期比较成熟的圣餐观，同时我们可以发现，它更加符合当时英国国教的中间道路，在处理灵魂和肉体的对立时采用了相对温和折中的方式，而不是如早期在《圣餐W》中把灵魂和肉体完全对立，使二者"永远各居一隅"。

　　从赫伯特的前后期不同手稿看，该诗实际上由两首诗组合而成，第一部分是4个6行诗节，以abbacc的韵脚写成，第二部分是4个4行诗节，以abab的韵脚写成。在早期的W手稿中，该第二部分是独立的一首诗，题为《祈祷》（"Prayer"）；而在B手稿和1633年最终版中，该标题被删去，并且在前面加了4个6行诗节组成了最终的《圣餐》。②赫伯特在该诗第1节描写天主教的弥撒有着精美的装饰和繁复的仪式，但这些并不能帮助基督住进信徒的心里：

> 不在华贵的家具中，不在精美的服饰里
> 也不在成块的金子里，
> 你，为了我被出卖，
> 如今把你自己送来；
> 如此你应该依然在我的外面，
> 把罪留在我的里面。

Not in rich furniture, or fine aray,

① Robert Whalen, "George Herbert's Sacramental Puritanism," p. 1290.
② Ryan Netzley, *Reading, Desire, and the Eucharist in Early Modern Religious Poetry*, Toronto: University of Toronto Press, 2011, p. 218.

Nor in a wedge of gold,

Thou, who for me wast sold,

To me dost now thy self convey;

For so thou should'st without me still have been,

Leaving within me sinne. (*Works*: 52)

诗人指出，华贵的家具、精美的服饰和成块的金子都不是基督的居所，而且由于基督被人类（犹大）出卖，按理他应该依然在我外面，此处"without"既可指空间意义上在人的外面，也可表达"排除，没有"等意思，表示他不需要也可以不管人类，而让罪一直盘踞在人体内。

但是借由补充营养和体力的进路，

你悄悄爬进我的胸膛；

用你的路径让我休养，

你的少量食物延展了我的长度；

它们扩张自身武力到每个地方，

迎战罪的武力与伎俩。

But by the way of nourishment and strength

Thou creep'st into my breast;

Making thy way my rest,

And thy small quantities my length;

Which spread their forces into every part,

Meeting sinnes force and art. (*Works*: 52)

第 1 诗节已经指出上帝不在家具、服饰和金子里，第 2 诗节明确表示上帝选择了食物作为他的载体，他通过食物（圣餐）的路径"悄悄爬进"人的体内。此处上帝的出场方式和文艺复兴时期戏剧中君王的隆重登场截然不同，赫伯特的上帝"谦卑地爬进来，他不给臣民造成负担，反而滋养他们。而且，这个君王'为我而被出卖'，彻底颠覆了标准的君臣关系"[1]。

① Michael Schoenfeldt, *Bodies and Selves in Early Modern England: Physiology and Inwardness in Spenser, Shakespeare, Herbert, and Milton*, p. 98.

赫伯特关于上帝通过食物进入人体的生动描述，打破了物质和精神之间坚硬的壁垒，圣餐中的食物，尤其是那少量的饼变成了一种精神力量，在人的体内对抗罪的势力。然而，这种过于注重味觉和消化系统等生理方面的描述在另一方面也突出显示了圣餐的物质性，而且给人一种基督的肉体就在圣餐中的暗示。华伦甚至认为这一节关于圣餐效用的描写"就像罗马天主教的变体说一样暗示着肉体存在"[①]。这表明，从《圣餐 W》到《圣餐》，欧洲大陆的圣餐之争一直萦绕在赫伯特脑海中，他在早期坚决否认基督肉体的临在，表现出比较激进的加尔文主义倾向，而到写作第 2 首《圣餐》时，虽然他仍然坚持新教改革派的基本教义，但是字里行间已经允许肉体临在的解读。

尽管如《圣餐 W》写的那样，肉体或物质不能进入人的灵魂，但它们却可以在外围起到控制和辅助的作用。赫伯特在《圣餐》第 3、4 诗节对此做了生动刻画：

> 然而它们不能达到我的灵魂，
> 　　　无法跨过那道分隔
> 　　　灵魂和肉心的屏障；
> 　　但是作为外部工事，它们能控制
> 我叛逆的肉身，借着你的名义
> 　　　威慑罪和羞耻。
>
> 唯有你的恩典，伴随这些元素而来
> 　　　知道现成的道路，
> 　　　拥有私密的钥匙，
> 　　打开心灵最精密的房间；
> 而那些元素被提炼为精气，候在门前
> 　　　等待朋友的信息。

> Yet can these not get over to my soul,
> 　　　Leaping the wall that parts
> 　　　Our souls and fleshy hearts;

---

① Robert Whalen, "George Herbert's Sacramental Puritanism," p. 1287.

But as th' outworks, they may controll

My rebel-flesh, and carrying thy name,

Affright both sinne and shame.

Onely thy grace, which with these elements comes,

Knoweth the ready way,

And hath the privie key,

Op'ning the souls most subtile rooms;

While those to spirits refin'd, at doore attend

Dispatches from their friend.（*Works*: 52）

赫伯特使用战争术语描述圣餐进入人体内的过程，其中圣餐中的元素，即饼和酒可以作为攻陷敌营过程中设置的外部工事，人的心灵是一个战场，之前被罪的势力占领，如今恩典通过圣餐潜入人的体内与之战斗。尽管饼和酒这些物质元素不能进入人的心灵与罪正面交锋，却可以在外围起到控制和威慑的作用。因此，赫伯特在这里肯定了物质的积极意义，而不是像早期的《圣餐 W》中描述的那样把物质与精神完全对立。然而第 4 诗节再次强调恩典是主导力量，圣餐中的物质，或者肉体都只能从属于恩典，因为"唯有你的恩典"知道通往灵魂的道路，而且拥有私密的钥匙，能够打开心灵之门。这里赫伯特又使用建筑术语，把人的心灵比喻为一座设计精密的房子，只有恩典能够进入。饼和酒则被提炼成精气（spirits）等候在门前，成为接收信息的守门人。①

该诗第二部分紧接着第一部分提到的灵魂被罪占领、俘虏的意象，说明圣餐能够清除罪：

把我被俘的灵魂还给我，或将

我的身体也带去那里，

再来一次这样的提升就能

让它们在一起。

---

① 此处赫伯特描述的精气的作用是文艺复兴时期常见的观点，伯顿在《忧郁的解剖》中解释了何为精气，他说："精气是一种非常微妙的蒸汽，它来自血液，而且可以帮助心脏完成一切指示；精气是身体和心灵间常见的纽带和媒介。"见：Robert Burton, *The Anatomy of Melancholy*, p. 94.

在罪把肉体变成石头以前，
　　在面团发酵以前；
一阵热烈的叹息很可能将
　　我们无知的大地吹向天堂。

当然，在亚当不懂得
　　犯罪，或罪不至死时；
他可以从乐园走向天堂，
　　就像从一个房间走向另一个。

你已经使我们恢复这样的便捷
　　通过你神圣的鲜血；
我何时乐意就把它尝试，
　　让尘世自寻它的美食。

Give me my captive soul, or take
　　My bodie also thither.
Another lift like this will make
　　Them both to be together.

Before that sinne turn'd flesh to stone,
　　And all our lump to leaven;
A fervent sigh might well have blown
　　Our innocent earth to heaven.

For sure when Adam did not know
　　To sinne, or sinne to smother;
He might to heav'n from Paradise go,
　　As from one room t' another.

Thou hast restor'd us to this ease
　　By this thy heav'nly bloud;
Which I can go to, when I please,
　　And leave th' earth to their food. (*Works*: 52-53)

诗中表示，亚当在堕落之前可以轻易地去往天国，就像从一个房间走到另一个房间那样简单，而圣餐恢复了这种堕落前的便捷状态，"上帝和人之间的亲密关系因为饮食上的逾矩——吃下禁果——而丢失，因为另一项吃的行为而恢复"[1]。综观整首诗，赫伯特尽量避免提及围绕圣餐的各种争议，对于圣餐中基督肉身的真实临在问题也没有那么明确地排斥，真正表现出他对圣餐中基督存在方式毫不关心的立场。在他成熟的圣餐观中，肉体与精神并非完全不同的领域，也并非永远各居一端，毫无干涉，而是共同协作，在清除罪时以恩典为主，以物质为辅，因此赫伯特在这首诗中逐渐脱离加尔文灵肉两分的观点，在圣餐观上体现出了较强的包容性，符合当时英国国教对待欧洲大陆圣餐之争的态度。

通过比较两首关于圣餐的诗歌可以看出，赫伯特的圣餐观在早期比较倾向于加尔文主义，而在后期则逐渐向国教的中间道路靠拢，他将《圣餐 W》排除在最后出版的诗集之外，一方面可能是当时宗教环境（仪式主义者越来越重视天主教传统的趋势）所迫，另一方面也可能是他本身的宗教观念渐趋成熟，在圣餐问题上力求避免争议、趋向于和平和妥协，这一点恰好呼应了伊丽莎白一世时期的宗教政策。赫伯特身处英国内战爆发前夕，其"教义上的捉摸不定本身是一种政治策略，可以确定他的意图是和平的，动机是牧歌式的，但是他深刻地了解其中涉及的纷争"[2]。他在《教堂门廊》部分的第 2 首诗《过梁》（"Superliminare"）中就告诉那些即将进入教堂的人，"来吧，品尝 / 教堂神秘的筵席"（approach, and taste / The churches mysticall repast）（*Works*: 25）。在赫伯特看来，过于纠结基督在圣餐中的临在问题并没有太大的意义，圣餐是神秘的，那就让它保持神秘。

---

[1] Michael Schoenfeldt, *Bodies and Selves in Early Modern England: Physiology and Inwardness in Spenser, Shakespeare, Herbert, and Milton*, p. 100.

[2] Robert Whalen, "George Herbert's Sacramental Puritanism," p. 1275.

第六章　《圣殿》中的香气和嗅觉[①]

感官和感觉具有动物性的一面，尤其是嗅觉、味觉和触觉往往被认为是五感中的低级感觉，是所有动物共有的，因此很难与宗教上的神圣性相提并论。然而，正如上文所指出的，味觉在赫伯特诗歌中扮演着极其神圣的作用，是连接人与上帝关系的最亲密纽带，甚至上帝自身就显现在人的味觉所能尝到的圣餐中。同样地，对于嗅觉这种低级的、世俗的感觉，宗教诗人赫伯特同样赋予了它神圣的意义。

与嗅觉相关的内容在赫伯特《圣殿》中随处可见，其突出体现在与香气、香味有关的意象上。正如赫伯特的名诗《美德》所描绘的，甜美的春天就像装满了千百种馨香的盒子，他的诗集《圣殿》也充溢着甜美的香气。"甜美"（sweet）这个词在赫伯特笔下"多数用来描写芳香的气味"[②]，是嗅觉上的词，很少表示味觉上的意义。在《圣殿》中，"sweet"出现的频率异乎寻常地高，我们甚至可以说它是赫伯特最喜欢的词，相关的例子不胜枚举。单就《美德》这首诗而言，在短短 16 行诗句中，"sweet"就出现多达 6 次，而且诗人还着重描写与甜美香气关联的玫瑰、春天等，因此该诗也是装满了千百种馨香的盒子。除此之外，诗歌《馨香》、《生命》（"Life"）、《复活节》（"Easter"）、《筵席》（"The Banquet"）和《抹大拉的玛利亚》（"Marie Magdalene"）等都重点体现香气的主题。鉴于赫伯特在诗集中反复提到香气，香气成为理解赫伯特诗歌和其背后神学思想的重要切入点。

---

① 本章部分内容经修改后已发表，详见：邢锋萍，《乔治·赫伯特〈圣殿〉中的香气意象》，载《复旦外国语言文学论丛》，上海：复旦大学出版社，2021秋季号，第99—105页。

② Ann P. Slater (ed.), *George Herbert: The Complete English Works*, p. 431.

第一节　基督教传统中的香气

在讨论赫伯特诗歌中的香气主题之前，我们有必要了解一下香气，尤其是香料在基督教传统中扮演的重要角色。在基督教产生之前，古希腊罗马的多神教提倡在献祭中供奉香料，因此熏香、香气充溢在当时的宗教仪式中，芳香之气是一种不用言语表达的祈祷。古希腊罗马的多神教信仰认为，神是有香气的，"作为神，他们的食物和衣饰都有着雅致的香气，因此，在世俗之人供奉香气与带有香气的仙人之间有着一种根本的相应相称。从本质上说，用香料供神可说是以同物祭同物"①。因此，在古希腊罗马文学作品中，多神教的诸神有着敏锐的嗅觉，人们则通过供奉香料来取悦诸神。

早期基督教在产生以后对香料的使用经历了从拒斥到接受的过程。早期的基督教教父实际上对香料并不感兴趣，甚至对此反感，比如德尔图良（Tertullian, 155—220）就诟病香料会招致魔鬼，他们主张在宗教仪式中革除香料和熏香，从而与当时对立的多神教区别开来。在早期教父看来，把物质的香料祭献给非物质的神是荒谬的，他们甚至认为上帝没有鼻孔。②然而，在拜神的问题上，香料和熏香比基督教的宗教原则更为持久，也更令人信服，香气缭绕的氛围可以象征神的临在，香气的上升代表着人的祈祷飞向天国，而且凤凰在桂皮香料中浴火重生的传说象征着基督及其复活，③因此，香料逐渐被基督教赋予上帝之气息，脱去了其身上多神教的恶名。

更为重要的是，《圣经》中多处述说了香料在基督徒生活中的重要性，详细介绍了制作香坛的法则，规定每日晨昏都要烧香；指出了圣膏油的具体做法，即没药、肉桂、菖蒲、桂皮这四种香料按照一定比例与橄榄油相混合；同时规定了制作圣香的法则，其中明确指出圣香应该摆

---

① 特纳，《香料传奇：一部由诱惑衍生的历史》，周子平译，北京：生活·读书·新知三联书店，2007，第 270 页。
② 有关多神教和基督教对于香料的不同态度以及香料在中世纪宗教仪式中的运用，参见：特纳，《香料传奇：一部由诱惑衍生的历史》，第 265—329 页。
③ 早期教父安布罗斯最早把凤凰和基督联系在一起，从此多神教中的凤凰演变为基督教中的不死之鸟。

放在会幕内法柜前，而上帝会在那里与人相会。此外，在公元 2、3 世纪出现的《彼得启示录》（*The Apocalypse of Peter*）、《以诺书》（*The Book of Enoch*）中记载，天堂中充满香气。而这些作品在中世纪曾被广泛阅读，为基督教的天堂图景增添浓郁的香料气息。由此，"香气弥漫的天堂一直是中世纪盛行的写作素材"[①]。而且由于人类最初的乐园伊甸园被认为位于东方，而东方特别是印度被认为是盛产香料的地方，因此还有一种约定俗成的看法，即尘世的香料来自伊甸园。由此可见，香料在中世纪是基督徒理解天国的直观途径，逐渐得到基督教会的宠爱。

在中世纪，香气传达着一种道德寓意，教皇格里高利一世（Gregorius I，540—604）就曾经反问道，香气"如果不是指圣行懿德又是指什么呢？"[②]香气因而成为圣行和美德的象征，[③]由此而来的表现就是上帝和圣徒身上都带有香气。基督的血被喻为香料酒，殉道的圣徒尸身上散发芳香气息。据记载，圣彼得死后的尸身就充满了芳香。圣徒死后的这种香气是圣徒美德和圣行的有力证明，同时也帮助人们找到正确的埋葬之所。比如，早期圣徒大部分都葬在伊斯兰教土地上，后来就有寻找、迁移圣体的运动，逝去的圣徒"往往托梦给某位教徒，请求为其迁移圣体，而要在墓冢丛中找到真正的圣体，依据的主要线索就是圣体散发的香气。例如，寻找抹大拉的玛利亚和圣文森特的圣体时，无法用言语形容的芳香气息使寻找者到达了正确的地点"[④]。可见，在中世纪传统观念里，香气与美德紧密关联，且能经受住漫长时间的考验。

罗马天主教注重繁复的仪式，频繁地用到香料，比如，在举行弥撒

---

① 田茹英，《贵如胡椒——香料与 14—16 世纪的西欧社会生活》，首都师范大学博士学位论文，2013，第 68 页。

② 转引自：特纳，《香料传奇：一部由诱惑衍生的历史》，第 292 页。

③ 值得注意的是，在中世纪欧洲香料非常稀少而且昂贵，价格堪比黄金，获取东方的香料是哥伦布（Christopher Columbus, 1451—1506）、达·伽马（Vasco da Gama, 1469?—1524）等人开辟新航线的重要动力之一。另外，《马太福音》2：11 记载，东方三博士前来朝拜耶稣，带来的礼物就是黄金、乳香和没药，可见香料的珍贵。香料有着与生俱来的世俗性和神圣性，其世俗性体现在香料代表着财富和地位，香料、香气皆为了满足口腹之欲，而且香气被认为是情欲的催化剂，导致道德沦丧。这也是早期基督徒反对使用香料的重要原因。香料的神圣性体现在它被频繁使用于宗教仪式中，香气承载着神的临在，而且是圣行和美德的象征。

④ 田茹英，《贵如胡椒——香料与14—16 世纪的西欧社会生活》，第 66 页。

时，主祭提着香烟袅袅的香炉走在神职人员队伍前面，使得经过的道路上都充满香气。主祭负责向祭台上香，香烟上升代表着人的祈祷随之上达天国。16世纪，路德和加尔文等人正式扛起宗教改革的大旗，要求简化宗教仪式，提出"因信称义"的观点，使基督教信仰由依赖外在机构转向依靠个人内在虔信。虽然宗教改革者对于香料的态度并不明确，但是关于他们的立场，我们从宗教改革运动先驱威克里夫身上可见一斑。对威克里夫来说，香料简直不亚于恶魔，他抨击那些喜欢辛辣香料的教士，称他们为伪君子，过着和教士原则完全相反的生活。同时，鉴于宗教改革者简化仪式的要求，我们可以判断新教在很大程度上减少了香料、熏香在教堂中的使用。然而，尽管如此，香气所代表的宗教上的象征意义却并未被抹去，香气依然是神的气息，与美德密切相关。

第二节　赫伯特诗歌中的香气

赫伯特所处的英国国教在教义上偏向加尔文主义，但是到詹姆斯一世和查理一世统治期间，仪式主义者逐渐得势，英国国教在外在仪式上已经向天主教传统靠拢，保留了不少天主教崇拜仪式，因此，熏香对国教牧师赫伯特来说也许并不陌生。在此前提下，赫伯特在诗中继承了传统的与香气主题相关的内容，同时也从新教角度对香气意象进行了解读。

一、香气与美德

赫伯特延续了将香气和美德相联系的文学传统，把甜美的香气视为美德的象征。《美德》一诗是赫伯特的传世佳作，往往作为他的代表作被收录于各类诗歌选集中。该诗选用大量单音节词，措辞简单朴素，极具简洁干练之美，然而在其简洁的外表之下却有着复杂的蕴意。文德勒在专著《乔治·赫伯特诗歌》中专辟一章详细解读《美德》这首诗，她指出："尽管很少有英语诗能比它更加冷静、简单和直接，然而它的几乎每一行诗都出人意料。"[1]"sweet"这个词在这首短短的诗中出现6次，是理解该诗的关键。该诗共分为4个诗节，其中前3节几乎以同样格式

---

[1] Helen Vender, *The Poetry of George Herbert*, pp. 9-10.

写成，每个诗节都出现前后意义上的转折，呈现出先扬后抑的特点：

> 美好的白天，如此清爽、宁静、明朗，
> 那是天空和大地的婚礼；
> 但露水像泪珠将哭泣你落进黑夜的魔掌，
> 　　　　　因为你有逃不脱的死期。
>
> 芬芳的玫瑰，色泽绯红，光华灿烂，
> 逼得痴情的赏花人拭泪伤心；
> 你的根儿总是扎在那坟墓中间，
> 　　　　　你总逃不脱死亡的邀请。
>
> 美好的春天，充满美好的白天和玫瑰，
> 就像盒子里装满了千百种馨香；
> 我的诗歌表明你终会有个结尾，
> 　　　　　世间万物都逃不脱死亡。①

> Sweet day, so cool, so calm, so bright,
> The bridal of the earth and skie:
> The dew shall weep thy fall to night;
> 　　　　　For thou must die.
>
> Sweet rose, whose hue angrie and brave
> Bids the rash gazer wipe his eye:
> Thy root is ever in its grave,
> 　　　　　And thou must die.
>
> Sweet spring, full of sweet dayes and roses,
> A box where sweets compacted lie;
> My musick shows ye have your closes,
> 　　　　　And all must die. (*Works*: 87-88)

　　诗人在每节起始部分分别赞美白天、玫瑰和春天，说明它们是美好

---

① 何功杰译，摘自王佐良编，《英国诗选》，第 106 页。

的、芬芳的（原文中均用"sweet"表达），然而他话锋一转，紧接着指出这三者都即将面临死亡：白天将落入黑夜的魔掌、玫瑰的根总是扎在坟墓中央、春天终将会结束，它们都"逃不脱死亡"。诗人在 3 个诗节中，用相似的结构和句式着重指出一个事实，即美好的自然有其限度和终结。相比之下，第 4 诗节在结构上和前 3 节完全不同，诗人在此提出了一种永不会终结的东西，那就是美德：

> 只有一颗美好而圣洁的心灵，
> 像风干的木料永不会变形；
> 即使到世界末日，一切化为灰烬，
> 　　美德，依然万古长青！①

> Onely a sweet and vertuous soul,
> Like season'd timber, never gives;
> But though the whole world turn to coal,
> 　　Then chiefly lives.（*Works*: 88）

　　进一步审视诗歌前 3 节中提到的白天、玫瑰和春天所要遭遇的死亡，我们可以看到，"这并非真正的死亡，而只是一个周而复始的循环周期的一个阶段"②，这里的死亡是为再生而准备的。虽然具体的某天、某朵玫瑰或某个春天不复再来，就像人不可能踏进同一条河流，但是总体而言，白天逝去，第二天又是新的一天，玫瑰凋谢，来年还会再开，春天走了还会再来，因此这三者将周而复始无限期地循环下去。然而，该诗第 4 诗节却告诉我们一个残酷的事实：即使是周期性重复着的白天、玫瑰和季节最终也会死亡，真正地死亡，因为到世界末日，"一切化为灰烬"。诗人在最后把美好圣洁的心灵（sweet and vertuous soul）比作风干的木料（season'd timber），它们的共同点在于坚定而持久、永不变形、永不屈服，因此能抵抗末日之火。③

　　在《美德》这首诗里，前三节和最后一节形成了鲜明对照，这是自然

---

① 何功杰译，摘自王佐良编，《英国诗选》，第 106 页。
② James Boyd White, *"This Book of Starres": Learning to Read George Herbert*, p. 5.
③ 在《创世记》中，上帝对挪亚许诺不会再用洪水淹没世界，而《彼得后书》3：10 中记载，世界将毁于一场大火。

和超自然之间的对比，也是世俗和神圣之间的较量，更是无道德属性的物质和具有美德的心灵之间的竞争，最终具有美德的心灵战胜了自然，即便在世界末日之后依然能存活下来。里奇评价道，赫伯特的《美德》精彩地改写了传统的及时行乐的素材；与同时期赫里克和马韦尔等诗人劝诫读者珍惜青春、注重享受的观点不同，该诗"为追求心灵的纯净作辩护，而非享受暂时的肉体欢愉"[1]。的确，诗人统一使用具有香气的词"sweet"来修饰白天、玫瑰、春天和心灵，然而只有修饰心灵的"sweet"才具有美德的含义，才能取悦上帝，因此才能"万古长青"。

在《生命》一诗中，诗人从自然界中的花朵看出人必死的命运，以充满芳香的花朵来喻指人的生命，说明人生的意义不在长度，而在质量，即是否散发好闻的气味。因此，气味成为品格的象征，芳香的气味代表着人一生的美德。该诗共分3节，把人的生命同花开花谢紧密联系在一起：

> 当日子飞逝，我收集了一束花：
> 这里我将嗅到我的余生，并把
> 　　　　我的生命系在花束中，
> 但是时间确然向花朵们招手，
> 它们到午时狡猾地偷溜而走，
> 　　　　枯萎在我手中。
>
> 我的手紧挨着它们，还有我的心脏：
> 不再多想，我欣然接受
> 　　　　时间温和的忠告：
> 这花如此甜美地传达死亡的悲伤味道，
> 使我的头脑嗅到我自己的死期；
> 　　　　然而也为猜疑涂上了糖衣。
>
> 再见，亲爱的花儿，你们已甜美地度过一生，
> 活着时，提供怡人的香气和装饰，
> 　　　　死去后，提供治病的良方。
> 我紧随你们的步伐，绝不抱怨哀伤，

---

[1] Mary Ellen Rickey, *Utmost Art: Complexity in the Verse of George Herbert*, p. 21.

因为假如我的气息甜美，我不介意
　　　我的生命如你们一般易逝。

I made a posie, while the day ran by:
Here will I smell my remnant out, and tie
　　　My life within this band.
But Time did beckon to the flowers, and they
By noon most cunningly did steal away,
　　　And wither'd in my hand.

My hand was next to them, and then my heart:
I took, without more thinking, in good part
　　　Times gentle admonition:
Who did so sweetly deaths sad taste convey,
Making my minde to smell my fatall day;
　　　Yet sugring the suspicion.

Farewell deare flowers, sweetly your time ye spent,
Fit, while ye liv'd, for smell or ornament,
　　　And after death for cures.
I follow straight without complaints or grief,
Since if my sent be good, I care not if
　　　It be as short as yours. (*Works*: 94)

　　诗中的说话者采摘了一束花，并把"我的生命系在花束中"，从而表明"我的生命"和花朵息息相关。然而花朵容易凋谢，很快就在手上枯萎，这是时间对人的忠告，暗示着人也有死期。在最后一节，说话者赞美自然界的花朵在生前能散发芬芳，死后还能用作药材，[①]充分肯定了花朵的价值，因此他将以芬芳的花朵为榜样，给自己的人生定下目标，

---

① 赫伯特曾多次提到玫瑰的药用价值，如在《玫瑰》（"The Rose"）一诗中，他说："还有什么比玫瑰更美丽？／更香甜？然而它有清肠的疗效。"（*Works*: 178）在《神意》一诗中，他也提到："玫瑰，除了美丽外表，还是良药。"（*Works*: 119）他在散文集《乡村牧师》中也明确指出，粉玫瑰和白玫瑰都有清肠通便的功能，因此是一味泻药（*Works*: 261）。

那就是只要他的"气息甜美"，他并不介意他的人生像花朵般短暂。此处，芳香的气味可以理解为具有美德和圣行的人生。这首诗在一定程度上是赫伯特自身的真实写照，赫伯特未满 40 岁便去世，一生疾病缠身，常常慨叹自己命不久矣，然而他希望在短暂的一生中能够如花朵般在生前和死后都能散发香气。作为牧师，他非常注重自身行为的示范性和感染力，我们从沃尔顿的传记中可以清晰地看到这一点，赫伯特也因此被誉为"真正的圣徒和先知"①。这种对个体感觉经验的重视、对个体品行和美德的关注以及由外在自然向内在心灵转变的倾向说明赫伯特深受新教思想的影响。

《生命》是一首甜美轻松的诗，然而怀特却提出异议，认为这首诗在细读之下，尤其是和《美德》对照阅读，就会发现花朵的死和说话者的死是不能等同的，因为花朵经历着周期性的循环，年复一年地无限循环着生命，然而人生却是线性的，并有其终点；另外怀特也指出，最后部分"假如我的气息甜美"表明说话者对自身生命是否散发香气、是否符合基督教美德持有怀疑和不确定态度。②怀特的分析不无道理，然而综观整部诗集《圣殿》，我们能够发现赫伯特在诗中表现出的对人生、对死后世界的态度都是积极向上、乐观明朗的，即使当诗歌中大部分诗行都表达迟疑、烦闷、暴躁或失望情绪时，仍然会在结尾部分做出反转，表达一种安定感，如《颈圈》、《约旦》组诗、《爱（三）》等。这已得到很多学者的认可，如文德勒、斯泰因等人都特别提到了赫伯特诗歌中的反转。因此，笔者认为，《生命》一诗所要表达的主要是说话者受到花朵的启发，得出生命不在长度而在质量的结论，而且诗人以乐观的心态看待自己的人生，"绝不抱怨哀伤"，他所强调的并非假设的不确定性，而是他对人生的美好愿景。

二、香气与基督

香气象征着基督徒的美好品格，赫伯特希冀自己能充满香气，能有圣徒般的美德，而他笔下的上帝作为至善的象征，则散发着无与伦比的

① Louis Martz (ed.), *George Herbert and Henry Vaughan*, Oxford: Oxford University Press, 1986, p. xi.
② James Boyd White, *"This Book of Starres": Learning to Read George Herbert*, p. 220.

香气。英国宗教改革运动的引领者克兰默认为，在圣礼中，"我们能用眼睛看到基督，用鼻子闻到他，用我们全部的感官感觉到他"[1]。赫伯特处理感觉意象的做法和克兰默是一致的，他认为基督徒能通过感官来感知上帝的存在，而上帝的香气使得人们能够通过鼻子嗅到他。

　　《筵席》一诗描述了基督徒分享圣餐的过程，其中特别强调了基督散发的香气，如"哦，从盘里发出的是什么样的香气 / 充满了我的灵魂"（O what sweetnesse from the bowl / Fills my soul）（*Works*: 181）。在该诗第 4、5 诗节中，赫伯特通过讨论香气引出了义的归算问题（imputation of righteousness），这是新教改革者们重点讨论的教义，也是"因信称义"理论的基石。[2]"义的归算"简言之就是基督的义借着信仰白白地归算给有罪之人。人的罪行被转嫁到基督身上，基督通过十字架上的受难清算了人所有的罪恶，而他的义则归算到信徒身上，因此在末日审判之时，上帝看不到人的罪，而只看到基督的美德。在《筵席》第 4、5 诗节，基督的义通过香气来表达，唯有基督才能把香气分享给信徒：

> 毫无疑问，不管是星辰还是花朵
> 　　　　都没有能力
> 传递如此甜美的香气：
> 只有上帝，他给予香味，
> 　　　　重生肉体，
> 而且随之熏香我的心脏。
>
> 然而正如香丸和木块
> 　　　　静止时香甜，
> 但是碾碎后散发更多香气：

---

[1] 转引自：Gene Veith, *Reformation Spirituality: The Religion of George Herbert*, p. 217.

[2] 路德在《加拉太书注释》中提到通过信仰把上帝的义归算在信徒头上，说明只要肉体存在，罪就存在："然而，就像小鸡躲避在母鸡的羽翼之下，我被基督的羽翼所覆盖，毫无畏惧地居住在广阔的能饶恕一切罪恶的天空之下，这片天空在我头顶绵延，上帝遮盖、饶恕我里面残余的罪恶。也就是说，因为我通过信心紧紧抓住了基督，他就把不完整的义视作完整的义，把罪视作不是罪，尽管那罪确然是罪。"详见：Martin Luther, *Commentary on Galatians*, p. 254.

上帝，为了展示他的爱
　　　　能走多远，
在这里，破碎地呈现。

Doubtlesse, neither starre nor flower
　　　　Hath the power
Such a sweetnesse to impart:
Onely God, who gives perfumes,
　　　　Flesh assumes,
And with it perfumes my heart.

But as Pomanders and wood
　　　　Still are good,
Yet being bruis'd are better scented:
God, to show how farre his love
　　　　Could improve,
Here, as broken, is presented. (*Works*: 181)

诗人认为上帝的香气是独一无二的，无论是星辰还是花朵都没有能力产生这样的香气，而且他指出，只有上帝能够把他自身的香气传递给"我"，并随之熏香"我"的心脏。此处体现的唯一性和排他性很容易使人联想到新教神学"唯有基督"的基本教义。第 5 诗节中的香丸①和木块是基督的象征，香丸和木块虽然在静止不动时也能散发香味，但是当它们被碾碎以后，却能散发出更多香甜气息。诗人指出，上帝为了展示他对人的爱，使得他唯一的圣子被钉上十字架，因此，最后一句"破碎地呈现"指的是基督在十字架上受难、肋下被戳穿的场景，表达了上帝之爱。被碾碎的香丸散发出浓郁的香气，在这个意象中，"基督的谦卑和为罪人受难的行为都展示了他甜美的爱"②。

---

① 香丸（pomander）是用香料做成的圆丸，在欧洲的中世纪晚期被普遍使用，通常被置于一个小盒中，挂在颈上或腰带上。当时的人们认为香丸具有宗教意义，同时有预防瘟疫、净化空气的功能。
② Terry G. Sherwood, *Herbert's Prayerful Art*, p. 68.

《馨香》同样使用了香丸的意象，而且诗人认为，不仅基督的身体具有香气，就连对他的称呼"我的主"（My Master）这几个字都带着馨香。《馨香》全诗如下：

> 我的主听着多香甜！我的主！
> 　　就像龙涎香把浓烈的香味
> 　　　　　　　带给品尝者：
> 　　这几个字也带来甜美，
> 和东方的香气，我的主。
>
> 我整天用这几个字熏香我的头脑，
> 　　我甚至一头扎进里面：
> 　　　　　　　以期去发现
> 　　什么样的甜酒做出这奇特的汤料，
> 这香气四溢的汤料滋养我的头脑。
>
> 我的主，我该说吗？哦，于你，
> 　　我的仆只有一点香，
> 　　　　　　　仿佛肉体那样；
> 　　这三个字可能匍匐、生长
> 朝着你获得一些香气！
>
> 那么这枚香丸，它的香气曾经会
> 　　传达言语，如今应当用沉思来修复，
> 　　　　　　　而且告诉我更多：
> 　　因为原谅了我的不完美，
> 这枚香丸变得温热，散发比之前更多香气。
>
> 我的主，唯有他是甜美，
> 　　甚至对我的不配也欣喜，
> 　　　　　　　他将召唤与我会面，
> 　　我的仆，仿佛没有冒犯你，
> 那召唤仅是甜美香气的呼吸。

这呼吸通过使我甜美而获利，

　　（甜美的东西相遇后会交易）

　　　　返还与你。

　因此这新交易和芳香

将使我一生为之操劳奔忙。

How sweetly doth *My Master* sound! *My Master!*

　　As Amber-greese leaves a rich sent

　　　　Unto the taster:

　So do these words a sweet content,

An orientall fragrancie, *My Master.*

With these all day I do perfume my minde,

　　My minde ev'n thrust into them both:

　　　　That I might finde

　What cordials make this curious broth,

This broth of smells, that feeds and fats my minde.

My master, shall I speak? O that to thee

　　My servant were a little so,

　　　　As flesh my be;

　That these two words might creep & grow

To some degree of spicinesse to thee!

Then should the Pomander, which was before

　　A speaking sweet, mend by reflection,

　　　　And tell me more:

　For pardon of my imperfection

Would warm and work it sweeter then before.

For when *My Master*, which alone is sweet,

　　And ev'n in my unworthinesse pleasing,

> Shall call and meet,
>
> *My servant*, as thee not displeasing,
>
> That call is but the breathing of the sweet.
>
> This breathing would with gains by sweetning me
>
> (as sweet things traffick when they meet)
>
> Return to thee.
>
> And so this new commerce and sweet
>
> Should all my life employ and busie me.（*Works*: 174-175）

　　诗中的说话者"我"在首句就表示"我的主"这个呼唤是有香气的，就像龙涎香，具有浓烈的香味，带来甜美和东方的香气。此处诗人使用了通感（synaesthesia）的修辞手法，使得听觉上的呼唤具备香气这种嗅觉特征，因而把听觉和嗅觉联通起来；而且"我的主"带来的香气滋养了说话者的头脑，是他的精神食粮，是他努力靠近的方向。不仅上帝的身体具有香味，就连对他的称呼都带有馨香。

　　诗歌第 4 节再次提到香丸的意象，结合上下文可知，"这枚香丸"仍然指代基督，"因为原谅了我的不完美"指的是基督在十字架上为人类赎罪，他这枚香丸因此被温热，从而散发出更多香气。在诗歌第 5 节，上帝对人的呼唤终于做出回应，他呼唤"我的仆"，同样这声呼唤也带着香气。因此，诗人用香气这种嗅觉体验深刻描述了上帝和人之间的主仆关系，人呼唤上帝，上帝也对此做出回应。当人被上帝称为"我的仆"时也就意味着人分享了上帝的香气，"人作为信徒的表现就是他具有基督的甜美香味"[1]。

　　同时，我们能看到，《馨香》和《筵席》两首诗有着紧密的联系，都重点提到上帝把他的香气传递给人，而且都把基督的身体比作一枚香丸，当他被温热或碾碎时才能散发更多香气，因此，两首诗都突出基督在十字架上的献祭以及他的献祭对人类救赎的意义，这与新教改革者提倡的

---

① Terry G. Sherwood, *Herbert's Prayerful Art*, p. 66.

"十字架神学"是相一致的。[①]

　　《馨香》在处理人神之间的关系时，从最开始人的单方面呼唤发展到后来人神之间的互动交流，呈现出一种和谐的人神互动关系，而这种互动是通过香气完成的。诗歌最后一节描述了上帝把甜美气息传递给人，而人又把香气返还给上帝的过程。诗人把这过程称为"新交易"（new commerce），并称这交易将成为他一生的事业。工作和事业一直是赫伯特持续关注的问题，在题为《事业》（"Employment"）的两首诗中，赫伯特就曾表达全世界都在忙碌、唯有他无所事事的焦虑，他希望变成硕果累累的橘子树、忙碌的蜜蜂或者产蜜的花朵，成为伟大的存在之链中的一环。而在《馨香》的结尾，诗人为自己找到了合适的职业，那就是在一生中都与上帝交换甜美气息，而且这甜美气息在源头上来自上帝。该诗充斥着"香甜、香气"等字眼，用嗅觉体验展现了人神之间的完美互动关系。正如怀特指出的，这首诗体现的是"《圣殿》当中说话者和上帝之间所能想象到的最和谐的关系"[②]。

　　继香丸意象之后，《复活节》一诗进一步点明基督的香气是尘世任何香料都无法比拟的。该诗由前后两部分组成，虽然这两部分都在探讨基督复活升天这个主题，但是在结构和韵律上有着很大区别，前18行自成一体，而第19—30行改编自早期 W 手稿中的一首同名短诗。《复活节》的前半部分使用大量音乐术语，把基督在十字架上伸展的肌体比作乐器的丝弦，而后半部分则突出了基督升天时的香气：

---

① 路德《海德堡辩论》中首次提出"十字架神学"（*theologia crucis*），并把"十字架神学"和天主教理解的"荣耀神学"（*theologia gloriae*）做了对比，相关内容主要体现在该文第 19、20、21 条论纲。详见：路德，《路德文集》第一卷，第 27、40—41 页。十字架神学是路德神学的核心内容，路德提出上帝不可通过外显之物来认识，而应该透过十字架上的谦卑、羞辱和苦难来认识，十字架是上帝自我显示的地方，只有在苦难和十字架中才能找到上帝。基督在十字架上的软弱、愚拙正是强大力量和智慧的体现，正如香丸一样，被碾碎才散发更强香味。林鸿信对比十字架神学和荣耀神学后指出，后者有着"靠行为称义的倾向"，而前者是"对人彻底失望而全心投靠上帝，尤其是当处在苦难当中而认识上帝，才有可能真正明白'因信称义'的意义"。见：林鸿信，《觉醒中的自由：路德神学精要》，台北：礼记出版社，2000，第 116—117 页。

② James Boyd White, "*This Book of Starres": Learning to Read George Herbert*, p. 252.

我用花儿撒满你的路途，
我从许多树上摘下花束：
但你已在天亮时分飞升，
一并带走的是你的芳芬。

太阳正从东方升起，
虽然太阳带来光明，东方带来香气；
若他们竟想与你的飞升一较高低，
他们委实无礼。

还会有今天这样的日子吗，
尽管许多太阳都试图照耀？
我们数了三百多，但是我们错了：
只有一个，永远只有那一个。

I got me flowers to straw thy way;

I got me boughs off many a tree:

But thou wast up by break of day,

And brought'st thy sweets along with thee.

The Sunne arising in the East,

Though he give light, & th' East perfume;

If they should offer to contest

With thy arising, they presume.

Can there be any day but this,

Though many sunnes to shine endeavour?

We count three hundred, but we misse:

There is but one, and that one ever. （*Works*: 42）

根据《圣经》记载，耶稣在被钉十字架死去后的第三天从坟墓里复活，他复活的时间在抹大拉的玛利亚赶来为他涂抹香膏之前。诗中的说话者"我"回到耶稣复活这一场景中去，像抹大拉的玛利亚一样匆匆赶去，却依然迟了一步，因为耶稣已在天亮时分复活，一并带走了他的芳香。太阳是光明的象征，而东方（尤其是印度）是盛产香料的地方，然而太阳和东方都不能和基督相提并论，因为基督的光亮超过太阳，他的芳香胜过任何东方的香料。诗人在最后一节使用双关语"太阳"（sun）和"圣子"（son）的对比，说明尽管太阳日复一日地上升，我们可以数到三百多次日出，但是圣子在复活节那天的唯一一次上升就超越了世间所有光亮，为人类的救赎带来光明。基于此，复活节这一天甚至"象征着永恒，超越了时间"①。该诗一直强调人的做工和人的能力，如把花儿铺满路，并且摘下花束送给基督，然而这些努力都是白费，因为这些都不是基督真正需要的，他有自己的香气，就连整个世界都不能使他增色，发出光明的太阳和盛产香料的东方想要和基督一较高下的尝试在诗人看来"委实无礼"。在赫伯特笔下，基督被喻为香丸，是至善的象征，他的香气是任何香料都无法比拟的。

三、香气与救赎

从救赎观来看，天主教认为，人可以通过做工积累善行和功绩，以此增加上帝的恩典，从而获得救赎。此为"功德论"或"神人合作说"。路德提出"因信称义"，认为人的得救并非依靠人的行为，而是完全仰仗人的信仰。《复活节》否定天主教认为的人的做工和功绩（献花）可以帮助人得到救赎的观点，强调基督献祭是人类得救的唯一原因，就像最后一句说的"只有一个，永远只有那一个"，而企图用人的"善行抗衡基督的献祭则是无礼的"②。正因为基督的献祭已经为人的救赎做好完全彻底的准备，如加尔文在《基督教要义》中提到的，当保罗"向信徒们展示基督为人们的罪作挽回祭时，他同时证明除此之外，没有其他方法能够挽回或安抚被我们触怒的上帝"③，只有而且只要相信基督便能得救。

赫伯特作为英国国教牧师，其救赎观明显受到了新教神学的影响。他的《抹大拉的玛利亚》就突出表现了他的新教救赎观。该诗虽然没有明确提到香气，但是在《圣经》文化背景下，我们很容易把它和香气主题联系在一起，因为抹大拉的玛利亚这个著名的《圣经》人物经常拿着

① Arnold Stein, *George Herbert's Lyrics*, p. 142.
② Gene Veith, *Reformation Spirituality: The Religion of George Herbert*, p. 72.
③ John Calvin, *Institutes of the Christian Religion*, vol. 1, p. 711.

香膏出现。福音书中记载，当耶稣到法利赛人家中做客时，玛利亚用香膏为他抹脚，而在耶稣死后，玛利亚带着香料准备为他的遗体涂膏。在中世纪传统中，抹大拉的玛利亚通常是一个复合式的人物，其身份融合了福音书中提到的抹大拉的玛利亚、伯大尼的玛利亚和无名的有罪妇人等形象。尽管抹大拉的玛利亚形象在现代引起了巨大争议，①但是从公元 4 世纪开始，抹大拉的玛利亚就以忏悔的妓女形象出现，是有罪的妇人，后因基督的拯救而成圣徒。这一形象在中世纪和早期现代基督徒心中根深蒂固，诗歌《抹大拉的玛利亚》就是基于这一形象写成的：

> 当被祝福的玛利亚擦洗救主双脚，
> （他的训诫她曾经践踏）
> 把他的双脚像珠宝戴在头上，
> 　　显示他的脚步将是大道，
> 　　她往后将永久带着忧戚的谦逊
> 把这条道路奉为生活和行动的规训：
>
> 她自身已被玷污，为何努力
> 把他擦净，一个不会被污染之人？
> 她为何不把眼泪留给自己的过失，
> 　　却洒落在他双足？虽然我们能
> 　　潜游于泪海，我们的罪堆积在
> 话语、行动和思想里，深邃甚于泪海。
>
> 亲爱的灵魂，她知道谁允诺并屈身

① 《圣经》中关于抹大拉的玛利亚只有片言只语的描述，她作为忏悔的妓女形象是教会长期宣传和管控的结果。1896 年出土的《玛利亚福音书》和 1943 年发现的《拿哈马地文献》为人们呈现了完全不同的玛利亚，她被描述为基督教运动早期的女性领袖，其领悟力甚至超越彼得，深得耶稣布道的精髓，也因此引起彼得和其他门徒的嫉妒和排挤。部分学者认为，抹大拉的玛利亚是耶稣的情人或妻子，并且为他生养了孩子。美国作家丹·布朗（Dan Brown）在 2003 年出版的著名小说《达·芬奇密码》（*The Da Vinci Code*）就描述抹大拉的玛利亚是耶稣的妻子，并生下女儿萨拉，这部小说被搬上银幕后引起轰动。罗马天主教会早在 1969 年就对抹大拉的玛利亚的形象进行了修订，把她和伯大尼的玛利亚、无名的有罪妇人加以区分，但是她传统的妓女形象仍然深入人心。

承担她的污秽；她的罪确实泼溅
在上帝之身：因此她是心甘情愿，
　　　当她前来，污点在身，
　　　还有用于清洗的物什：
然而通过清洗一人，她清洗了两人。

When blessed Marie wip'd her Saviours feet,
(Whose precepts she had trampled on before)
And wore them for a jewell on her head,
　　　Shewing his steps should be the street,
　　　Wherein she thenceforth evermore
With pensive humblenesse would live and tread:

She being stain'd her self, why did she strive
To make him clean, who could not be defil'd?
Why kept she not her tears for her own faults,
　　　And not his feet? Though we could dive
　　　In tears like seas, our sinnes are pil'd
Deeper then they, in words, and works, and thoughts.

Deare soul, she knew who did vouchsafe and deigne
To bear her filth; and that her sinnes did dash
Ev'n God himself: wherefore she was not loth,
　　　As she had brought wherewith to stain,
　　　So to bring in wherewith to wash:
And yet in washing one, she washed both. (*Works*: 173)

　　四部福音书中都提到有罪妇人膏抹耶稣的事件，用香膏涂抹耶稣双脚的做法预示着耶稣即将死去，盛装香膏的玉瓶碎裂则表示耶稣的身体破碎散发更多香气。该诗第 1 节介绍这一事件的大致经过，由基督的双脚开始，诗人一开始就说明玛利亚曾经践踏基督用双脚走出的训诫和教导，她是个十足的罪人，然而她在为他洗脚时，把他的双脚像珠宝一样戴在头上，表示她往后将严格追随基督的教导，悔改她自己的过失。

结合玛利亚的传统形象可知，这首诗的主题是忏悔，属于"眼泪文学"（literature of tears）的范畴，这与天主教定义的悔改的三部分内容，即内心的悔悟（contrition）、口头的告解（confession）和行为的赎罪（satisfaction）息息相关。眼泪文学是反宗教改革派诗人经常用到的类型，如英国诗人罗伯特·索斯维尔（Robert Southwell, 1561—1595）、克拉肖等人对此都有涉及，侧重于描述彼得和玛利亚的悔改。[①]因此，不可否认该诗带有传统天主教元素，然而赫伯特在处理忏悔主题时仍然体现出他独特的新教解读，该诗总体而言被覆上了浓烈的新教色彩。

该诗第 2 节提出了一个谜一样的问题：抹大拉的玛利亚自身已经被玷污，为何她不擦拭自己，反而去擦洗那永远不会被玷污之人？这个问题的答案是理解全诗的关键，第 2、3 诗节正是围绕这个问题展开。值得注意的是，玛利亚用自己的眼泪来擦洗基督双脚，然后再用香膏涂抹，因此诗人在这个问题之后，再次提问"她为何不把眼泪留给自己的过失，/ 却洒落在他双足？"抹大拉的玛利亚代表着忏悔的罪人，这两个问题概括而言就是询问为何罪人不为自己的罪过痛哭忏悔，反而用香膏擦抹那无罪之人。

对此，赫伯特在诗中逐层给出解释。必须指出的是，此处涉及天主教和新教对悔改的不同理解。天主教认为，悔改和赎罪可以帮助人得到宽恕，因此人的悔改在一定程度上是人得救的原因，而且特利腾大公会议的第 94 条教义坚持认为，假如悔罪者没有付出努力或经受痛苦，他的罪就不能被宽恕。[②]相反，新教改革者们认为，悔改并非宽恕的原因，而是结果，是得到上帝恩典的表现，加尔文在《基督教要义》中就说："那些对心灵的折磨，他们[天主教]说是必须履行的义务，被我们抛在一边。我们教导罪人不要依靠懊悔或眼泪，而是定睛于上帝的仁慈。"[③]在新教改革者看来，人没有行善的能力，也没有通过自身悔改来赎罪的能力，因为人已经彻底堕落，人的一切行动和意志都不能为救赎带来任何助益，而且人的罪恶是如此之深、如此之多，正如加尔文所说的，大卫体验过"我们罪恶的深渊、不计其数的罪恶种类……但连大卫

---

① Richard Strier, "Herbert and Tears," *ELH* 46.2 (Summer 1979): 222.

② Richard Strier, "Herbert and Tears," p. 225.

③ John Calvin, *Institutes of the Christian Religion,* vol. 1, p. 684.

都不能计算他的罪，又有谁能数算清楚？"①因此，根据新教思想，人已彻底堕落，数清自己的罪是不可能之事。就像赫伯特的另外一首诗《罪的圆环》中说的，罪永无止境地在人的想法、语言和行动中产生，"然而，坏事从不休息"（Works: 122），人不断地犯错、纠错，又犯错，只要肉体不灭，就有无限的罪的循环。当人不能数算自己的罪时，又谈何赎罪呢？赫伯特通过泪海的比喻说明人的罪恶比人能承受、能忏悔的还要多，从而指出人自身在救赎上的无能为力，放在抹大拉的玛利亚身上，我们就能知道即使她清洗自己的脏污也无济于事。

该诗最后一节进一步指出人的救赎应该仰仗谁的问题。斯特莱尔在比较天主教和新教时指出，它们的显著差异在于天主教的上帝允许人来满足他的公义，即人通过功绩获取上帝的恰当判断，而新教则只坚持上帝的恩典，"'不仅……而且'是罗马天主教的基本句式，而'只有''唯有'则是新教改革者的基本句式"②。抹大拉的玛利亚之所以不清洗自己，那是因为她知道自身在消除罪孽上的无能为力。诗中再次涉及新教改革者经常提及的义的归算和罪的转嫁问题，路德等新教改革者都认为基督通过道成肉身把人的罪转嫁在他身上，同时通过十字架上的献祭把他的义归算给众人，因此基督已经完全彻底地为人赎罪，只有依靠他才能得到救赎。新教改革者所说的信仰就是"知道基督担负起你的罪"③。

文德勒曾评价赫伯特的这首诗是一大败笔，"不是因为缺少痛楚，而是因为缺乏同情心"④，她认为赫伯特对玛利亚这个人物过于苛责，刻意突出她的脏污。文德勒的解读具有一定道理，也符合赫伯特在作品中表现出的他对待女性的一贯态度，如他送给母亲的第2首十四行诗就说世俗的美人"最美的脸上只有污秽"（In the best *face* but *filth*）（Works: 206）。

不过，笔者认为，赫伯特在诗中强调的并非玛利亚的污秽，而是她前来清洗的行为。在天主教看来，玛利亚给基督洗脚的行为代表着她内心的悔改和行为上的赎罪，这是因，而基督宽恕拯救她是果。但是，在

① John Calvin, *Institutes of the Christian Religion,* vol.1, p. 699.
② Richard Strier, "Herbert and Tears," p. 229.
③ Richard Strier, "Herbert and Tears," p. 238.
④ Helen Vendler, *The Poetry of George Herbert*, p. 162.

新教眼中，悔改是果，即玛利亚的行为是她得到上帝恩典的结果，"悔改并不是罪得赦免的原因"[①]，她首先有了信仰才有悔改之心，才会做出清洗基督双脚的行为。赫伯特在《乡村牧师》中就提到，"悔改是心灵上的行动，而非身体上的行动"（repentance is an act of the mind, not of the Body）（*Works*: 279）。抹大拉的玛利亚没有清洗她自身的脏污，因为人的做工和功绩对自身的救赎无能为力，她转而清洗基督双脚，这一行动同时清洗了她自身的罪孽，她并非因她的行为称义，而是因信称义。诗歌最后一行"然而通过清洗一人，她清洗了两人"对读者来说是一次顿悟（epiphany），它明确点出诗歌主旨，回答了前面提出的为何她不清洗自己却去清洗那永不会被玷污之人的问题，具有强烈的新教倾向。

如前所述，香气是美好品德的象征，圣徒身上就带有芬芳香气，而抹大拉的玛利亚在获得救赎之前被认为是一名堕落的有罪妇人，她出现时经常持有象征美德的香膏，这本身就是一个悖论，预示着她终将拥有美德。赫伯特以抹大拉的玛利亚为例，着重突出人自身在救赎上的无能为力，强调了新教关于"唯有基督"的神学思想。

赫伯特充分借鉴中世纪香气传统，同时把香气意象置于新教神学框架之下，赋予原本世俗、感性的嗅觉词汇以神圣、超验的意义，把香气与基督教美德、基督形象以及人的救赎紧密联系在一起，以香气为载体表达新教的核心教义，展现出了甜美、和谐的人神互动画面。正因如此，赫伯特被后人称为"甜美的歌者"（sweet singer）[②]。

---

① John Calvin, *Institutes of the Christian Religion*, vol. 1, p. 683.
② Barnabas Oley (ed.), *The Remains of That Sweet Singer of the Temple, George Herbert*, p. xcviii.

第七章　《圣殿》中的"石心"和触觉

从生物学上来讲，触觉是关于生物体接触、滑动、压觉等机械刺激的总称。触觉器遍布在体表，尤其是指尖。触觉往往可以用粗糙—平坦、坚硬—柔软、冷—热等对立词语来描述。在文学传统中，触觉被认为是五感里面最低级的感觉，是人和所有动物共享的一种感觉。从触觉方面来考察赫伯特的诗集《圣殿》，我们能发现，除了《教堂》部分最后一首诗《爱（三）》中描述的"爱执起我的手"（Love took my hand）（*Works*: 189）以外，整部诗集很少提到人神之间的肢体接触，诗人很少用直接的触觉感受来描写他的宗教体验和人神之间的关系。尽管如此，赫伯特仍然频频使用"坚硬"和"柔软"这对触觉维度上的词语，而且这对词语主要被用于描写人的心脏，因而给心脏增添了许多寓言色彩。

勒瓦尔斯基曾经指出，新教改革之后人们重新把目光放到《圣经》文本上，《圣经》中含义丰富的各种比喻和寓言被大量引用到诗歌作品中，关于心脏的比喻正是其中之一。而这对赫伯特来说具有启发意义，因为他"十分注重探索关于'心脏'意象的各种阐释"[①]。赫伯特注重描述心脏，因为首先心脏是所有宗教体验展开的舞台，其次，根据同时代新教解经家约翰·威姆士（John Weemse, 1579—1636）的观点，"在自然的造物过程中，心脏是首先成形的，而在超自然的重生过程中，心脏是首先被改造的"[②]，因此对基督徒来说，心脏的坚硬或柔软直接反映着人是否得救赎的问题。诗集《圣殿》的核心部分《教堂》在描述人的

[①] Barbara Lewalski, *Protestant Poetics and the Seventeenth-Century Religious Lyric*, p. 81.

[②] 转引自：Barbara Lewalski, *Protestant Poetics and the Seventeenth-Century Religious Lyric*, p. 101.

不感恩和人的罪孽时紧密围绕着心脏意象展开，我们甚至可以称这部分为"心之书"（heart book）[①]。

赫伯特笔下的人心有着坚硬的触感，从一开始就像石头一样，比如诗歌《祭坛》所描述的。本章将以"石心"（stony heart）这个触觉意象为中心，讨论赫伯特诗歌中体现出的人心坚硬的原因和人心由坚硬变柔软的途径。赫伯特诗歌中的上帝虽然很少触碰人的肢体，却频繁地触碰人的内心，他在人心上写字，使之柔软，在人心上战斗，并在人心上建立圣殿。正如斯特莱尔指出的，"圣灵在信徒心中直接工作的教义，对新教神学来说至关重要，它阐释了新教改革者所说的'信心'的意义"[②]。由赫伯特关于"石心"的阐释，我们可以看到他本人及其所在的英国国教深受新教神学思想的影响。

第一节　"石心"：人心坚硬

在基督教传统中，当坚硬—柔软这对触觉上的词语被用来形容人的心脏时具有截然相反而又深刻的宗教含义，"坚硬"代表着人的顽固不化，表现出对上帝的抗拒和不顺从，"柔软"则意味着包容和顺服上帝的旨意，因此，对基督徒来说，"柔软"胜过"坚硬"。《圣经》中关于"坚硬的心"的突出例子出现在《出埃及记》里，上帝呼召摩西去见埃及法老，要求法老准许以色列百姓离开埃及，然而法老心里刚硬，不听从摩西和亚伦的话，即不听从上帝的旨意，因此，上帝在埃及降下十灾来惩治和说服法老，其中在六灾之前，法老屡次硬着心和上帝作对，而在六灾之后，上帝则任凭法老硬着心。由此可见，坚硬、刚硬的心是忤逆、顽固和没有信仰的体现，而柔软的心则代表着顺服。

赫伯特也遵循着基督教传统中坚硬和柔软的对立，也认为柔软是好的。在《圣洗礼（二）》（"H. Baptisme II"）中，赫伯特希望恢复初生儿的柔软，保留婴儿受洗后的纯真、顺从和健康：

[①] Barbara Lewalski, *Protestant Poetics and the Seventeenth-Century Religious Lyric*, p. 204.

[②] Richard Strier, *Love Known: Theology and Experience in George Herbert's Poetry*, p. 144.

主啊，既然通向您
的所有通道就是一条窄路
和一道小门，在我还是婴儿时
您已经托住我，提前把信心
对我交付。

哦，让我仍然
书写您为伟大上帝，而我仍是小孩：
让我柔软而且顺从您的意愿，
对自身谦卑，对他人和蔼，
远离病灾。

尽管，偷偷地
我的肉体在长大，但是让她的姐妹
我的心灵一无所求，只保持她的福乐：
肉体的生长只是一个水疱；
童年是健康。

Since, Lord, to thee
A narrow way and little gate
Is all the passage, on my infancie
Thou didst lay hold, and antedate
My faith in me.

O let me still
Write thee great God, and me a childe:
Let me be soft and supple to thy will,
Small to my self, to others milde,
Behither ill.

Although by stealth
My flesh get on, yet let her sister

My soul bid nothing, but preserve her wealth:

The growth of flesh is but a blister;

Childhood is health.（*Works*: 44）

　　在该诗第 1 节，赫伯特从字面上解读了《马太福音》7：14 中描述的永生之门非常狭窄，且很少有人能找到的特点，从而说明，相比体格高大的成年人，婴儿更能接近上帝，更能找到通往永生的道路，"您已经托住我，提前把信心 / 对我交付"说的就是婴儿在出生数周内接受洗礼，从而被赐予信心。

　　在该诗第 2、3 节，诗人希望自己保持孩童的柔软状态，因为那代表着顺从、谦卑和健康。他把肉体的成长比喻为膨胀脓肿的"水疱"，是疾病的表现，并且祈求"肉体"的姐妹"心灵"能够保持婴儿时期的纯真和柔软。"童年是健康"体现了疾病缠身的赫伯特本人对健康的渴求，在他看来，随着身体的成长，越来越多的疾病（和罪恶）侵袭人体，因此，他希望返回到孩提时代，"让我柔软而且顺从您的意愿"。

　　然而《圣洗礼（二）》中描述的柔软的小孩只是诗人成年以后所希冀的美好状态，事实是他笔下的说话者"我"从诗集开篇就拥有一颗坚硬的心，他已经成年，早已不复初生儿的柔软。《祭坛》作为《教堂》部分的第 1 首诗，是一首著名的图形诗。①诗人特意把这首诗的 16 句诗行排列成一个祭坛的形状，在形式和内容上达到高度统一。②

---

① 图形诗，也被称为视觉诗或象形诗，由于赫伯特这首《祭坛》在同类诗中尤其突出，因此图形诗有时也被称为祭坛诗。

② 后面的译文引自：黄杲炘，《从柔巴依到坎特伯雷——英语诗汉译研究》，武汉：湖北教育出版社，1999，第 167 页。笔者在该译文基础上稍有修改，如第 6 行。

主啊一个破祭坛是您的忠仆
用一颗心筑起又用泪水粘固：
　　它各个部分像由您建造，
　　匠人的工具哪里能碰到。
　　　　也只有人的心
　　　　如石头般坚硬，
　　　　除了您没有谁
　　　　有力量叫它碎。
　　　　所以我这硬心
　　　　凭它的各部分
　　　　合成了这形状，
　　　　把您的名颂扬：
　　所以倘若我有幸得安宁，
　　这些石块将不停颂扬您。
但愿哪我有作您牺牲的福分，
愿您接纳这祭坛而使之神圣。

A broken A L T A R, Lord, thy servant reares,
Made of a heart, and cemented with teares:
　　Whose parts are as thy hand did frame;
　　No workmans tool hath touch'd the same.
　　　　　A　H E A R T　alone
　　　　　Is　such　a　stone,
　　　　　As　nothing　but
　　　　　Thy pow'r doth cut.
　　　　　Wherefore each part
　　　　　Of my hard heart
　　　　　Meets in this frame,
　　　　　To praise thy Name:
　　That if I chance to hold my peace,
　　These stones to praise thee may not cease.
O let thy blessed S A C R I F I C E be mine,
And sanctifie this A L T A R to be thine. (*Works*: 26)

里奇、舍恩菲尔特等多名学者都指出，这首图形诗展现出的祭坛形状是典型的在基督教早期（古罗马时代）使用的祭坛，[①]而不是赫伯特所处时代的圣餐桌（Holy Communion Table）。[②]鉴于此，里奇认为，该诗受到了古希腊罗马时期异教祭祀习俗的影响，因而不能把该诗表现的宗教仪式纳入英国国教传统。[③]据此推测，该诗从而也就不属于新教神学思想范畴。然而，该诗尽管从标题和直观形式上都指向古典时代的祭坛，甚至给人以天主教所注重的仪式感，但它所探讨的核心意象却并非祭坛，而是人心，是人那颗"如石头般坚硬"的心脏。

诗歌从一开始就交代这座祭坛由人心筑起，又用泪水粘固，而上帝就是那石匠，正如文德勒描述的："人的心脏由于上帝在其上刻画而破碎了，上帝用苦难促使坚硬的心脏流泪，从而重新把心脏粘贴起来，但是并非把它做成原来自然的形状，而是把它做成祭坛的形状。"[④]因此，诗歌开篇就把读者的目光从外在的物质仪式转向人内在的精神世界，从物质的祭坛转向心中的圣殿，从注重外在仪式的天主教转向注重内省和个人虔信的新教。诗人强调人的这颗心脏非常坚硬，并把它和石头相提并论，因此这颗破碎、坚硬的心能像破碎的石头一样被上帝组合成祭坛。同时，诗人也一再强调这颗坚硬的心脏只有上帝才能在其上刻画，只有上帝能把它重建，匠人的工具无法碰到它，就像诗中提到的"除了您没有谁 / 有力量叫它碎"。赫伯特在这首短诗中引用了多个《圣经》典故，其中最核心的内容就是上帝嘱咐摩西为他建造石坛，但是在建造过程中不能在上面动用铁器，也不能用凿过的石头，也就是说，不能动用人本身的力量。因此，这座祭坛本质上是由上帝建造的，就像赫伯特在诗中第 3 行所说，"它各个部分像由您建造"。

这首《祭坛》处于《圣殿》开篇的位置，为整部诗集奠定了基调，即人心坚硬。上帝把人心打碎重塑成祭坛，其上供奉的并非物质的牺牲，

---

① 详见：Mary Ellen Rickey, *Utmost Art: Complexity in the Verse of George Herbert*, p. 10; Michael Schoenfeldt, *Prayer and Power: George Herbert and Renaissance Courtship*, p. 166.
② 在新教改革之后，英国国教在教堂中采用圣餐桌来取代传统天主教使用的祭坛。
③ Mary Ellen Rickey, *Utmost Art: Complexity in the Verse of George Herbert*, p. 16.
④ Helen Vendler, *The Poetry of George Herbert*, pp. 61-62.

而是人的忏悔和颂扬，其中的主导意象"石心"体现出说话者"我"未被拯救、心灵未获新生的状态。与赫伯特生活在同一时期的多恩也曾在宗教诗中提到人心的坚硬，比如在《神学冥想》中的第1首十四行诗就描述"我"不断被罪恶引诱，急需上帝的帮助，他指出"您的恩典可给我添翼，防他的伎俩，/您就像磁石一样吸引我铁铸心房"①。多恩笔下的"铁铸心房"（iron heart）和赫伯特的"石心"有着异曲同工之妙，都有着顽固不化、不顺从上帝的内涵。此外，赫伯特诗中提到的只有上帝能在坚硬的人心上写字恰好与路德"除了上帝，没有人能控制心灵"②的说法相吻合，因此，该诗具有鲜明的新教改革色彩。

另一首匠心独运的图形诗《耶稣》（"Jesu"）同样展现了一颗坚硬而破碎的心，并以此为基础对"Jesu"这个单词作了独特的解读：

> JESU 在我心上，他神圣的名字
> 深深地刻在那里：但是某个星期
> 一场巨大的苦难打碎那精美的构造，
> 一切变为碎片：我要把它们寻找：
> 首先我找到一个边角，J 字镌刻在上面，
> 接着我找到 E S，然后是刻有 U 的那一片。
> 当我找回这些碎片，我赶快
> 坐下来把它们拼贴，才明白
> 当我心破碎时，他是 I ease you（我抚慰你），
> 　　　　当我心完整时，他是 JESU（耶稣）。

> JESU is in my heart, his sacred name
> Is deeply carved there: but th'other week
> A great affliction broke the little frame,
> Ev'n all to pieces: which I went to seek:
> And first I found the corner, where was J,
> After, where E S, and next where U was graved.

---

① 但恩，《约翰·但恩诗集（修订版）》，第 213 页。
② 转引自：Cristina Malcolmson, *Herbert-Work: George Herbert and the Protestant Ethic*, Stanford: Stanford University Press, 1999, p. 84.

When I had got these parcels, instantly

I sat me down to spell them, and perceived

That to my broken heart he was *I ease you*,

　　　　And to my whole is *JESU*. (*Works*: 112)

　　赫伯特在此借鉴了当时在英国流行的寓意画册中关于人的心脏的图像，对耶稣的名字进行有趣的解读，如图 2 所示。在该诗中，"JESU"被上帝之手深深地刻在人的心脏上，诗人围绕该词展开想象，从破碎的部分和完好的整体两方面对该词进行两种不同的阐释。辅音字母"J"和元音字母"I"在赫伯特生活的 16、17 世纪还没有被完全区分开来，无论是手稿还是印刷本中都能见到两个字母混用的情况（*Works*: 516），因此当"JESU"被拆分成四个字母，赫伯特把 J 视为 I，该词含义为"我抚慰你"(I ease you)，当它们合在一起则是耶稣的名字。值得注意的是，这个单词被刻在人心上，它的四个字母之所以分离，是因为人心坚硬又脆弱，它被苦难拍打成碎片四处飞散。尽管该诗使用文字游戏，带有轻

图 2　上帝之手在人心上刻画[①]

----

① 图 2 所示是德国新教神学家丹尼尔·克拉默（Daniel Cramer, 1568—1637）所著《神圣寓意画》（*Emblemata Sacra*, 1624）中的一幅关于心脏的图像，其中上帝之手握着一支笔从云层中伸出，在一颗心上写下"JESU"这个单词，而这颗心的下面则垫着一本书（《圣经》）。该图取自 Barbara Lewalski, *Protestant Poetics and the Seventeenth-Century Religious Lyric*，附图 12。

松戏谑的风格，然而它探讨的主题却是严肃的，延续了《祭坛》中关于坚硬而破碎的心的生动意象。

在《旧约》中，所罗门在耶路撒冷为上帝建立豪华壮观的圣殿，而在《新约》中，上帝的居所从外在移到内在，住进人的心中，因此人或者说人的心脏成为上帝新的圣殿。然而，那些顽固不化、不顺从上帝旨意的人有着坚硬的心，以至于拒绝上帝住进他们心中。在诗歌《自然》（"Nature"）第 17—18 行，赫伯特就指出人的心脏日益干枯，"成为一块石头 / 更适合藏污纳垢，却不能接纳您"（And a much fitter stone / To hide my dust, then thee to hold）（*Works*: 45）。

与此相关联的另一首诗《墓冢》（"Sepulchre"）更是强调人心的坚硬程度胜过顽石，把基督的身体拒之门外。该诗共分为 3 个诗节，每个诗节有 8 行：

> 哦，圣洁的身体！您被扔往何处？
> 您没有安身之所，唯有一个冰冷坚硬的石窟？
> 人间如此多的心房，然而没有一处
> 　　　　接纳您？
> 当然，我们的心房有足够空间储存东西；
> 因为它们能留宿大量的逾矩过失：
> 数千玩物在那存放，但是它们却把您
> 　　　　赶出门外。
>
> 然而那些看着大的，却显得不合适。
> 如今容纳您的这块纯洁的岩石，
> 它是否曾犯过罪？是否曾招致
> 　　　　谋杀的控诉？
> 当我们坚硬的心捡起石块扔向您的头部，
> 没有击中，又错误地指控您；
> 只有这个石窟静静地接纳您
> 　　　　和秩序。
>
> 古时候律法被神圣的技艺
> 刻在石头上；现在您同样是

　　圣言，却找不到合适的心脏

　　　　　　承载您。

然而我们一意孤行，如开始时那样，

因此应当被毁灭，但是尽管人心冰冷、

坚硬、肮脏，没有任何事物能阻止您

　　　　　　爱世人。

O Blessed bodie! Whither art thou thrown?

No lodging for thee, but a cold hard stone?

So many hearts on earth, and yet not one

　　　　　Receive thee?

Sure there is room within our hearts good store;

For they can lodge transgressions by the score:

Thousands of toyes dwell there, yet out of doore

　　　　　They leave thee.

But that which shews them large, shews them unfit.

What ever sinne did this pure rock commit,

Which holds thee now? Who hath indited it

　　　　　Of murder?

Where our hard hearts have took up stones to brain thee,

And missing this, most falsly did arraigne thee;

Onely these stones in quiet entertain thee,

　　　　　And order.

And as of old the Law by heav'nly art

Was writ in stone; so thou, which also art

The letter of the word, find'st no fit heart

　　　　　To hold thee.

Yet do we still persist as we began,

And so should perish, but that nothing can,

Though it be cold, hard, foul, from loving man

　　　　　Withhold thee. (*Works*: 40-41)

在第 1 诗节中,诗人想象自己置身于基督死后的墓室,并且提出了一系列疑问,即为何基督的身体被扔在此处,为何只有冰冷坚硬的石头做他的坟墓,为何人心没有接纳他。此处,诗人关于住所和空间的理解已经向内化的、非物质的方向发展。紧接着,诗人嘲讽地指出我们的心有足够空间,然而却全部用来堆放各种罪孽和玩物,没有给基督留下一点立足之地。诗中把冰冷坚硬的石头和人的心脏相提并论,一方面是对二者加以区分和比较,说明石头比人心更愿意接纳基督的身体;另一方面,把石头和人心并列加深了二者间的关联,描述石头的两个词"冰冷"和"坚硬"同样可以用来形容人心,"如果说石头是冰冷和坚硬的,那么把基督拒之门外的人心则更加冰冷,更加坚硬"①。不仅如此,石头和人心都可以被视作墓冢,但是在该诗中"前者成为基督死后的栖身之所,后者则是容纳罪的地方"②。

第 2 诗节继续石头的意象,强调石头比人心更纯洁,更适合容纳基督的身体。诗人提到这块岩石是纯洁的(pure),一方面是因为那里头没有葬过人,另一方面是因为这块岩石不曾犯过罪。另外,根据基督教传统中关于基督和磐石之间的联系,我们很容易把这块岩石和基督等同起来,因此它的纯洁性更是毋庸置疑,"这块纯洁的岩石"既指代容纳基督身体的岩石,也指代基督的身体,具有双重含义。与此相反,人坚硬的心却像犹太人对待基督一样,要拿起石头来打他,并且错误地指控他,最终使他被钉上十字架。由此,诗人认为,尽管人心看上去有很大容量,但它其实并非基督合适的住所。

该诗最后 1 节首句重申上帝与石头有着密切关联。据《圣经》记载,上帝曾经把十诫写在两块石板上,斯特莱尔也指出,"上帝的话语与石头的相遇是人神交往中的常态"③,因此,作为上帝之道的基督同样适合住在坚硬的石头里,而找不到合适的心脏供他居住。而且,人心如此顽固坚硬,诗人认为应当被毁灭。然而该诗最后一句却把前面所有的话语和

---

① Chana Bloch, *Spelling the Word: George Herbert and the Bible*, p. 56.
② Stanley Fish, *Self-Consuming Artifacts: The Experience of Seventeenth-Century Literature*, p. 171.
③ Richard Strier, *Love Known: Theology and Experience in George Herbert's Poetry*, p. 15.

心理铺垫都推翻了，再一次做出反转：虽然人的心脏"冰冷、坚硬、肮脏"，但是没有任何事物能阻止上帝爱人类。也就是说，最后一句话告诉我们，上帝的恩典是不可抗拒的（这是路德、加尔文等新教改革者着重强调的教义），①尽管人心顽梗、一意孤行，坚持把罪纳入怀中，把上帝拒之门外，然而这一切都无法阻挡上帝进驻人心，"他的爱伴随着强力而来，摧毁该诗前面提到的一切阻碍"②。因此，虽然人心坚硬，拒绝上帝的进入，然而"上帝进驻人心并不以心脏是否接受他为前提"③，到诗歌结尾，诗人暗示上帝终将进驻人心，或者已经进驻人心。

第二节　"罪还在敲打我的心脏，使之坚硬"：人心坚硬的原因

赫伯特在以上多首诗中都提及人心坚硬的状态，表明那是人顽固不化、不顺从上帝的表现，他同样也在诗歌中说明了人心变坚硬的原因：罪的敲打。在诗歌《恩典》中，诗人祈求恩典能够从天而降，其中第4、5诗节如下：

> 死亡依旧像鼹鼠在忙碌，
> 　每一步都在挖掘我的坟墓：
> 让恩典也忙碌，在我心灵之上
> 　　　　从天而降。
>
> 罪还在敲打我的心脏
> 　使之坚硬，空无仁爱：
> 让柔软的恩典挫败罪的伎俩，
> 　　　　从天而降。

Death is still working like a mole,
And digs my grave at each remove:

---

① "不可抗拒的恩典"是加尔文主义五条基本教义中的一条，其他四条分别为"全然败坏""无条件选择""有限的救赎"和"圣徒蒙保守"。
② Gene Veith, *Reformation Spirituality: The Religion of George Herbert*, p. 71.
③ Stanley Fish, *Self-Consuming Artifacts: The Experience of Seventeenth-Century Literature*, p. 170.

Let grace work too, and on my soul
　　Drop from above.

Sinne is still hammering my heart
Unto a hardness, void of love:
Let suppling grace, to crosse his art,
　　Drop from above.（*Works*: 60）

　　诗人把死亡比喻为一只活跃的鼹鼠，它每一次在土中的活动都在挖掘"我"的坟墓，使得说话者离死亡更近一步。与死亡紧密为伍的是"罪"，诗人运用拟人化的手法来描述罪，使得该诗具有寓言的特点。他笔下的罪把柔软的心脏敲打锻造，"使之坚硬，空无仁爱"，就像一个铁匠不停地用铁锤敲打，使得柔软的东西变得越来越坚硬。

　　人的心脏之所以变得坚硬，是因为罪在不停地敲打它，因此罪人的一个突出特点就在于他的心脏是坚硬的。在题为《罪人》（"The Sinner"）的十四行诗中，赫伯特生动地描写了一个罪人的形象：

　　主啊，当我寻找珍藏在记忆中的东西时，
　　　　是何等疟疾缠身！
　　　　假如我的心灵也对应着一周的轨迹，
　　那么每第七个音符都理应献给您。
　　但是在心灵里我找到虚荣满满地堆砌，
　　　　只有一丁点圣洁，它们还不敢冒险
　　　　露脸，因您的旨意而气恼：
　　在那里，地球处在边缘，而天空却在中间。
　　众多的渣滓中，精华却只有微毫，
　　　　我心中萃取之精神，
　　　　碎成了成百上千份。
　　但是上帝，请修复您的形象，倾听我的呼唤：
　　　　虽然我坚硬的心极少向您抱怨，
　　　　但是记得您确曾把字刻于石板。

Lord, how I am all ague, when I seek

What I have treasur'd in my memorie!

Since, if my soul make even with the week,

Each seventh note by right is due to thee.

I finde there quarries of pil'd vanities,

But shreds of holinesse, that dare not venture

To shew their face, since crosse to thy decrees:

There the circumference earth is, heav'n the centre.

In so much dregs the quintessence is small:

The spirit and good extract of my heart

Comes to about the many hundred part.

Yet Lord restore thine image, heare my call:

And though my hard heart scarce to thee can grone,

Remember that thou once didst write in stone. (*Works*: 38)

　　首先，罪人的身体被疾病缠身，不得自由；其次，他的心灵里面堆满了虚荣，只剩下"一丁点圣洁"，而且这点圣洁从来不轻易显露出来。在文艺复兴时期，"地心说"还普遍被人接受，因此在赫伯特看来，地球本该处在中心，围绕它的是天空和群星，然而他在诗歌中把空间位置彻底颠倒，"地球处在边缘，而天空却在中间"，表明罪人的是非观念与传统伦理背道而驰。上帝按照他自己的形象造人，人的品德越高尚就越接近上帝的形象，因此诗人呼唤上帝把他自身的形象修复。该诗最后两句点明罪人的典型特征，即"坚硬的心"，人心太过坚硬，以至于发不出一声呻吟，无法向上帝求救或抱怨，诗中说话者提醒上帝他曾在石板上写字（此处影射"十诫"的由来），因此上帝必定可以改造"我"坚硬的心。

　　事实上，正如该诗说话者所祈求的，罪人坚硬的心确实可以被上帝改造，而且也只有上帝能够将之改造。圣灵进入人心与其中的罪恶交战，把坚硬的石心变成柔软的肉心，并在人心中建立起圣殿，这是赫伯特诗歌的一大主题，也是他新教改革思想的体现，因为"圣灵在信徒心中直接工作的教义，对新教神学来说至关重要"①，而且新教改革者们主张的"因

---

① Richard Strier, *Love Known: Theology and Experience in George Herbert's Poetry*,
　 p. 144.

信称义"中的信心，正是由圣灵带来的，正如加尔文在《基督教要义》中所说："圣灵扮演着印章的角色，把那些应许印在我们的心上。"[①]

人心变得坚硬，因为罪在时刻不停地敲打人的心脏，使之坚硬，空无仁爱，那么罪从何而来？在十四行诗《罪（一）》（"Sinne I"）中，赫伯特追溯罪的所在，指出罪并非来自外部，而是深埋于人的心中：

> 主啊，您用怎样的关怀将我们包围！
>> 父母先把我们抚育，随后是老师
>> 让我们学习法律；使我们被
> 理性的规则、神圣的信使、
> 布道坛和礼拜日所约束，悲伤尾随着罪，
>> 苦恼分门别类，痛苦各样各式，
>> 精细的罗网和计谋把我们圈限在内，
> 打开的《圣经》，百万个惊喜，
> 预先的祝福，感恩的维系，
>> 荣耀的声音响在我们耳旁：
>> 外面是羞耻；内里是良知；
> 天使和恩典，永恒的希望和恐慌。
>> 然而所有这些围栏和整个部署
>> 被一种狡猾的胸中之罪彻底征服。

> Lord, with what care hast thou begirt us round!
>> Parents first season us: then schoolmasters
>> Deliver us to laws; they send us bound
> To rules of reason, holy messengers,
> Pulpits and Sundayes, sorrow dogging sinne,
>> Afflictions sorted, anguish of all sizes,
>> Fine nets and stratagems to catch us in,
> Bibles laid open, millions of surprises,
> Blessings beforehand, tyes of gratefulnesse,
>> The sound of glorie ringing in our eares:

[①] John Calvin, *Institutes of Christian Religion*, vol. 1, p. 640.

Without, our shame; within, our consciences;

Angels and grace, eternall hopes and fears.

Yet all these fences and their whole aray

One cunning bosome-sinne blows quite away. (*Works*: 45-46)

这首十四行诗得到 18 世纪浪漫派诗人柯尔律治的赞赏，后者在他的《文学传记》第 19 章中全文引用该诗，并把该诗命名为《胸中的罪》（"The Bosom Sin"）。①诗中一系列名词散漫堆砌如意识流手法，在写作手法上类似于赫伯特的另外一首诗《祈祷（一）》（"Prayer I"）。

《罪（一）》在前 12 行列出了人在一生当中为防范罪的入侵而做的很多努力，包括父母的抚育、老师的教导、法律、理性、宗教，以及对罪的惩罚（各种悲伤和苦恼）等等，"精细的罗网和计谋把我们圈限在内"，竭尽全力阻挡罪的入侵，然而这些外在的规范、律法和教导，"所有这些围栏和整个部署"，却被胸中的罪彻底征服。"前 12 行或 13 行诗句建起了一座宏伟大厦，但是最后 1 行或 2 行却突然之间把这栋大厦彻底摧毁。家庭、学校和教会的规训在心中的罪面前土崩瓦解。"②罪并不像预期的那样来自外界，而是来自人的内心，它狡猾地深埋心中，当人们在外界筑起铜墙铁壁之时，它轻易地由内攻破。

该诗一方面追溯罪的所在，即它不是来自外部，而是深埋在人心中；另一方面告诉人们，人在堕落之后已经"全然败坏"③，外在的规训、律法，以及慷慨的奖赏（"荣耀的声音"）都对人的拯救无济于事。诗人在此紧随当时新教改革者们关于律法无用的观点，即律法只是让人知罪，却无法达成人的救赎，同时也反驳了天主教的功德论和神人合作说，指出人的所有作为（父母、老师、人自身的苦恼和良知）都被心中的罪轻易击败，对人的救赎没有一点帮助。那么该如何抵制心中与生俱来的狡

---

① Samuel Coleridge, *Biographia Literaria*, vol. 2, Oxford: Clarendon Press, 1907, p. 74. 柯尔律治共引用三首赫伯特的诗歌，另外两首分别是《美德》和《不为人知的爱》。柯尔律治认为，赫伯特的诗歌在当时不乏模仿者，并指出他的创作特点是"以最准确、自然的语言表达最奇妙的思想"。此外，"bosom"也可解作"亲密的，知心的"等义，因此，"the bosom sin"也可表示"亲密的罪"或"知心的罪"。

② Cristina Malcolmson, *Herbert-Work: George Herbert and the Protestant Ethic*, p. 107.

③ "全然败坏"（total depravity）是加尔文的基本教义之一，信义宗、浸信会、循道宗等其他新教教派也不同程度地接受此教义。

猾的罪呢？赫伯特的答案是只有上帝才能消除罪恶，使人得到救赎，他是唯一的，也是充分的条件。这是典型的新教伦理思想。[①]

第三节 "最神圣的软化了我的刚硬"：人心中的圣殿

斯特莱尔曾指出，赫伯特笔下的上帝最突出的特征是"强力与仁爱——绝对的强力服务于绝对的仁爱，这一对名词几乎是他诗歌中的公式"[②]。上帝的力量和仁爱最明显的体现是他的鲜血乃万能灵药，可以修复人的心脏，使之由坚硬变为柔软。上帝这种治愈人心的作用在加尔文的《基督教要义》中也被重点阐释，加尔文提醒人们注意上帝恩典的疗效，"通过它，人败坏的本性被修正治愈"[③]。

从《祭品》（"An Offering"）这首诗可看到圣餐对人心的修复作用。这首诗看似一段对话，但是只有一个人发出声音，另一个人虽然采取了行动，却保持沉默，因此我们只能听到一个人的独白。说话者具有自信乐观的个性，使得全诗都带上轻松幽默的风格。在第 1 诗节中，他敦促对方"来吧，带上你的礼物"（Come, bring thy gift）（*Works*: 147），当他得知后者呈上的是一颗心脏，就怀疑这颗心是否纯洁，是否有许多孔洞。在第 2 诗节，说话者希望有许多颗心匹配他送出的祝福，但是马上又说如果一颗心是好的，那么一颗就已足够，因为"根据公众的判断，一颗就能代表一个民族"（In publick judgements one may be a nation）（*Works*: 147）。然而在第 3 诗节，我们得知说话者关心的并不是数量，而是质量问题，他害怕这颗呈上的心脏早已不复完整，因为贪欲和激情把心脏分割成很多份；说话者指出，修复这颗破碎的心脏，"你就能以一颗心呈现很多礼物"（And thou mayst offer many gifts in one）（*Works*: 147）。那么如何修复心脏呢？在第 4 诗节，说话者为对方指出了一条明路：

> 有一种香液，或者说其实是一种血液，
> 从天国降下，它既能清洗也能治愈

[①] 加尔文在《基督教要义》第 3 卷第 4 章第 26—27 节中有详细阐释：唯有基督的恩典才能真正消除人的罪，并使人的内心达到安宁。

[②] Richard Strier, *Love Known: Theology and Experience in George Herbert's Poetry*, p. 5.

[③] John Calvin, *Institutes of Christian Religion*, vol. 1, p. 320.

各种创伤；它有如此神奇的力量。

去寻找这种万能灵药，不要停下，

直到你找到它，并喝下它：

那时再带来你的礼物，你的赞美诗应当这样；

There is a balsome, or indeed a bloud,

Dropping from heav'n, which doth both cleanse and close

All sorts of wounds; of such strange force it is.

Seek out this All-heal, and seek no repose,

Untill thou finde and use it to thy good:

Then bring thy gift, and let thy hymne be this; （*Works*: 147）

　　香液或者说血液指的就是基督的血。万能灵药（all-heal）在 16 世纪晚期特指一些草本药物，如槲寄生、欧蓍草、缬草、水苏等。①赫伯特把基督之血比作万能灵药，使得原本平凡的术语带上了基督教色彩。诗中说话者指出基督之血不仅可以清洗，而且能修复心脏上的创口，使之完整，他鼓励对方去把基督之血（圣餐）寻找，并且把修复好的心脏重新带给他。

　　《祭品》的中心主题是心脏作为礼物被呈献给说话者。从全诗内容来看，这个说话者洞悉一切，很有可能正是上帝。与《祭品》相似的另一首诗是《不为人知的爱》，后者同样描写说话者把他的心脏作为礼物呈献给他的主人（即上帝）。然而与《祭品》不同的是，在《不为人知的爱》中说话者充满了怨愤，他对着一个朋友倾诉自己的故事，他认为"这个故事是漫长而悲伤的"（the tale is long and sad）（*Works*: 129）。从他的讲述来看，他虔诚地把他的心脏献给他的主人，但是他的主人却吩咐另一位仆人把这颗心脏粗鲁地摔进水盆里，并用血水把它清洗；随后，他看到一口煮沸的大锅，锅身上刻着"苦难"（affliction）的字眼，同样是那位主人，把他的心脏扔进这口锅里熬煮；最后，当说话者疲惫不堪地回到家，上床休息时却发现床上布满荆棘，他的心脏被刺破，他知道这也必定是他的主人干的，因为他没有把房门钥匙交给其他任何人，所以

---

① Ann P. Slater (ed.), *George Herbert: The Complete English Works*, p. 465.

"必定是他"（It must be he）（*Works*: 130）。

　　该诗说话者满含怨恨地指责主人的粗鲁和不公正，然而这又是一个赫伯特笔下典型的不认识、不理解上帝的人，所以该诗说话者被认为是"《圣殿》中最没有洞察力的人，他已经享受基督徒生命中的所有好处，却没有发觉这一点"①。诗中那仔细倾听故事的不知名的朋友对说话者的回应才真正道出了该诗的真谛，这位朋友认为，上帝用血水清洗说话者的心脏，是因为这颗心脏已经污秽，用沸水熬煮他的心脏，是因为这颗心脏太过坚硬（正如说话者自己承认的，他的心上已经生出硬茧），用荆棘戳刺他的心脏，是因为这颗心脏太迟钝，因此这位朋友认为那看似不公的主人实际上体现着不为人知的爱。他在最后总结道：

> 从我听到的一切来看，你的主人对你展现
> 的喜爱比你知道的多。请关注事情的终点。
> 那水盆只是使原本破旧的东西变得崭新；
> 那大锅使原本太过坚硬的东西变得柔软；
> 那荆棘使原本太过迟钝的东西变得灵敏；
> 这一切只是为了努力修补你损坏的东西。
> 因此振作吧，全力颂扬他
> 在每周的每天、每时、每刻，
> 他欣然助你变得崭新、温柔、灵敏。

> For ought I heare, your Master shows to you
> More favour then you wot of. Mark the end.
> The Font did onely, what was old, renew:
> The Caldron suppled, what was grown too hard:
> The Thorns did quicken, what was grown too dull:
> All did but strive to mend, what you had marr'd.
> Wherefore be cheer'd, and praise him to the full
> Each day, each houre, each moment of the week,
> Who fain would have you be new, tender, quick. （*Works*: 130-131）

---

① Richard Strier, *Love Known: Theology and Experience in George Herbert's Poetry*, p. 159.

　　勒瓦尔斯基曾说该诗在赫伯特所有诗中最富象征性，[①]并指出这颗心脏经受的遭遇都能从当时流行的寓意画册中找到原型（如图 3、图4 所示）。

图 3　上帝之手用箭矢和葡萄汁　　　图 4　上帝之手用烈火煅烧心脏[②]
　　治疗心脏

　　该诗重点在于以心脏为中心意象，讲述强大而专制的上帝之手如何在人心上工作，而且通过苦难和折磨帮助它从破旧、坚硬、迟钝的状态变得崭新、温柔和灵敏。同时，诗人强调基督之血有着清洗和软化的作用，不仅能洗掉心脏上的尘埃，而且能软化原本坚硬的心脏，在第42—45 行，诗人就描述："在一次聚餐中，当许多人还在喝纯粹的酒，/ 一个朋友偷溜进我的杯子 / 甚至进入体内，最神圣的 / 软化了我的刚硬。"（Which at a board, while many drunk bare wine, / A friend did steal into my cup for good, / Ev'n taken inwardly, and most divine / To supple hardnesses.）（Works: 130）因此，该诗着重表现上帝以不为人知的方式

---

① Barbara Lewalski, *Protestant Poetics and the Seventeenth-Century Religious Lyric*, p. 206.
② 图 3、图 4 都出自丹尼尔·克拉默的《神圣寓意画》。从图 3 中我们能看到心脏遭受箭矢的穿刺，同时上帝之手从云层中伸出，用葡萄汁清洗、浇灌这颗心脏，对它进行刺激和清洁处理，图中拉丁文 "SANOR" 意为治疗。图 4 中的心脏被云层中的一双手铲入一个熊熊燃烧的火炉，图中拉丁文 "PROBOR" 意为考验。诗歌《不为人知的爱》中的主人对说话者心脏的处理，如用血水冲洗、用大锅熬煮、用荆棘穿刺正好契合图中的画面。两幅图均取自 Barbara Lewalski, *Protestant Poetics and the Seventeenth-Century Religious Lyric*，附图 14、附图 15。

在人心内工作，上帝的拯救工作不迁就于人的意志、观察力和感受力，并且由外而内，完全在人心中完成，诗人体现的中心观点即"宗教生活完全是'心'之事"①。由此可以说明，赫伯特在对待宗教生活时提倡内省和个人化的新教思想。

《罪（一）》告诉我们，罪不从外部入侵，而是与生俱来深埋于人心。《恩典》告诉我们，正是由于心中的罪不停敲打，人心变得越来越坚硬。当罪占据人心后，上帝除了使用基督之血来清洗和软化人坚硬的心脏，还会亲自进驻人心与那里的罪正面交战，人的心脏因此成为一个战场。这"心灵之战"（psychomachia）②在赫伯特许多诗歌中都有所涉及，比如《受难日》第 1 诗节就描写基督受难时难以测量的痛苦悲伤："我该如何测量你流下的鲜血？/ 我该如何计算你不幸的遭遇，/ 历数你的每次悲切？"（*Works*: 38）在第 4、5 诗节，诗人使用圣餐的意象，指出基督受难正是消除罪的解药：

> 让我在生命中
> 的每一刻都吞食一种悲伤；
> 你的痛苦因此在我体内奔涌，
> 成为我的太阳。
>
> 或者，不如让
> 我的几项罪过引发应有的懊恼；
> 正如每种动物都知道为自己疗伤，
> 每种罪也当有它的解药。

Then let each houre

① Richard Strier, *Love Known: Theology and Experience in George Herbert's Poetry*, p. 163. 实际上，赫伯特诗歌中的所有感官意象都有着内在化、精神化的特点，全都指向人的内心。

② "心灵之战"或称"灵魂之战"，指人心内善恶之间激烈的矛盾冲突。这个文学术语来自早期拉丁诗人普鲁登修斯（Prudentius, 348—413）创作的基督教寓言诗《心灵之战》（*Psychomachia*），该诗以拟人化的手法描写基督教各种美德，如"信心""节制""理性""忍耐""清醒"等与各种罪恶兵戎相见的场景。《心灵之战》在西方文学中开创了拟人化描写善恶相争的寓言体传统，后来的《玫瑰传奇》《农夫皮尔斯》《仙后》《天路历程》等著名作品都是这一传统的延续。

Of my whole life one grief devoure;

That thy distresse through all may runne,

And be my sunne.

Or rather let

My severall sinnes their sorrows get;

That as each beast his cure doth know,

Each sinne may so. （*Works*: 39）

诗中"吞食一种悲伤"明显指的是基督徒的圣餐，诗人在该诗没有直接描写基督受难的情景（这部分内容已经在长诗《献祭》中得到详细描述），而是从"我"的角度来展现这一事件，着重突出了基督受难时的悲伤。

该诗第 6—8 诗节在格律上自成一体，实际上这 3 个诗节在 W 手稿中是独立的诗，标题为《受难》（"The Passion"），在后来的 B 手稿中，虽然这 3 个诗节合并入《受难日》，却是另起一页，因此，赫伯特的本意可能是将之视为独立的一首诗。这 3 个诗节如下：

主啊，既然血液最适宜，

书写你的悲伤，还有染血的战场；

我的心还有空间，写在那里，

墨水和罪恶同时占据心房。

当罪看到如此多的对手，

你的鞭伤、你的钉痕、你的伤口、你的悲哀

全都在那里下榻，罪会开口：

"没有我的房间了"，于是逃开。

罪已走，哦，占满这个房宅，

用你的恩典把它牢牢守卫；

以防罪鼓起勇气，卷土重来，

从而把所有文字抹黑或烧毁。

Since bloud is fittest, Lord, to write

Thy sorrows in, and bloudie fight;

My heart hath store, write there, where in
One box doth lie both ink and sinne:

That when sinne spies so many foes,
Thy whips, thy nails, thy wounds, thy woes,
All come to lodge there, sinne may say,
No room for me, and flie away.

Sinne being gone, oh fill the place,
And keep possession with thy grace;
Lest sinne take courage and return,
And all the writings blot or burn. (*Works*: 39)

　　此处，坚硬的人心是基督和罪交战的战场，首先罪把人的心脏占据，随后上帝以基督之血作为墨水在人心上书写，"墨水和罪恶同时占据心房"指的是基督之血和罪交战。赫伯特笔下基督和罪的斗争并非如传统的"心灵之战"中描述的配备有强大的武器和铠甲，在这场斗争中，基督不是通过强大的武器和力量，而是通过受难时的悲伤打败了罪，他的鞭伤、钉痕、伤口、悲哀全都住进人心，并把人的心房占满，以至于罪没有立足之地，只能灰溜溜地逃开。当罪已经被赶走，诗人恳求基督用恩典牢牢把人心守卫，防止罪卷土再来。赫伯特在这部分不仅使用传统的"心灵之战"的意象描写基督与罪的斗争，同时我们还能看到上帝在坚硬的人心上写字这个《圣经》典故，然而全诗重点仍在于祈求上帝进驻人心，最后一节以祈祷收尾，表现出"典型的新教倾向，祈求基督住进他的心中"①。

　　《衰败》（"Decay"）通过新旧约对比，更加具体地描述了上帝从外在居所进驻人心的过程。在第1诗节，诗人以怀旧的心情追溯《旧约》时期的美好岁月，"那些日子是甜蜜的，当您和罗得住在一起，/与雅各布摔跤，与基甸坐在一起，/给亚伯拉罕提供建议"（Sweet were the dayes, when thou didst lodge with Lot, / Struggle with Jacob, sit with Gideon, / Advise with Abraham）（*Works*: 99）。这说明上帝和人有着直接的面对面

———————
① Gene Veith, *Reformation Spirituality: The Religion of George Herbert*, p. 69.

的交流。在第 2 诗节，说话者指出，在《旧约》时期，人们能轻易找到上帝的所在，比如在高大的橡木、灌木、洞穴或水井中，当上帝去往西奈山，人们借由道听途说也能找到他，因此，《旧约》中的上帝真实地存在于人间，与摩西面对面地交流，而且很容易被人找到。在第 3 诗节，说话者话锋一转，回到当下，也就是《新约》时代，在说话者看来，此时上帝变得弱小，屈居于脆弱心脏的一角，并且受到撒旦的逼迫：

> 然而如今您把自己监禁关闭
> 在一颗脆弱心脏的某个角落：
> 那里的罪和撒旦，您的宿敌
> 挤压限制您，用尽计谋手段
> 　　攫取您应得的财富和空间。

> But now thou dost thy self immure and close
> In some one corner of a feeble heart:
> Where yet both Sinne and Satan, thy old foes,
> Do pinch and straiten thee, and use much art
> 　　To gain thy thirds[①] and little part. (*Works*: 99)

上帝从外在居所迁移到人的内心，并且在人心中与罪和撒旦抗争，说话者怀念旧时上帝在人心之外的时光，表示那时候的日子是甜蜜的，而当上帝进入人心，说话者把上帝刻画为弱小的、没有自由的弱者形象，他甚至很可能被罪击败。然而，果真如此吗？在该诗第 4 诗节，我们看到上帝尽管变小了，尽管隐藏到人的心中，但是尺寸上的减小只是暂时的，是能量的集中凝聚，[②]他的强力会回来，"召唤*正义*，燃烧一切"（And calling *Justice*, all things burn）(*Works*: 99)，即带来末日审判时的大火，因而也将把罪和撒旦彻底毁灭。实际上，这首诗中的说话者又是一个不理解上帝的无知者，诗人暗示我们，这个说话者无比怀念的旧时光其实

---

① 此处的"thirds"是当时的法律用语，表示当丈夫去世后，守寡的妻子有权继承亡夫三分之一的财产，参见：F. E. Hutchinson (ed.), *The Works of George Herbert*, p. 512（注释部分）. 此处形象地描写了心中的罪和撒旦想要把上帝从应得的那三分之一地盘里驱逐出去。

② James White, *"This Book of Starres": Learning to Read George Herbert*, p. 199.

存在着很多问题，那时的上帝存在于外界，是疏远的，他者化的，^①而
存在于人心中的上帝虽然看似弱小，却更显亲近，是强大力量的凝聚，
他由内而外从根本上对人心进行改造，使罪人得到新生。诗中上帝这种
由广阔的外在向受限的内在转变的过程实际上不是一种缩减，而是"一
种神奇的强化，是由强大的上帝向仁爱的上帝的转变"^②。因此，我们
应当像阅读罗伯特·勃朗宁（Robert Browning, 1812—1889）的戏剧独白
（dramatic monologue）一样来理解这首诗，尽管标题是《衰败》，尽管诗
中说话者对过去充满怀念，对现在的境况满含不甘和抱怨，但是上帝由
外在居所进入人的内心，这个由外而内的转变过程并非衰败或堕落，而
是一种增强或提升。这种增强或提升使得基督教更加摆脱外在机构和规
范的束缚，从而走向更加属灵的境界。

　　另一首关于古今对比的诗歌《锡安》（"Sion"）将古时所罗门为上帝
建造的宏伟圣殿和上帝在人心上的住所做了比较，表明上帝更喜欢住进
人的心中。正因如此，该诗带有明显的新教特征，诗人偏好内在，而非
外在，因此与罗马天主教以及英国国教中的仪式主义者都分道扬镳。^③诗
人在第 1 诗节介绍了上帝在古时候是如何荣耀地被服侍的，所罗门特意
为他建立宏伟壮观的圣殿：

> 主啊，古时候您是何等荣耀地被人服侍，
> 那时所罗门的圣殿巍然屹立，繁荣兴盛！
> 　　那里多数物件由纯金铸成；
> 　　所有木料都装饰以
> 花朵和浮雕，它们神秘而稀罕：
> 一切彰显造者技艺，渴望观者照看。

> Lord, with what glorie wast thou serv'd of old,
> When Solomons temple stood and flourished!
> 　　Where most things were of purest gold;

① Gene Veith, *Reformation Spirituality: The Religion of George Herbert*, p. 140.
② James White, *"This Book of Starres": Learning to Read George Herbert,* p. 200.
③ Christopher Hodgkins, *Authority, Church, and Society in George Herbert: Return to the Middle Way*, p. 174.

The wood was all embellished

With flowers and carvings, mysticall and rare:

All show'd the builders, crav'd the seeers care. (*Works:* 106)

尽管如此，这座奢侈的圣殿却并不是上帝所喜爱的，在下面 3 个诗节中，上帝宁可选择另一种建筑，即一颗坚硬而暴躁的心脏为他的住所：

然而这一切荣耀，一切壮观景象
都没有打动您，也并非您目的；
　　有一些事带来争议，
　　因此您放弃古时主张。
如今您的建筑与罪相遇；
因为您所有框架和构造都在内部。

那里您和一颗暴躁的心脏搏斗，
有时候它对您攻击，有时候您向它出拳：
　　这场战斗对双方来说都很艰难。
　　伟大上帝确实战斗，确实制服对手。
所罗门一切黄铜海洋和石头天地
在您眼里比不上一声真诚的叹息。

黄铜和石头确是沉重之物，
是死者坟墓，不适合做您的殿堂：
　　但是叹息轻快，长满翅膀，
　　所有动作都向上而去；
当它们飞升，它们如云雀般歌唱；
虽然音调悲伤，却是为君王唱响。

Yet all this glorie, all this pomp and state

Did not affect thee much, was not thy aim;

　　Something there was, that sow'd debate:

　　Wherefore thou quitt'st thy ancient claim:

And now thy Architecture meets with sinne;

For all thy frame and fabrick is within.

There thou art struggling with a peevish heart,

Which sometimes crosseth thee, thou sometimes it:

　　The fight is hard on either part.

　　Great God doth fight, he doth submit.

All solomons sea of brasse and world of stone

Is not so deare to thee as one good grone.

And truly brasse and stones are heavie things,

Tombes for the dead, not temples fit for thee:

　　But grones are quick, and full of wings,

　　And all their motions upward be;

And ever as they mount, like larks they sing;

The note is sad, yet musick for a King. (*Works*: 106-107)

　　诗人笔下的上帝放弃原有的物质圣殿，而去追求人心中的住所，反映出赫伯特反仪式主义的立场，同时也体现出当时"从罗马天主教繁复的仪式美……向宗教改革后简化仪式的转变"[①]，表明罗马天主教所注重的外在物质仪式已经成为过去，早已不是上帝所喜悦的。新教改革者们要求简化宗教仪式，减少教堂内部装饰，其目的就是让信徒更多地注意到人的内心。[②]

　　该诗第 3 诗节引入了打斗的意象，只不过这里的打斗双方并非上帝和罪，而是上帝和一颗暴躁的心脏。然而实际上，这颗暴躁的心脏正是因为被罪所占据着，才会变得暴躁、坚硬、顽梗。上帝和这颗暴躁的心脏展开近身搏斗，仿佛一场拳击比赛。这场搏斗非常艰难，胜负难分，最终上帝制服了这颗心脏。但是，即使上帝进入人心的过程如此艰难，上帝仍然选择人心，而不是外在的圣殿。在第 4 诗节，诗人再次比较物

[①] Achsah Guibbory, *Ceremony and Community from Herbert to Milton: Literature, Religion, and Cultural Conflict in Seventeenth-Century England*, p. 57.

[②] 路德在谈论教会礼仪时说道，"要劝导人，良心不可为这些事受捆绑，仿佛这类的礼仪是得救所必不可少的"，并且指出礼仪对赎罪无益。详见：路德，《马丁·路德文选》，北京：中国社会科学出版社，2003，第 58 页。加尔文和他的追随者认为，外在物质容易转移人们的注意力，导致人远离上帝，因此主张简化仪式，见：John Calvin, *Institutes of Christian Religion*, vol. 2, pp. 481-482.

质圣殿和人心，说明黄铜和石头是死人的坟墓，不适合做圣殿，而心中发出的真诚的叹息和呻吟却像鸟儿一样飞上天国，[①]因此，与其说诗人在此处比较的是外在和内在的圣殿，还不如说他比较的是无生命、无变化的物质圣殿和有生命、有变化的人心，这颗心脏能从暴躁、坚硬的状态转变为柔软、顺服，转变的唯一途径便是上帝恩典的入住。在恩典的时代，"上帝最好的住所就是人的心脏"[②]。《锡安》突出诠释了新教改革者提倡的宗教生活。外在的圣殿被内在的人心取代，所罗门时代的犹太人以及后来罗马天主教倡导的集体崇拜和祭司的中介职责被个人与上帝之间个体化的、亲密的直接交流所取代，人心成为上帝的住所，通过上帝的工作，心中的罪被驱赶，心脏由坚硬变为柔软。就像《规训》第20 行所说，只要有上帝之爱，"石头心脏都会淌血"（Stonie hearts will bleed）（Works: 179）。赫伯特清楚地展现了唯有上帝才能消灭罪并使得石头般的人心由坚硬变为柔软的新教思想。

赫伯特在诗歌中广泛引用《圣经》中的种种典故和比喻，而石头般坚硬的心这个触觉维度上的比喻贯穿他的诗集始终，在多首诗中重复出现，为我们理解他的诗歌提供了一个关键切入点。例如，它可以帮助我们更加准确地把握赫伯特诗集标题的含义。标题《圣殿》的合理性曾引起学者的质疑，如查尔斯认为，赫伯特临终前把他的诗集手稿交给费拉，但是并没有权威证据表明赫伯特为诗集添加了标题，因此《圣殿》这个标题很可能是费拉在后期所加。然而，查尔斯指出，这个标题既不符合赫伯特的想法，也不符合诗集的内容，因为赫伯特"没有在任何地方显示出要为整部作品取这个名字，也没有着重强调建造圣殿这个比喻。对赫伯特来说，敬拜上帝的正常地点是教堂，而不是圣殿"[③]。因此，查尔斯结合赫伯特诗集中三部分的小标题《教堂门廊》《教堂》和《教堂斗士》认为，诗集最适合的名字应该是《教堂》（The Church），这个名字

---

① 赫伯特的另一首诗《罪人》强调罪人的突出特征是具有坚硬的心，这颗坚硬的心很少发出呻吟，因此上帝进驻人心的主要工作就是使得心脏变软，发出叹息和呻吟。由此可知，《锡安》中的这颗暴躁的心也被罪占据着，因此必定也是坚硬的，上帝在人心中建立圣殿，目的就是软化人的内心。

② Christopher Hodgkins, *Authority Church, and Society in George Herbert*, p. 175.

③ Amy Charles, *A Life of George Herbert*, p. 185.

比《圣殿》"少了些炫耀，多了些说服力"①。

　　然而，赫伯特在诗歌中并没有描写外在建筑和环境，相反，他描述了一个虔诚的信徒内心无数矛盾挣扎的宗教体验，同时也刻画出罪人得到新生的心路历程，即首先罪人具有一颗石头般坚硬的心；随后上帝在人心上工作，驱赶其中的罪，使得人心软化；最后上帝抛弃外在的建筑，选择在人心中建立起一座圣殿，并且常驻在那里。"人心中的圣殿"②这个意象在赫伯特诗歌中反复出现，《圣殿》中"至少有62首诗与圣殿这个传统主题直接相关（而且这62首诗的位置安排使得每3首诗中必定有1首和圣殿相关）"③。赫伯特诗集的主导比喻就是把说话者比作圣殿，其中人的心脏是这座建筑的选址，"石头心脏、未经雕琢的《旧约》时期的祭坛、基督徒自身被选为上帝居住的建筑和圣殿，与此相关的所有《圣经》文本都用于促进这个比喻的全面展开……而且这个比喻在一定程度上影响了诗集中的所有诗歌"④。

　　不仅如此，"圣殿"这个词比"教堂"更具有深厚的历史内涵，它是维系过去与当下、外在与内在的关键词，因为"圣殿、祭坛、牺牲和祭司这类词不仅能定义人神之间的关系，而且保留了它们历史发展过程中的记忆"⑤，因此，标题《圣殿》不仅意味着在《新约》时代上帝改造石头般的人心，在其上建立内在的圣殿，同时也暗示着上帝的住所从《旧约》时代宏伟壮观的所罗门圣殿（如《锡安》所描述的）向人心中的精神圣殿的转变，有着从古到今的历史意义，更具有新教否定外在功绩、注重内在修行的基本特点。因此，标题《圣殿》比《教堂》更能全面概括赫伯特诗歌的内涵，并且完整地诠释了在人心中建立圣殿的《圣经》典故，而这一切的出发点则是诗集开篇《祭坛》中描述的"石心"这一触觉意象。

① Amy Charles, *A Life of George Herbert*, p. 185.
② "人心中的圣殿"这个意象主要来自《哥林多前书》3：16 中的话："岂不知你们是神的殿，神的灵住在你们里头吗？"
③ Stanley Fish, *The Living Temple*, p. 88.
④ Barbara Lewalski, *Protestant Poetics and the Seventeenth-Century Religious Lyric*, pp. 105-106.
⑤ Chana Bloch, *Spelling the Word: George Herbert and the Bible*, p. 121.

结　语

　　概括而言，在新教改革以前的基督教发展历史上曾发生过两次信仰与理性的争辩，第一次是公元4、5世纪奥古斯丁生活的时期，奥古斯丁的思想受到柏拉图哲学和新柏拉图主义的深刻影响，带有神秘主义倾向。奥古斯丁强调信仰的奥秘，对理性采取贬抑态度，和早期的诺斯替教派（Gnosticism，亦译"灵智派""神知派"）、德尔图良等人一样坚持信仰的神秘性和不可理解性。基督教的最基本教义，如三位一体的上帝、神人二性的基督、人的原罪和救赎这三个重要问题在早期教父眼里只能付诸信仰，而不能用理性去解读，正如德尔图良说的："我们的理性过于狭隘，根本无法理解上帝的奥秘，就像一个杯子无法装入浩瀚的大海一样。"[①]

　　这种超理性甚至反理性的神学思想成为基督教根深蒂固的一大传统，直到13世纪阿奎那出现。阿奎那引发了第二次关于理性和信仰的争辩，他把理性引入神学教义的讨论中，认为理性可以用来论证和支持信仰，并由此发展出注重理性思辨和逻辑推理的经院哲学和理性神学。阿奎那提出的关于上帝存在的五个证明是他理性神学的突出表现。在对待理性问题上，阿奎那的神学思想与奥古斯丁背道而驰，同时也奠定了中世纪罗马天主教神学的基础，其中功德论、神人合作说等天主教教义都是由理性神学发展而来的，而后来爱德华·赫伯特开创的自然神论也是对阿奎那理性神学思想的延续和发展。

　　路德和加尔文的新教改革反对罗马教廷的权威，反对理性在神学中的运用，可以说，他们发起了基督教历史上第三次信仰与理性之争。而

---

① 转引自：赵林，《基督教思想文化的演进》，第46页。

这一次，他们想要回归到早期教父奥古斯丁主张的崇尚奥秘、崇尚信仰的黄金时代。在他们看来，理性的权威只局限于世俗领域，只能适用于人的事务，即人与人之间的关系以及人与世俗世界之间的关系。而关于"Coram Deo"，即与上帝有关的事务，人的理性没有置喙的余地。人类在亚当堕落之后误用理性，沉迷于自己用才智达到的成就当中，因此，以路德为首的宗教改革者们所批判的并非理性这种才能本身，如它的推断、理解和鉴别力等，而是人们不断地将理性应用于宗教领域的习惯。

以路德、加尔文为首的新教改革者主张纯洁教会、恢复基督教早期信仰，提出了"唯独《圣经》、唯独恩典、唯独信心、唯独基督、唯独神的荣耀"的基本教义，受到了奥古斯丁的重要影响，他们试图把理性与信仰分割开来，使人的注意力从外在重新转向内在，通过神圣的奥秘、内在的感觉和信仰来取代理性的论证，同时也使教会的重点由外在机构转向个人的内在虔信和上帝之道，因此人神之间的交流变得更为直接，也更加倚仗个体的**感觉**，而非理性。斯特莱尔的评价"对［个体］经验的重视对历史上的新教思想来说具有核心意义"①正点明了新教注重个体经验的非理性化特点。

英国国教是欧洲宗教改革的重要成果之一，它历经亨利八世、爱德华六世、伊丽莎白一世的改革和调整，不仅在新教阵营内部占据重要的一席之地，而且表现出独特的宗教立场。但是，尽管16、17世纪的英国国教试图采用"中间道路"，在罗马天主教和激进的新教教派（清教）之间寻求平衡，但其基本教义却明显偏向于新教甚至加尔文主义。伊丽莎白一世时期颁布的《公祷书》和《三十九条信纲》都清晰地表达出欧洲大陆的新教改革思想，受到了路德和加尔文等改革者的深刻影响，尤其是加尔文主义，在赫伯特所处时代俨然是英国国教的主流思想。正如霍奇金斯指出的，伊丽莎白一世治下的国教在基本教义上具有深刻的新教特点，"非常接近加尔文主义，非常非常接近"②。

赫伯特作为虔诚的英国国教牧师，也受到了新教改革者路德和加尔文等人的影响，因此他的诗歌可以被置于新教神学背景下来解读。可以

① Richard Strier, *Love Known: Theology and Experience in George Herbert's Poetry*, p. 145.

② Christopher Hodgkins, *Authority, Church, and Society in George Herbert*, p. 20.

这样说，新教神学思想有助于解读赫伯特的诗歌，而赫伯特的诗歌反过来又有助于对当时新教神学思想的理解，二者是相辅相成的关系。

赫伯特像新教改革者一样对理性持批判态度，在当时理性兴起的时代，他不仅反对科学理性对自然的挖掘，也反对理性被运用于神学，因此他与好友培根的科学理性思想和兄长爱德华·赫伯特的理性神学意见相左，并且在诗歌中突出强调基督教非理性的特点，把理性与基督教中的"罪"紧密关联。在赫伯特笔下，理性一方面就像给人类始祖遮羞的无花果树叶一样；另一方面又如狡猾的撒旦始终蜿蜒爬行，充满活力。当人获得关于善恶的知识，会用理性来思考、判断问题时，罪就不可避免地出现。

我们从赫伯特诗歌中可以发现，基督教信仰和理性之间存在着不可调和的矛盾，基督教，尤其是新教具有非理性的特点，因此理性不能被运用于宗教领域，更不能用来揣度上帝的旨意。那么除了理性，基督徒该如何面对上帝，该如何体验宗教生活呢？答案是通过个人的感官体验。赫伯特注重个体感觉经验在人神关系中的重要作用，并在诗歌中大量使用与感官相关的意象来体现他和上帝之间的直接交流。人的五种感觉（视觉、听觉、嗅觉、味觉和触觉）在赫伯特笔下都变得内在化、精神化，脱去了感官愉悦的世俗意义，在基督徒生活中扮演着神圣的角色。

本书逐章介绍赫伯特《圣殿》中的五种感官意象，并以各种感官意象为切入点，分别详细解读赫伯特的新教神学思想。而《圣殿》核心部分最后一首诗歌《爱（三）》是赫伯特的压轴之作，被认为是《圣殿》中最重要的一首诗，怀特称"整部诗集《圣殿》的目的就是为了引出这首诗"[1]。正是在这首压轴之作中，五种感官意象罕见地全部聚集在一起，共同描绘人与上帝在天国的会面：

> 爱向我表示欢迎，但我的灵魂却后退，
> > 因尘土和罪孽使我羞愧。
> 但眼尖的爱，看到我变得迟疑，
> > 从我进门那刻起，
> 便向我靠近，甜美地询问

---

[1] James Boyd White, *"This Book of Starres": Learning to Read George Herbert*, p. 264.

是否我缺少什么。

一位宾客，我回答，值得留在这里的宾客：
　　　　　　爱说，你就是这位宾客。
我，一个不善良、不感恩的人？啊，亲爱的，
　　　　　　我不敢直视您。
爱执起我的手，微笑着回答，
　　　　　　不是我创造了这双眼？

的确，主，但我损坏了它们：让我的耻辱
　　　　　　去往它该去的地方。
你莫非不知，爱说道，谁承受了责罚？
　　　　　　亲爱的，那让我来服侍您，
你必须坐下，爱说道，尝一尝我的肉：
　　　　　　于是我落座并品尝。

Love bade me welcome: yet my soul drew back,
　　　　　　Guiltie of dust and sinne.
But quick-ey'd Love, observing me grow slack
　　　　　　From my first entrance in,
Drew nearer to me, sweetly questioning,
　　　　　　If I lack'd any thing.

A guest, I answer'd, worthy to be here:
　　　　　　Love said, You shall be he.
I the unkind, ungratefull? Ah my deare,
　　　　　　I cannot look on thee.
Love took my hand, and smiling did reply,
　　　　　　Who made the eyes but I?

Truth Lord, but I have marr'd them: let my shame
　　　　　　Go where it doth deserve.
And know you not, says Love, who bore the blame?

My deare, then I will serve.

You must sit down, says Love, and taste my meat:

So I did sit and eat. (*Works*: 188-189)

　　该诗同时出现在早期 W 手稿和后来的 B 手稿中,因此是赫伯特较早的作品。它被放在《教堂》最后,紧接着前面的《死亡》《末日》《审判》和《天国》。从诗歌顺序来看,我们可以推测这首诗描写的是人在经历死亡和审判之后进入天国、灵魂和上帝会面的情形。[①]在诗中,上帝为人设立筵席,并且亲自伺候客人用餐。

　　如果我们仔细注意诗中涉及的感官描写,就会发现五种感官意象罕见地同时出现在这首诗中。首先,人与上帝有着直接的眼神接触,诗中的"爱"就是上帝的化身,"眼尖的爱"显示上帝全知全能的视野,他的眼睛不受蒙蔽,可以穿透表象看到本质,从而看到"我"内心的懈怠和迟疑,因此上帝之眼的全能与人类肉眼的局限性形成对比;其次,人的眼睛在尘世无法窥见上帝的真容,而在这首诗中,在进入天国之后,人的眼睛终于能够看见上帝,因为原本蒙蔽他视觉的罪已经得到赦免。从听觉角度来考察,诗中的上帝和"我"有着直接的对话交流,上帝亲切地询问,而"我"倾听他的声音,并且做出回答。在嗅觉上,正如前文提到的,甜美的香气是圣行懿德的标记,因此上帝带有浓烈的香气,他的话语也带着馨香,当上帝询问时,诗人特意用"sweetly"(甜美地)这个嗅觉词来形容他的声音,[②]使得上帝的询问具有通感的效果(听觉和嗅觉)。此外,只有在《爱(三)》这首诗中才有真正意义上的人和上帝之间的肢体触碰,才有直接的触觉描写,即第 11 行"爱执起我的手",这一触觉互动真实地拉近了人和上帝之间的距离。最后一句话"于是我落座并品尝"描写天国的圣餐,"eat"(品尝)这个味觉动词成为

---

① 诗人笔下的死亡体验完全排除了堕入地狱的可能性。关于《爱(三)》的解读,可参看:邢锋萍,《他们不一样的上帝——多恩与赫伯特神学诗中的上帝形象之比较》,《国外文学》2015 年第 1 期,第 108 页。

② "甜美"这个词在赫伯特笔下"多数用来描写芳香的气味",是嗅觉意义上的词,而不是与味觉相关,参见:Ann P. Slater (ed.), *George Herbert: The Complete English Works*, p. 431.

《教堂》的最后一个词，甚至是整部《圣殿》的最后一个词，[①]这个词使得人和上帝的关系更进一步，因为上帝通过圣餐进驻人的心中，他不仅仅是提供食物的主人，而且是"食物本身"[②]，他从外在转移到内在，个体的人得以和上帝结合在一起，这一过程体现了该诗标题所暗示的"圣爱"（agape），即"无条件的爱"[③]，同时也符合新教注重内在修行的基本特点。

因此，《爱（三）》通过五种感官意象全方位地描写了人和上帝在天国的相遇。人神之间的距离在诗集《圣殿》中缩至最短，其中上帝是主动发起者，他首先"向我表示欢迎"，并主动劝说"我"坐下用餐，体现了新教神学中上帝和人之间的立场，因为对新教改革者来说，"上帝在人神关系中是一个主动的角色，传统意义上的心灵追求上帝、心灵攀升至天国以及罪人努力靠近上帝的模式被完全颠倒过来"[④]。同时，诗中的上帝主动接纳客人，而这名客人却退缩，在双方一进一退展开的拉锯战中，上帝最终迫使客人接受他的恩赐，由此可见，上帝的恩典是不可抗拒的，他发起的救赎不以人的意志为转移，表现出加尔文绝对预定论的观点。此外，诗中的"我"反复强调自身的"尘土和罪孽"，即罪人的身份，然而人的所有罪都因为基督的献祭而抹消，就像诗中反问的"你莫非不知……谁承受了责罚？"该诗通篇反映出新教改革家所提倡的"被动称义"，即人的行为对自身的救赎毫无帮助，人的罪由基督全部承担，唯有基督的献祭才能达成人的救赎。

在国内外赫伯特诗歌研究中，我们可以发现，赫伯特的宗教立场一直是我们回避不了的关键所在，因为赫伯特是一位纯粹的宗教诗人，要想真正理解他的诗歌，我们必须了解他在 16 世纪末 17 世纪初英国错综复杂的宗教环境中的具体位置。明确他的宗教立场在那个特殊时期是偏向于天主教还是新教，这一点尤其重要。从《教堂》的第一首

---

① 《教堂斗士》是否为《圣殿》的组成部分在目前还存在争议，如果抛开《教堂斗士》，那么《爱（三）》就是《圣殿》的最后一首诗，相应地，"eat"（品尝）成为《圣殿》的最后一个词。

② Helen Wilcox, *The English Poems of George Herbert*, p. 659.

③ Richard Strier, *Love Known: Theology and Experience in George Herbert's Poetry*, p. 78.

④ Gene Veith, *Reformation Spirituality: The Religion of George Herbert*, p. 25.

诗《祭坛》到最后一首诗《爱（三）》，《旧约》时期的石头祭坛发展为新教改革之后的圣餐桌，然而毫无疑问的是，赫伯特笔下的上帝住所已经由外在机构或建筑转向人的内心，在人心中建立了一座圣殿。通过分析赫伯特诗歌中充斥的各种感官意象，我们能发现，《圣殿》全面阐释了 16、17 世纪的新教神学，并且对罗马天主教的功德论和神人合作说提出了批判，因此，从宗教思想角度来说，赫伯特是一个非常典型的新教诗人。

引用文献

I. 乔治·赫伯特著作

Hutchinson, F. E., ed. *The Works of George Herbert*. Oxford: Clarendon Press, 1945.

Martz, Louis, ed. *George Herbert and Henry Vaughan*. Oxford: Oxford University Press, 1986.

Oley, Barnabas, ed. *The Remains of That Sweet Singer of the Temple, George Herbert*. London: Pickering, 1841.

Palmer, G. H., ed. *The English Works of George Herbert*. New York: Houghton, Mifflin & Company, 1905.

Patrides, C. A., ed. *The English Poems of George Herbert*. London: J. M. Dent and Sons, 1974.

Slater, Ann P, ed. *George Herbert: The Complete English Works*. New York: Everyman's Library, 1995.

Wilcox, Helen, ed. *The English Poems of George Herbert*. Cambridge: Cambridge University Press, 2007.

II. 其他外文著作

Alan of Lille. *Anticlaudianus: or the Good and Perfect Man*. Toronto: Pontifical Institute of Medieval Studies, 1973.

Althaus, Paul. *The Theology of Martin Luther*. Trans. Robert C. Schultz. Philadelphia: Fortress Press, 1966.

Anderson, Earl. *Folk-Taxonomies in Early English*. Madison: Fairleigh Dickinson University Press, 2003.

Asals, Heather. *Equivocal Prediction: George Herbert's Way to God*. Toronto: University of Toronto Press, 1981.

Augustine. *Augustine: Earlier Writings*. Trans. John H. S. Burleigh. Philadelphia:

Westminster John Knox Press, 1953.

Bacon, Francis. *The Advancement of Learning*. Ed. William A. Wright. Oxford: Clarendon Press, 1957.

---. *The New Organon*. Ed. Lisa Jardine and Michael Silverthorne. Cambridge: Cambridge University Press, 2000.

---. *The Works of Francis Bacon*. Vol. 15. Ed. Basil Montagu. London: William Pickering, 1834.

Benet, Diana. *Secretary of Praise: The Poetic Vocation of George Herbert*. Columbia: University of Missouri Press, 1984.

Bennett, Charles A. *A Philosophical Study of Mysticism: An Essay*. New Haven: Yale University Press, 1923.

Bloch, Chana. *Spelling the Word: George Herbert and the Bible*. Berkeley: University of California Press, 1985.

Boas, Marie. *The Scientific Renaissance: 1450—1630*. New York: Harper & Row, 1962.

Boman, Thorlief. *Hebrew Thought Compared with Greek*. Trans. Jules L. Moreau. Philadelphia: the Westminster Press, 1960.

Bottrall, Margaret. *George Herbert*. London: John Murray Ltd., 1954.

Bray, Gerald, ed. *Documents of the English Reformation*. Minneapolis: Fortress Press, 1994.

Brennan, Teresa, and Martin Jay. *Vision in Context: Historical and Contemporary Perspectives on Sight*. London: Taylor and Francis Group, 2013.

Browne, Thomas. *Religio Medici*. Cambridge: Cambridge University Press, 1953.

Burton, Robert. *The Anatomy of Melancholy*. London: B. Blake, 1838.

Burtt, E. A. *The Metaphysical Foundations of Modern Physical Science*. London: Kegan Paul, Trench, Trubner & Co. Ltd., 1925.

Bush, Douglas. *English Literature in the Earlier Seventeenth Century, 1600—1660*. Oxford: Clarendon Press, 1945.

---. *Science and English Poetry: A Historical Sketch, 1590—1950*. New York: Oxford University Press, 1950.

Buttrick, George Arthur, ed. *The Interpreter's Dictionary of the Bible*. Vol. 2: E—J. New York: Abingdon Press, 1962.

Calvin, John. *Commentary upon the Acts of the Apostles*. Trans. Henry Beveridge.

Edinburgh: Calvin Translation Society, 1844.

---. *Institutes of the Christian Religion*. 2 vols. Trans. John Allen. Philadelphia: Presbyterian Board of Christian Education, 1936.

Charles, Amy. *A Life of George Herbert*. Ithaca: Cornell University Press, 1977.

Christopher, Georgia. *Milton and the Science of the Saints*. Princeton: Princeton University Press, 1982.

Chute, Marchette. *Two Gentle Men: The Lives of George Herbert and Robert Herrick*. New York: E. P. Dutton & Co. Inc., 1959.

Clark, Elizabeth. *Theory and Theology in George Herbert's Poetry*. Oxford: Clarendon Press, 1997.

Coleridge, Samuel. *Biographia Literaria*. Vol. 2. Oxford: Clarendon Press, 1907.

Cooley, Ronald. *"Full of All Knowledge": George Herbert's* Country Parson *and Early Modern Social Discourse*. Toronto: University of Toronto Press, 2004.

Cruickshank, Frances. *Verse and Poetics in George Herbert and John Donne*. Farnham: Ashgate, 2010.

de Deguileville, Guillaume. *The Pilgrimage of the Life of Man*. Trans. John Lydgate, London: Nichols and Sons, 1905.

de Troyes, Chrétien. *Arthurian Romances*. Trans. W. W. Comfort. London: J. M. Dent, 1914.

Donne, John. *The Sermons of John Donne*. 10 vols. Ed. Evelyn Simpson and George R. Potter. Berkeley: University of California Press, 1956.

Edwards Jr., O. C. *A History of Preaching*. Nashville: Abingdon Press, 2004.

Eliot, T. S. *George Herbert*. London: Longmans, Green & Co. Ltd., 1962.

Empson, William. *Seven Types of Ambiguity*. London: Chatto and Windus, 1949.

Fish, Stanley. *The Living Temple*. Berkeley: University of California Press, 1978.

---. *Self-Consuming Artifacts: The Experience of Seventeenth-Century Literature*. Berkeley: University of California Press, 1972.

Gardner, Helen, ed. *John Donne: A Collection of Critical Essays*. Englewood Cliffs, NJ: Prentice-Hall, Inc., 1962.

George, Charles H., and Katherine George. *The Protestant Mind of the English Reformation*. Princeton: Princeton University Press, 1961.

Gibson, Edgar, ed. *The Thirty-Nine Articles of the Church of England*. London: Methuen, 1898.

Grant, Patrick. *The Transformation of Sin: Studies in Donne, Herbert, Vaughan, and Traherne*. Amherst: University of Massachusetts Press, 1974.

Grierson, Herbert J. C. *Cross-Currents in 17th Century English Literature: The World, the Flesh, and the Spirit, Their Actions and Reactions*. New York: Harper, 1958.

Grosart, A. B., ed. *The Complete Works of Joshuah Sylvester*. Vol. I. Edinburgh: Edinburgh University Press, 1880.

Guernsey, Julia Carolyn. *The Pulse of Praise: Form as a Second Self in the Poetry of George Herbert*. Newark: University of Delaware Press, 1999.

Guibbory, Achsah. *Ceremony and Community from Herbert to Milton: Literature, Religion, and Cultural Conflict in Seventeenth-Century England*. Cambridge: Cambridge University Press, 1998.

Harman, Barbara Leah. *Costly Monuments: Representation of the Self in George Herbert's Poetry*. Cambridge, MA: Harvard University Press, 1982.

Haroutunian, Joseph, ed. *Calvin: Commentaries*. Philadelphia: Westminster John Knox Press, 1958.

Harris, Victory, and Itrat Husain, eds. *English Prose: 1600—1660*. New York: Holt, Rinehart and Company, 1965.

Harrison, Peter. *The Bible, Protestantism, and the Rise of Natural Science*. Cambridge: Cambridge University Press, 1998.

Hastings, James, ed. *Dictionary of the Bible*. New York: Charles Scribner's Sons, 1963.

Herbert, Edward. *The Autobiography of Edward, Lord Herbert of Cherbury*. Ed. Sidney Lee. London: John C. Nimmo, 1886.

---. *De Veritate*. Trans. Meyrick H. Carré. Bristol: J. W. Arrowsmith Ltd., 1937.

Herman, Peter. *A Short History of Early Modern England: British Literature in Context*. Hoboken: Wiley-Blackwell, 2011.

Hodgkins, Christopher. *Authority, Church, and Society in George Herbert: Return to the Middle Way*. Columbia: University of Missouri Press, 1993.

---, *George Herbert's Pastoral: New Essays on the Poet and Priest of Bemerton*. Newark: University of Delaware Press, 2010.

---, ed. *George Herbert's Travels*. Newark: University of Delaware Press, 2011.

Hugh of St. Victor. *On the Sacraments of the Christian Faith*. Vol. I. Trans. Roy J. Deferrari. Cambridge, MA: Medieval Academy of America, 1951.

Kerrigan, William, John Rumrich, and Stephen Fallon, eds. *The Complete Poetry and Essential Prose of John Milton.* New York: Modern Library, 2007.

King James Version of the Bible. London: Robert Barker, 1613.

Kuchar, Gary. *George Herbert and the Mystery of the Word.* Cham, Switzerland: Palgrave Macmillan, 2017.

Lewalski, Barbara. *Protestant Poetics and the Seventeenth-Century Religious Lyric.* Princeton: Princeton University Press, 1979.

Lewis, C. S. *The Allegory of Love: A Study in Medieval Tradition.* London: Oxford University Press, 1936.

Low, Anthony. *The Reinvention of Love: Poetry, Politics and Culture from Sidney to Milton.* Cambridge: Cambridge University Press, 1993.

Luther, Martin. *The Bondage of the Will.* Trans. Thomas Vaughan. London: Hamilton, 1823.

---. *Commentary on Galatians.* Trans. Erasmus Middleton. London: Mathews, 1810.

---. *The Table Talk of Martin Luther.* Trans. William Hazlitt. London: H. G. Bohn, 1857.

Madsen, William G. *From Shadowy Types to Truth: Studies in Milton's Symbolism.* New Haven: Yale University Press, 1968.

Malcolmson, Cristina. *Herbert-Work: George Herbert and the Protestant Ethic.* Stanford: Stanford University Press, 1999.

Martin, L. C., ed. *The Works of Henry Vaughan.* Oxford: Clarendon Press, 1957.

Murray, Paul. *Aquinas at Prayer: the Bible, Mysticism and Poetry.* London: Bloomsbury Publishing, 2013.

Netzley, Ryan. *Reading, Desire, and the Eucharist in Early Modern Religious Poetry.* Toronto: University of Toronto Press, 2011.

Novarr, David. *The Making of Walton's Lives.* Ithaca: Cornell University Press, 1958.

Origen. *The Song of Songs, Commentary and Homilies.* Trans. R. P. Lawson. London: Longmans, Green & Co. Ltd., 1957.

Patrides, C. A., ed. *George Herbert: The Critical Heritage.* London: Routledge & Kegan Paul, 1983.

Philo. *Philo.* Vol. I. Trans. F. H. Colson. London: William Heinemann Ltd., 1929.

Rich, Barnaby. *The Honestie of This Age.* London: Percy Society, 1844.

Rickey, Mary Ellen. *Utmost Art: Complexity in the Verse of George Herbert.* Lexington:

University of Kentucky Press, 1966.

Robbins, Rossell Hope. *Secular Lyrics of the XIVth and XVth Centuries*. Oxford: Clarendon Press, 1955.

Sanger, Alice, and Siv Tove Kulbrandstad Walker. *Sense and the Senses in Early Modern Art and Cultural Practice*. Burlington: Ashgate Publication Co., 2012.

Sasek, Lawrence. *The Literary Temper of the English Puritans*. Baton Rouge: Louisiana State University Press, 1961.

Schoenfeldt, Michael. *Bodies and Selves in Early Modern England: Physiology and Inwardness in Spenser, Shakespeare, Herbert, and Milton*. Cambridge: Cambridge University Press, 1999.

---. *Prayer and Power: George Herbert and Renaissance Courtship*. Chicago: University of Chicago Press, 1991.

Sherwood, Terry G. *Herbert's Prayerful Art*. Toronto: University of Toronto Press, 1989.

Silvestris, Bernardi. *Bibliotheca Philosophorum Mediae Aetatis*. Vol. I. Innsbruck: Verlag der Wagner'schen Universitates-Buchhandlung, 1876.

Sprat, Thomas. *The History of the Royal-Society of London: For the Improving of Natural knowledge*. London: Printed for J. Knapton, etc., 1734.

St. Bonaventure, *Works of St. Bonaventure: Breviloquium*. Vol. 9. Trans. Dominic V. Monti. New York: Franciscan Institute Publications, 2005

Stein, Arnold. *George Herbert's Lyrics*. Baltimore: The Johns Hopkins Press, 1968.

Stewart, Susan. *Poetry and the Fate of the Senses*. Chicago: University of Chicago Press, 2002.

Strier, Richard. *Love Known: Theology and Experience in George Herbert's Poetry*. Chicago: University of Chicago Press, 1983.

Summers, Claude J., and Ted-Larry Pebworth, eds. *"Too Rich to Clothe the Sunne"*: *Essays on George Herbert*. Pittsburgh: University of Pittsburgh Press, 1980.

Summers, Joseph H. *George Herbert: His Religion and Art*. Cambridge, MA: Harvard University Press, 1968.

Thompson, Bard. *Humanists and Reformers: A History of the Renaissance and Reformation*. Michigan: William B. Eerdmans Publishing Co., 1996.

Toliver, Harold. *George Herbert's Christian Narrative*. University Park: Pennsylvania State University Press, 1993.

Tuve, Rosemond. *A Reading of George Herbert*. Chicago: University of Chicago Press, 1969.

Veith, Gene. *Reformation Spirituality: The Religion of George Herbert*. London: Associated University Press, 1985.

Vendler, Helen. *Invisible Listeners: Lyric Intimacy in Herbert, Whitman, and Ashbery*. Princeton: Princeton University Press, 2005.

---. *The Poetry of George Herbert*. Cambridge, MA: Harvard University Press, 1975.

Vinge, Louise. *The Five Senses: Studies in a Literary Tradition*. Lund: CWK Gleerup, 1975.

Walton, Izaak. *The Life of Mr. George Herbert*. London: Newcomb, 1670.

Wandel, Lee Palmer, ed. *A Companion to the Eucharist in the Reformation*. Leiden: Brill Academic, 2014.

White, James Boyd. *"This Book of Starres": Learning to Read George Herbert*. Ann Arbor: The University of Michigan Press, 1994.

Williamson, George. *The Donne Tradition: A Study in English Poetry from Donne to the Death of Cowley*. Cambridge, MA: Harvard University Press, 1930.

Young, Robert. *Doctrine and Devotion in Seventeenth-Century Poetry: Studies in Donne, Herbert, Crashaw, and Vaughan*. Cambridge: D. S. Brewer, 2000.

III. 外文论文

Allen, Don. "George Herbert's 'Sycomore'." *Modern Language Notes* 59.7 (November 1944): 493-495.

Bell, Ilona. "'Setting Foot into Divinity': George Herbert and the English Reformation." *Modern Language Quarterly* 38.3 (September 1977): 219-241.

Blanchard, Margaret. "The Leap into Darkness: Donne, Herbert, and God." *Renascence* 17.1 (Fall 1964): 38-50.

Endicott, Annabel M. "The Structure of George Herbert's Temple: A Reconsideration." *University of Toronto Quarterly* 34.3 (April 1965): 226-237.

Erskine, Thomas. "Eye and Ear Imagery in the Poetry of George Herbert and Henry Vaughan." Diss., Emory University, 1970.

Greenblatt, Stephen. "Remnants of the Sacred in Early Modern England." *Subject and Object in Renaissance Culture*. Ed. Margreta de Grazia. Cambridge: Cambridge University Press, 1996. 337-345.

Hunter, Jeanne Clayton. "'With Winges of Faith: Herbert's Communion Poems." *The Journal of Religion* 62.1 (January 1982): 57-71.

Johnson, Lee Ann. "The Relationship of 'The Church Militant' to 'The Temple'." *Studies in Philology* 68.2 (April 1971): 200-206.

Kerrigan, William. "Ritual Man: On the Outside of Herbert's Poetry." *Psychiatry* 48.1 (February 1985): 68-82.

Nordenfalk, Carl. "The Five Senses in Late Medieval and Renaissance Art." *Journal of the Warburg and Courtauld Institutes* 48 (1985): 1-22.

Randolph, Mark. *"A Strange Love":* Theology, Sexuality, and Subjectivity in George Herbert's Poetry." Diss., University of Michigan, 1990.

Ross, Heather. "Meating God: Herbert's Poetry and the Discourse of Appetite." *George Herbert: Sacred and Profane.* Ed. Helen Wilcox and Richard Todd. Amsterdam: VU University Press, 1995. 121-126.

Rudrum, Alan. "The Problem of Sexual Reference in George Herbert's Verse." *George Herbert Journal* 21.1 & 2 (Fall 1997/Spring 1998): 19-32.

Schoenfeldt, Michael. "George Herbert's Consuming Subject." *George Herbert Journal* 18.1 & 2 (Fall 1994/Spring 1995): 105-132.

Stambler, Elizabeth. "The Unity of Herbert's 'Temple'." *Cross Currents* 10.3 (Summer 1960): 251-266.

Strier, Richard. "Herbert and Tears." *ELH* 46.2 (Summer 1979): 221-247.

---. "What Makes Him So Great." *George Herbert's Travels.* Ed. Christopher Hodgkins. Newark: University of Delaware Press, 2011. 3-26.

Thorley, David. "'In all a weak disabled thing': Herbert's Ill-health and Its Poetic Treatments." *George Herbert Journal* 34.1 & 2 (Fall 2010 / Spring 2011): 1-33.

Todd, Richard, and Helen Wilcox. "The Challenges of Editing Donne and Herbert." *Studies in English Literature, 1500—1900* 52.1 (Winter 2012): 187-206.

Whalen, Robert. "George Herbert's Sacramental Puritanism." *Renaissance Quarterly* 54.4 (Winter 2001): 1273-1307.

IV. 中文著作

艾略特，《艾略特文学论文集》，李赋宁译注，南昌：百花洲文艺出版社，1994。

奥古斯丁，《忏悔录》，周士良译，北京：商务印书馆，1996。

奥维德，《爱的艺术》，寒川子译，呼和浩特：内蒙古大学出版社，2007。

——，《变形记》，杨周翰译，北京：人民文学出版社，1984。

柏拉图，《柏拉图文艺对话集》，朱光潜译，北京：人民文学出版社，1963。

——，《蒂迈欧篇》，谢文郁译，上海：上海人民出版社，2005。

——，《理想国》，郭斌和等译，北京：商务印书馆，1986。

波爱修斯，《哲学的慰藉》，代国强译，南昌：江西人民出版社，2007。

陈嘉，《英国文学作品选读》第一册，北京：商务印书馆，1981。

但恩，《约翰·但恩诗集（修订版）》，傅浩译，上海：上海译文出版社，2016。

杜兰特，《世界文明史：宗教改革》，北京：华夏出版社，2010。

冈察雷斯，《基督教思想史》第二卷，陈泽民等译，南京：译林出版社，2010。

胡家峦，《历史的星空——文艺复兴时期英国诗歌与西方传统宇宙论》，北京：
　　北京大学出版社，2001。

——，《文艺复兴时期英国诗歌与园林传统》，北京：北京大学出版社，2008。

黄杲炘，《从柔巴依到坎特伯雷——英语诗汉译研究》，武汉：湖北教育出版社，
　　1999。

加德纳，《宗教与文学》，沈弘、江先春译，成都：四川人民出版社，1989。

克拉克，《托马斯·阿奎那读本》，吴天岳、徐向东编，北京：北京大学出版社，
　　2011。

李正栓，《英国文艺复兴时期诗歌研究》，保定：河北大学出版社，2006。

梁工，《圣经解读》，北京：宗教文化出版社，2011。

——，《西方圣经批评引论》，北京：商务印书馆，2006。

林鸿信，《觉醒中的自由：路德神学精要》，台北：礼记出版社，2000。

刘意青，《〈圣经〉文学阐释教程》，北京：北京大学出版社，2010。

路德，《路德文集》第一卷，上海：上海三联书店，2005。

——，《马丁·路德文选》，北京：中国社会科学出版社，2003。

罗素，《西方哲学史》下卷，马元德译，北京：商务印书馆，2013。

洛克，《人类理解论》上册，关文运译，北京：商务印书馆，1983。

弥尔顿，《失乐园》，朱维之译，上海：上海译文出版社，1984。

乔叟，《坎特伯雷故事》，方重译，上海：上海译文出版社，1983。

色诺芬，《回忆苏格拉底》，吴永泉译，北京：商务印书馆，1984。

莎士比亚，《莎士比亚全集》第六卷，朱生豪译，北京：人民文学出版社，1994。

《圣经》（和合本），上海：中国基督教协会，2009。

特纳，《香料传奇：一部由诱惑衍生的历史》，周子平译，北京：生活·读书·新
　　知三联书店，2007。

王佐良编，《英国诗选》，上海：上海译文出版社，1988。

吴笛，《英国玄学派诗歌研究》，北京：中国社会科学出版社，2013。

吴虹，《乔治·赫伯特诗歌研究》，杭州：浙江工商大学出版社，2020。

亚里士多德，《亚里士多德全集》第三卷，苗力田主编，北京：中国人民大学出版社，1992。

杨周翰，《十七世纪英国文学》，北京：北京大学出版社，1985。

赵林，《基督教思想文化的演进》，北京：人民出版社，2007。

——，《基督教与西方文化》，北京：商务印书馆，2013。

V. 中文论文

胡家峦，《圣经、大自然与自我——简论 17 世纪英国宗教抒情诗》，《国外文学》2000 年第 4 期，第 63—70 页。

黄杲炘，《从英语"象形诗"的翻译谈格律诗的图形美问题》，《外国语》1991 年第 6 期，第 39—42 页。

田茹英，《贵如胡椒——香料与 14—16 世纪的西欧社会生活》，博士论文，首都师范大学，2013。

王卓、李正栓，《"陌生化"与西方宗教诗歌的文化性——以乔治·赫伯特诗歌为例》，《河南社会科学》2016 年第 11 期，第 100—103 页。

吴虹，《论赫伯特宗教诗的美德主题》，《外语学刊》2014 年第 2 期，第 115—120 页。

——，《"星之书"：〈圣殿〉结构研究》，《国外文学》2014 年第 1 期，第 113—121 页。

邢锋萍，《"来吧，品尝教堂神秘的筵席"：乔治·赫伯特〈圣殿〉中的圣餐观》，《外国文学评论》2017 年第 3 期，第 85—104 页。

——，《理性大获全胜，信仰无人问津——乔治·赫伯特诗歌中的反理性主题》，《外语研究》2015 年第 1 期，第 103—108 页。

——，《乔治·赫伯特〈圣殿〉中的香气意象》，载《复旦外国语言文学论丛》，上海：复旦大学出版社，2021 秋季号，第 99—105 页。

——，《"然而我只爱你"：乔治·赫伯特的诗学观》，载郝田虎主编《中世纪与文艺复兴研究（一）》，杭州：浙江大学出版社，2019，第 170—186 页。

——，《他们不一样的上帝——多恩与赫伯特神学诗中的上帝形象之比较》，《国外文学》2015 年第 1 期，第 101—109 页。

人名索引

后　记

　　本书是在我的博士论文的基础上修改而成的。距离博士论文答辩已经过去六年多，一朝付梓，感慨良多。

　　我与乔治·赫伯特的缘分起于在北京大学本科课堂上读到的他的代表作《美德》，当时对他简单朴素的语言、严谨工整的韵式印象较为深刻。后来到浙江大学硕博连读，我的导师沈弘教授建议我选择文艺复兴时期研究较少的诗人和作品作为博士论文的研究对象。当时我粗略翻看这一时期的诗歌选集，就被赫伯特颇具现代风格的图形诗所吸引。我觉得这个诗人特别有趣，于是就定下来研究他的诗集《圣殿》，当然后来发现有趣的图形诗只是吸引人的表象而已，他的几乎所有诗歌都是严肃而内省的，是对宗教体验的沉思，与初见时的印象相去甚远。所幸在众多师友的帮助下，论文最终得以顺利完成。更幸运的是书稿经过修改后得以出版。从博士论文选题到今天，已经过去了将近十年时间，这本书仿佛是我的一个孩子，终于迎来了他的成长礼。他是在许多人的关心呵护下成长起来的。

　　我首先要感谢我的导师沈弘教授。他对我的博士论文选题、框架、内容等都提出了细致的修改意见，甚至连标点符号的错误都一一指出。在得知我的论文即将出版时，他通读我的书稿，高兴地为我撰写序言，并高屋建瓴地阐明与我的研究相关的背景知识。他自身勤恳刻苦，数十年如一日地投入学术研究，心无旁骛，孜孜以求，有着坚定执着的学术理想。他严谨的治学态度、渊博的学识、平易近人的处事风格一直都在激励着我，使我不敢松懈。

　　我要特别感谢美国得克萨斯大学奥斯汀分校英语系的约翰·拉姆里奇（John Rumrich）教授。2013 年，我有幸获得国家留学基金委资助前往该校访学一年。在此期间，拉姆里奇教授无论在学习上还是生活上都给予我无私帮助。每当我有疑惑不解的问题，他都会耐心解答，并列出书单，让我自己去阅读思考。本书的一些观点正是得益于拉姆里奇教授的指导。

我还要感谢我的师兄、杭州师范大学外国语学院的徐晓东教授。他在选题、结构和初稿修改中都给我提供了很多指点和帮助。他家中藏书量惊人，在我确定选题后，他特意从国外购买了许多相关书籍供我借阅参考，使我不至于为资料发愁。每一次在导师的办公室汇报进展，他总能一针见血挑出问题所在，督促我向更好的方向努力。

此外，我还要感谢我的师姐、华东师范大学外语学院的罗峰副教授。她在古典学领域造诣颇深，对我的研究以及未来规划都提出了许多中肯的指点和帮助。感谢浙江大学外国语学院的朱振宇副教授，她在工作室例行会议中与我交流，提出了许多宝贵意见。

同时我要感谢我的师兄、浙江大学外国语学院的郝田虎教授。他细心为我讲解书稿的格式，指出内容上的错漏之处，更在平时交流中纠正了我的很多问题。他广博的学识令人敬佩，使我受益匪浅。正是在他的帮助和带领下，我的书稿才能被纳入"文艺复兴论丛"而得以出版。

感谢参加我的博士论文答辩的谭惠娟教授、罗良功教授、何辉斌教授和陈许教授以及各位匿名评审老师。他们提出了非常宝贵的问题和建议，使我认识到论文存在的诸多不足之处，为我后期的修改指明了方向。

同学的情谊让我不至于在求学之路上形单影只，在此感谢我博士期间的同门和朋友虞春燕、涂运根、吴崇彪、张素雪、张静静、潘润润等人的帮助和陪伴。

感谢本书责任编辑张颖琪老师。张老师工作勤勉，加班到深夜已成常态。他能迅速地回复我的诸多问题，高效地给出修改意见，小到标点符号，大到整体内容的把控，他都耐心地做出解释，使我受益良多。

最后我要特别感谢我的家人，他们这么多年来一如既往的支持和理解是我前进的最大动力。

本书得到浙江大学文科高水平学术著作出版基金项目资助，在此表示感谢！另外，本研究仍然存在许多不足之处，本人为所有疏漏和错谬负责，恳请读者批评指正。

邢锋萍

2022 年 4 月于江苏省徐州市云龙湖畔